九三文学创作文库

向幻影告别

王坤红

学苑出版社

图书在版编目（CIP）数据

向幻影告别 / 王坤红著 . —北京：学苑出版社，2017.4

（九三文学创作文库）

ISBN 978-7-5077-5181-9

Ⅰ. ①向… Ⅱ. ①王… Ⅲ. ①长篇小说—中国—当代 Ⅳ. ① I247.5

中国版本图书馆 CIP 数据核字（2017）第 042219 号

出 版 人：	孟　白
责任编辑：	徐志琴
出版发行：	学苑出版社
社　　址：	北京市丰台区南方庄2号院1号楼
邮政编码：	100079
网　　址：	www.book001.com
电子信箱：	xueyuanpress@163.com
联系电话：	010-67601101（营销部）、010-67603091（总编室）
经　　销：	全国新华书店
印 刷 厂：	北京信彩瑞禾印刷厂
开本尺寸：	880×1230　1/32
印　　张：	12.75
字　　数：	270千字
版　　次：	2017年5月第1版
印　　次：	2017年5月第1次印刷
定　　价：	40.00元

总 序

"九三文学创作文库"第一辑图书即将由学苑出版社出版，这个最初由社中央文化工作委员会提出的构想，在大家努力下，终于有了成果，可喜可贺。

黑龙江省有一位九三学社基层组织的负责同志，是文学爱好者，多次把他的作品通过电子邮件传给我，有散文，有诗歌，描述他在林场当知青的生活，对当今社会巨大进步的感受，还有他特殊的家世，深深打动了我。至今还记得其中的一篇散文，是写囿于深山老林的孤寂的生活，他收养了一条狗，终日为伴，后来他回城了，那条狗天天到路口等他，日夜守护着他留下的物品，终于抑郁而死。生命之间的情感流淌笔端，让我感动不已。当时我想，我们九三学社成员中应该还有不少像他那样的业余文学爱好者，如果能组织起来，相互交流，岂不乐乎？也能以此增强九三学社组织的凝聚力。在我的建议下，2013年9月一批社内作家和业余文学爱好者聚集江西南昌，举办了"家园记忆"主题文学笔会，共商如何活跃与繁荣九三学社文学创作，笔会还邀请了著名作家王安忆和梁晓声做了有关文学创作的讲座。2015年10月社中央文化工作委员会又与九三学社云南省委和四川省委共同举办了"一带一路南方丝绸之路云南行文学笔会"，邀请了著名作家方方到会，除座谈交流外，还一起赴南方丝绸之路的"五尺道"采风。这样的活动，增强了全社范围内的文学氛围，活跃了社员的文学创作，最后促成了"九三文学创作文库"的出版。文库第一辑首先选择9位九三学社作家的作品，体裁多样，包括小说、散文、诗歌、随笔等。这9位作家，或为中国作协成员，或为全国性文学大奖的获得者，有长期从事文学创作的经历，具有较为丰富的写作经验和较强的创作实力，旨在为文库开一个好头，今后还将出版更多九三学社文学爱好者的优秀作品。

　　文学是人类文明殿堂里的瑰宝。好的文学作品能反映社会现实，映照人的灵魂，揭示真善美。经常阅读好的文学作品，能够丰富精神生活，滋润心田，陶冶情操，深化对人生、对生命、对社会的理解，所以我一直倡导我们九三学社的同志多读优秀文学作品。我曾经在社中央全会上以及多个场合，建议大家阅读陈忠实写的《白鹿原》。记得毛主席曾经说过，要了解中国封建社会，就去读《红楼梦》，我演绎了一下：要了解中国晚清到民国的社会，要了解中国近代农村，就去读《白鹿原》。近年来我读莫言的《蛙》、王蒙的《活动变人形》、王安忆的《长恨歌》与《启蒙时代》、贾平凹的《古炉》等，读每一期《新华文摘》转载的小说，都让我对人性与对中国社会有更深入的理解。我读刘慈欣的科幻小说《三体》，对天体物理有了从来没有过的了解和兴趣。总之，我体会到经常阅读好的文学作品，能开阔自己的视野，提升自己的境界，使自己深刻、高贵和优雅，面对纷乱浮躁的社会不至于迷失方向或放弃操守。

　　九三学社是以科技界为主体的参政党，但历史上也不乏在人文领域卓有建树的大家，比如红学家俞平伯，语言学家黎锦熙，国学大师刘文典、程千帆、游国恩，还有杨振声、李长之、魏建功、肖涤非、冯沅君、启功等，包括我们九三学社的创始人许德珩先生。此外，像梁希、潘菽、涂长望、茅以升、周培源、吴阶平、王选等许许多多出色的科学家，都具有深厚的文学功底和艺术修养，人文精神的滋养与他们的成才以及在科学技术方面取得重大成就有着密不可分的联系。

记得在"家园记忆"文学笔会上有一位同志提出"九三人要有一颗文学的心"，我深以为然。希望全社更加关注文学，大家读更多的优秀文学著作，也特别希望我们九三学社的文学爱好者能写出更多有思想、有筋骨、有温度、有想象力和创造力的优秀作品。祝愿"九三文学创作文库"办得越来越好，成长为九三学社家园里枝叶茂盛的美丽奇葩。

韩启德

2016年11月19日

目　录
Contents

第一章　驶进历史的快车道 …………………… 1
第二章　别了，乌托邦 ……………………………43
第三章　一条行驶在暗礁中的船 ……………77
第四章　寻找自己的角色 ………………… 105
第五章　在斗争中成长 …………………… 149
第六章　一场游戏一场梦 ………………… 217
第七章　潇洒走一回 ……………………… 259
第八章　看硬币是如何轻轻落下 ………… 301
第九章　现代婚姻平台 …………………… 353
第十章　家园，伤感的回声 ……………… 381

第一章
驶进历史的快车道

这一年,中国社会正经历着前所未有的转型。学校里各种各样的聚会和讲座确实为王小山打开了生活和智慧的眼界。诗和哲学几乎是八十年代的社会骄子们心目中的宗教,而从小就知道上帝的王小山也毫不费劲地融入这一潮流中了。

一

多年后,王小山想起自己当年刚到这座城市时的情景。

他穿着一身深蓝色的新外套和一双崭新的绿色解放牌球鞋,带着满满一箱子书和乡亲们送的土特产下了长途客车。在他的视网膜上,他所看见的所有东西好像都从图画本上放大了。城市里的马路和楼房都是他事先在书本上见过的,可当真正看到它们时,王小山还是感到了一种莫名的惊讶,这是一种说不出来的感受。首先是平时没有什么感觉的耳膜似乎难以适应这嗡嗡的响声,其次是这里的天空,没有家乡的天空那么蓝、那么深。尽管如此,昆明仍是他这个初出茅庐的小伙子见到的第一个大城市,大约有整整一个月,他都处在新奇和目瞪口呆的适应过程中。使他感到不安的是,周围的同学每隔几天就换一身衣服,可他呢,不管这天气有多热,都是一身黑色的土布外套。最让他难堪的是去澡堂洗澡,那么多的人满不在乎地光着身子站在水龙头下……不过,他初来乍到,还不敢乱说话,唯一要做的就是耐下心来观察着身边发生的一切——

在学校的新年晚会上,很多人都急不可待地表现出了他们的才华,他们当中有的演奏钢琴,有的表演舞蹈,还有的朗诵诗歌。王小山坐在台下看着他们,觉得唱歌的那个女的长得跟仙女似的。她的脸白白的,头发在电灯下泛着乌光,鲜红的嘴唇一看就知道是那种城里姑娘才有的颜色。不过,王小山觉得她唱得不怎么样,声音就跟羊叫似的打着哆嗦抖个不停,再加上她的裙子下半身就如同被一个大大的鸡笼罩住,那模样很古怪。渐渐地,王小山看明白了,在台上表演的姑娘都长得差不多,特别是她们的肩膀,看上去是那么细、那么白,如同一只只受惊的小鸟收拢起来的翅膀。当看到鸟儿昂着脑袋朝台前伸出小手时,王小山在脑海里闪过一个念头:要是自己将来能娶上这么漂亮的姑娘做老婆,那他在家乡人面前该有多自豪啊。猛地回过神来,他被自己的这个念头吓了一跳。是啊,父亲说过,一个男人必须先立业,而后才谈得上成家。他打算独自一人悄悄回寝室给家里写封信。

"要走啊,是不是觉得这里没意思?"问话的是一个细高个、长得眉目很清秀的年轻人。他叫许凯,是和王小山同屋的,不过他是班上最活跃的人,他平时很少有工夫和王小山说话。"你是怒族吧?"他接着问道。"也算,我母亲是怒族。而我父亲……"还没等他说完,许凯就笑着打断了他:"我知道,你是你们那里飞出来的金凤凰,我也发现你恐怕是这个班里最用功的学生。"王小山嘿嘿地应付着,不知道对方是恭维还是讽刺。

这个叫许凯的人穿一件咖啡色和白色相间的格子外套,下边是一条干净得一尘不染的牛仔裤,脚上是一双短筒翻毛皮鞋，他右手还大胆地夹着香烟，那样子也不躲闪，长及肩膀的头发很潇洒地披在肩上，像他这样的打扮在来的新生里真是凤毛麟角。"兄弟，先别忙着走，我建议你上去给他们露上一手，我知道你们少数民族有许多绝活。听我的，上去镇他们一下？""我？""对，就是你，你一上去，他们这帮人就全都没戏了。""不行，我连普通话都说不好怎么能上台表演呢，还不让人笑掉大牙。"王小山红着脸说。年轻人友好地拍着王小山的肩膀道："全中国的人都能说普通话，这有什么了不起？你不会说普通话就证明你与众不同，所以别人才要看你。比如我就觉得你很不错，你有天才，去露一手，给大伙儿来点新鲜的，否则听来听去都是一样的东西，腻味透了。"王小山拼命摇着脑袋，就好像他真要被推上去似的，他的脑门上冒出了许多汗。好在许凯没注意，他摁了烟头又说道："别谦虚了，昨天晚上我还听见你在走廊里哼调子，有点意思，很苍凉，使人想起了躲在洞里的熊或什么的……"听到如此的形容，王小山乐了："哈哈，你见过躲在洞里的熊？嘿，你好像什么都知道，你真行，我保证改天悄悄唱给你一个人听。其实，在我们那里，连刚长牙的小孩都会自己编着唱，没什么稀罕的。"许凯拍了拍他的肩膀道："好，说话算话。来，咱们握握手。"

这天晚上，王小山算是和许凯交上了朋友。王小山很高兴，因为这个朋友确实拿他当朋友，他真诚地对王小山说："……我早就看出你人不错，就是胆子太小。我理解你对陌生环境会有距离感，但你不能老是躲在一边，如果你不吭气，这帮人就真把你当成傻瓜了。会唱《国际歌》吗——起来，饥寒交迫的奴隶……"许凯挥舞着拳头的样子让王小山感动。他嗫嚅着道："谢谢，你真好。喔，刚才那女的唱的是什么呀？""哈哈，她唱的是花腔女高音，这首歌叫《毛主席关怀咱山里人》，是一首很讲究技巧的歌，多数女高音都用它来炫耀自己的嗓子。我敢打赌，她肯定是个爱出风头的人。""噢，我真羡慕你，你知道的东西可真多……""哈哈，没什么，都是趁机表现一下自己，包括我在内。"

许凯的友善，使王小山兴奋了一个晚上。第二天学校放假，王小山没地方可去。按照这个屋里不成文的规矩，他打扫了一遍寝室的卫生，还洗刷了一堆放在床角下的脏碗筷，然后坐下来把昨天晚上的一切都写在信里告诉了远方的父亲。毕竟，许凯是这个班里第一个主动向自己表示友好的人，就凭这一点，王小山觉得应该让父亲知道他的名字。

不难设想，刚刚叩开了命运之门的王小山这会儿正以极快的速度追赶着历史的车轮。他贪婪地阅读着各种能到手的书籍，除了上课，他几乎是整天泡在图书馆里。与城里来的学生不一样，王小山这一阵很爱看报纸，可能是来自农村的缘故吧，王小山了解到中央政府在土地问题上已经实施了一系列重大的改革，从某种意义上说，土地这时候才算真正回到了农民手中。很多报道都透露出这样一条信息：获得了土地的农民其各自的命运虽然不尽相同，但总的来说，他们在自己的实际生活中已经获得了不同的实惠。然而，当王小山写信回去问家里的情况时，父亲却对此表现得很漠然。父亲嘱咐道，土地对耕耘它的人来说无非就是解决温饱、养家活口，他没必要把这个看得那么重要。他语重心长地要王小山静下心来好好读书，将来争取留在城里。"能当一个真正的国家干部比十个农民活十辈子都有用。"父亲说。无疑，王小山以自己敏锐的洞察力捕捉到了社会生活变动的信息，但将来的变化会怎样，它对自己的未来会带来什么样的影响，他想不出。

为了实现父亲要自己"留在城里"的愿望，王小山下决心去掉自己身上的土疙瘩味并尽快融入这一陌生的环境。他开始有意识地注意自己的言谈举止并且一字一句地改变自己的口音，于是，小心掩饰的自卑经过精心的整合之后变成混合着几分沉默和几分可笑的傲慢。只是他说普通话时拖长的音节和上半身过于僵硬的姿势还显得有点做作，可这后来几乎成了王小山的第二本能。

从表面看，小伙子长得很精神。他的骨架很大，显得不甚灵活，但脸上的结构很清晰，腮、额、鼻梁都见棱见角，头发很黑、很多、很硬。发旋处老直立着一小撮，他时常用手按住，可一放手，这地方还是像山头上的草一样又冒了出来。最让他本人恼火的是他脸颊上的颜色，它红得很土气，就像是刚从农田里干完活回来，一些刻薄的同学管这种颜色叫"高原红"。或许是为了抵消这不甚体面的"高原红"，王小山平时很注意自己的表情：在听人讲话的时候，他紧紧地拧着那道过于秀气的眉毛，嘴角也用力地下垂着，这既表示出自己是多么郑重诚挚，同时又表现出一个文化青年该有的某种深刻领悟。在他心目中，这神态多少能补充语言所不能传达到的意思或情感，即便是碰到那些对他不屑一顾的人,他的严肃也会使他人不好意思太放肆。总之,来了没多久,王小山就不知不觉地与其他专州县来的同学拉开了一定的距离。俗话说,物以类聚,人以群分,他不想和他们成天搅在一起。

到了大二的第二学期,王小山对在表面上做文章有点厌倦了。这一时期,整个中国百业待兴,在社会上,人们对文化知识的渴求几乎一夜之间成了时尚,所以真正令王小山苦恼的问题是他发现自己文化底子的浅薄。与跟他年龄相仿的人相比,他谈不出复杂的人生经历,也谈不出对所谓"第三次浪潮"的见解,尤其是对很多外国大师的名字,他根本记不住。砖头厚的哲学专著他倒是硬着头皮也啃了几本,但每次读下来都如腾云驾雾一般,末了,还是不得要领。

是的,他的同学中有的当过知青,有的当过工人,有的还闹过"文革",不管怎么说,他们都有自己的人生经验和与之相匹配的谈话资本。每逢听这些人议论起《参考消息》或是什么"斯基""卡雅"的观点来,王小山对他们出口成章的本事很是羡慕,这本事是他王小山一时半会儿学不会的。于是,这一阶段的他又陷入了人生的低潮,他比先前更不爱说话了,在听别人高谈阔论时,他经常是下意识地用手托着下巴,鼻梁上皱起些碎褶,他们笑,他也跟着笑,反正是慢半拍,这相对是保险的。

过度的克制反过来也能给自己留下一点尊严,特别是在一些口才极好、漂亮傲气的女生面前,王小山往往摆出一副目不斜视的姿态。他从不主动与她们说话,也从不往她们宿舍里钻。他知道他身上并不具备女生喜欢的东西。在他的内心里,这些时髦的男男女女与自己不属于同一阶层。为此，他那有如明镜一般光亮的心灵，常常被一种苦闷的阴影笼罩着。这种苦闷有时发作得很厉害，几乎是过几个礼拜或几个月就来一次。在这种时候，他最好的去处就是图书馆或是窝在房间里读书写诗，因为诗的感觉他是熟悉的。在家乡的教堂里，人们做弥撒时都会唱赞美诗，而这一点也正是他让其他同学为之惊讶的地方。

事实上，他也有亲人在这个城市，那是他父亲的姐姐。这个被他称为姑妈的人就住在城边上的一条臭水河旁，那是这所城市的另一道景观，据说在这一带生活的人都是靠蹬三轮为生，或是在火车站干粗活扛扁担。当然，王小山去的时候不知道，要是他事先弄清楚的话，他可能就不会急着去找啦。

很难想象父亲的姐姐就住在这鸡肠一样的小巷子里。从她家的窗户望出去，这地方简直称得上是"旧社会"。王小山一看心顿时凉了，只见这一片歪歪斜斜的瓦楞相互连接着，墙与墙之间是木板搭的棚子，棚子里住了人，上面还晒着辣椒和尿渍晕成一圈一圈的被褥。王小山弓着腰上了阁楼，他在一条窄凳上坐下，看得出这是房里唯一可以走动的地方。凳子一边的桌子上堆着很多帆布手套，紧挨在旁边的是一台老式缝纫机。他的姑妈一边踩着缝纫机一边告诉他，她每天能打二十五双手套，打一双手套有六分钱的收入。在说到她的丈夫几年前因为生肺病去世了，这女人竟当着他的面哭了。她说，因为丈夫是临时工，所以他死后根本拿不到抚恤金，而她的三个孩子和她自己现在就只能靠她给别人打手套过活。

又短又窄的条凳硌得他的屁股生痛，半个小时的工夫他便起身告辞。就在他跟这个叫作"姑妈"的女人说再见时，她甚至没有客套一下让他留下来吃晚饭。尽管这家人对自己是如此冷漠，王小山还是从口袋里掏了三块钱放在桌上，这可是他从助学金里拿出来的啊。

这样的经历，一次就够了。对所谓亲戚他不再抱有任何幻想。

亲戚如此，其他人也好不到哪里去。一般来说，像他姑妈那样生活在底层的人看重的往往是一个人的表面，而在大学校园里，人们的势利表现得相对要"高贵"一些。在这个环境中，极度敏感的王小山深知人们对他的态度只不过是流于受过教育的人所应该表现出的礼貌。表面上看，他们不爱搭理他并不是因为他出身的卑微，而是他的文化水平太差，别说是和他们交流了，就是作为一个听众他显然都没有资格。说到底，这些人都有自己的小圈子，人家要的是情投意合的志向，而他呢，到目前为止竟然还弄不清"才华"这东西究竟是什么。一天，他在图书馆里读到了一本叫《基督山伯爵》的小说，故事围绕着一个复仇的情节展开，书中的主人公在经过了多年的含辛茹苦后终于在一夜之间拥有了能够用来复仇的财富，但在一个等级森严的社会，只有财富还不行，他必须买下一顶"伯爵"的贵族头衔，有了这个头衔，一来可以顺理成章地实施复仇计划，二来可以满足深藏在主人公心里的"体面的复仇"。无疑，这本书里所描绘的人生过程给了他很大的启发，从这以后，王小山就好像从《基督山伯爵》里找到了自己的精神支柱。"知识改变命运"这句话曾是激励他们这代人的座右铭，在那个"学而优则仕"的年代,做一个受人尊敬的诗人就相当于得到了一顶"伯爵"的头衔,它虽然不直接显现财富,可它象征着一个青年人的体面与荣誉,这就是校园里当时流行的风气。

总之,天赋颇高的王小山内心里充满了与命运拼搏的欲望,此刻的他把自己当成了早年的"基督山伯爵"——他没有的东西实在是太多了。与他同宿舍的许凯、李维维、彭嘉冰、马军等人年龄虽然跟他差不多,但他们都有值得夸耀的童年和不知是真是假的苦难经历。当然,让王小山十分羡慕的是,他们还有很多遍布各高校的朋友,每到周末这群人就经常聚在一起抽烟、聊天、喝酒,特别是在女生来得多的情况下,故意拉开了架势来一通古今中外、气势磅礴的讲演。这里边来找许凯的女生最多,因为此时的许凯已获得了"徐志摩第二"的雅号。他总是很忙,忙于热恋和写诗,衣着打扮也西化得不行,凭着他在刊物上发表过的几首爱情诗,他在人们心目中成了名副其实的白马王子。是的,在那些到处弥漫着乌托邦气氛的日子里,喜欢他这种做派的女生恐怕不下一百人吧?另一个天才人物就是彭嘉冰了,大伙习惯了叫他"嘉宾",他是哈尔滨人,自称有白俄的血统,不过他崇尚的不是托尔斯泰,而是斯坦尼斯拉夫斯基。具有表演天赋的他,表情历来很丰富,一说起话来,眼、鼻、口都会帮忙,此外他还会说不同国家的语言,他的普通话不仅讲得抑扬顿挫,而且还能用俄语朗诵普希金和莱蒙托夫的诗,据说莎士比亚的台词他几乎能用英语整场整场地背诵下来,这一手连外语系的女生见了都喜欢得不行。而马军属于另一类品种,这个公子哥儿在众人面前喜欢扮演叛逆者的形象,烟抽得很凶，并且常常以冷嘲热讽的方式嘲弄所有与显赫沾边的东西，也包括自己做高官的父亲。此人的行头穿戴通常是一套草绿色的军衣军裤，腰间扎着一根刺眼的大红电线作裤带，一双仿延安时期的黑布鞋套着两只光光的脚，好像这些东西还不足以代表他的个性，他又惊世骇俗地剃了个大光头。仗着自己的家庭出身，他从不理会校方的规矩，与追逐全盘西化的许凯不同，他对多愁善感的徐志摩没感觉，偶尔写点郑板桥式的打油诗，平时偏爱读政治类和哲学类的书籍。说来也怪，马军从不向女生献殷勤，但还是有几个长得小鸟依人的女同胞喜欢"忍辱负重"地帮他洗衣服。

　　谁都不会理解，马军在王小山心里就像小说里描写的市长在基督山伯爵心里一样——与小说里那个设下陷阱的市长比起来，马军倒是没有把他关进监狱，而是以另一种更文明的方式来"羞辱"他。他喜欢当着大家的面把自己剩下来的饭票和菜金送给王小山。本来，王小山是想气壮山河地表现出穷诗人的自尊，可他不敢，因为他要是拒绝的话，号称对官僚和小市民作风深恶痛绝的马军就会立刻翻下脸来一副不依不饶的样子。他会抽动着薄薄的鼻翼沉着脸问王小山："怎么，你是不是要我跪下来求你老人家赏个面子？"马军说这话的时候并不打算把手收回去，那意思是他不想当着大伙的面下不来台。出于对权势的敬畏，再看看马军那张开的粉红色鼻翼，王小山脸都白了，他唯一的选择就是在众目睽睽之下低着头说声"谢谢"并接下对方的施舍。这还不算，更让他受不了的是，这家伙最后还要发表演说，他喜欢当着大家的面拍着王小山的肩膀对在场的人说，像他这样的少数民族兄弟来上学真不容易等等，一番慷慨陈词之后，还要搂着他做出一副亲亲热热的样子——这不是羞辱是什么呢，其中的每一个细节、每一句话都像是插在自己心窝里的刀子。

让王小山难忘的是这一年的中秋节。这天，马军父亲的秘书专门来学校请马军回去过节，可马军懒洋洋地在床上抽着烟说他不想回去，秘书好说歹说，马军最后扛不住了，但他非要把已经睡下的王小山拽起来跟他走一趟。老天，王小山还是第一次坐小汽车，坐了一会儿，他有点晕车，但他不敢请求马军把车子停下来，结果是吐在了自己身上。下车的时候，马军皱着眉头让他把弄脏的外套扔了，他舍不得，这可是他母亲熬了几个晚上亲手给他做的呀，但马军图省事，他说，不就是一件破衣服吗，待会儿可以上他的橱柜里去随便挑。

在一道绿色的大门前，车终于停了。门的两边不仅有尖顶模样的岗亭，里面确实还站着两个抬头挺胸扛着枪的士兵。就像电影里演的镜头，车一停，岗亭里的人就冲着车齐刷刷地敬礼，而坐在车里的人却只需挥挥手。这时，大门开了，王小山倒抽了一口气，好家伙，里面是多大的一个园子啊，比他们家的庄稼地还要大，在他的老家，要找这么大一块平地可不容易。他问马军："这里面住了多少人？"马军用揶揄的口吻回答道，这里面人口最多的家族是枯枝烂叶和苍蝇、蚊子。他问王小山："你能分出公蚊子和母蚊子的长相吗？"王小山不明白什么意思，但他不敢吭声。

当汽车沿着一条宽敞的大道往前开进时，只见一座灰色的小洋楼被大片的花草、池塘和假山包围着。马军带他进了屋子，

向幻影告别

　　王小山不得不把眼睛眯成一条缝，因为这厅堂里的摆设虽然简单却很气派，房间的每个角落都摆放着许多名贵花草，其中混合着一股淡淡的桂花香气。唯一让他感到不安的是，从天而降的水晶吊灯就如同马军的大光头，亮得实在太让人窝火。还没等王小山把周围看清楚，马军就径直把他带到了小客厅。只见放在桌上的点心和菜肴堆得跟小山似的，屋里果然空空荡荡，据说马军的继母带着她的女儿看演出去了，家里只剩下老头子和一个上了年纪的保姆，只见她手里拿着苍蝇拍站在桌旁作伺候状。

　　屋里拉着厚厚的窗帘，并且是两层的。这老头子还真是怕冷，他把自己包裹在一团柔软的毛皮中。这两父子见了面也不寒暄，马军看见老头子面前放了一盒大"中华"，也不打招呼，就顺手牵羊地把烟抓了过来抽出一支，那做爹的只好装作没看见。老头子把脸转向王小山，面容倒也和蔼可亲。他问了王小山家里的一些情况，还告诉他自己的老家也在农村，他本人打小就是给地主放猪的，后来猪跑了，他也就不敢回去了，那以后就参加了革命队伍。当马军调侃地说王小山过去也是个放猪的，如今他的猪长大了，他自己也顺便长成了学校里的著名诗人。老头子听了很高兴，他一高兴就总让王小山吃这吃那。这一来，王小山又处于这样一个境地：一方面他不敢违拗老头子的盛情，但另一方面他也害怕自己两边的腮帮会因为食物而弄得油光锃亮——一副刚刚被解放军叔叔"解放"出来的可怜相。他瞟了一眼马军，果然，这家伙正目不转睛地盯着他一脸的坏笑。

　　终于，门外响起了女人的说话声。王小山想，可能是马军的继母回来了。显然，马军不想满足王小山的好奇心，他立刻站起来对老头子道了声:"走啦,今晚学校里还有事。"

从马军家出来,王小山说什么也不愿再坐小汽车,他说他吃了那么多东西,走回去正好可以帮助消化。马军看着他乐了,他说他不想这么早回去,他问王小山,想不想去狗肉摊上再喝上一杯?

这天晚上,两人坐在街边的狗肉摊前喝得很痛快,马军自称家族中有成吉思汗老祖宗的血统。然而,他的酒量王小山不敢恭维。马军喝多的时候很有意思,他的嘴巴和眼睛仿佛成了临时"下水道",那喝进去的酒精也随之变成了源源不断的废话和眼泪一个劲儿地往外冒,而此时的王小山也只能陪着这个"成吉思汗的后裔"着实煽情一把。

回到宿舍时已经是深夜三点钟了,看着天空中那轮被云遮住的月亮,王小山怎么也睡不着。他趴在枕头上拿着笔想把这天自己出入豪门的感受告诉父亲,但写在信纸上的词语是这样别扭和心酸,怕父亲读了之后伤心,他最后还是把写好的信撕了。

是的,此时的王小山已经多多少少感受到了所谓有权有势与无权无能之间的差别。相对而言,他更乐意和许凯这一类人在一起。在周末,他经常去参加诗歌爱好者搞的聚会,在这种场合,许凯出口成章引人注目,讲的笑话虽然谈不上有多少智慧,甚至常常只是靠摘引几句书本上的格言或诗句,但总的来说,许凯身上那种无拘无束的快活劲和那种大男孩式的恶作剧都让王小山感到自在。特别是当有人争论什么哲学、美学和所谓某某主义的时候,王小山就在一旁默默地听着,他很少发言,但他那白纸一样的脑瓜几乎是原封不动地把这些东西都接受了下来。

这一年，文科系各种各样的聚会和讲座确实为王小山打开了生活和智慧的眼界。而诗和哲学几乎是二十世纪八十年代的才子们心目中的宗教，于是，从小就知道上帝的王小山毫不费劲地融入这一潮流了。

不过，上帝的光芒往往是在聚会之后就消失了，在现实中他反而尝到了苦闷的滋味。事实上，"知识"这玩意把他劈成了两半，一半是被梦想和憧憬吹大的肥皂泡，另一半则是一个农村青年藏在内心深处的、卑微得不能再卑微的愿望——他期望一从学校出去就立刻变成一个堂堂的国家干部，要是将来能在城里找一个工作，然后再找一个城市里的姑娘结婚、生孩子，他就从此可以和自己的出身挥手告别了。

他当然不好意思把这么俗气的东西写进诗里。顺应大时代的潮流，他可以放开嗓门诅咒"上帝死了"，但绝对不能写油盐柴米这类与精神世界无关的东西。于是他尽力去模仿反叛成性的尼采、惠特曼和其他大师们。不错，此时的王小山在这些逝去的幽灵中迅速地找到了"自我"，通过众多幽灵的帮助，他写的东西竟然有了一种野性而痛苦的风格。也许吧，他的痛苦也并非是空穴来风，它是一枚埋在马家大宅子里的炸弹，幸运的是，这些炸弹的碎片居然在刊物上发表了，不仅如此，编辑部还转来过读者的来信……就这样，当王小山读到大三时，他已经是高校里颇有点小名气的诗人了。

那扇通往华贵世界的暗门仿佛开启了一条缝。他开始出入各种形式的诗歌朗诵会，渐渐地，他发现自己差不多就要变成基督山伯爵了，因为他的名气已跑在了许凯的前头。

二

要不是因为快毕业，王小山几乎都忘了自己那个卑微的愿望。

他打听过，如果按照国家的分配原则，他将面临被分回老家的县里去。是啊，上大学只不过是他人生命运中获得的第一张通行证，要想彻底改变自己的出身，真正成为一个住在高楼里拿工资的体面人，他还必须能分配到一份好工作。

他曾经暗自分析过自己的条件，他的学习成绩和发表过的作品数在整个班级里都是名列前茅的，班主任对他的才华也很赏识。班主任曾经暗示过他，一有机会就会将他推荐给学校并建议校方让他留校。

"像你这么出众的少数民族学生，学校一定会重视的。"班主任说得毫不含糊。

然而，王小山也是最近才得知，留校的名单里本来考虑过他，但最后内定时他还是被一个本地的女生顶掉了。班主任很同情他，特意留王小山在家里吃晚饭。这顿饭王小山一直没怎么动筷子，末了，也许是他期盼的眼神让班主任于心不忍，他对他还是交了底。他说顶替他的是他们班里叫肖燕的女生，她舅舅是医学院的副院长，这副院长还是校长早年的同窗；除了这个原因，还有一个不能公开的秘密，那就是学生会的人这几年来一直向教务处打王小山的小报告，说他不仅参加过一些过激的活动，并且还在公开场合说过一些过头的话。

当王小山脑袋蒙蒙地从班主任家走出来的时候，他忍不住蹲在学校操场边的厕所里哭了。哦，他想不起自己究竟是什么地方犯了忌，与许凯和其他人相比，他还算不上是"最先锋、最反叛"的。不错，他是说过那些话，不就是一点激情、一点疼痛、一点青年人对不平等权势的抨击嘛！谁都不能否认，当今的中国可是处于一个思想解放、张扬个性的新时期。讲授现代文学史的宋教授在课堂上说得比他更激进，他说："中国正在出现一场涉及各领域的革命。民主运动将会延续'五四'运动的革命精神，使整个社会格局发生新的组合。"这样的话，难道不比他王小山讲得还要冲？还要直接？蹲在厕所里的王小山几乎是把自己四年来的艰辛像放电影一样过了一遍。他又想起了基督山伯爵被困在牢房里的情景——狗屁，难道所有的条文不是人自己定出来的？他本人没错，所谓的错误就是别人之所以能顶替他，是因为他王小山一无权势、二无过硬的关系。他没有一个在医学院当副院长的舅舅，更没有什么舅舅的同窗，他的父母和他痴呆的姐姐不过是在边远山区"修地球"的普通农民。

事情的经过就是这样，王小山一直在厕所里蹲得双腿发麻。他的痛苦是难以用乌托邦式的想象来化解的，也许是农民式的发泄方式，这天的他没有像尼采那样去诅咒上帝，他痛痛快快地把力量都集中到排泄的器官上。总之，蹲在厕所里对"信仰"的领悟与在图书馆和朗诵会上完全不同，大粪的臭味使他再次感受到了精神世界在现实中的悲哀。

三

　　我相信，凡是有过类似经历的人都有这样的体验：这年头，一个即将拿到中文系毕业证的大学生能派什么用场？对此，王小山心里根本没底。

　　二十世纪八十年代中期的中国社会正经历着一场历史转型的大变化——中国正由一个承袭了几千年的农业大国逐渐朝工业化的方向发展。最明显的是，这个农业大国的格局正悄悄发生着变化，南来北往的火车上一群群的农民正拖儿带女涌到城市中来，与此同时，报纸和广播也开始联手制造和传播少数人通过个人奋斗光荣致富的神话。而在都市里，随着国门渐开，来自西方世界的耐用消费品和各种主义蜂拥而至，特别是在高校，几乎每个青年人都陶醉于关于"自我"的讨论和"自我价值"的发现，表现得比较突出的是一群一伙结成小圈子搞艺术的学生，他们大多喜欢为自己设计出一种独特而古怪的形象。就拿王小山来说，他最喜欢的是穿一件用油画原料涂成各种抽象符号的圆领衫，下面配一条破破烂烂的牛仔裤，这身打扮在学校里似乎成了王氏诗人的品牌标识。与此同时,文科的学生把现代主义的作品挂在嘴上,法国萨特和德国尼采的作品一时间成了许多大学生的案头书,在学校的饭桌上随便就能撞见一场关于维特根斯坦的哲学或达利的艺术精神的辩论,整个社会仿佛都呈现出一种自由、开放的格局。在这种氛围下,校园里的"天之骄子"们一方面把这视为自己大展身手的时代,他们强烈地表现出了反现实、反传统的欲望;另一方面却又发现即将要跨入的社会是一个万花筒,机遇和运气是如此转瞬即逝、难以把握,所谓的"自我价值"好像也以"日新月异"的速度在更换着。在青年人中,渐渐兴起的出国风潮几乎席卷了全国,大洋彼岸的自由女神似乎成了梦想的代名词。是的,如果说十年"文革"对中国的文化传统是一次最严重的灾难的话,那么十年后的反传统就不仅仅局限在国门之内了——它最重要的特征是,凡是与西方工业文明的文化模式不同的东西都将遭到这一潮流的摒弃。

虽说王小山也感受到了这股风潮给自己带来的活力,不过,自从有了被别人挤掉的痛苦经历后,这时的他已经有了一种"上当"的感觉。他的"自我"、他的"价值"并没有因为上了几天大学而得到根本的改观,所谓个人奋斗的力量依然抵不上"关系""权力"之类的老字眼来得现实。一想到自己最终仍会像父亲一样在深山老林里度过一生,王小山就咽不下这口气。确实,在这个城市里已经住了四个春秋的他已不再是当初那个从山区来的小伙子了,虽说他的视野和知识面算不上开阔,但此时的他大小也算个知识分子啊,一旦站到了这个台阶上,

向幻影告别

二十四岁的王小山对于前途、理想、生活的伟大意义原本也有一大堆的期待。然而特别是当他得知一向离经叛道的马军因为是副省长的公子，不费吹灰之力就为自己在政府部门谋了一个好差使这一消息后，心里的天平就彻底坍塌了。这有如一场灵魂的大地震，王小山觉得自己又一次被所有的人愚弄了。当然，这种压在舌头根下的愤怒他是不会再轻易流露出来了，事情明摆着，权势的光环最终还是比一时痛快的"反叛"来得更实用。遗憾的是，悟到这一点时已经太晚。

王小山给自己下了一个决心，不到最后时刻，他是不会放弃的。在交完了最后一门功课的毕业论文后，他虽然一如既往地写诗和读书，不过，从这时候起，他在精神上已经彻底失去了方向感。

盛夏的阳光依然热烈，可这样的灼热就像是在他屁股下放了一把火，无所事事的等待如同基督山伯爵被关在巴士底监狱的死牢里，这种感觉几乎让他变成了一个整天忧心如焚的囚犯。

俗话说，愤怒是诗人的血液。在这些日子里，他像一只蜗牛，全身心地把自己安置在诗的硬壳里，倒是学校的黑板报和校刊上已换掉了与毕业有关的内容，那上面现在已经换成了刚刚入党的新党员名单，或者就是"一颗红心，两种准备，服从组织分配"的高调文章。他发现，在这些表态的好人中，彭嘉冰竟然也凑了一份热闹。看到原先志同道合的人都纷纷"变节"，王小山失眠得就更厉害了。因为他知道，这家伙只要一拿到毕业证就能立刻和他的女朋友一块儿去外贸局报到，他的女朋友把一切都搞妥帖了，他的女朋友还说去那里出国的机会要多一些。

是啊,彭嘉冰的表态不过是想在他的毕业档案里为将来的仕途增添一笔资本,可人家这样做毕竟是有把握的,如果这些话是从他王小山的嘴里说出来,那就意味着他必须真正地去服从"组织分配"了。

四

离毕业只有一个月了，班里有能耐的人已表现出了一副胸有成竹的得意劲，没有着落的人还指望着最后一搏。有的寝室都已经走空了，一时间，走廊里显得冷冷清清。看着"成功人士"那股即将踏入社会的欣喜劲，王小山的失败感就愈发沉重。

父亲在来信中无可奈何地告诉他，他已经找过县里的人事部门，看能不能把他安排在机关里工作。在县里的机关里工作，好歹也算是进了衙门，这让他将来的仕途也有所希望。但父亲又说，主管这一口的刘主任说，像他这样年轻的大学生没有在机关的工作经验，所以在机关工作不合适。不过，刘主任还是答应给他安排一个在县城里工作的名额，眼下县里的中学正急需语文老师，如果他一拿到毕业证就赶回去的话，还能多拿半个月的工资。末了，父亲还告诉他，他的同学司美娜不过是个护士学校的专科毕业生，但因为她父亲是县里的林业局局长，在山区，林业局局长自然是不可小视的人物，所以司美娜早在两年前就已经被安排在县卫生局工作了。

说到底，人家是有背景和后台的，而他们家除了一所木楞房和一大片半山坡的沙石地之外就什么也拿不出了。"不要灰心，历史上成气候的人都经历过众多磨难，我对你的期望很高，也许再耐心等一等就会碰上别的机会，不要惦记家里。"父亲不甘心地嘱咐道。

父亲的信写得很悲壮，悲壮得让王小山想哭。但他明白，伤感、失望是不会有任何结果的，唯一的希望是上有关部门去试试运气。

这一阵，他花在车马费上的钱比吃的还要多，一打探到有关消息，他就脚掌碾地，身上的装束自然也不敢怠慢，现代派诗人的行头显然不适合找工作的需要。如今的他穿得很规矩，衬衫是每天晚上回来都要洗的，第二天就是没干也只好将就着穿，黑裤子一定是要配这件白衬衫的。他虽然没有钱穿得更精神，但他知道干净整洁是用人单位的标准。

他试着去找过几家单位的人事部门，在看完他的简历后，坐在办公桌后的人一律是脖子不动，身子跟着一挺，然后才是用统一好了的口吻对他说道："好的，很好，先放这里吧，等一有了研究结果我们会立刻通知你。"诸如此类的套话，王小山已经听腻了。到目前为止，他还从来没有收到过这些单位来的只言片语。

这段时间，王小山吃得很节俭，半斤米饭加上一个一毛钱的素菜，这就是他一餐的膳食。

校园的傍晚非常平静，高大的建筑群被西边的云彩染成了红色。

王小山拿起一本从许凯那借来的《在路上》，看了几页之后，他就被书中的人物吸引住了。这些人处处都做出一副与常规世界势不两立的姿态，这正是他想做而又不可能做到的。

有人敲门。门是开着的，王小山头也不抬地喊了一声："请进。"

"我看见灯亮着。"进来的是他的同学沈惠珍。她穿了一条浅蓝色底板印着白色碎花的连衣裙。在黄昏笼罩的寝室里，她那光溜溜的脖子和两条光溜溜的胳膊很惹眼。

"哦，是你。"王小山放下书。

"我是不是打扰你了？"

"怎么会，请坐，你没出去？"

"我……我能上哪儿去呢？还不如干脆在学校待着。"

"你是来找他的吧？"王小山猜测她是来找许凯的，"我有一个星期没看见他了。"

"他？你指的他是谁呀？"沈惠珍白了他一眼。

王小山愣了一下没敢吱声。

沈惠珍看上去气色不大好。她的上眼皮有点肿，尖尖的下巴和瘦削的脸颊使她看上去有了点仕女图里的古典女性的模样。女人的相貌的确是变化太大，王小山记得沈惠珍刚来学校那会儿可不是这个长相，她原先的脸又胖又圆，脖子也长得粗壮，她的腰身也没这么细，可几年的工夫下来，她整个人都变样了，甚至变得脸色有些都市化的苍白。或许对她们而言，减肥也是改变自己身份的标志。

沈惠珍坐到了王小山的对面。她看了一眼桌上的信笺纸说："你可真是个实干家，刚一吃过饭就忙着写作？"

王小山笑了笑说:"像我这种人,不干这个还能干什么?"

"你工作的事有眉目了吗?"她问。

"难啊,"王小山摇了摇头,接着问道,"你呢?"

"我父母一直写信催我回去,我是不想那么快就走,可没办法,我的两个弟弟今年也上中学了。"

"喔,是嘛。关系都联系好了吗?"

"我姐夫是东川矿务局搞销售的,是他帮我联系的,具体去做什么我还不清楚,也可能是坐办公室,反正我想不至于让一个女大学生去挖矿吧。"

"你父母呢,也都在那里?"

沈惠珍摇摇头:"不,我们家是在林区,他们都是做伐木工作的,好在那地方离我工作的矿上不太远,只要坐上半天的车就能到了。"

"还不错嘛,你决定回去了?"

"不回去也不行啊,你呢,打算什么时候走?"

王小山不想提这个茬,他站起来从窗台上拿了一个杯子,只见杯子底部漂着一层蛋花样的霉斑。"你等一会儿,我去给你洗洗。"

"喔,够恶心的。我猜,这杯子肯定不是你的?"

王小山不好意思地笑了笑:"是呵,是许凯的杯子,你就将就用吧,他的东西总是用脏了就乱扔,这宿舍里除了我还有谁来帮他收拾。对了,过几天我们要和美院的一帮人在一起搞个展览,你来看吗?"

沈惠珍用手托着腮帮子,她眼睛直愣愣地看着窗外道:"别在我面前老提他,他上哪儿跟我有什么关系,我又不是来找他的，现在我和他已经是'孔雀东南飞'了……我算看透了，什么诗人啊爱情啊，全都是骗人的鬼话。我有时一想到他那股虚伪劲，就恶心得直想吐。"

"嘿嘿，你们这么快就掰了？不过，为爱情痛苦也是一种福气嘛……"

沈惠珍愤愤地瞪了王小山一眼："像他这么无情的人我没什么好痛苦的。"

"不会吧，他可是你们女生心目中的白马王子呀，其实，话说回来了，他这人并不坏……"

还没等王小山说完，沈惠珍就火了："亏你还帮着他说好话，你也不想想，为什么他自己的脏东西老是让你来收拾？难道这就是你们所谓的革命友谊吗？他一天到晚老是把这个'大师'、那个'大师'挂在嘴上，好像别人都是笨蛋，只有他自己才是做'大师'的料，对此你就没一点儿感觉？"

王小山可从来没仔细想过这个问题。沈惠珍接着道："他问你借过钱吗？"

"借钱？我的情况……你是知道的。"

沈惠珍点点头说："哦，我忘了，你这种真正的无产阶级是榨不出油的。不过，我可以告诉你，他经常找各种借口向别人借钱，而且从来不还。特别是对那些崇拜他的低年级学生，他一概不放过。可我知道他借的钱都干什么用了，嘴上说是拿去帮助革命战友，实际上呢还不都是一帮人统统买了酒喝。"

听到这儿，王小山哈哈大笑了起来。沈惠珍说得没错，王小山曾经见识过一些到学校来找许凯的人，他们大多是些形形色色的外地诗人,这些人不修边幅,谈起艺术来通常是嗓音嘶哑但又滔滔不绝,除此之外,他们还有一个显著的特征,那就是饥肠辘辘、身无分文。每当来了这样的人,许凯总是以领袖的气度到处募捐,总之,这样的酒都记不清喝过多少场了。

  王小山猜测许凯可能又有了新的女朋友,怪不得沈惠珍的眼睛有点肿。这不奇怪,最近这一个月,班里彼此突然翻脸的男男女女好像多了起来。很多爱情都变成了昙花一现的泡沫。几个月前,沈惠珍和许凯还好得不得了。许凯说,沈惠珍虽然不漂亮,但像她这种小家碧玉式的小女子还是蛮温柔的,因为她崇拜他,并且很会弄东西吃。晚上十点以后,这小女人常用电炉在寝室里做夜宵,有时还有啤酒和卤菜。因为她自己减肥的缘故,沈惠珍所做的这一切都是冲着爱情去的,她就像主妇那样坐在桌子边,一边问"好吃吗",一边往恋人的碗里夹菜。许凯差不多是隔几天就要上她那儿去混上一餐。偶尔,许凯喜欢拉上王小山跟他一块儿去。让王小山感到很不自在的是许凯的行为总是很张扬,在恋爱上更是西化得不行。他满不在乎地当着王小山的面一边吃一边与沈惠珍搂搂抱抱,这在当时是够让人心惊肉跳的。

  每当王小山看到这两人旁若无人地卿卿我我时,他就强烈地意识到自己与他们之间的差别——对生在城市里的许凯来说,如果不在大学里谈上几次恋爱就意味着生活是一片荒原上的废墟。特别是读大三这一年,班上男女对爱情的追逐更被认为是天经地义的。"爱是不能忘记的",这句响亮的口号几乎响彻了校园里的每个角落,它是人们衡量生命价值的标准,仿佛没有爱情的人就不配活在这世上。于是每个男男女女都想搭上这最后一班车,反正在大学生涯结束前不失时机地"爱上一把",用当时的行话来说是"浪漫一把",这才算得上不枉在大学里混过一场。

"我知道,在你眼里,我这么说许凯很俗气。"沈惠珍幽幽地叹了口气。

"没有呵,你很坦率,也很真实……"王小山不知不觉地把自己划到了沈惠珍一边。

"现在看下来,还是你比其他人更成熟,至少你跟他们不太一样,你是不愿意伤害人,对吧?"

"我的年龄比他们都大嘛——"王小山的脸红了。

"你有二十几啦?"沈惠珍问。

"我都快二十四了。"

沈惠珍扑哧一笑:"噢,真难得你还这么纯洁。是不是在家里定亲了?"

"还没有。"

"不会吧,我知道在农村结婚都是很早的。"

"是有人给我提过亲,但我不想太早结婚。"

"哟,我不信,是不是你对恋爱的标准很高?"

王小山嗫嚅着说:"不是,我有自知之明。"他接着又补充道:"我的意思是我讨厌被别人捉弄。就像有的人喜欢歌德的《少年维特之烦恼》,可我更喜欢他的《浮士德》,我觉得晚年的歌德对'维特的烦恼'已采取了一种审视的态度……"

"算了吧,你又不是老歌德,喂,我看见李小燕对你挺有意思的，你没注意？"沈惠珍说的是睡在她上铺的那个女孩。

"她？怎么可能，每次我和许凯去找你，她见我连招呼都不想打，傲着呢。"

"你知道这是为什么吗？因为你从不正眼看她，也不主动跟她说话。"

"没有呵，是她根本不正眼看我。"

"不对，是你一贯太清高。"

"她那么傲气，我不清高怎么能压得住她——"

沈惠珍怔怔地看着王小山说："嘿，这就是你的错了，要想知道梨子的滋味，不去试试怎么知道。我来告诉你一个秘密，勇敢是男人最重要的武器。"

"你是说我不够勇敢？"

"我可没这么说哇，天知道你心里对女人有什么标准——"

在谈到男女这一话题时，沈惠珍的话就多了起来。王小山觉得，她对这类事很在行。虽然是漫无边际的瞎聊，但她好像是在暗示王小山，她不是来找许凯的，是来找他的！女人的小把戏往往是声东击西，沈惠珍嘴上在说李小燕，而实际上有可能是在试探自己对她的看法。

往日里在女生面前的清高，大多是因为根深蒂固的自卑，现在和一个异性坐在一起讨论爱情，这让王小山感到十分兴奋。他吃惊地发现，自己在沈惠珍面前突然变得风趣了。他敏感地捕捉着从沈惠珍的嘴里传递出的信息，哦，当她笑着说"我觉得你比他们当中的任何人都懂得感情，只是缺乏行动"时，王小山就大胆地盯着沈惠珍道："你想不想和我一起出去散步？"

他还从来没有单独和学校里的女生出去散过步,这是第一次。一般来说,那时候的风气是大多数人在口头和理论上尽可以表现得很开放,但在具体的行为方式上还比较含蓄。如果一个女生愿意和某一个男生单独出去散步,这至少意味着彼此有了某种愿意继续下去的想法。这天晚上,他们先是逛了一条繁华的商业街,那的人太多,就连坐的地方都没有,沈惠珍建议干脆去翠湖公园。"我们可以上湖中心的那个小岛,那里最清净。"她说。

　　有人把这个小岛称为"风流人的城堡"。是的,里边大大小小的池塘都种满了荷花,小岛上也全是竹林,林子里放着一条条石凳,只见体积很小的石凳上坐满了挤在一起的情侣,有些女的还把头靠在男的肩膀上。闻着竹林里散发出的清香,紧挨着沈惠珍的身体,王小山决定大胆地试一试。他在昏暗中摸索着找到她的手,她没有甩开,而是让他握着,于是,这种迷迷糊糊、不能自已的感觉使他的话也多了起来。

　　没想到和沈惠珍在一起竟有这么多说不完的话。要不是怕学校关大门,他还想握着她的手一直待下去。与小说上描写的情形相仿,散步回来后的王小山躺在床上,回味着沈惠珍软软的汗津津的手心,久久不能入睡。

　　第二天上午,王小山刚起床,沈惠珍就推门进来了。她刚洗了头,换了一身都市女孩子爱穿的碎花布裙和一件无袖衬衫,乌黑油亮的披肩发散发着一股淡淡的苹果香味。他想起家乡的姑娘们虽然也留长发,头发比沈惠珍的还要厚、还要长,但她们头发的味道在大热天闻起来有一股咸咸的汗味,要是像她这么香的女孩子依偎在自己怀里，那将是一种什么样的滋味啊。

"你今天准备干什么去？"沈惠珍一边梳头一边问。

"我没什么要紧事，你呢？想不想出去看场电影？南屏电影院正在放美国的《爱情故事》，我看过这部小说，写得不错。估计电影肯定好看。"

沈惠珍大笑了起来："都什么时代了，你就不能想出点别的——"

"那……咳，你说上哪儿就上哪儿吧，本人一切听你指挥。"一夜的工夫，王小山似乎掌握住了和她说话的情调。

"好，要是我说出来，你可不能反悔。"

"行啊，快说。"

"我想让你陪我去看我二姨。她家也在农村，离这就三十公里路。去吧，老待在学校里闷死了，还不如咱们一起出去玩一趟。"

"就我们俩？"

"是呀，应该利用这最后的自由，以后就没时间了。"

王小山不好意思地挠着脑袋问："可你的家人见了我会怎么想？"

"哎呀，管他们怎么想，大不了你假装是我的男朋友嘛——"

"这……合适吗？万一许凯他知道了……"

"不愿意？那就算我白说。"沈惠珍一甩头发，转身就要走。

"去就去。我……我不让你走。"

王小山猛地跨了一步，他在情急之下拉住了沈惠珍那条光溜溜的胳膊。沈惠珍好像有点吃惊，但她并没有用力甩开，而是转过头来用炽热的眼神迎着他。她的眼神决定了王小山的冲刺，当他把嘴压在她嘴上的时候，嘴里的舌头仿佛变成了一个胖胖的大拇指。她的整个人也是绵的，好像她的骨骼在他的胸口间忽然融化了，这种绵绵的感觉真的很虚幻。

毕竟，与沈惠珍偷偷摸摸地外出应该算得上是对友情的背叛。一路上，王小山还有点顾忌，但一到了沈惠珍的二姨家，他们的热情和言语间流露出的暧昧显然已把他当成了沈惠珍的对象了。

虽然他是在农村长大的，但与他记忆中的村子相比，这里比他老家强多了。首先是清一色的青砖黑瓦房，小巷里的居舍在布局上多少给人一种层次分明的感觉，一股透亮的溪水从石板路下穿村而过，有的人家就在溪水边起了一块石板，他们悠然地在自家门前淘米洗菜。放眼望去，灰白色的石头路上跑着放学回来的孩子和狗，看着孩子们的书包在小屁股上一颠一颠的，王小山就想，生在这里的孩子其实也不错啊，有饭吃，有学上，比起家乡的孩子来，他们够幸运的了。哦，在这幅牧歌式的山水画中，只见缕缕炊烟弥漫开来，四周整齐的梯田和红红绿绿的果树如同被裁剪过一般，它们错落有致地向远处延伸开去。

远离了市区，脚下踩着红红的泥土，王小山觉得自己的心被激活了。沈惠珍的二姨逢人便夸耀他是从省城里来的大学生，所以乡里乡亲的人见了他也都跟着喊"大学生"。这些人眼里流露出来的羡慕正是他这四年来期望得到的东西，虽然这里的人情世故与他们村里不尽相同，但人们仰视他的眼神还是给了他一种比别人高一等的感觉。好极了，他无数次地在内心里品味着它、咀嚼着它，由此带来的自信是他这几年从未有过的。况且，在果园里、在饭桌上、在热烘烘的草垛堆里，沈惠珍对他时时透出的爱意彻底冲淡了他心里那股灰溜溜的失败感。如果说城里的人事关系一度曾使他感到压抑和自卑的话，那么一夜之间从天而降的爱情却给了他一种甜蜜的满足——与自己的恋人白天在山水间游荡，晚上在月光下尽情地抒发各自的小感觉，这正是许多诗人的传记里最抒情的场景啊。

是的，这时候王小山最惬意的就是懒洋洋地躺在沈惠珍的膝盖上，想着自己那个卑微的梦似乎已经变成了现实——在大学时代就要结束的这个夏天，他终于有了女朋友。和自己期望过的一样，她也是堂堂的大学生，她的长相虽不出众，可她的身材与城里的姑娘没什么两样，就凭这一点，他王小山还有什么不满足的呢？他在心里暗暗地对他们俩作了一番比较：沈惠珍的老家也在林区，其处境也好不到哪儿去，况且又是她主动来找自己的，这种情况证明了他们之间应该没有太大的等级差别。

毕竟是在长者的家里，两个人都不敢太放肆。也许是外在的节制才使得两人都有一种按捺不住的狂热，最令人心跳的时光就是一撂下饭碗，两人一块儿陶醉在谈情说爱的甜蜜中。王小山感到意外的是，远离村子的地方仍然是一片荒芜的深谷，落山的夕阳如同是被群山收拢住，它那赤红的光芒把两人照得通体透亮。此时的他们幸福得不得了，两人手拉手把自己投射到金烁烁的一湾河水中，沈惠珍娇喘吁吁的笑声和她鲜红的嘴唇简直让欲火中烧的王小山发狂！噢，在这里，他每时每刻都品尝到了恋人间每个微小动作、每个眼神所传递出来的魅力。只有在这个女人面前，他的本性才是自由的！他的舌头和身体也是自由的！他可以随时搂她、抱她、吻她，这一切就像吃饭那么自然。终于熬到了第三天的傍晚，沈惠珍别出心裁地闪进一间水磨房里去和王小山捉迷藏。当王小山捉住她的一刹那，他已经顾不得那么多了，他假装自己是力大无穷的"土匪"，他要让捉在怀中的这个女人完完全全地属于自己……

事实上，假装被"强奸"的抵抗使沈惠珍看上去很风骚，只是她的"反抗"没有太多的新意，无非是既缠绵又带有点挑衅的那种。"你身上怎么这么烫？"她边说边用拳头擂着他硬邦邦的锁骨。

"不知道，你身上还不是一样——"

"胡说，我可不像你这么好色，哎呀，不过你的力气可真大——"

沈惠珍的话在王小山的耳朵里就像是一首献给男人的赞美诗，她接着道："我问你，你是不是和别的人也有过？"

"什么？"他的手已经在解她的胸罩。

她没有推开他，而是合上了眼睛。"说呀，别不好意思——"

"喔，是的，有过，很早了。"他不想错过这次机会，他试着用膝盖上的劲去分开她的两腿。

"等等，我要你先说，你那会儿有多大了？"

"记不清了，可能有十五了吧。"

"嘻嘻，就知道你们少数民族一向是很开放的，你总共有过多少个姑娘？"她一再追问，意思是在那与世隔绝的蛮荒之地，男人是不是可以随意和女人做爱。

"不许乱说，我们也有我们的规矩，并不像你想的那样。"

"都有些什么规矩？"

"哦，算了，今天不说这个。"

"和你在一起的那个姑娘，她叫什么名字？"

"我们不说她——"

"不，我想知道，她叫什么？"

"叫香玉嫩，比我大一岁。"

"你和她……"沈惠珍哧哧地笑着问，"你，你是不是也像现在这样哆嗦？"

"嘿，叫你别说话，"王小山贴着她的耳朵说，"好像她的奶头没你这么大。"

"嘿，想不到你还这么坏……后来呢，你和她为什么不好了呢？"

"噢，我还在上高中的时候她就嫁人啦。"

"那你为什么不娶了她？"

"不是跟你说了吗，我还在上学嘛。"

"以后呢？"

"喔，这鬼东西，怎么弄的——"王小山的手被胸罩上的搭扣缠住了。

她压住了他的手："不行，你要告诉我，以后你是不是也会像对待她那样对待我？"

胸罩的搭扣终于被扯掉了。为了让她高兴，他告诉她，从前的事他早就忘了，没必要老是没完没了地纠缠下去。

"我不是这个意思，我只是觉得过不了多久你也会忘了我……"

他不再理会她的固执。他的两只手已经捏住了怀中女人汗津津的乳房，尽管没他想象的那么柔软，但王小山还是很陶醉地贴着沈惠珍的耳朵说："不会的，我爱你，我一辈子都爱你，只爱你一个人。"

"你发誓？"

"好，我发誓。告诉你，在我们那里发誓可是一件神圣的事。"

"是呵，我也是认真的。"她说。

他撩开散落在她脸上蓬乱的头发。滑润的肉体如同一汪泉水，而他看不清她的脸，被光线切成块状的白色肉体古怪地蠕动着，每个毛孔都冒着热气，绷直的身体是从脚趾头到腰的战栗。如果用沈惠珍的话来说，那么，王小山是将自己的"力气"用过了头。让沈惠珍感到十分尴尬的是，事情过后，她的脖子和肩胛骨这一带竟留下了深紫色的嗯痕。当沈惠珍指给王小山看时，他自己也为自己的粗鲁大吃了一惊。

第二天吃早饭的时候，王小山看见沈惠珍换了一件高领套头衫，在六月的盛夏如此穿着显得很可笑，当然，王小山明白她是用它来遮盖昨晚的痕迹。沈惠珍娇嗔地瞪了他一眼，他不好意思地笑了笑。两个人的关系发展得这么快，是他没有想到的，是因为一见钟情，还是因为没有出路的绝望所至？谁知道呢？

接下来又是一个疯狂做爱的日子。他只想做爱、做爱。书上说，只有低级的妓女才喜欢男人的粗暴，这样想是有点恶毒，但他已经离不开沈惠珍了。此刻，她依偎在他的臂弯里，她红红的脸和水汪汪的眼睛告诉他，她的心和身体已经属于他了。

"喂，你老实告诉我，在你心里，我是不是很轻浮呵？"沈惠珍的声音听上去有点虚脱。

"你是在想着法子骂我吗？"王小山心满意足地闭着眼睛，用手拍了拍沈惠珍的脸颊。

"就算是，我都快被你弄死了。"她小声地说。

"那不更好，我和你一起去死。"

"你舍得？"

"有什么舍不得，诗人做梦都想死在花树下，普希金和莱蒙托夫就是为女人决斗而死的，你忘啦？"

"别骗人，这都是诗人自己编出来专门欺骗女人的，我已经不再相信啦……喂，老实告诉我，你这会儿在想什么——"沈惠珍吻着他的耳垂说。

"当然是在想你啊，我被你搞得都他妈快疯了——"

"哈哈，我也觉得你疯了，我喜欢看见你发疯的样子，男人为女人疯狂是一种什么感觉……"沈惠珍猛地一侧身，抬起脑袋问道，"告诉我，你是不是真的爱我？"

"怎么，你想要我跪在地上对你发誓？"他又想要她了。

"不。"她断然地推开他道，"你……你真的不在意？"

"在意什么？"

"哼，你就会装傻……"

"你……你怎么啦……"王小山不知道她究竟是在想什么。

沈惠珍垂着眼睛道："……我要告诉你……我和许凯有过……你大概也猜到了，不过还是由我自己说出来心里会舒服些——"

王小山的手停止了抚摩。"你和他睡过了？"

"是……是的。"

"除了他还有谁？"

"你——"她咬着嘴唇，并抬起眼睛恶狠狠地看着王小山。

"对不起，我……"

好像许凯此刻就站在他的面前。是的，他在心里曾经有所怀疑，但一被对方说出来还是太突然，至少不应该是现在，为什么她不能等一等？记忆又回来了，他想起他们两个人当着他的面搂搂抱抱的情景。

"说呀，你现在还爱我吗——"沈惠珍的声音带着哭腔。

这种时候的他无法一下子弄清自己到底有什么感受。不过，有一点很重要，他不能表现得像个他们所说的农民，他不能即刻就丢份，他应该显示出现代青年对什么都不在乎的气度，总不能让沈惠珍嘲笑自己还是一个生活在中世纪的老土吧？

当沈惠珍耸动着肩膀在王小山面前抽泣的时候，女人的眼泪再次激起了他体内的欲望。这欲望是不是爱情他已经无法去判断了，反正他得到的爱情并非像他想象的那样美，此刻，他只想静下心来踏踏实实地满足自己的欲望。就这样去设想吧，如果说这片阴性的草地曾经留下过某个人的痕迹，那么，现在他要用自己的身体去彻底覆盖住这片草地——紧紧地去挤压它、占有它，并且是要由自己来任意摆弄它。这一次，王小山只想用自己的身体和爱情去比个高低,他不想像先前那样闭上眼睛去崇拜它,而是要看着蠕动着的肉体把其他人留在那里的痕迹统统挤出去。

沈惠珍放肆的呻吟给了他一种说不出的满足,如同一只内脏被掏空的鸟儿,他最后昏昏沉沉地在草丛中睡了过去。

醒来,视网膜上落下的是满天星斗。远处的山影使他想起了父亲和家里的火塘。一时间,他有点恍惚。

"该回去了。"沈惠珍说。

一路上,她拽着他的胳膊,那股疯疯癫癫的兴奋劲儿使她走路都有些不稳。她说她一回去就帮他联络工作上的事,东川地区应该比他所在的县上要好得多。"我估计不会有太大的问题,我会让我姐夫帮你的。等你的工作一搞定,我们就可以天天在一起了。"她说完撒娇地要王小山把她像孩子一样背在背上。

第二章
别了，乌托邦

你这家伙居然还真相信了马丁·路德书里写的那一套东西，哈哈，什么平等呀、民主呀，狗屁，历朝历代翻来覆去地都有人拿这玩意做幌子，无非是这儿换几个词，那儿换几个词，尽是些小花招，这都是因为你读书还没读透的缘故。

一

从乡下回到学校，一推开寝室的门，王小山看见这屋子简直成了火药库，屋子里烟雾腾腾。马军、李维维一帮人好像突然冒了出来，他们手上都拿着烟，还有许多外系的学生，没地方坐的人只好站着。

刚进门，一个绰号叫大嘴的历史系同学就冲他嚷了起来："噢，你去哪里了？我们还以为你也进去了。"他睁大眼睛看着他。

"进去？去哪里呀？"王小山一头雾水。

"你不是和许凯他们在一起吗？"马军瞟了王小山一眼，眼神怪怪的。

王小山红着脸说："我自己有点事，所以……"

李维维走过来拍着他的肩膀道："他们一帮人给请到公安局去了，对此你有何感想？"

"我……"

"嘿，那场面真是一场滑铁卢哇，警察全副武装，同志们大义凛然。美院的这帮家伙也够绝的，这种时候还点燃了爆竹，结果搞得整个大厅一团混乱，那样子就像马其顿防线的崩溃……"大嘴说。

"有那么严重？办展览不犯法啊。"

"大嘴说得太夸张了，他们哪有那么大的面子。"马军补充道。

"究竟是怎么回事？"

"嘿，反正展览是给封了，人也弄进去了。"李维维道。

"又不是'文革'，我们可不能袖手旁观。"也许这话说得不够明确，王小山又加重了语气，"反正我们不能就这么算了。"警察对自由的侵犯他应该生气，作为诗人他必须保持住自己的形象。他接着问："听说是什么理由了吗？"

"理由可以随便找嘛。关于其他方面就无须赘言了，其中最重要的是这个展览没有得到有关部门的批准，还不就是这些鸟话。"

"那警察呢，他们会怎么做？"

"不清楚，昨天公安局的人已经来找过系主任了，搞不好许凯这家伙会被学校开除。"

"不会真去坐牢吧？"王小山激动地问。

"不好说呵，这种事谁也说不清，这一次怕是凶多吉少。"

"学校方面有什么态度？"

"暂时还没有，不用问也知道这些人还不是要看事态的发展。"

"客观地讲，那展览是有点过。展了一堆光屁股的裸体画不说，许凯还不知天高地厚地写了一大篇所谓的宣言，好像叫什么'地之火'，这不把警察惹火了才怪……"

"动不动就谈'主义'，我看当今世界这'主义'也太多了点——"

第二章　别了，乌托邦

"也不能这么全面否定，中国思想界几十年来一潭死水，所以中国人活得没什么个性。我倒是觉得他们的展览就像是一朵有毒的'恶之花'，它好歹给人一种刺激、一种震动……"

"什么震动？是肥腿子和大乳房？我不认为这有多少创新，还不就是为了哗众取宠，其实再明显不过了，有的人想出名都快想疯了——"

"你这是什么立场，从文艺复兴起，西方的文明史就是各种流派演变的结果，要是没有历史上的这些疯子，你一辈子也就只能去读《诗经》了。"

"嘿嘿，问题就在这里，什么玩意都拿西方文化做标准，这算什么中华民族的复兴？可悲，可悲啊。"

脸色阴沉的李维维憋不住了，他用手在自己的鼻子底下边煽边吼道："喂，诸位，你们有没有一种恶心的感觉？这屋子里有一股臭味，有人在别人受难的时候还把屁放得这么臭——"

"你怎么骂人哩——"

……

他们一直吵到深夜。有时热烈、有时机智、有时辛辣，争来争去，争论的重点究竟是什么到后来也模糊了。不过，这场景提供的就像是一个展示个人思想的"橱窗陈列"。后来想想，王小山觉得那天晚上这帮人够好笑的，当今世界的战争已经是靠发射导弹和核武器来解决问题了，可他们这些"天之骄子"居然还依靠舌战来表现自己的战斗力。

一场争论下来，阵营已被划分为两块——其中一小部分是以马军和王小山为代表的激进派。别看马军平时不大看得上许凯，可一到了"革命的紧要关头",他还是忍不住要表现一番。他主张明天一早就去联合美院的同学,至少不能就这么认了。而多数人则建议去找班主任想想办法,可类似的提议就跟放屁一样,这伙人中有谁会当真呢?事实证明,聪明人并不想去真正地对抗眼前的现实,他们认为"枪打出头鸟",没必要采取过激的行为。尽管他们可以从耶稣受难的创世纪讲到现如今的改革开放,最后又怎么样?到头来还不是废话,还不是不了了之,这就是所谓知识分子的理智。反正夸夸其谈地把自己当成了救世主也不过是嘴皮上的功夫,一旦落到实处谁会愿意为了别人去做自我牺牲?当然,争强好胜的王小山向来与马军在暗中较劲,就当时的情况而言,他绝不能输给他,更不能在众人面前去做一个临场退缩的人。

在这一片叽叽喳喳的声音中,王小山与马军结成了"盟军",虽然马军的意图(王小山揣摩他是想借机出名)值得怀疑,可王小山冲动之下也把自己高高地挂在了十字架上,毕竟,这个姿态才是诗人永垂不朽的形象。

有件事让王小山感到很意外。当宿舍里只剩下他和马军了,这家伙斜靠在床上抽着烟,他冷不丁地冒出了一句:"听着,说不定明天他们会找你去问话。"

"谁?"

"当然是警察啦。"

"他们找我有什么用?"

"那些请柬是你散出去的吧?"

"是呀,你不说我都忘了。"

"别紧张,他们要是问你,你就说你什么都不知道。记住,不会跟这帮人说话就别乱说,这是政治,政治的复杂性你懂吗?尤其是这种时候,你最好不要掺和到这里头来。"

"你什么意思?难道你认为我害怕了吗?"他想起他读过的很多传记,比如马雅科夫斯基在红场上演说的情景。

"别生气,我一直把你当兄弟看,并且不怀疑你的动机也是纯粹的。但你想过没有,这事如果弄不好你就玩完了。"马军说。

"可你刚才……"

"唔,你跟我不一样,我从一生下来就知道怎么跟这些人打交道。再说了,他们也不敢拿我怎么样。"

熄了灯,马军在黑暗中滔滔不绝地发表了一通与政治有关的谬论。他谈到了他父亲,还谈到了"文革"时期的"五七干校"。从马军的话中王小山得知他们一家在过去的十几年里是受了不少罪。他的母亲因为家庭出身不好,所以在"文革"刚开始时就跳楼自杀了,而后,比他大八岁的大哥去了内蒙古做知青,他自己也被送到了河北乡下的老家。

"你知道白洋淀吗?"马军问。

"知道,在小说上看过一些,是革命的老根据地吧?"

"是啊,说实话,我真想念那地方。我父亲出事后,我就被送到了那儿,我在那儿整整待了九年。后来,我父亲从干校回来了,又怎么样,没过多久,他就娶了另一个女人做了我的继母,不过,她对我还过得去……"

马军还在絮絮叨叨地讲他的家庭和他在白洋淀的往事,显然,他对过去的那段历史既痛恨又万分眷恋。而王小山对马军说的这些没什么具体的感觉，他暗自揣摩，马军之所以在这个时候对他说这些无非是想以"老前辈"自居。"苦难的历史"也不是每个人都有资格摊上的，对马军这类人来说，这也是"特权"才有的光环。他这是在提醒自己，他王小山没有资格掺和到政治斗争的层面上去，最好还是老老实实、本本分分地待在他们的圈子之外。黑暗中，王小山看不见对方的脸，但他在心里暗暗地想：马军，你等着，总有一天，我会让你刮目相看的。

第二天一觉醒来，外面已是烈日当空。马军连脸都没洗就走了。当王小山睁开眼睛时，他很难相信刚刚分别了一夜的沈惠珍就坐在自己的床沿边上。她依然穿着那件无袖开领的连衣裙，裙子很短，露出的小腿和圆圆的膝盖很性感。

"你睡得可真香！"她拍了拍他的脸道。

她的头发丝仿佛撩在他的脸颊上，他又闻到了她身上的那股香气。他闭着眼睛深深地吸了一口，十分惬意，便伸出手想拉开她脊背上连衣裙的拉链。

"别，"沈惠珍扭了扭身子，"我听说你要和他们一块去声援？"

"是哇，糟了，几点了？"

沈惠珍按住他的肩膀："不嘛，我来就是想劝你别去的。"

"为什么？"王小山皱着眉头问。

"不为什么，我就是不想让你去。"

"噢，你是因为许凯吧？别那么小心眼，这不光是他一个人的事。"

"随你怎么想，我是小心眼……我不希望你和他又搅在一起。"沈惠珍咬着嘴唇说。

王小山蹭地一下跳下床来,一边匆忙地套着裤子一边笑着道:"噢,你这种女人够狠的。"

"你说得对,我恨他,真的恨他。不跟你开玩笑,要是你还爱我,就不要和他们一块去闹事。"

王小山头也没抬:"不行,我们昨晚已经商量好的。"

"那又怎么样,这会儿又没人强迫你。听话,别去了,好吗?"

"哦,这可不行,我还什么也没有经历过呢,这次不能错过,我一定要去,就当是补课吧。"

沈惠珍像看怪物一样看着他:"你说这话真可笑,补什么课?我看不过是一群乌合之众……听我说,你跟他们不一样,小心掉到了粪坑里……"

"嘿嘿,这种话马军昨晚就说过了,你们越是这么说我就越要去——"

"你是成心气我哇?"

王小山伸手摸了摸她的脸道:"放心吧,我又不是傻瓜,再说了,我总不能出尔反尔,你就别再替我瞎操心了。"

"我最后问你一次,如果是我求你别去也不行吗?"她瞪着他道。

王小山皱着眉头道:"你今天怎么了,这事和我们俩的关系根本扯不上边——"

"你说错了,我就是想试试我在你心目中还有没有位置……"

还没等她说完,王小山沉着脸道:"不,这跟爱情有什么关系？你最好别以这种方式来威胁我，我可不吃这一套……"

"哼，我威胁你？你是这么认为的吗？"沈惠珍顿了顿又接着道，"我发现我在你眼里什么都不是……我还以为你也会像我一样高兴死的——"

"高兴？"王小山愣了一下，尔后他才回过神来，"亏你说得出口，我和许凯又不是敌人。"王小山也火了。

沈惠珍也毫不示弱。她猛地拉开衣领，指着她脖子上还没有散去的紫色印痕冲着他大声嚷道："嘿嘿，你和他是什么关系我不知道，可前几天你是怎么对我的——"

"你……"热恋中柔情万种的沈惠珍突然变得如此不可理喻，这让王小山感到极度失望。不过，他是不会对她"投降"的，或许这样的考验正吻合了他对一个革命诗人的想象——正如很多革命电影里演的那样，他没有去抚慰哭泣中的沈惠珍，而是拉开门大踏步地走了出去。

一切与他想象中的场面完全吻合——球场上正充斥着一股紧张和躁动的气氛。他抬头看了看天空，觉得自己仿佛是站在创世纪的地平线上。

头天晚上屋子里的场景似乎又在学校的球场上再现了，这情景有如一个超现实的梦境——沐浴在早晨金色的阳光下，这些头脑里装着形形色色思想的男男女女兴奋地大声嚷嚷着，穿牛仔裤的小伙子们一边抽着烟一边传递着不同版本的最新消息，而在学生宿舍的窗户下，有人打出了横幅标语，还有的人干脆坐在窗台上敲击着脸盆或是一切能发出声响的东西，从下往上看，他们红红的脸就像是卡通片里的玩偶；与此同时，在图书馆的外墙上一夜之间竟然贴满了各种花花绿绿的小纸片。这是那个时代青年人所具有的特征，因为在他们心目中，生活应该是一场激动人心的战斗，任何循规蹈矩的品质都将被视为"平庸"和"无能"的表现。他们其中的很多人不满足于从书本上去解释世界，他们急切地想投入到改变世界的进程中去。准确地说，这依旧是诗意精神使然。就在这时，聚拢的人群像是一个巨大的旋涡，在它的中心，一个瘦高个、戴眼镜的女生正在滔滔不绝地发表演说。王小山离得太远，传到他耳朵里的声音是断断续续的，唯一能看见的是她一直散落在额前的长发，而随着她声调的起伏，她每次都要激动地把头发甩到后面去。

"这女的是哪里来的，我怎么没见过？"他问站在身旁的人。

"好像是师范那边过来的。"有人回应道。

"她叫什么？"

"我听他们的人都叫她路红。"

"噢，果真像个女革命家，是在学列宁演讲吧？哈哈，人长得蛮漂亮的嘛，像不像一朵盛开的战地黄花呀——"

"你是不是瞄上她了？"

王小山似乎是受到了这气氛的感染，他一昂头，爽快地说："是又怎么样？走，我们到前边看看去。"

周围乱糟糟的，各种人的声音在王小山的耳朵旁嗡嗡作响。不知为什么，这些声音的腔调都惊人的相似，那是一种大学生中流行的既带有思辨色彩又夹杂粗话的说话方式，在今天的这种场景，这种语气显得很有效果。差不多用了一刻钟，王小山他们才挤到了中间,他本想在此一展身手,可猛然间他瞥见了马军。这家伙穿了一身军装,并且惹人注目地戴一顶崭新的军帽,从他鼓出的下巴和脖子上凸起的青筋来看,王小山猜测他似乎是想让大家排成整齐的队伍,尽管他跑前跑后地吆喝着,可他想恢复队伍秩序的努力显然没用。可以这么说,先前单纯的"声援"已转换成了一场大伙儿集会的符号,要想控制住这一局势,马军已是力不从心了。

正当四面八方的人陆续朝球场的方向涌来时,学校的大喇叭在各个角落同时响了起来。喇叭里首先说话的是校长。这老头儿先是来了一通语重心长的抚慰,而后又以一种家长式的训斥要大家立刻回到各自的教室去,同时,他再三提醒众人,倘若大家不顾后果走出校门,校方将对各自的行为予以追究。

起初,人们对大喇叭的反应是以吹口哨作为回应,但渐渐地,球场的边沿开始松动。最先走的是一批来凑热闹的人,而后,留下的人开始组成了一只稀稀拉拉的队伍,马军像个大人物似的和外校来的人握了一下手便走到队伍的前边,可当他们一行人来到学校的大门口时就看见早就站在一旁的保安把路堵住了,其中还有学生会的人和各系的老师,在他们的劝说下外校的学生最先被放了出去,而剩下来的人也变得微妙了,他们当中有的动摇、有的生气、有的害怕,尽管王小山也有所顾虑,可他不能做出令自己脸红的事来,然而,队伍中已经有人开始悄悄撤退。就这样,不到半个小时的工夫,这支队伍终于散伙了。

正午的球场又恢复了原状。坐在光秃秃的水泥地上,王小山看着马军顶着火辣辣的太阳来回踱着方步。只见他把头上的帽檐扯到了后脑勺上,更好笑的是他气冲冲地不断用脚踢着那些仍留在地上的纸片和半截烟屁股,那怒气冲冲的样子和他头上的帽子形成一幅夸张的漫画,这与他平日里故作深沉的外表十分不协调,王小山忍不住笑了起来。马军先是一怒,尔后也跟着爆发出一阵大笑,这家伙边笑边拍着肚子说:"走,咱们到馆子里好好撮一顿去,我都快饿死了。"

二

"球场风波"过后的第三天,王小山就听说许凯一帮人已经被放出来了。沈惠珍呢,他在走廊里碰到过她一次,但双方都尴尬地没说话。许凯一直没有露面,他还有好几门功课的毕业论文没有交上去,看样子他是不准备要学位了。有消息说,他和其中几个人已到了重庆,那地方是西南前卫艺术的中心,他们将与那边的人会合,然后一块儿上西藏去。尽管许凯他们这种破罐子破摔的做法引来了一小部分人对他的敬佩,但许多与王小山处境相似的人却不那么容易去模仿他的行为,对大多数人而言,把自己的生活保持在社会规范的秩序之内固然是重复传统的老派做法,可聪明人明白这样的选择才是未来前景的保证。作为普通人的他们不可能在"叛逆"这条路上走得太远。

窗外夏季的风景又恢复了往日昏昏然的画面,图书馆前肃静无哗的草坪上几乎看不到人影,大家都要回家了。最先举行告别仪式的是彭嘉冰和他的女友,他们已经办完了所有的手续,据说女方的家里连结婚的房子都给他们准备好了。这两个"狗

第二章 别了，乌托邦

男女"慷慨地请大家下了一回馆子，然后就消失得无影无踪了。接下来是李维维，他说过几天就要到手表厂去报到，对分配去工厂他实在高兴不起来。还有历史系的才子大嘴，他鼻梁上的酒瓶底与他的满腹经纶虽然成正比，但他却被分配到了一所中学教书，对此，他本人已经做出了放弃的决定。这家伙还说过几天他就要踏上南下的火车去那边碰碰运气。临行前，大嘴的情绪时好时坏。他父母那种安分守己的观念与他本人的自信发生了激烈的冲突，这使得这个既传统又现代的才子在良心上饱受"不孝之子"的折磨。这一阵，大嘴对有关"特区"方面的报道都通通"吃下"了，在他的屁股兜里经常揣着很多类似的杂志和扯下来的画报。王小山从画面上看到那是一块处女地，上面挖得乱七八糟的地方尽是模板壳和脚手架，一排又一排的混凝土柱子从倒塌的旧瓦砾中傲然升起。也许，水泥车、气钻、大吊车和一群群背着编织袋刚下火车的民工与大嘴那副粗犷不羁的模样倒是十分吻合。

一段时间以来，王小山的宿舍里发出了阵阵劣质酒的气味。一向有海量之称的他已经喝倒过好几次。大嘴走的那天晚上，他们差不多喝了一个通宵。大嘴喝多的表现就是不住地拉着王小山的手做告别状。这天晚上他已经告别了不下十来次，每一次握手他都显得极为诚恳。"明天一早我就走了，兄弟，我们以后可能不会再见面了。"最后一次他拍着王小山的肩膀道："知道我想对你说什么吗？"王小山看着他摇摇头。"哈哈，从某种程度上说，我是你们这小圈子之外的旁观者，所以对你们几个我看得比较清楚。"大嘴灌了一口酒接着道，"我知道你小子的心思,你是不是一向对什么都不服气?想过这是为什么吗?因为你太天真,你这家伙居然还真相信了马丁·路德书里写的那一套东西。哈哈,什么平等呀、民主呀,狗屁!历朝历代翻来覆去地都有人拿这玩意做幌子,无非是这儿换几个词,那儿换几个词,尽是些小花招,这都是因为你读书还没读透的缘故。不过,话又说回来了,一大群你我这样的穷光蛋也就只剩下这点念想了。我也就是喜欢你身上这点儿天真的东西。说句你不爱听的话,我觉得你们这些现代派诗人对中国的传统文化抛弃得太快。想过没有,中国几千年的封建社会靠的是什么?这么对你说吧,在这个国家,没有等级就不成体统,没有这玩意也就不能维持中央集权的统治。孔老夫子曰:'刑不上大夫,礼不下庶人。'什么意思?兄弟,别不服气,这就是最基本的等级之分。我看在这方面,马军比较能掌握他自己的优势,他很清楚什么时候该出场和退场,别看他整天大大咧咧的,可他做什么都有自己的尺度……你别不爱听,你根本不明白政治是怎么一回事,小心啊,一将功成万骨枯……"大嘴吸了口烟又接着道,"当然,马军这类人也容易犯一个错误,那就是他们把自己看得太高了。至于许凯,他有点像一条爱在大街上拉屎的狗,一泡稀屎拉在阳光灿烂的街头,还没等晒干就被众人的脚后跟踩得稀烂,他那样的人也是你做不了的。这家伙什么都敢玩并不是因为他比你勇敢,而是因为他爱凑热闹,他属于那种长不大的顽童,他喜欢的只是和一帮人在一起玩耍,恐怕到现在为止他还没弄清他自己究竟想要什么……总之,我觉得他还在道上摸瞎。这种人嘛,一辈子不清醒还行,要什么时候清醒了,那就意味着走到尽头了……还有你,你比他多了一点儿小聪明和一点儿小虚荣。噢,你看过司汤达写的《红与黑》吗?我想就是虚荣这东西把他送上断头台的……"

很难表达这些话对王小山的自尊造成的打击。此时的大嘴好像变得比狗还凶猛,借着酒劲,两人嘶扯着嗓门掏心掏肺地相互攻击、又相互同情了一把。在酒精的作用下,王小山联想到在这个世界上像大嘴这样凶恶的人肯定不止一个,这支队伍的人可能有一百万?两百万?甚至更多,想到这一层,他趴在桌子上嘤嘤哭了起来。

所有的酒都喝光了,大嘴吐得一塌糊涂。他呕吐出来的气味似乎把王小山四年来"修得的正果"摧毁得干干净净。谁能想到人的内脏里是如此污浊难闻——冰冻三尺非一日之寒啊,今后他王小山不会再信别人的言论、别人的思想了。可怕的是人的内心,思想这东西是最可怕的。大嘴的满腹经纶和平日里气贯长虹的才气怎么突然间就变成这般模样了呢?王小山在这股恶心的气味中想起了几天前见过的系主任,这位主任大人问他为什么还没有走,王小山本想抓住这次机会跟他畅谈一番青年人胸怀大志的人生理想。在王小山的心目中,主任大人这样的高级知识分子想必会更深刻地理解"人生理想"在青年人心目中的分量,但王小山错了。主任大人粗暴地打断了他的话,他用锋利的目光瞪了他一眼,然后不以为然地对他说,他要是真这么想就该抓紧时间回去报到,再熬下去只怕会对他本人不利。系主任的最后一句话完全表明了校方的态度。当时的王小山只好张着嘴,什么话也说不出来。

四年的奋斗并没有任何改变。父亲来信说他那个神经不大正常的姐姐王小兰终于要嫁人了，对方是一个死了老婆的本村男人，虽然比王小兰大十来岁，还是个驼背，可他肯娶她已经很不错了，否则，王小兰恐怕会做一辈子的老姑娘。父亲在信中提到的这个男人，王小山当然记得，他小时候就跟着村里的一帮男孩管这家伙叫"驼背"——这算他妈的什么男人，无非是一个满眼长眼屎，成天喝得烂醉的窝囊货。如今这男人居然成了他王小山的姐夫，而家里人却还要忙着给这种人不人鬼不鬼的东西送去一份嫁妆……真是环境使然啊。经过几十年的打磨，曾一度满怀激情、主动申请到边疆支边的父亲竟把自己的女儿嫁给了这么一个人不人鬼不鬼的男人……哦，不知为什么，这股气味让王小山想到了这些窝心事。

这天晚上，王小山醉得厉害，他吐得连舌头都快掉出来了。唯一还记得的东西是，原先在他头上晃悠着的电灯泡怎么突然变得跟屁股眼似的一团漆黑。

第二天一早，大嘴提着行李直奔了火车站。这也好，免得清醒之后大家都尴尬。

等王小山昏昏沉沉地醒来时，屋子里的东西在晨光的照射下都显得丑陋不堪。桌上的空酒瓶和屋子里散发出来的恶臭加重了他内心的空虚。该走的都走了，一下子全空了，什么都空下了。

他猛然想起有好几天没看见沈惠珍的影子了。自从他们上次发生争吵后，王小山就忍住没主动找过她，奇怪的是他一旦陷在别的事情里就好像把她忘得干干净净。一个与他有过肌肤之

第二章 别了，乌托邦

亲的人仿佛能从他的记忆中突然消失，这记忆的空缺的确让人怀疑爱情到底算不算生命最重要的组成部分？于是，他赶紧起来清理了房间，又是刷牙，又是换衣服，出门前还破例照了照枕头下的小圆镜子。一路上他琢磨着，要是沈惠珍的宿舍里没人，他要一把抱住她。

王小山几乎是小跑着来到沈惠珍的宿舍。门开着，他一推就进去了。正俯身在脸盆里洗头的李小燕似乎被他的鲁莽吓了一跳。一见是王小山，她就偏着脑袋问："老天，你吓了我一跳，不会是发生世界大战了吧？"王小山愣了一下，便直通通地问："哦……她不在？"他不好意思地挠着自己的下巴。

李小燕一边用毛巾擦着脸一边道："你来晚了，她已经走了。是她父亲来接她的。"

"接走了？上……上哪里去哇？"

"回家呀，你不知道？她没告诉你吗——"李小燕把头发裹在毛巾里，粉红色的毛巾做成了很好看的蝴蝶样式。

"她还回来吗？"

李小燕抿着嘴一笑："应该不会了吧，你看她把东西全带走了。"

王小山这才扫了一眼沈惠珍的床铺，果然，那上面什么也没有，只有一张发黄的旧床板。

"她留下什么话没有？"王小山急切地问。

"没有，她没对我说什么。"李小燕指了指桌子跟前的凳子说，"你坐会儿吧。"

"可她走的时候怎么连招呼都不打？"王小山觉得自己的身体正在往下沉，刚才因兴奋而张开来的毛孔此刻像遇到冷空气似的突然收缩了起来。

李小燕白了王小山一眼，然后饶有意味地瞟着他道："你现在才来是不是有点太晚啦？"

王小山的脑袋"嗡"的一下，他紧张地问："她都对你说了什么？"

"没有，她对我什么也没说。"

"哦……"

"不过我想起来了，她走的那天晚上我看见她烧了很多东西，连日记本都烧了，一副失恋的样子。"

"她说是谁了吗？"

"没有，我也不好问。"

王小山心想，沈惠珍走的时候一定很绝望，可她为什么不来找他呢？他张着嘴说不出话，却觉得自己真的对不起沈惠珍。看着那张空空的床板，王小山又想起了和沈惠珍在水磨房里的那一幕。那是个被激情和自信放大了的王小山，那浮现出来的一幕好像是封闭在静止不动的真空里，一切都被真实的世界所隔离。而她的不辞而别又把那个被放大的王小山打回了原形，这种感觉上的反差使他有点头晕。

李小燕看王小山的脸色不对，便关切地问他吃过早点没有？她说她也没吃呢，她指着放在盆里的一堆鸡蛋问："想不想吃？"

要在平时，王小山肯定不会拒绝，可他现在没有吃东西的心思。他说不出话，只想定定神。

第二章　别了，乌托邦

"你的脸色不好，是不是病了？"李小燕问。

他勉强笑了笑说："喔，只是有点恶心，可能是昨晚喝酒喝坏了。我和大嘴差不多是喝了一个通宵，他早晨刚走。"

"上哪儿？"

"去深圳了，可能这会儿已经上火车了吧。"

"你没去送送他？"

"我醒来他就走了，再说，我们昨晚怕是把一辈子的酒都喝了——"

"哦，你们男生毕竟和我们女生不一样。我们就是再好说走也就走了，特别要好的最多就是送到车站。喂，你的脸色真吓人，我这有葡萄糖，你还是喝点吧？"

王小山一口气喝干了杯里的水，他抿了抿嘴说："谢谢。"

"想不想再来一杯？"李小燕的声音温柔得令他又想起了沈惠珍。

王小山一口气喝了三杯葡萄糖水才缓过劲儿来。在他的记忆里，他和李小燕从来都没有这么友好过。"你不会也那么快就走吧？"他看着她道。

"我嘛，我不想急着去单位报到，不就是多领半个月的工资嘛，我才不在乎那点钱呢……我留在这里主要是等一个朋友。他从南京过来，今天下午到。我们早就商量好这个暑假一块去庐山看看。"

"是你的男朋友？"

李小燕红着脸道："唔，是神交已久的朋友，我们还没见过面呢。"

"精神恋爱呵，够浪漫的，听起来让人羡慕。"

"别取笑我，其实我和他只是好朋友……我们都约好啦，今后哇，一年去一个地方，要是能实现的话，一辈子下来就能游遍祖国的名山大川了，如果将来有可能，我们还想去看看俄国的彼得堡、巴黎的塞纳河，还有古希腊的竞技场。你觉得我这个人生目标怎么样？"

王小山把这个问题放到自己目前的位置上想了一会儿，他冷冷地说，自己和他们是两类人，因为他做梦都没想过旅游还能成为人生一辈子的目标。随后，他恶毒地看着李小燕道："你和你的朋友大概是属于生活中的幸运者吧，你们选择的人生目标够奢侈的……"老天，明知这些话太难听，但王小山还是把堵在心里的怨气直截了当地表现了出来。

李小燕没等他说完就打断了他道："嗨，你今天是怎么啦？我忘了，你和我不一样。你属于那种有理想有抱负的国家栋梁，像你这么宝贵的生命怎么会浪费在玩上呢——"

"你在嘲笑我？"王小山努力控制着自己。

"哟，发什么神经呀，不就是随便说说嘛，对不起，别激动。咱们还是换个话题吧。说说你吧，想什么时候走？"李小燕又给他倒了一杯葡萄糖水。

他接过来，把杯子重重地放在桌上道："过几天，呃，不，是明天，我明天就走。我不想再这么无谓地耗下去了！此地不留人自有留人处，我不信这世上只有这一条路，放开来想，桑田沧海，世事何常，哪的黄土不埋人啊。笑对人生嘛，一个人只要不放弃自己的目标，总会有结果的。我就不信我这辈子就

第二章 别了,乌托邦

活不出头来,我不信——"

在说出这番话的时候,王小山自己都吃了一惊,因为在此之前他根本就没想过回去,更没想过明天就走。然而,这一通不着边际的激愤之词使他发泄出了长期以来折磨着自己的耻辱感。是的,此刻站在一帮游手好闲的城里人面前,这么理直气壮地说话让他感到伸直了腰的痛快,最为过瘾的是他以同样的方式报复了沈惠珍也包括她李小燕在内的所有人对他的蔑视,至少他的态度表明他是一个握有主动权、掌握自己命运的人,他不会因此垮下来,更谈不上被什么人抛弃。

果然,他的豪言壮语把李小燕给镇住了。她眨了眨眼睛道:"回去也好,你这样的人才在你们那里肯定发展得比这里要好。只可惜,你要走了。要是以后需要帮忙的话就说一声,我们家有很多熟人……"

"噢,那倒没必要。我父亲也是六十年代毕业的大学生,他的同学在省城做官的也很多,只是我觉得靠关系和路子成就自己算不上本事,我要靠自己去走一条属于我的路……再说,县上的领导早就等着我回去呢,我现在只是很难决定回去后究竟去什么部门工作更合适……"他不明白自己为什么要这么说,但这个弥天大谎使他产生了从未有过的快意。当他看到李小燕脸上的表情由迷惑转为惊诧时,王小山先前失落和愤怒的心情似乎也因此而有所好转。在优越感极强的李小燕面前,他这一次算是为自己和家人挣足了面子。

他当时还说了些什么,后来也记不清了,只记得自己编造的谎言在逐步升级。他过去就是因为没有足够的勇气撒谎,才铸成了今天的不幸。有道是，谈论谈论人类大无畏的精神世界，鼓吹鼓吹个人奋斗的牛皮大话，反正不会给他人造成什么灾难。再说，他是要走的，要是说谎能使他得到一点来自他人对他的尊重，那也没什么觉得内疚的。在告辞的时候，李小燕很诚恳地握了握他的手说："祝你好运，也不知我们将来还有没有机会再见面——"

"放心吧，我又不是下到地狱里去，将来没准咱们能天天碰面也说不准。"他勉强地笑了笑。使王小山感到难堪的是，本想让伸出去握住对方的那只手表现出与谎言相吻合的自信和力度，只可惜他的手一点儿也不争气，它在李小燕的手心里颤抖得厉害。

三

一出了门，之前的豪言壮语转眼之间就在阳光下化为乌有。他恍恍惚惚地站在路边，看着自己被太阳烤得缩成一团的影子——就连沈惠珍也义无反顾地弃他而去，他这会儿什么也没有了。本以为最坏的结果就是还能带着一份属于自己的爱情从这里走出去，但命运似乎又跟他开了一次致命的玩笑。他冲动地想，去找她，去把她追回来，他要对她说，世间的功名利禄全都是狗屁，只有爱情是与人同生共死的。一个总统在做爱的时候和一个鞋匠在做爱时的感受没有什么高低之分，只要能和沈惠珍在一起，他至少还挣得了一份与别人同等的体面。他晕乎乎地想象着自己的下一步——他要跪在沈惠珍的脚下求她原谅自己，并且一安顿下来就马上和她结婚，他和她将每天做爱、时时刻刻做爱，他们还要一起早出晚归，要是有了孩子，他还要过一种半隐士式的平静的生活，就像古时愤世嫉俗的士大夫一样躲在自成一统的小天地里与佳人举案齐眉，从今往后，他不会再踏进这个城市半步，他要把这里有过的一切痛苦和耻辱都彻底埋藏掉！

　　然而，这对爱情的礼赞更像是一个高烧者的梦呓，它没有坚持几分钟就退去了。在王小山的记忆里，矿区里的生活图景永远是一张灰蒙蒙的黑白照——无边无际的大山沟、黑咕隆咚的矿井，到处是劈头盖脸、纷纷扬扬的尘土，来来往往的车辆一年四季拉出去拉进来的除了尘土还是尘土。他想，他们的婚姻、他们的孩子、他们的将来都只能拌着无休止的尘土自生自灭。在现代社会去做一个隐士，这从来都不是他的梦想。也许人世间被判处死刑的方式多种多样，可安分守己、单调枯燥的一生又有什么好呢？是啊，想想吧，四处飞扬的尘埃只有到了晚上肉眼才看不见，可这样躲在黑夜中的安慰比起他老家来更让人恐惧！他想到了爱情，噢，爱情，在一座尘土的王国里用不了多久，沈惠珍身上的那股香味就会变成这王国里的一部分，这不是一座暖烘烘的坟墓又是什么呢？

　　不行，他王小山不能这么糟践自己！突然，在绝望之下，他猛然想起了另一座气派非凡的王国，那就是他只去过一次的马家大园子！他还想起了坐在一团柔软毛皮里的那个握有重权的老头儿。一时间，老头儿对他和蔼可亲的态度竟变得鲜活了起来，是的，他怎么没想到这个握有重权的老头儿呢？这老头儿说过他自己也是从农村出来的，说不定他对与他有着同样出身的人也会留有一丝怜悯之心？王小山浸沉在自己的想象中。无论如何，他决定最后搏一次，这也许是他扭转自己命运的机会。

第二章 别了，乌托邦

这一次，他要自己直接去跟命运较量。

大街上的人群好似一条骚动的、彩色斑斓的巨蛇。人群每流到一幢大楼前就会消失掉一块。王小山暗自想，这么多的人都将坐在这个城市的大楼里办公，单单统计一下他们坐在屁股下的椅子，其数目肯定大得惊人。此外，透过人群，他突然看到的景象实在令人难以相信，眼前的这些楼房完全是直立的，那些大楼笔直笔直的，一点不肯弯腰曲背，它们在阳光下高大傲慢得让人害怕。

这是王小山第一次来到省政府的大门前。

下午两点的太阳让他感觉自己快要被融化掉了。抬头望去，高大而威严的门廊所产生的威慑力使他很快从门口像过路的行人一样溜了过去，躲在路旁的树背后。他窥视到大门两侧的岗亭里站着两个身穿绿色制服的士兵，他们腰里佩着手枪，盘查着每一个进出的人。对于一些来来往往的高级小轿车，站岗的都无一例外地立正和敬礼，但敬礼的人其姿态不管如何谦卑，其实根本看不到坐在里面的人的面孔。大门的右侧是一条环绕着中心花园的行车道，喔，花园中心是一个银光闪闪的喷水池，它的两侧长满了从各地运来的奇花异卉，在它的正面是拾级而上的宽大台阶，高耸的办公大楼被大理石的柱子和花岗岩包围着，抬头望去，那层层叠叠的窗户显得既庄重又神秘。

王小山摸了摸自己身上的校徽和裤兜里的学生证，心想他要是真对他们说自己是这老头儿子的同学，他们肯放他进去吗？在县中学上学的时候，他连县政府的大门都没敢进去过，而这地方可是全省的首府机关啊。况且，要是马大爷根本不理睬他，或是想不起他是谁，那么他肯定会像一条狗似的从这里被人轰走。为了镇定下来，王小山在路边买了根冰棒，不到两分钟，这只冰棒就下了肚，可他还是觉得自己的胃里此刻就如同滚烫的岩浆，其他内脏也烧得快塌下来了，他咬了咬牙又买了一根，就这样，他来来回回地买了七八根冰棒。他已经在这转悠了快一个小时了，隐隐觉得站在岗亭里的士兵已经开始注意到他，要是再犹豫下去，他可能会因为胆怯从这儿溜掉。不，就是赴汤蹈火他也必须为自己的将来赌上一把。

从小到大，王小山还从来没有过像今天这样的恐惧。他那颗心简直就要从嘴里蹦出来，手心里捏住的全是汗，发晕的脑袋也像是被人重重地摁到了水里，视线也一片模糊。他几乎快要失去了方向感。

恍惚中，门卫上前拦住了他。他们瞟了一眼他的学生证就开始详细地盘问，当他结结巴巴地说出他是大人物儿子的同学时，门卫把他吆喝到一边站住，并拿起话筒往里边打了个电话。短短的几秒钟时间就像过了一个世纪那么漫长。终于，卫兵拿着电话招呼他说："你有什么事可以在这里留言，首长现在正忙着呢。"

"他肯定认识我，我说的是真的。"王小山急了。

卫兵手里拿着话筒冷冷地看着他，像是没听见。

他木然地从卫兵手中接过听筒，但身上的衬衫已经被汗水浸透了。电话里传出来的声音显然不是马大爷的。在对方的催促下，他打着哆嗦说了自己是谁，并且还大着胆子说了一遍在马大爷家过中秋节的事，之后他怀着敬意，紧张得再也说不出话

第二章　别了，乌托邦

了。当电话里的人又重复问了他一遍，你究竟还有什么事需要转告？王小山这才说了一句相对完整的话。他说他是特意来向长辈告辞的，他一直记着马老前辈对他的厚爱，在他们家度过的中秋节是他一生中最难忘的……听着自己颤抖的声音，王小山就好像是听另一个人在说另一件与他无关的事。

电话线那头的那个人最后嘀咕了一句什么，王小山根本没听清。等电话里传出了一阵忙音，他才明白过来，他已经失去说话的机会了。自己所谓的"最后一搏"竟在一片莫名其妙的感激声中宣告完蛋。

如同得了热病，他满头虚汗脚步迟缓地从岗亭里走出来。事实上，他的脑袋里好像还来不及想明白这一瞬间究竟发生了什么。在来的路上他曾设想过种种的可能和不可能，但唯独没有想过刚才上演的这一幕。哦，大半年来的焦虑和折磨到头来就是为了到这里来说声感激？出了一通臭汗，说了一通废话，白白经受了一场从未有过的心惊肉跳，最后他还是什么也没说。哼，"感激"？这未免也太荒诞了。他为什么不直截了当地告诉电话里的那个人，他之所以到这里来不是因为什么感激，而是因为他觉得不公平，他为什么就不能得到在城市里分配工作的权利？不错，他是一个农民，难道这就是他永远改变不了的命？

可惜王小山那时候还根本不懂品味其中的幽默，这么说吧，他当时的勇气仅仅是由于他读过几本人文主义方面的书，这玩意是一座海市蜃楼，一旦靠近就会化为乌有。因此，只见王小山呆呆地站在省政府的大门前迈不开步，直到一阵刺耳的喇叭声在他后脑勺轰鸣,他才跳了起来并惊慌地左右躲闪,与此同时,门卫也赶紧跑出来对着他又吼又叫,他们一边向坐在车里的人敬礼,一边不耐烦地打着手势让他赶紧走开。看得出,要不是因为刚才他接过那个电话,说不定他们早就把他清理了。王小山一边躲闪,一边回头看了看卫兵那挺拔的、威风凛凛的姿势,他沮丧地意识到自己再在这里等下去也是枉然。事实上他已经被人轰出来了。

要装出寻路的样子并不难,他只要尽量不晕倒就行。大街上的摩天大楼跟他来的时候一样,反射着一片让人眩晕的白光。王小山本能地闪进一条夹缝似的小巷,仿佛这弯弯曲曲的巷道能帮他甩掉刚才的窘相。然而,惭愧是多余的,不管他怎么走,这每一个夹缝对王小山来说都像是一条令人心酸的伤疤,它们带着他的影子不过是从一个痛处流向另一个痛处。

像一只被烤焦的鸟儿,王小山直到傍晚才垂头丧气地回到自己的巢穴。他一点儿也不饿,倒头便躺在床上盯着吊在头上的电灯泡发怔。他的命运已经彻头彻尾地注定了,除了死心塌地地承认现实以外,他连翻身和动一动的力气都没有了。这种感受必须是有过切肤之痛的人才有的。

此刻,盯着电灯泡发怔的王小山,脑袋里全是逃离人世的念头——他想起了与他出身相似的叶塞宁和兰波,这两个天才诗人都曾经当过农民,但他们和他们头脑里所有的梦想统统都没活过四十岁。只不过细想起来,两人都比他"死"得体面。好歹叶塞宁跨过太平洋去过美国,并且还和邓肯有过一段千古绝唱的爱情；兰波呢，也在巴黎的各大沙龙里风光过一阵，是啊，他们即便是死也是死于过大的梦幻。就他眼前的境况而言，他拿什么去跟人家比？他人生的路实在是太憋屈了，就此结束跋涉也不是一件太坏的事。王小山死死地盯着黑乎乎的窗户，他从床上爬了起来，并站到窗台上，他闭着眼睛，仿佛看到自己的尸体，是啊，只要动动脚，这世间的冷漠无情和厚颜无耻以及一切纠缠着他的烦恼都会随之化为乌有……一系列的想象是这么逼真，他甚至看到自己留下的遗书，看到很多人，包括匆匆赶来的沈惠珍也站在自己发黑的尸体旁，他还看到校长、系主任等人故作镇静的虚伪神态……然而，当王小山的眼前浮现出父亲那过早佝偻的背影时，他一下就垮了——父亲还眼巴巴地看着自己呢，无论如何，他毕竟担负着全家人的希望啊。

与死神擦肩而过的王小山最后什么也不想了，顿时，几个月来积攒下的疲倦潮水似的向他涌来。

四

要不是因为马军来找他,王小山会就此一直昏睡下去。事实上,王小山去省政府找他父亲的事马军当天晚上就知道了,是接电话的陈秘书到他们家去说的。

第二天一早,当匆匆赶来送行的马军看到窝在床上的王小山时真是吓了一跳:几天不见,王小山完全变了一个样,只见他脸色灰黄,一头野人似的乱发油腻腻地散落在额头上,嘴唇也起了一层白粥汤似的死皮,两个嘴角也布满了暗黑色的血痂。屋子里有一股酸酸的怪味,床边耷拉着掉下来的被子。

马军推开窗子,看见窗台上有两个带泥的脚印,他心想,这脚印是怎么回事?联想到最近王小山的反常,马军心里"咯噔"了一下。

面对弓着身子如此执拗地关切自己丑相的马军,王小山再也不上当了。也不知是因为神志错乱还是因为有了"死过一次"的体验,王小山彻底放弃了平日在马军面前的谦卑。以往用来包裹他心灵外表的那层薄膜此刻仿佛变成一块被内火烧烂的溃痍，事到如今，神秘被揭穿，牛皮大话被戳破，写出来的诗情画意也灰飞烟灭。唯一忘不掉的是昨天下午在省政府大门前上演的那一幕。这实实在在的感受就像是钢铁铸的、白金铸的，任何人都改变不了，就是他马军跪在他面前求饶也改变不了！王小山不顾体面地把这堆东西在马军面前彻底抖了出来，从某种程度上说，他虽然狂言乱语，但倒也坦率得毫不含糊，他承认他去找他家马老爷子根本不是因为感激而是因为绝望。是的，他大声地朝马军吼道：他不比这个学校里的任何一个学生差，但为什么他就只能回到他的起点？对这种"真理"他永远也想不通！

马军眯着眼睛惊愕地看着他。相处了那么久，马军发现自己对王小山内心里的怨恨竟一无所知。不错，他的咒骂真真是来自民间，虽然很刺耳，但他道出的实情也确实该让他这类人感到脸红。于是，具有平民主义思想的马军在整个过程中几乎是一言不发地抽着烟。王小山呢，骂够了之后才住了口。令他感到意外的是，此时的马军扔掉手中的烟头，并像戏台下的观众那样把巴掌拍得山响。

如此大度的表现倒也符合这位公子哥儿的性格。

马军这天对王小山格外地宽容。他把王小山从床上拉起来并硬拉着他到外面的馆子里好好吃了一顿。看着王小山对着满桌子的酒菜难以下咽，马军难得认真了一回。他说关于留在城里工作的这件事，他本人现在没有能力帮这个忙，因为他不愿为这个事去求他家老头子，况且老头子也未必会帮忙，"到祖国最需要的地方去"是他们这些人教育别人的格言，尤其是他要是听见王小山刚才的那番话,肯定会认为这后生是一个蜕化变质的人。于是马军劝慰道:"要不我干脆让陈秘书直接给你们州委组织部打个电话,让他们在那里给你安排个工作,你看如何?""你是说我可以直接上州里去工作?"王小山想,能在州里谋个差事肯定比在县上强不知多少倍。他猛然想起沈惠珍所去的矿上也在这个州的管辖范围啊。

"先干着看嘛,等将来有机会我会帮你的。"马军继续安慰道。

"要是能像你说的这样,那也可以——"对马军的高尚品质,王小山努力不表现出自己的喜形于色。是啊,高门大户里出来的人确实是比乡下人有办法、有雅量,他们生下来就能在高尚的思想里畅游,偶尔还能为苦大仇深的老百姓发发慈悲略施恩惠以示自己的尊贵。不过,类似的酸话王小山确实不好意思再说出口了。

第三章
一条行驶在暗礁中的船

有道是：处于这样一个环境由不得人会膨胀得昏了头，脑瓜子里浮着的也尽是前途无量、大展宏图的混账梦。不过，经穿堂风这么一吹，王小山已经感觉到自己的脊背又开始发冷，人与人之间的等级差别是不可忽视的。要想赢得众人的好感他必须先学会安分守己地待在属于自己的类别里，千万不能冒失奋进。他暗自揣摩，自己将来对此类事务必须格外留神。

一

  长途客车车厢里臭气难闻，特别是在艳阳高照的天气里。从人们脚上穿的球鞋里散发出来的气味浓得仿佛是贴在鼻子尖上。这股专州县客车里的气味对王小山来说是过去的记忆里永远也摆脱不了的。
  坐在王小山身边的是一个五十多岁的男人，一路上，这人几乎不怎么下车吃东西，倒是由他嘴里喷出来的劣质烟草味熏得周围的人不住地咳嗽。他对王小山说他是去省城上访刚回来，二十年前他曾在省里的一家报社工作，后来莫名其妙地被打成右派下放到了此地的农场，一待就是二十多年，他在这儿养了十几年的猪，几年前才调到了县里的文化站，现在全国都改革开放了，他要求政府给他落实回原单位的政策。"你可以找州政府的人事部嘛。"王小山建议道。"找过了，州政府的人说他们的权限范围也就是在州里，回省城的事要由省里来办，所以我的问题要上报到省里才能解决。""为什么，你不是从那里出来的吗？"男人很尴尬地眨巴了一下眼睛道："是这样，我老婆和孩子都是当地人，我的麻烦就出在这上头。唉，其实当时以为这一辈子恐怕完了，所以……既有今日何必当初，我要是知道后来的事也就宁可打一辈子的光棍……"这可怜人一说起来就没个完。他说他的大儿子初中一毕业就在县上的皮鞋厂上班了，小女儿也定了亲，他自己患有严重的心脏病，在上访的时候还晕倒过一次……王小山立马打断了他："现在有结果了吗？""没有，哪那么容易，连这一次在内，我已经去了五次啦。政府办事的人对我倒蛮客气，但就是让等着。中央明明是下了文件的，要是他们再无休止地拖下去我就上北京。你想啊，我今年都快五十了，我这一辈子……"王小山本想对他说几句同情的话，可他不愿意就这件事再聊下去，以免刚刚平静下来的情绪又蒙上阴影。苦大仇深的人说穿了也就是运气太差。身边坐了这么一个让人痛苦的倒霉蛋，这让他对自己的前景也惴惴不安起来。

　　云水州政府的所在地弥漫着一股湿热的雾气。一块腰子形的坝子横卧在山峦中间，长长的江水一直沿着坝子的四周蜿蜒流淌，灰黑的云团在江面上匆匆飞驶，水面上看不到船只，只见浑圆的山包从沿江的两岸平地而起，这浑圆的形状如同女人成熟的乳房，也许是过于贴近了，这些东西看起来显得十分巨大。这景色使王小山有一种感觉，他好像不是在往前赶路，而是退回到了童年的记忆，因为在他儿时的记忆里，绵绵不绝的山呀水呀总是与居住地连接在一起。对他来说，这一切既熟悉却又有一种说不出的压迫感。

　　或许是因为刚下车，王小山觉得这车站的地面仿佛也是倾

第三章　一条行驶在暗礁中的船

斜的，他一只脚高，一只脚低，提着两个旅行包转到了一条坡形的小街上。显然，这一带的居民对国家勤劳致富的政策领悟得比较快，只见两边快要散架的老房子统统被粉刷过，每一家靠街面的墙都开成了方形并设置为铺面，摆在货架上的东西不过是几瓶酒啦、几包香烟啦，糖果和盐以及洗衣粉之类的东西都杂乱地堆在柜台一边。尽管这些小商店看上去无法跟省城的商店比，但还是要比他所在的县里多了一点儿所谓的商业气息。王小山伸头进去看过几家，只见屋子里的人家大多都坐在低矮的草墩上吃中饭呢。

最好能先把东西放下，然后洗个澡，洗得干干净净，去报到时穿的衣服是早就准备好的，无论如何，自己的穿戴看上去要像是从省城回来的。

据铺子里卖东西的老女人说，这地方最好的旅店就是云水宾馆了，里边的澡堂子还有热水。不错，云水宾馆就坐落在十字路口，远远看去，大大的玻璃窗虽然蒙着雾一样的灰尘，可玻璃里面毕竟拉着一层紫红丝绒的落地窗帘呵。进了大厅，王小山在柜台边等了好一会儿，总算出来个女服务员，一打听，宾馆的价钱是很贵，但王小山心想，反正一辈子最重要的就是这一天，他不能让州政府里的人看轻了自己。

要说喜出望外，真是喜出望外。

只用了半个小时的时间他就把报到手续办妥了。马军果然没有食言，王小山刚报出自己的名字，坐在椅子里养神的一个胖子就站起来隔着桌子朝他伸出了手，旁边的人介绍说，这位是州委组织部的宋部长。"嗨，你好你好，路上辛苦了。"部长大人满脸笑容。他握着王小山的手说，"我们三天前就接到从省委打来的电话，知道你要过来，怎么样，一路还顺利吧？"胖子这一套王小山还没见识过，他嗫嚅着道："还行，就是太麻烦您了。"胖子和颜悦色地观察着他："哈哈，这话你就说错了，如今咱们边疆地区正在搞四个现代化建设，像你这样的少数民族出身的大学生是我们打着灯笼也难找的呀。今年多大啦？""刚满二十四。"王小山说。"不错，年轻有为啊，好好干，将来的前途不可限量。"热情而又不有失身份，胖子的语气虽然不乏官话连篇，但他殷勤的态度确实让王小山吃了一颗定心丸。他随后又对王小山说，他本人也是民族干部出身，全仗了党的培养，七十年代还被组织送到北京的中央民族学院进修过，如今在这个位置上已经干了八年了，说着还亲自给王小山倒了一杯菊花茶。

　　显然，在机关里混了大半生的胖子是有经验的，他并不急于告诉王小山他未来的去处。一切有趣的事都在暗中进行。他一边聊一边翻看王小山带来的报到材料。在这些表格中，王小山家里的情况自然是一目了然。胖子看了一会儿，似乎看不出王小山与上边有头脸的人有什么关系，只好拐弯抹角地向王小山打听他在省里还有什么亲戚之类的话题。王小山心里很清楚，这老家伙是在摸自己的底牌。对此，他故作神秘地反问道："他们不是给你打过电话了吗？我的情况他们肯定也对你说过了，我就不再重复啦。"这一语双关可谓用得天衣无缝，一方面强调了上面的意思，另一方面又挑明了自己和这只无形的手之间的亲密程度。含糊而又有威慑力，这是权贵们惯用的

第三章　一条行驶在暗礁中的船

高招，把它借来对付胖子这类人想必是最佳的选择，尤其是在一些关键问题上，没必要把底摊白了。俗话说，水至清则无鱼，只有趁机浑水摸鱼才能取得彼此之间的默契。王小山冷冷地回答着胖子的询问，语气中偶尔提到了他在学校读书期间一直受到马副省长家无微不至的关怀，还提到了在马副省长家过中秋节的事。他的神态一直保持着让人捉摸不透的含蓄，同时也多少暗示出他与省里这位要人的亲密关系……如同蚂蟥身上的吸盘，胖子刚才一个劲儿盯着王小山看的眼神已变得非常柔和，他顺势做出一副什么都心知肚明的聪明劲。他笑着对王小山道，先安排他到招待所住下，他的情况等州里的领导研究后一有了结果就马上通知他。"我们招待所的条件还是很不错的，那里离这儿也比较近。"胖子考虑得很周全。他朝坐在门口桌子边的一个姑娘喊道："喂，小周，你先把咱们这位新来的小王同志带过去，让他洗个脸解解乏，好好休息一会儿，晚上我来请客，咱们就这样说定了。"

虽然还不知道自己是不是已经搞定，但胖子把他安排在招待所就是一个好兆头，王小山此刻终于可以松口气了。是啊，要是顺利的话，他就是堂堂的国家干部了，如此迈出了人生的第一步是值得庆贺的。当他兴奋地走到州政府大门前的时候，他禁不住朝两边门卫的位置看了看，哦，里面不见全副武装的士兵，倒是有一个老头模样的人戴着眼镜耷拉着脑袋正坐在里边打瞌睡呢。

值得一提的是这天晚上的饭局，别看云水州的财政现状比较落后，可坐在宾馆里的饭厅里却感觉不出这是一个几十万人，甚至是上百万人要靠中央政府的救济才能维持生存的贫困地区，而对这帮人来说，十天半月找个吃饭的借口联络联络感情却是不可少的工作。王小山这天特别有面子，围桌而坐的都是州政府大大小小的官员，主管行政的州委一把手姚书记和何副州长（兼州委副书记）也到场了，来的还有宣传部部长和文化局局长，接下来居然还有当地的公安局部门的、民政局的和扶贫办的办公室主任头儿。宋部长人前人后地给王小山介绍说，这些人都是他多年的老朋友，他这人一辈子没别的本事，可"酒肉朋友"倒是交了不少。

　　与刚刚跨出办公室就坐在饭桌上的这帮人相比，王小山身上穿的崭新外套太过于庄重了，廉价的纤维面料在灯光的作用下颜色变得很古怪，想必部长大人们把他置于强光之下是有用意的，明眼人一看恐怕就知道这小子肯定没见过多少世面。因为害怕自己乱了阵脚，王小山定了定神，细心地观察起这一伙人来。他发现来的人中大致可分为两种：一种人可归类为瘦子，其特点是彼此寒暄起来没完没了，吃口也很好，对每个刚上的菜都表示出充分的兴趣，这类人的头衔多半是属于专员的差使或是在某个部门挂上个副职，他们最大的特点是说话声音很大，笑话一个接一个，酒喝得再多也没忘了随时朝四周机警地扫上一眼，不管谈什么话题，都兴致盎然而又面面俱到，倘若涉及不同的人、不同的部门，他们总能巧妙地把话说圆以便起到一种平衡的作用，总之，不能小瞧了这些不起眼的吃客，他们通常是各类场合里少不了的润滑油，不过仔细一琢磨，这类人由于太圆滑,所以往往给人的印象是飘忽不定,根本靠不住;而第二种人就是像宋部长之类的胖子,瞧,胖子身边总坐着两个机灵的瘦子,一有机会,瘦子就极尽恭维之能事,而胖子呢,也不管瘦子的话说得何等肉麻,其坐相都气宇轩昂,一副很受用的架势。较为特别的是那个被众人簇拥着的何副州长,此人身材虽然矮小,却生有两条非常浓密的眉毛,又厚又软的手,长着短而粗的手指头,神态极其审慎而又温厚稳重。他很少喝酒,可能在座的人都知道他的饮食习惯,所以放在他面前的是一碟咸菜和一碗很清淡的鲜虾仁煮稀饭。在王小山的记忆中,本地好像是不产虾仁的,他碗里的虾仁可能是从泰国转道运过来的吧,想必价目一定高得惊人。"我记得咱们这里不产虾仁,是不是进口的?"王小山无意间问了一句。"怎么,年轻人,你也想来上一碗尝尝?"宋部长揶揄地看着王小山。好在他反应还灵敏,他立刻红着脸说不是这个意思,他只是有点好奇。

  桌上大家轮流敬酒,上菜的服务员在周围来回穿梭。按民族习俗,能痛快大碗喝酒的汉子才算得上是给对方面子,所以王小山尽量让自己少说话,只管充分展示自己的海量。如果必须要说,也就是举止得体地应付上几句,口气中含有一股显而易见的谦虚劲。要巧妙地对在场的每个人都恭维奉承几句确实让他动足了脑筋,四年苦读诗书的结果多少还是能派上用场,只是显得不够用。就拿扶贫办的办公室主任来说吧,这是一个挺爱炫耀的家伙,他很时髦地问会不会玩台球?看王小山不置可否,他接着道:"我也是上个月才从省里学习回来,稀奇,那地方的男人一到了晚上都喜欢去玩玩台球,稀奇得很哪,一夜到亮大街上到处都摆着打台球的桌子,有的桌子还支在自家门前。我琢磨着那些住在火柴盒里的大老爷们可能是因为闷得慌,所以就干脆直截了当地搬到大街上面对面干上一场。不过,我跟你们说啊,我上去试了几把都打得不怎么样,白白花了我二十块钱。我不甘心,又跟着打了几盘,最后还是输了。后来我想明白了,都是那桌上铺着的绿毯子太软,害得我丢人现眼,我这人一向不怕来硬的……嗨,小王同志,不怕你见的世面多,什么时候咱哥俩比试一下。可我事先声明,咱们把那绿毯子拿掉,别管什么规矩不规矩,打球嘛就要打得痛快点,你说呢……"事实上,王小山对打台球一窍不通,但他不敢直说,一来怕这帮人小瞧了自己,二来他还吃不准此人是不是话中有话,要是说漏了嘴就无形中成了这帮人的靶子,而要是矮桩下得太低,也影响领导对自己能力的看法。犹如处在战争的边沿,王小山不想被卷进去,他茫然地举着酒杯赶紧说自己新来乍到,无论在哪方面都是个生手,一切还有待于向各位前辈好好学习,天天向上。

就像是一条行驶在暗礁中的船,一顿饭吃下来,王小山已疲惫不堪。况且因为时间拖得太长,他已经没有精力去领悟消化与牌桌之间的奥秘了。留下来打牌喝茶的人好像是以瘦子的数量居多。他想,在情况没有摸清之前,没必要这么快就和瘦子扎堆儿。

二

在宋部长的好心安排下，王小山放心地踏上了回家的归途。

所谓的旅行包就是手中的编织袋。里面装着红糖、茶叶，还有几包香烟。额外给父亲买了一顶帽子，给母亲的是一件咔叽布外套。这一切与古书上写的"赴京赶考、金榜高中、衣锦还乡"实在是相去甚远。

头顶上的树杈子以及垂吊在树枝间须发状的松萝好像都在滴水。一滴一滴冰冷的水不时落在脸上并顺着脖颈往下流，里面的内衣和鞋子都湿漉漉地贴在身上，浑身上下只有小腹这一块才保持住了该有的体温。

这种感觉他已经有点儿生疏了。山路上飘浮的雾气离地面有一公尺多高，他一边走，一边用手撩拨它，被刺穿的浓雾立刻朝两边后退，再一伸手猛然发现脚下是很深的峡谷，如同又一道拉开的幕帘，下面卧着奇雄的山脉，峰头上笼罩着浓厚的云层，而悬挂在山与山之间的溜索如剪影一般很不真实地在风中摇摆着，哦，这幽冥的峡谷和峥嵘的怪石让人感到一种非人间的寂静。他啊——喂——哎地叫喊着，就快到家了，不远处挺拔的冷杉林就是家乡的标志。

相隔四年才回家，王小山并没有像自己想象中的那样激动，他在家里只住了三天就急匆匆离开了。在学校里他学了太多的思考、太多的逻辑、太多的意义，而他所经历过的这些东西与眼前看到的一切似乎没有什么直接的联系。与家乡的人坐在一起，久别重逢的喜悦已经被彼此间磕磕绊绊交流的苦恼所替代，儿时玩耍的伙伴似乎还在重复着已经说过了几千遍的话，他们的谈吐没有什么新鲜的内容，他们不知道试管婴儿，不知道他发表过诗，更不知道他这一生要在世上寻找什么样的生活。跟着大人一块儿来看他的姑娘们在火塘边咪咪地笑着，她们从不正视他的眼睛，光是笑，也不知道是笑什么，也许是因为她们的羞涩，坐在一旁的小伙子们更加兴奋地大声说着去年冬天进山围猎的惊险，听得出，他们还准备结伴到外族的寨子里去看一年一度的剽牛。

家里没什么大的变化，只不过父母看上去比原先苍老多了。回到家里的当天下午，尽管没有刻意宣传，但全村的人几乎都知道他王小山现在已经是州政府的一名干部了。于是，来来往往的人一直聚在他们家的火塘边，从日落到晚上，来的人都在喝酒唱歌。对他们来说，凡有喜事人家的火塘都是年轻人的歌场，照老习惯，也不必唱什么新鲜的东西，一个曲子可以重复地从日落唱到天明，歌里的内容大多是痴情女子盼望负心情郎之类的哀怨，哦，这此起彼伏的声音犹如创世纪的梦呓。是啊，他们自己的快乐与王小山的荣归故里简直风马牛不相及,但无论如何,写在他们脸上的快乐是原始和真实的,他们的高兴是真诚的。他王小山可是从这村里走出去的第一个国家干部啊,现在他成了村里人的骄傲。

可坐在火塘边的王小山却怎么也高兴不起来。刚一回家就听母亲哭诉说,他的痴呆二姐自从嫁给驼子之后就没少挨驼子的拳头,这人不人鬼不鬼的东西一喝醉了酒就拿他的二姐当出气筒。王小山的父母也曾为女儿身上的伤去找驼子讲过理,但都被驼子给骂了回来。是啊,这里与外面世界的反差实在是太大了。城里的女人一个个跟男人讲平等,就是残疾人也有自己的组织,而在这里,谁会为了他可怜的二姐打抱不平呢?围着火塘喝酒的男女老少脸都喝得红红的,其中,驼子也来了。他的痴呆二姐这会儿怯怯地偎在母亲身边,那呆滞的眼神看得王小山心里直发酸,而这时候驼子却不知趣地端着酒碗说要和这个小舅子干上一碗。一开始,王小山不想在这个时候发作,但驼子不依不饶,一副腆着脸讨好人的架势。突然,王小山一出手,那碗里的酒就顺势泼到了驼子的身上,趁众人还没反应过来,他便使足浑身的力气抓住驼子的衣领使劲把他往火堆里按,只听得"轰"的一声,火塘周围蹿出了蓝色的火苗,与此同时,驼子也像杀猪似的捂着脸嚎叫起来。幸亏驼子比猴还机灵,他把整个脑袋埋在衣领里,所以那凶巴巴的火苗几乎没燎伤他的毛皮,然而自认为有理的驼子这下来劲了,他扯着身上冒烟的破衣服跳着脚嚷嚷着要上州政府去告王小山。"别以为你当了狗屁的干部就了不起啦,我鬼都不怕更不怕你。姓王的,你给我听好啰，我要让你这个干部当不成，不信咱们走着瞧，我明天就上州里去告你。"王小山一愣，没想到驼子还会来上这一手，这一想，王小山手上的力气顿时全散了。他一屁股坐了下去，觉得自己刚才是太冲动了。

众人在一场虚惊中不欢而散。是的，按照当地的习俗，人与人之间一旦有了纠葛，一般是让村里有威望的族长来进行调解，该惩罚谁，那是族长才有的特权。尽管王小山这天的举动不合规矩，但没人敢指责他的莽撞。然而，赖在地上不走的驼子可没那么好打发掉，他像一片黑木耳那样贴在地上。为了息事宁人，王小山看见可怜巴巴的父亲这会儿正拉着驼子低声下气地给他说好话，末了，父亲又从怀里掏出一个破布包，他知道，这是父亲唯一的旧手帕，从小他就知道这里面包着全家人过日子的钱……看见手帕里的钱，驼子的声音渐渐小了下去，可拿了钱的他并不急于离开，像驼子这类酒鬼只要有酒他是不会走的。看着父亲忍气吞声一碗一碗地给驼子倒酒的样子，王小山忍了又忍才没把驼子扔出去。他把头扭过一边，他知道，父亲看他的眼神充满了哀求，这哀求全是为了他。

呆滞而懵懂的二姐最终还是跟着驼子回去了。王小山心头一紧，含在眼里的泪差点就掉了下来。

三

州政府门外设立的岗亭虽然比不上省城的那么威严，可它在梧桐树的衬托下流光溢彩，一排灿烂的绿很像是穿了新军装的士兵。王小山每次路过的时候都下意识地朝两旁看上一眼，这种说不出的满足感别人是难以体会的。

一张桌子、一把椅子，泡上一杯茶，神气活现地在明亮的办公室里坐下来，随便翻翻桌上放着的一堆材料，这才是王小山为之奋斗的事业。

突然产生了戴眼镜的念头，这都是因为在这座高原的小城里戴眼镜的人毕竟不多。一段时间以来，中国社会的改革正在由经济体制的转变向其他各个领域辐射，为了配合解放思想的大形势，一些权威部门的报刊文摘大张旗鼓地提出：改革开放要向新的深度拓展就必须不拘一格启用大批德才兼备的人才。中国要朝着"四个现代化"的方向发展就必须正视知识分子在国家建设中所起的作用。这正应了电影里的一句话："知识分子的春天终于来了。"喔哟,类似这些思想解放的大讨论真让王小山豪情万丈。他暗自揣摩自己的确赶上了好时代,机会来了,就看他是否有能耐抓住。然而,王小山对知识分子较直观的印象就是他在大学里见过的教授们,知识分子嘛,一般在脸上都挂着一副眼镜,这在王小山看来是与众不同的象征。第一天正式上班时王小山也如此这般地把自己武装了一番,显然,这种模仿太露骨了,年轻人的不成熟和操之过急必然会招致顶头上司的反感。这天早晨,宋部长一见他就不无惊讶地打量着他:"咦,过来过来,让我瞧瞧。哈哈,好哇好哇,咱们的小王可真是个孙悟空哇,一天十八变,我差点都认不出啦。你们瞧瞧,他现在像不像个有知识有文化的大干部哇?哈哈,戴了眼镜人果真看起来不一般。我跟你们讲啊,我在北京认识一个在国务院工作的人,他也戴眼镜。有一次他和我一起去吃涮羊肉,我看着他心里……啧啧……真不怎么地,每涮一次羊肉他就要把挂在脸上的酒瓶底拿下来擦一次。哎,眼镜这东西看着是好看,用起来却很不划算。你们想想,一脑子的学问,竟让这玩意折腾得连饭都吃不好,也太扫面子啦,是不是这个理哇?"没说的,宋部长连讽刺带挖苦呛得王小山一头雾水,但必须承认这老家伙对所有的观察对象几乎像狗一样的虔诚,这就好比一个教徒全心全意地把自己交给上帝。

听了宋部长的这番旁敲侧击,王小山明白要想成为这个阶级中的一员,自己的一举一动都必须与大家保持一致,暗中勾心斗角的特点是用不着唇枪舌剑就能大打出手,倘若想显山露水地玩花样,那还得根据头儿的意思审时度势。

第三章　一条行驶在暗礁中的船

时间一天天地过去，王小山渐渐感觉到自己好像又被晾到了一边，他摸不透这些老奸巨猾的东西在搞什么鬼。中秋节机关里发月饼，王小山敏感地发现自己的名字还没有被正式地列在组织部的花名册上，因为他的月饼是单独去总务处领的，就好像他是到这里来做客的客人。这种做法意味着现如今的他还是被众人排斥在机关大院之外的，弄了半天，他还根本没有被州政府接收。这简直太可笑了，时间过去快半个月了，这些天来，他原来整个是一个局外人。组织部里有一位上海口音，穿着举止像乡镇干部的史姓副部长似乎暗示过他，在组织部门上班的工作人员必须是正式党员干部，而他不过是一个刚毕业的大学生。已经有传言说，他之所以被留下来而又没有具体安排干什么工作是因为州领导不知该拿他怎么办，有可能他会被转到文化局下属的群众艺术馆去。"上级领导对你的照顾已经是超出一般的常规了。你不知道哇，最近有两个从外地刚毕业回来的大学生托人找关系都在争这个工作。其实，要是真能到群艺馆去，这对发挥你的特长是有好处的。"经史副部长这么一说，王小山的心事又给兜出来了。人对过去的遭遇、过去吃过的苦头总是耿耿于怀，难以忘却。难道这一次又要在阴沟里翻船？"群众艺术馆"，那可是个既没有实权又没有多大向上发展空间的清闲单位，它最大的用途无非是每年搞庆典的时候拉上一帮牙齿稀疏的老艺人吹吹喇叭，抬抬轿子，倘若把领导们伺候高兴了，到手的无非就是一张挂在墙上的奖状。事实如此，那地方与他的梦想差距太大，他需要在一个有利于茁壮成长的环境中折腾出点名堂来，而"群众艺术馆"这个位置一辈子折腾下来也只可能成为一个作家或是诗人，但与"前途无量"的官场相距实在是太远了。

　　距离最近的自然还是像组织部这样大权在握的部门喽，它掌管着全州大小官员的命运，只有在这个台阶上，雄心勃勃的他才能进入一个更高层次的社会领域。他观察过这个衙门里的很多人，包括宋部长和何副州长等人，他们都是从农村出来而进入到党政机关的，应该说，他们是另一个时代的产物，而他则来自新时代（这话他只能自己对自己说）。是啊，时代变了，时代需要有文化的人，他虽然没有资历，但他比他们有知识、有头脑，不怕将来没有晋升的机会。

　　这些天来，王小山对传统文化中孔老夫子训示的"忍辱负重""卧薪尝胆"确实有了深切的体验。宋部长当官的时间长了，他的特点常常是只说半句话，另外那半句就要靠听话的人去理解。偶尔，王小山也有琢磨不透的地方，但他不敢贸然开口，只是轻轻地笑一笑，装作自己什么都听懂了。

　　尽管他的愿望是那样的急切，可宋部长却丝毫不露口风。有去找过姚书记，但听人说姚书记这会儿已经到省委党校学习去了，他要三个月以后才能回来。他们在等什么呢？这害得王小山一门心思地整天对大楼里的人察言观色——他的工作态度无可挑剔，他总是来得比别人早，走得比别人晚，虽然"不卑不亢"的尺度难以把握到家，但科室里的人对他的为人还是比较满意的。不论职位高低，他把每个人的桌子都擦得一尘不染，过去在学校的时候他只替许凯洗过杯子，而现在他给全科室的人洗。没法子啊，"从奴隶到将军"，这是他这类人出人头地的必由之路。当然,在给大家留个好印象的同时,他自然不会忽略了等级之分。一旦发现宋部长的茶叶筒空了,他不声不响地赶紧买了一包当地最贵的"白毫"。而对史副部长呢,他一再用无声的行动表示出自己对他足够的敬重。估计这位思想高尚的老前辈可能患有老肺病,他吐的痰发黑发臭,并且总是照准墙角的一端,吐得又狠又准。看得出,宋部长一听他咳嗽就皱着眉头扭过身去,于是,王小山每天都要花很长时间去清扫墙角的位置。也许吧,宋部长没有及时把他打发走就是看中了他身上的这一优点,他肥厚的手掌偶尔会拍着王小山的肩膀说:"好好好,你这年轻人是比别的年轻人要成熟懂事得多。你跟我年轻时一个样,不怕干活,不怕吃苦,这很好……唔,我一直想跟你说,你的事好像碰到了一点小麻烦,有的人对你与上头的关系有些看法,但你放心,不碍事的,你是上级特别关照过的人嘛,州领导对这一点还是很重视的,再说,现在的改革开放就是要不拘一格选拔人才,你算是赶上了这政策。别急,表现好了就……"这姓宋的态度暧昧而留有余地,这让王小山一静下来就心事重重。

一天傍晚,科室里的人都下班了,只有周倩还没走。经常如此,周倩下了班通常都要在办公室里打很长时间的电话。几乎是一种心灵感应,只要周倩不走,王小山就主动留下来陪她聊天。凭着灵敏的嗅觉,王小山自认为周倩对自己还是很有好感的。这女人虽然在职位上也只是一个普通的科员,但据王小山观察,她的能量远远超过了其他人。估计她的年龄不会超过三十岁吧，长得嘛——王小山说不清，反正"漂亮"和"性感"这两个词用在她身上都很合适，特别是在性格上，周倩的热情开朗就像一座能融化冰川的火炉，虽然早结了婚，可她好像没有孩子。据说她父母亲的家也不在县城，她的父母是早年随刘邓大军南下部队过来的老革命，不过，他们不是什么大官，只是在部队里做军医罢了。而周倩是家里的独生女，吃喝穿戴的条件从小就比别人好，怪不得在她身上总透着一种"高人一等"的优越感呢，想必在这个城里，有她这种个性的人也是凤毛麟角。另外，从她的行为举止可以看出，她根本不在意自己是结了婚的女人，浑身上下的打扮就跟大城市里的女青年似的，一头缎子似的长发水一样地从肩膀上泻下，大红色的紧身衬衣和喇叭口式样的牛仔裤曾招来了很多人的议论，而周倩一点儿也不在乎，她好像什么都不怕。倒也是，她管何副州长叫"何叔叔"，管州长大人叫"拉木叔叔"，总之，只要有类似"叔叔"级别的领导在场，她免不了像一个得宠的"乖乖女"，逗得这帮老家伙心花怒放。所以，几乎成了一条不成文的规矩，凡是有重要人物出场的饭局或是重大会议的筹备还总少不了她。可能吧，在稍显沉闷的机关大院里，既靓丽又精明能干的周倩是一道让人赏心悦目的风景。

别看周倩平日里穿得有点时髦，但她是个有头脑的女人。通过交谈，王小山多少知道周倩一点不比大学里的那帮女生差，她一点不落伍，无论是穿着还是谈吐都与时下的流行时尚同步。让王小山感到意外的是，周倩对生活是很有追求的，最大的苦恼，用她的话来说就是这小地方的人观念太土，谈吐太庸俗，他们根本不可能理解她,她和他们没有共同语言。是啊,王小山也表达了自己的同感,与报纸上报道的那些大城市相比,这个小城里的气氛实在是太压抑、太闭塞了。在这里,表面上的宁静并不能抵消年轻人追求梦想的孤独。

不错,王小山和她是很谈得来。周倩虽然早年在文工团跳舞,但她确实读过不少外国小说,这恐怕都是"孤独"这玩意给闹的。仔细想想,她这么过也合情合理。她丈夫远在外地,一年到头很少回家,所以丈夫不在家时她就跟单身差不多。在州政府里,她的社交很广,办公室里经常有电话找她。王小山平时坐的桌子靠电话最近,他接过不少找她的电话,听声音几乎都是男的。哦,恐怕在这座小城里数找她的电话最多。

客观地讲,王小山当时并没有对周倩动什么邪念。他只是本能地感觉到,在云水这个小城市,他没有什么朋友,酒肉朋友也是要有权、有经济基础的,自己显然没有这个能力,而他眼下是多么需要有个人来帮帮自己,除了周倩他还能找谁呢?

那天,王小山不知怎么就说到了最近几天宋部长对他颇为微妙的态度。这会儿周倩正拿着一面小圆镜子左照右照,她朝镜子里的自己撇了撇嘴说:"你知道我从不在背后议论机关里的事。"王小山很尴尬,立马住了口。

"哈哈,瞧,把你吓得连话都不敢说了。"周倩扬了扬眉毛道,"我觉得你这人有点怪,分析起别的事来一套一套的,可就是理论联系不上实际,一轮到具体情况就傻啦,在这些方面你可真不怎么聪明呵。"

"噢,是吗?我就是想不明白才跟你讨论的嘛。"王小山忧心忡忡地叹了口气。

"傻瓜都知道的事你竟然不知道？我敢说在这栋楼里没人比你更傻。"

王小山睁大眼睛道："求你了周姐——"他毕竟对这里复杂微妙的人事关系还一无所知。

周倩诡秘地笑了笑说："你以为你只要把勤杂工的活干好了，人家就会说你的好话啦？"

王小山的脸红了，周倩接着道："你知道老史在背后是怎么议论你的吗？他到处撒你的烂药，说你这种人一心想往上爬，是个人格有问题的小爬虫……"

王小山脸色大变。他想不明白自己是什么时候踩上地雷的。史副部长——自己对他一贯很尊重呀。就在几天前，他有心打听过他的经历。听招待所的孟所长说，这个叫史国柱的人在云水是个人物，他早年有过辉煌的历史，至今很多人都还记得他曾是知青学习的榜样。想当年，他戴着眼镜光着膀子抡锄头的大照片还上过省城的报纸呢。"说起来老史这个人呵，我就觉得他不简单。你想想，人家是从上海大地方出来的人，在家时就当过红卫兵的什么小领导，十五六岁的人就出息大了。后来人家听毛主席他老人家的话上山下乡，云南就数咱们这最穷，可他偏要让组织把他下到咱这来，人家来了也一点不显现，他跟其他来的那些学生娃不一样，老史这人实诚，不爱说话，舍得吃苦，和寨子里老百姓关系好得没法说。总共才不到半年的时间就学会了说本地话，怎么，你不信？别这么看着我，老史当知青的寨子就是我媳妇的老家。他的为人我最清楚，他确实是个难得的好人，就像电影里演的解放军，只要谁家有难处就上谁家去。回上海一趟带回来的东西也都分给大伙。嘿，你别笑哇，我给你说的这些可不是报纸上写出来的。一点不吹牛，他原来那些寨子里的人到现在都还经常来找他办事。不容易呀，人都走了差不多十年……"孟所长还告诉王小山，"不过，他在机关里可不怎么样。这大院里的人好像都看他不顺眼。毕竟是个外省人，学不会他们那些人的拉帮结伙，人又耿直，说话也不会绕弯子，所以也得罪了很多人。他们说他是个野心家。唉，猜不着吧，意思是当年老史没回去倒成罪过了。嘿嘿，是这样。本来呢，老史可以随全国知青大返城一块儿回上海老家去，但也愣是赖着不走。这不就让人想不明白他留在这地方到底图什么、有什么不可告人的目的？有一些人还愣是瞎编，说是他肯定在这里和某个女人有了私生子啦，要不怎么会舍不得走呢？唉，有时候我替老史觉得不值。何苦呢，为了这个，我听说他连原来谈的对象都吹啦。我媳妇说啊，当年他的对象也是和他一起来的，俩人都谈了好几年了……他现在的老婆是后来组织介绍的，人倒是很贤惠，就是没多少文化……"此刻，王小山一边想着孟所长的这番话一边思忖着，如果老史要真像孟所长说的这么好，那他为什么偏要跟自己过不去呢？他徒劳地在记忆里寻找着自己的过失，几乎忘了周倩还在旁边。

"其实，你别担心，老史这么敌视你，反而对你有好处——"

"为什么？"王小山越来越糊涂了。

"你想想啊，他跟老宋是死对头，老宋早就想把他挤走。不过，在副部长一级中老史属于年轻一拨的，他今年还不到四十岁，准确地说是三十八岁，而老宋已经五十多了。他们两人一直斗得很厉害，这楼里的人谁不知道哇。你连这个都看不出来？"

"他们是领导哇，他们之间搞'阶级斗争'跟我有什么关系？"王小山禁不住声音大了许多。

周倩"砰"地放下手中的镜子："嘿，说你傻你还真傻到家了，你也不想想，这楼里谁都看得出来，你一天到晚巴结老宋，这不明摆着你是老宋的人嘛。再有，你那个副省长亲戚如果再搭上一把手，那还了得？"

"我的亲戚……"王小山一时想不出周倩说的是谁。

"马副省长不是你的亲戚吗？这是不是真的？"

"……不……是……是真的……"

"嗨，我可不管你们男人这些是真是假的花样，我只是告诉你，你这一来老宋是又高兴又矛盾。你比老史更有文化、更年轻，还有背景，老史把你当成死对头不奇怪。老宋呢自然高兴不过来，他可以利用你把老史压下去，但老宋这个人性格多疑，他一贯害怕被别人踩下去，你呢，现在是他嘴里的一块骨头，他既想和你，不，是和你的亲戚勾兑勾兑，但也怕你比老史更有潜力……没办法，只好这样拖着喽——"没想到，表面上大大咧咧的周倩竟有如此透彻的斗争经验。

"拖着？你是说他迟早要把我打发到别处去？"王小山沮丧地把烟摁在桌子上，"我是不是真的没希望了？"

"给你交个底吧。我听何叔叔说，党组会星期五就开，你的事有可能就在这会上被提出来讨论。现在机关里已经议论纷纷，再拖下去反而对谁都不好……"

"你估计组织部会留下我吗?"

"我哪知道呀,那是领导的事。喂,有烟吗?给我来一支。"周倩显然不想说,她只轻轻地一抬屁股就坐到了王小山的桌子上。

"我不信,凭我的感觉你什么都知道——"王小山没见过女人抽烟。他想,周倩这种女人可能很不好伺候,他赶紧从怀里掏出另一包好烟,这可是给宋部长预备的。

周倩一看乐了。"鬼机灵,你还给自己藏了一手呀。"她把烟叨在嘴上说,"给我点上呀,别愣着——"

一低头,女人水一样的头发落到了王小山的手上,王小山的心脏也随之"咯噔"地蹦了一下。

"我问你,你为什么偏要上组织部?"没说的,周倩是一针见血。

"我……我,嗨,不是有你在吗,和你在一起工作我心里有底呀,除了你,我在这里连一个朋友都没有……"

周倩看着他微微一笑道:"你真这么简单?就没别的……"

"有,我不想一辈子只做一个平头百姓。你要笑话我就笑话吧——"王小山说完也大胆地迎着对方的目光。

"也是,男人嘛,这我相信,你终于还是对我说了真话。就冲你对我说真话这一点,你想不想让我给你出个招?"

"当然想啊,周姐,现在只有你能拯救我啦——"

"唔,这可不行,我要你先说你打算怎么报答我。"只见周倩抬着脸噘着嘴一小口一小口地把烟吐到天花板上,那跷着的脚尖也跟着一摇一晃的,样子真是胸有成竹。

"我……我请你吃饭……"

"嘿嘿，老宋还请过你吃饭呢——"

周倩这一说反而吓了王小山一跳。她的用意明摆着，饭桌上的口水话不一定代表感情的好坏，在更多的时候，它往往是明争暗斗的舞台。一想到眼前的这个女人与"叔叔"类的关系，王小山想不出该用什么"史无前例"的方式去打动她。

也许是急糊涂了，或者是一时找不出更能表达自己可怜无助的方式，王小山把心一横，一下子就跪在了周倩的脚尖前。"姐，我真的没办法，求求你，帮我想想办法吧，我发誓将来一定会报答……"王小山在叫"姐"的时候把姓氏也省略了，他要在"姐"的面前表现出自己的可怜无助，这些有血有泪的话是从他的血管里流出来的，下跪算得了什么，只要能跨入这权力中心的大门，他甘愿像古时的韩信那样受世人的胯下之辱！当时的他一只手紧紧地抓住周倩的脚踝，脸是惨白的，嘴唇也在颤抖，体面、屈辱、尊严，这些东西在他的大脑中仿佛变成了一片空白。他脑子里此刻只有一个偏执的念头，豁出去，把什么都豁出去，再不能束手无策地沉默下去了，破釜沉舟是唯一的出路。如果一个人要是老重复同样的失败那只能证明他自己的无能，不，哪怕跪下自己的双膝也绝不能重复上次在省政府大门前发生过的一幕。

"哎呀，快把你的手拿开，你这是怎么啦——"周倩一时没看清楚王小山在做什么。

"不，姐，你不答应我就不起来。"心里一难受，王小山的声音带上了哭腔。

"你……你别吓我，这叫人看见了会怎么说……"优越感十足的周倩顿时惊呆了。她这一辈子恐怕也只是在小说上读到过这样的场面,而在现实生活中她做梦也没有碰到过给她下跪的男人。就像触了电似的,她一下就从坐着的桌上跳了下来,开始语无伦次、慌乱地绕着王小山跺着脚说:"你你你,快起来呀。这像什么样子,我怎么会不帮你呢?刚才我不过是在逗你玩呢——"

"你真的会帮我,不骗人?"王小山眼神直直地问。那一刻,他无助的、卑微的眼泪就这么流了出来。

"老天,我说什么你才信呵。我怎么会忍心骗你呢,你今天是怎么啦?要是再这样,我也要哭了……"

最后分不清是王小山自己站起来的,还是由于周倩的怜悯所致。总之,两人都转过身并站在各自的桌子前,彼此谁也不敢看谁脸,有那么一会儿,屋子里安静得令人窒息。

"男子汉大丈夫的,没有过不去的坎,别耍孩子脾气了,来,喝点水。"周倩不知什么时候已经倒好了水。她端着水杯走到王小山的跟前,并用杯底碰了碰他僵硬的肩膀。

也许是因为视网膜上还残留着自己下跪时的丑陋,王小山扭着身子,不好意思地把头偏向一边。与此同时,他伸出一只手想去捧住水杯——然而,菩萨显灵了,他捧住的不仅仅是一个水杯,放在手心里的是一只多么温暖、多么柔软无骨的手!

热水的温度似乎透过周倩的手指传递到了他的手心,他不敢动,更不敢把眼睛掉转回来。就这样,两只手的战栗定格了有好几秒钟。

恐怕连周倩也不曾料到,这不同凡响的"定格"会在自己的心里掀起一阵惊涛骇浪。老实说，一个男人跪在女人的脚下是让人厌恶的，可这毕竟是自己喜欢的人跪在自己的脚下呀，况且这小伙子唯一能依靠的人就是自己了……在即将走出办公室的时候，她发自肺腑地对王小山说："相信我，你的事我会尽力的，我这就去找人。"

　　事后，这不堪回首的一幕，王小山是多么想把它沉淀到记忆的最深处。就是在多年后，王小山依然没有勇气去面对它。要是岁月的泥沙能彻底把它沉淀的话，他无论如何也不愿拖着这一幕走完漫漫的人生之路。在后来的日子里，他也曾不止一次地拿韩信和历史上苦大仇深的英雄们来安慰自己，但这安慰真不好意思说出口，它有点像夜深人静难以启齿的自慰。哦，韩信的卑微之所以永垂不朽是因为韩信真的成了一个大人物、成了一个忍辱负重的楷模，而他的下跪却是那样的低俗，是那样的让人说不出口，就连自己偶尔在噩梦中撞见也觉得不堪入目。

　　这天夜里，王小山失眠了。白天给一个女人下跪的丑态不断地闪现在夜的屏幕上，奇怪的是，在整个画面里，周倩留下的影像也是丑陋的。他唯一愿意回味的是她递给他的一块小手帕，那是一块边角上绣着一对天鹅的手帕。

第四章
寻找自己的角色

善于总结的王小山得出的结论是：大脑里有水，小脑才能养鱼。"水"就是一个人生存的大环境，有了大环境"鱼"才能在小环境里茁壮长大。至少要懂得把个人的好恶与社会生活分开来，没必要把两者扯在一起。社会生活是过给别人看的，至于自己内心里那一部分，不管是不是精神分裂，嘿，最好是分裂得更彻底，最好是神不知鬼不觉地烂在肚子里。

一

　　星期五的晚上，王小山就得到确切的消息。何副州长和姚书记在通过电话后终于统一了意见，接着，其他两个与何副州长关系极好的副书记也同意把王小山留下来考察一段时间。虽然不能立刻就编入组织部的正式编制，但先让他熟悉一下部里的工作也是必要的，理由很简单，不是党员可以培养嘛。于是，在党组会上，领导们终于敲定了让王小山"半正式"地留在组织部的决定。毫无疑问，也有人提出他不是党员，根本就不能考虑留在这一要害部门，可何副州长强调了边疆地区建设四个现代化中培养少数民族干部的重要性。他说，中央对少数民族地区通常都有一些政策倾斜，而云水州现在急需的就是搞现代化的人才，对于一个像王小山这样从大山里走出来的农家子弟来说，组织上有责任也有义务给他们一个锻炼发展的机会。他还强调，从王小山近一段时间的工作表现来看，这个年轻人很有潜力，像他这样有知识又肯吃苦的好苗子难道不应该好好培养吗？终于，在座的其他人也表示赞同，他们一致赞成何副州长的意见。党员嘛又不是天生的，不是党员可以突击入党，战争年代就已经有过火线入党的先例，何况都已经发展了那么多年，如今全国不是都在搞改革吗？为什么云水州的领导层就不能把步子迈得再大一点呢？

手握重权的人对自己手中的权力都有一套自己的解释方法。解释是说给别人听的，而如何诠释则要看权力的拥有者自己的需要了。

让王小山留下的事就这样定了。

把这消息通报给他的除了周倩还会是谁呢——

周倩的电话是傍晚打到招待所总机的，当时王小山一听周倩说完就忘乎所以地捧着电话说："谢谢你，太谢谢了，周姐，你是我的大恩人……"尽管是"半正式"的，但他已经知道，要不是何副州长替自己出力，恐怕没几个人能享受到如此破天荒的"恩赐"。

"小声点，别那么大嗓门。你吃过饭了吗？"她好像很疲倦，显然没有他那么兴奋。

事实上，王小山早就吃过饭了，但他还是赶紧回答说："没有，我还没吃呢。要是你有空的话，我想请你喝一杯。"

"哈哈，这么快就学会撒谎啦，也不看看表，现在都几点了，还没吃晚饭，谁信？"

"我……我是什么都瞒不过你呵，可我是真心诚意的，要不，我上街买瓶酒上你家去一起庆祝庆祝？"

"别别，我不在家，我这会儿正在紫山疗养院呢，州里的领导都在这里开会，我是偷着跑出来给你打电话的。对了，可别在办公室里瞎嚷嚷呵，免得其他人又说怪话了。"

"那你什么时候回来？"

"干吗？"周倩警觉地问。

"哦，不，没别的意思，你不在，我觉得办公室里太冷清……"

"嘿，又撒谎了是不是？记住，我还是喜欢听你对我说真话，一天到晚假模假式的东西我听多了，所以你没必要用对别人那套来对付我……"

王小山立刻打断了她，"姐，我刚才说的是真的，你怎么就不信呢？"

"噢，是吗？这要看你以后怎么表现啦——"

周倩笑起来的声音很媚。王小山判断，她对自己有点意思。

"我星期天晚上就回去，到时咱们再聊。"还没等王小山说话，周倩就匆忙地挂断了电话。

回到房间，王小山百思不得其解。紫山疗养院？这一般是州一级的领导开会疗养的地方。周倩不过是一个小小的科员，她怎么有资格跑去开会？下午他还在大院里看见宋部长、胡部长、江部长等人，连部长一级的领导都没轮上，又怎么能轮到她呢？这么一想，王小山似乎从中悟出了一点门道。周倩果然是他命里的福星，在东西方的历史上，能和权贵打交道的女人往往能做到男人都做不到的事。联想到世人为了满足一世的荣华富贵和功名利禄都少不了要给寺庙里的菩萨们烧香下跪，哦，看来他王小山还真是没有拜错菩萨。

在都是人精的机关里，人事方面有变化的消息一般都传得很快。星期六一早,宋部长在办公室里见到他果然与往常不同。他乐哈哈地对王小山说:"以后你不用给我们大家打开水扫地啦,都是同一条战壕的战友嘛,公共卫生每人都有份,你们说是不是?"一时间,大伙都附和着他的意思客套地表示了对王小山的欢迎。其实不说也罢,王小山心里很明白,自己这个"半正式"的位置是很微妙的,其中的变数很多,只有小心谨慎才能过好这一关。况且,任何一个部门只要新进来一个人,每个人都会在心里重新掂量自己位置的得失,因为原有的秩序将会悄然发生合乎内在逻辑的变化,这变化是肉眼看不见的,运行于其中的规律用一句古话来说,那就是"只能意会,不能言传"。所以,王小山也不傻,他琢磨着,自己下一步要做的功课就是把科室里每个人的情况在脑子里仔细过上一遍。比如,与自己位置相仿的孙淦是个白族,他可能三十出头吧,是从中央民院哲学系毕业的,好像是个工农兵学员。这人平时不爱说话,和大家的交往也是泛泛的,人长得猴精似的,可看上去很傲气,一副瞧不起任何人的架势。王小山原来以为孙淦可能有什么了不起的家庭背景,一了解,完全不是那码事。照周倩的说法是,他虽然在学校就入了党,但到了我们这儿一直很不得志,几年折腾下来,他自己也灰心了,在工作上一贯表现得很消极,平日里的人际关系也不是很好,唯一的优点是在麻将桌上和老宋一帮人有着很深的"战斗友谊"。也许是为了图个清闲吧,在大事小事上,他一概不表示自己的看法,全听老宋指挥。按理说,他应该是史副部长的"敌人",可也并不尽然,他跟老史的关系也能维持,至少在表面上是这样。

第四章 寻找自己的角色

随着一阵咳嗽声，史副部长走了进来。他慢腾腾地打量了王小山一眼就从众人身边闪过并坐在自己的椅子里看起报纸来，好像周围人们谈论的一切都与他无关。

不知为什么，一看见老史那双冷冷的眼睛，王小山就觉得浑身不自在，这就如同一个人无法克服的对特殊物质的过敏，他的不自在完全是出于本能。他想，像老史这样在表面上不动声色的人才是自己今后要小心提防的。

毕竟可以松一口气了，有好几天，王小山都陶醉在给同学打电话写信的快乐中。尤其是一些回到县上的同学，当他们得知他的近况后，都表示想不到他会分配得这么好。"一切都是运气。"他对这些惊讶的人解释道。而已经在省委办公厅上班的马军却对王小山表现出来的兴奋趣味索然，他抱怨说他一坐在办公室里就打瞌睡。"这日子真不是人过的，在这种环境里待久了，就觉得自己的脑子好像整个都不灵了，就像海明威的大脑被人动了外科手术，别说还写作，就是把西班牙的斗牛全都放出来也提不起劲……我他妈的看来不是做官的料，但现在又想不出做什么合适——"马军的唉声叹气让王小山心里十分不快，想到自己为了在州里谋一个小小的职位不惜向女人下跪，而他呢，也算是坐在全省的宝塔尖上了还那么不知足。他这种人不就是有一个好爹嘛，有什么了不起。为了堵住马军的牢骚，王小山赶紧把话题扯到了许凯身上。马军告诉他，许凯想遍游全中国的计划已正式泡汤，这家伙因为没钱买火车票而被兰州铁路的派出所遣送回来了，就在上个星期，他们还一起喝了一顿烂酒呢，据许凯说，他这会儿可能就在火车上，他说他要去北京会他的那帮写诗的哥们……"唉，我现在最羡慕的人就是他了。你想想，在全班同学中几乎所有的人都为人类的平庸献身了，包括你我也不过如此，就只剩下他过上了自己想过的日子，你说是不是？"马军的"羡慕"大有吃肉吃腻了的官宦子弟的无聊，他的"不求上进"在王小山是无法理解的。至于许凯选择的那条路，在王小山心目中也只是一条故意无所作为的路，这样的人生道路，别说是羡慕了，他连想都不愿意去想。倒是彭嘉冰的情况相对还比较正常，他说他和他的对象就在一个办公室里上班，对这一点他似乎颇有微词，不过他也不愿多讲。在谈到出国问题上，他似乎有点失落，又说他到了省外经贸才发现这里人才济济、藏龙卧虎，会说几门外语的人比比皆是。如果要论资排辈等出国机会的话，那他就是过完两辈子恐怕也轮不上。显然，彭嘉冰是为出国而活着，而对王小山供职的组织部很不以为然。他以一种一览众山小的口吻对王小山说："国家下一步的发展方向是搞经济建设。现在有很多外商都挤进来了，咱们这些人也不能眼睁睁地光瞅着老外赚钱。中国有很多地方都是最好的原材料基地，我知道你在的那地方有很多稀有木材，所以我想你老兄要是能去一个搞经济工作的部门其发展空间会更大些。"对彭嘉冰的这番说教，王小山没感觉，在他心目中还是仕途比金钱更重要。

　　凡是能联系上电话的王小山都一一打过了，但有一个电话一直是他想打而直到最后都没打的。从李小燕的口中他得知沈惠珍就分在东川矿务局的工会里搞宣传，小小的矿务局自然比不了他所在的州政府，要是沈惠珍知道他现在的情况，她会不会后悔当初的绝情呢？连个招呼也不打，就这么一走了之，他们的爱情就是被她葬送掉的。确实，每当王小山想到这件事，心里依旧会隐隐作痛。

有道是，人的一生中，初恋留下的痛是最难消除的，他很想让沈惠珍也尝尝被别人捉弄的滋味。想来想去，他决定还是给她写信。在电话里说话就像办公，况且，他不想让周倩发现其中的蛛丝马迹，还是写信更妥当些。于是，王小山给沈惠珍去了一封信，信写得很长。他一反常态地回忆了他们在水磨房里的恋情，并且有意回避了她当初不辞而别的不快，倒好像是两个人昨天才刚刚分手似的。总之，他写这封信的心情很复杂，一方面他很想去看她，但更希望她会对他有一种内疚，说不定她会恳求他的原谅。

一个星期之后，沈惠珍就回信了。信只写了半张纸。令王小山极度愤怒的是，沈惠珍对他的现状冷淡地表示了祝贺并告诉他，明年春节她就要举行婚礼了。

这么快就去嫁人？难道她一离开学校就立刻背叛了他？海誓山盟的爱情居然禁不住几个月的时间？可气可恨的是，在自己的心里他写过的信何止这一封？尤其是和周倩在一起的时候，他不知为什么老是想起她，而这个婊子却早已把他抛到九霄云外，投入到另一个男人的怀抱！愤怒归愤怒，奇怪的是，闭上眼睛，王小山仿佛清晰地看见他留在沈惠珍脖颈上的紫色的印痕，只有想到这一点，他内心的愤怒似乎才得以平息。

二

站在办公楼的窗前就能看到这小城最中心的地段。一到白天，似乎全城的人都出动了，尽管这里是位于海拔一千八百米处，可路面却修得十分宽敞，路上跑的车辆很少，仿佛这大马路是专修给行人走的。站在上面往下看，最显眼的还是打扮得花枝招展的年轻姑娘们，其中有的还抹着口红，穿着高跟鞋，一些花哨的衣服和裙子可能是从缅甸边境贩过来的，当然不是缅甸自产自销的，据说它们是从香港和日本辗转到缅甸的。总之，算得上是来自资本主义世界的旧"洋装"，别看是一些穿过的"难民服"，它们在云水的街头仍是追逐潮流的象征。

这年月，"思想解放"的潮流不仅体现在服装上，哪怕是在边陲小镇，人们同样感受到了它给日常生活带来的变化。特别是在昏昏欲睡的办公室里，男人和女人的话题多少是大伙调笑的作料，而王小山是机关里少数没有结婚的人，于是，大家拿他开开心就成了很自然的事。

在表面上，王小山一遇到这样的话题总是很腼腆。他已经红

第四章　寻找自己的角色

着脸拒绝了好几次别人给他介绍对象的建议,就连老宋都给他介绍过自己的侄女。这女孩在电影院卖票,人长得一般,看上去老实忠厚,一开口就是满嘴的土话,可能从家乡出来还没多久吧。也就是应酬一下,在老宋的亲戚家吃过一顿饭后,王小山就再也没敢去和那个叫素芳的女孩打照面了。因此,老宋对他的"不领情"颇为不满,但老宋岂知道,王小山不是不想谈恋爱,而是不敢得罪周倩。更重要的一点是,素芳是老宋的亲戚,他不想立刻成为老宋可操纵的人。

在别人眼里,王小山是一个既纯洁又上进的小伙子。他具有农村孩子特憨厚的神态,对谁都很客气,又舍得吃苦,工作是自己的,成绩归功于领导。"舍得"这两个字隐含着多少世人的智慧呀,有"舍"才会有"得","舍"和"得"是肉眼看不见的因果循环。所以,虽然每到年末去各乡县搞党支部工作调查一般被认为是苦差事,但王小山从不计较自己"半正式"的身份,他默默地听从所有人的差遣。一年下来,部门里的其他人是清闲了不少,可一些本该由党员来做的工作居然都少不得他了。然而,只有他自己知道,他的"工作热情"谈不上有多么真诚,更多的是为自己能尽快入党做铺垫。他必须尽快熟悉其中的每一个环节,让同志们和领导们对自己感到放心和用得顺手,这就是一般人理解的"领导和人民的信任",一个像他这样没有任何背景的人要想在仕途上有所"进步"也只能如此。

在工作之余,王小山最感兴趣的就是翻看一堆堆过去的、别人根本不感兴趣的会议纪要和简报,从中多少能看出一点云水州官场风云变化的脉络。譬如,每一次的换届结果、每一套班子的人员结构，最让他感兴趣的当然是寻找在位的每一个人沉浮于其中的影子，总之，把听来的和看到的稍加综合，这似乎成了他的一种乐趣。显然，看别人的闹剧是为了借鉴，他知道自己没有多少经验，但他身边的人和事就是最好的教材。最典型的活榜样就是孙淦。这家伙本来也是想找一棵大树，跟了老宋五年，最后却连个科长都混不上，和老宋关系再好也没用，说不定老宋就是利用这一点好把他死死地控制在自己手里，也许孙淦后来也明白了，可要再换主人为时已晚——一个人一旦在人们的看法中定了型，以后想要另谋出路，恐怕就只能另换地方了。另外，身为组织部副部长的老史情况就更特别了，他要是懂得顺势而为的话，本来是很有希望接老宋的班的。据说上一届的领导班子是把他作为后备干部来培养的，遗憾的是，这家伙太自以为是，总是抱着"文革"时的观念不放。他似乎接受不了急剧发生的社会变革，这无形中使他成了一些极"左"派言论的代表人物。更让州领导反感的是，老史开口闭口还是毛泽东时代的那一套艰苦朴素的做派，倒好像在全州大大小小的官员中只有他觉悟最高，对革命事业最忠诚。更滑稽的是，他竟然将这些带有"老左"观点的东西写成材料上报到省里，他在汇报材料里说：如今在一些村社基层，党组织的建设正在被经济建设的大潮所冲击，偏僻地区的党支部过组织生活只是走走形式，很多地区的宗教势力日见猖獗，有的党员甚至背叛了党而投入到了"上帝"或是"天主"的怀抱。还用说嘛，他上报的这份材料显然是给州党委的工作抹了黑，州一级的领导挨了省里的批评自然十分恼火，而老史自己也没落上什么好，他是"搬起石头砸自己的脚",想必他的副部长一职也干不长了。

这两个人,王小山把他们当成了自己前进道路上的两面镜子。他在这两面镜子里照出了人生较容易出现的两种失误:第一种是孙淦式的失误,俗话说,天时地利人和,缺一不可,其中,"人和"是最重要的,孙淦显然是没有找对人。而第二种就是老史式的失误,这第二种失误是人最不应该犯的错误,"识时务者为俊杰",这道理谁都懂,可偏偏老史不想懂,这还能怨谁呢?如果把他的经历当作文学作品来看,那么他的悲剧就如同一个玩笑,造成他今天失败的原因恰恰不是因为他的私欲,而是因为他不合时宜的"献身精神",哈哈,他的可笑就在于他没有找对献身的战场。是啊,近一年来,王小山是眼睁睁地看着老史一步步地走向没落的。他的模样苍老了许多,外表退化得几乎与本地的公社干部相差无几,最明显的是,他眼角上的鱼尾纹变得又黑又深,来上班时经常胡子也不刮,皮鞋上尽是泥土,粗糙的皮肤透着憔悴和疲惫,一天到晚把头埋在报纸里,一看就是一副走下坡路的样子。

善于总结的王小山得出的结论是:大脑里有水,小脑才能养鱼。"水"就是一个人生存的大环境,有了大环境"鱼"才能在小环境里茁壮长大。至少要懂得把个人的好恶与社会生活分开来,没必要把两者扯在一起。社会生活是过给别人看的,至于自己内心里那一部分,不管是精神的还是物质的,最好是神不知鬼不觉地烂在肚子里。所谓播什么种子开什么花,这道理人人都懂,但不见得人人都会认真去实践。

事实上，被众人认为纯洁上进的王小山差不多有一年的光景都悄悄在和周倩秘密约会。每次两人约会过后，王小山都惶惑地问自己：和周倩的关系究竟算什么呢？周倩比他大整整八岁，又是结了婚的人，而且还是军婚。听她说她丈夫是个副营长，他们的部队是在海拔两千四百米高的边境线上巡逻。一想到这个没见过面的男人长年累月地独自生活在那样的环境里，王小山的心里也常常会感到一丝内疚。不过，周倩给他的感觉是用不着内疚，因为他并不是与她约会的唯一男人。有时，他们两个人在一起时，她偶尔也议论一下她的丈夫或者其他男人，听得出，她对不同品种的男人非常了解。为什么一个女人既有善解人意的一面却又如此冷酷？这让王小山百思不得其解。

对周倩的迷恋，是因为难以排遣的孤独，还是突如其来的艳遇？王小山自己也说不清楚。男人和女人就是不一样，沈惠珍对他的绝情多多少少改变了他对女人的看法。老实说，刚开始和周倩有感觉时，王小山的内心是矛盾的。他是多么希望找一个干干净净的处女。过去他以为，一个女人倘若与自己有了一腿，那就意味着她已经属于自己了。可他和沈惠珍有过的记忆又否定了这一点，也许吧，沈惠珍生下来的时候也是处女，但那又怎么样，她是从什么时候不是处女的？是和许凯，还是别的什么人？他不得而知。那么，就算她是处女又能改变什么？还不是说完蛋就完蛋，连个招呼也不打。因此，对女人主动送上来的爱情用不着太认真。

冥冥之中，王小山隐隐约约觉得"艳遇"这男人梦寐以求的东西似乎在自己的命运中有着一股惯性的作用——凡是与自己有瓜葛的女人好像都是主动找上门来的。沈惠珍如此，周倩也如此。记得第二年的夏天，他出差在碧禾县，这是一个多民族聚居区，离云水大约有三个小时的车程。这天晚上，他到一个叫老黑的县文化馆的朋友家吃饭。他们一起抽烟、喝酒、聊天，那家伙不仅精通巫术，而且喜欢谈女人并不时开一些性方面的玩笑。倘若是在云水或是别的汉族地区，人们会把老黑这种人当作新潮人物，而在这里，这算不得什么新潮。对当地人来说，性和爱如同嘴和舌头是长在一起的，没有性，爱也就不知为何物。

吃过饭之后，老黑拉他一块儿去了河滩。王小山知道这地方是当地青年男女谈情说爱的幽会场所。情歌对唱是从太阳落山的时候开始的，随着歌声一波高过一波，河滩上全是穿着百褶裙，头插鲜花的姑娘。她们有的围成一圈，有的手拉手，其中还有十三四岁的小女孩。每一伙姑娘中都有个领唱的。王小山发现，领唱的姑娘一般情况下是这群人中最漂亮的，这似乎也符合自然界优胜劣汰的法则。

老黑一到了那里就活了，很快就消失在人群中。独自一人的他顷刻间也被姑娘们包围了。首先是领唱的姑娘率先扬起嘹亮的嗓子，尔后，围在身边的是一波高过一波清亮高亢的女声。这些声音发自肺腑没有丝毫的扭捏，仿佛每一个拖长的尾音都带着全身心的响应，那穿透力是从脚板心一直穿过脑顶向上的，向着天空升起，似乎每个姑娘都在竭尽全力地想把自己的心上人吸引过来。而三五成群的小伙子们就更直接了，他们几乎是把自己的脸凑到姑娘的脸上，被看的女子离小伙子的脸越是近就唱得越起劲，此时，要是双方都对上的话，那姑娘便由小伙子拉住手双双离开人群，独自闪到黑暗中去了。

被包围在一片春情之中的王小山，突然听见一声叫"哥"的汉话，定眼一看，是刚才那个领唱的。她身上的短衣缀满了五彩绣片，微微颤动的胸前挂着一串串银光闪闪的银铂，随着歌唱的节奏，那挂在脚踝上的银镯子在夜色中发出一串碎银般的有如天籁的吟唱，歌词的内容虽然听得不太清楚，可一看旁边的姑娘都捂着嘴在笑，王小山立刻明白这姑娘是看上他了。或许，她唯一会说的一句汉话就是"哥"，但这又何妨呢，对她而言，男人和女人要是相互看得上，用它来示爱就足够了。

在昏暗的光线下，王小山还是看清了这女孩的。她长得很好看，启开的唇间亮出一排闪闪发光的细牙，乌黑的眼仁分得略开，高而饱满的额头，翘起的鼻头尖尖的，一张一合的小嘴就跟嘟起的花蕾似的。刹那间，他的心突突跳了起来。哦，这是他很长时间以来见过的最漂亮的姑娘，少年时有过的生活就是和她这样的姑娘手拉手踏着轻快细碎的步子扭动胯骨踢踢踏、踢踢踏，就地转圈儿。是的，已经丧失了的那种悸动如野兽般昂首嚎叫，一起在草丛中赤身裸体打滚的悸动又回来了。他浑身燥热，不由自主地向姑娘跟前贴近了一步，此时，他只要伸出手去，这姑娘就会立刻跟他走。然而，就在剑即将出鞘的一刹那他收住了，他猛然想起自己的身份，想起现如今的他已经是一个国家干部，他的命运不再属于这一群体。于是，他赶紧笑着摇了摇手转身就走，并且头也不敢回地走出了这片如梦似幻的伊甸园。

留在身后的歌声渐渐远去，他缩着脑袋想使劲甩掉不时断断续续随风飘过来的声音，就在他经过河岸一带的树丛时，只见一对对情侣紧紧依偎着，有的影子似乎混成一团倒在天地之间。他们不在乎有路人经过，完全陶醉在自己的世界中。是啊，虽然这是一个他曾经在诗里讴歌过的自由王国，可他做不了苏联的叶塞宁，也做不了法国的兰波。虽说他跟他们一样，都是大地之子，可他只能是现在的王小山。对他来说，书本上诗性的王国早已成了他朦胧的记忆。

回到县委招待所，他心绪怅惘地盯着窗对面幽幽的山影发呆，眼前，寂寥的天空中挂着一个脸盆大的月亮。

忽然，好像有人敲门，是，确实是有人在敲他的门。这么晚了，会是谁呢？

站在门外的竟然是周倩！她怎么会出现在这里？这个女人怎么老冲着他笑？王小山一时回不过神来。

"怎么，刚走了没几天就不认识啦？"她边说边推了他一把，走了进去，"我一猜就知道，你肯定是住在招待所。"

"你……你怎么来啦？"

"我已经在这儿等了好一会儿了，你野到哪里去啦？"

"和一个朋友吃过饭就去河边走了走。真好啊，那有很多年轻人在对歌。"

"是不是一个都看不上？"周倩抿着嘴揶揄道。

王小山苦笑了一下："喂，你什么时候到的？"

"我中午就来啦，是来参加一个朋友的婚礼。乱了一个下午，他们这会儿可能还在闹房呢。我一想你肯定在这里，所以就跑啦。"

"哦,"听周倩这么一说,王小山真有点伤感,偌大一个世界,只有这女人还记着他,"累了吧,我给你倒杯水。"

水瓶是空的,他想出去重新拿一壶。周倩笑了笑说:"算了,都这么晚了,服务员恐怕已经睡了,你就不要再打扰他们了。"她说话的时候,两颗亮晶晶的耳环令人心醉地在她肉红的耳垂上晃悠着。

"喔……"像她这样体贴入微的女人要是被男人搂在怀里会有什么样的表现?王小山的脑子里不知为什么老是浮现出与性有关的东西。

"你有心事?"周倩问。

"没有……是看见你高兴的……"

"鬼话,哈哈,不过我爱听。嗨,想不想也喝点人家的喜酒呀,还有喜糖呢。我走的时候是他们硬塞给我的。"

回来时的不痛快被周倩意外的到来彻底打消了。王小山朝她做了个鬼脸说:"老实交代,是你偷来的吧——"

"是又怎么样,你要是敢再说一遍,我……"她一扭身,装作生气的样子。

"好好,偷就偷啦,别不好意思承认,我可是饿极了。啊,酒,你行行好吧,你是我最亲爱的兄弟姐妹,你快可怜可怜我这受苦的人吧——"

"哈哈,才不可怜呢,人家要知道你这么坏才不来看你呢……"

周倩的声音发嗲,只是脸部的表情与她成熟的年龄不怎么相称。此刻,她拽着他的胳膊,像个霸道的小丫头,举手投足之间表现得很天真。多年以后,王小山才总结出,成熟女人的天真与她们骨子里的风骚只隔着薄薄的一张纸,在这张纸未捅破之前,她们的天真多半是装出来讨好男人的。

还是言归正传。那天晚上,招待所的灯泡像蛋黄一样,它发出的光很容易激发人的情欲,再加上女人身上香喷喷的香水味,这暧昧的氛围似乎是在等着他做出什么举动。与此同时,周倩也在没完没了地讲述她朋友的故事——一个结了婚又离婚又结婚的女人,她要王小山说说对这种事的看法。为了成全她的好奇,王小山承认他一向对诸如此类的事不了解,也不感兴趣,不过,能这样折腾几个来回的女人肯定也不是等闲之辈。

"那你觉得我呢?"周倩漫不经意地问了一句。

"什么?"

"我想知道你对我的看法,说来听听。"

房间里随之漾起了一股酒香,"霸道的小丫头"正弯着腰拉上旅行包的拉链。只见她胸前的两座小山一耸一耸的,大红色的丝绸裙子勾勒出她浑圆的屁股,显然,她已经不年轻了,可她身上也有一种很特别的东西——那是从成熟女人毛孔中溢出来的勾魂气息。

一个女人深更半夜地跑来问你对她的看法,这是再明白不过的表示了。王小山就是这么理解女人所谓细腻的情感世界的。

按这个路子,他的话说得让她两眼发光,但究竟都说了些什么,王小山反正是记不清了。

"几点啦?"周倩两眼朦胧地问他。

"快一点了，你累了吧？怎么你一来，时间就过得这么快。"

"哟，我该走了，明天一早我还得赶车。哦，我好像喝得有点头晕。"

"太晚了，你还上哪儿去呀，再说，明天是星期天——"王小山心想，她平时在饭桌上可以喝整整一瓶白酒，而今晚她喝得并不太多，看来这女人是在给自己找借口。

"别担心，我已经在这里开了房，就在你楼上，连钥匙我都拿了。要不，你送我上去？"

"我不送，我不想让你走——"王小山胆子大了起来。

"咦，这么快就学坏了。"周倩拍拍他的脸，然后把手伸进自己的前胸，果然，她从两座山之间掏出了一把钥匙。她靠得太近，以至于王小山感觉到她的胯骨不时轻轻地撞着他。同时，在灯光下，她的手很白，粉红色的指尖很饱满，那把放在她手上的钥匙此时在他的眼里完全变了形，似乎变成了女性身体最隐秘的部分……

"别走，我要你住在这里——"他一把拉过她的手，并学着外国电影里的绅士那样，把自己的嘴唇压在她的手背上。

这一夜的经历对王小山来说是极为特殊的。这房间除了有一个搪瓷脸盆放在床下外，连放衣服的凳子都没有。

这种感觉王小山还从未有过。一锁了门，这女人就把他引向床边。她很熟练地一下就坐到了他的膝盖上，那高耸的乳峰正好堵住他的嘴和鼻子，他试着把头埋进去，哦，与沈惠珍的身体相比，眼前这柔软的峡谷怎么变得这么深、这么高，似乎永远探不到底,如此丰硕的身体,竟让他感到有点喘不过气来。

　　黑暗中,他的手心里全是汗,好像捏揉的部位也不对头。他听见她"扑哧"笑了一声说:"嘿,你真笨,拉链在这儿。"顺着她的手,他摸到了一条藏在连衣裙左侧的小缝,可不知为什么,他还是找不着那埋在线缝里的拉链头。"等等,我想先去上个厕所,你这儿的厕所在哪儿?""就在楼下的院子里。"他说。"喔,真麻烦……"周倩的意思王小山明白,这招待所的老楼板在夜深人静的时候一走起路来就特别响,何况她还穿着高跟鞋。最后,还是女人有办法,只见她弯着腰,从床下把那个搪瓷脸盆拖出来说:"转过去,用被子把你的脸蒙上,可不许偷看哇。"王小山是没有偷看,只是人一旦闭着眼睛,听觉神经就直接转换为对情欲的想象。隔着一层被子,那搪瓷脸盆里叮叮咚咚的响声仿佛直接敲击着他的太阳穴,这动人心魄的涓涓细流把他搞得十分兴奋。是的,他不是在做梦,不是有意去扯坏她那条很精致的内裤,这东西实在是太轻、太薄,好像不是用来穿的,倒像是一贴勾魂剂,只轻轻地一碰就烧化了。相对于他的狂野,女人挺身应承,她汗津津的两只奶子似乎总能把他裹到旋涡的最深处。与此同时,她的嘴唇和黏糊糊的臀部仿佛有一种他从没感受过的魔力,就在他已昏昏沉沉地沉入海底的时候,这股魔力仿佛又从地心里涌出一股热流,它轻柔但坚决地一次又一次唤起了他。也不知是漂浮过了几个世纪,王小山觉得自己的半个身子仿佛已经不存在了……

　　突然,他被一阵砰砰的拍门声惊醒。是的,楼道里还夹杂着嘈杂的脚步声和吆喝声。

125

"可能是派出所来查夜。"周倩已经反应过来了。

王小山僵住了。他的脑袋一片空白,因为他的下半身还没有从海底挣扎出来。

慌乱中还是周倩找到了他的短裤并递给他说:"别慌,你就说我是你老婆,然后再给他们看你的工作证,他们不敢对州里下来的人怎么样……"

"可……"王小山紧张得说不出话。

"派出所的,开门。"又是一阵敲打。只听见一帮子人在大声地问服务员,楼上楼下的房间也传来一片混乱的走动声,显然,每一间客房都在盘查中。

躲是躲不过了,王小山只好胡乱套上裤子去开门。

一帮人把他推到一边,手里拿着电筒走了进来,并朝一个早已选定的方向围了过去——王小山一看,差点没晕了。老天,周倩连动都不动,她脸朝里面的墙壁躺着,被子下的躯体整个是一副高山流水的曲线图,在刺眼的灯光下她还露出一片白花花的后背。这胆大包天的女人在众目睽睽之下好像是睡得醒不过来。"她是谁?"他们用电筒指着她问。"噢,是我老婆。她休息,是专门下来看我的……"王小山干咳了一声,以便掩饰住自己的惊慌。"你们带结婚证了吗?"一个小伙子厉声地问。"又不是出来旅游,谁会整天带着那东西乱跑,你说是不是?"来人打量了一眼王小山道:"你说你是州政府下派来的干部?""喔,我到你们县来检查工作的,差不多完了,可能下个星期就回去——"他们拿了他的证件在灯光下仔细看了看道:"她呢,她有工作证吗?"说着又用电筒指了指她。王小山不清楚周倩有

第四章　寻找自己的角色

没有带工作证，但他已经镇定下来知道该怎么对付这伙人了。他慢吞吞地道："我看没这个必要吧。她今天累坏了，坐了一天的车，帮我洗了一下午的衣服。要不，我可以把你们县的县长找来……"里边一个年纪大的人急忙上前对他笑着道："不用不用，王同志，您别生气，我们也是公事，在找一个和您年龄相近的通缉犯，这家伙准备从这里偷越国境……打扰了，请接着休息吧。""应该的，都是在执行公务嘛，同志们辛苦了。"俨然一副大首长的语气，把对方镇得一愣一愣的。

门外的响动终于渐渐远去了，可王小山还呆呆地坐在床沿边上。他点了一支烟，听着表上的指针滴答滴答在走。

"哈哈，还'同志们辛苦了'呢，我差点没笑晕过去。"周倩一骨碌爬起来说。

"怎么，我难道就不能当回首长？"王小山得意地道。

"是，你还真像首长，可要是他们真把县长找来了，我看你怎么办？"女人温软的手臂从后面抱住了他，她软软的奶子一弹一弹地抵着他的后背。

王小山笑着说："他们不敢，好歹我也是从州政府下来检查工作的嘛——"此刻，王小山的心里真是感慨万千。如果今天他只是一个平头百姓的话，恐怕现在就是另一种处境了。当然，他没好意思把这份感受说出来。

"还行，你还真像个男子汉。我喜欢你的这种气质，男人嘛就是要有一点男人样。"

"可你也是女中豪杰哇，躺在被窝里大义凛然英勇睡觉，脸不变色，心不跳，有几个女人能有你这点能耐……"

"哈哈，其实我也很怕的，但有你在身边，我就什么都不怕了……"女人边说边用嘴调皮地嘬着他的耳郭。她散落下来的头发细针一样刺得他脖子根一阵发麻。

周身的末梢神经又兴奋了起来，王小山心潮澎湃，"姐，今天晚上我怎么觉得你很特别，一点都不像我刚认识你时的样子……"

"那你说我平时是什么样？"

"哦，说出来可别生气呀——"

"好，不管你说什么我都不生气——"

"哦，可能机关里的很多人都会觉得你太骚，可他们根本看不出你身上有多少藏而不露的东西。有时，我觉得你的头脑比男人还厉害，有点像'四人帮'里的江青，是真的……"

"你这坏蛋——"她用她的小拳头使劲擂着，那样子真是万分迷人。

"别，我还没说完呢——"他侧身抱住她，然后俯在她光滑的小腹上一边吻着一边喃喃地说："我爱你，爱你，你是我的小妖精，你和别的女人真的不一样，和你在一起我好像突然自信了许多……"

听到这儿，女人在他的怀里突然不动了。借着窗外昏暗的光线，他发现女人的一张脸忽然变得很忧伤，一双睁得大大的眼睛噙满了闪闪的泪光。他吓了一跳，"你怎么啦？你哭了……"

女人伸出手抚摸着他的脸颊，好像是在自言自语："你刚才说你爱我，很多男人都对我说过同样的话，可我从来不信。男人想要和女人做这种事都会这么说，别那样看着我……我要你答应我一件事，你永远不要骗我，不要……"

第四章　寻找自己的角色

"我发誓——"王小山热血沸腾地说。

"别，我不要你发誓，我只要你……"

此刻，语言的表白是无法尽情的。

也分不清究竟是谁抱着谁，两人就这么紧紧地一直缠绵到天明。如果说先前的冲动是由情欲而掀起的暴风雨，那么在后来的热浪中，两人更多的是陶醉在难舍难分、欲仙欲死的交合中。

一种恨不能扒了皮的感觉深深地留在王小山的神经末梢里，对一个女人如此深入骨髓的依恋和缠绵仿佛还掺和着另一种王小山说不清道不明的东西。是爱情，还是性？说不清——这一夜确实很奇特，它好像不仅仅是欲望的满足，其中掺和着身份属性？掺和着他这辈子从未有过的"首长"的感觉？是的，从刚才经历的那一场面中他获得了新的自信和胆略，哦，还有这个女人的疯狂，一切的一切都使他第一次感受到了生命的完整。

第二天一早，周倩赶在服务员来打扫房间之前就穿好了衣服。

她迎着窗外的微光看了看表说她最好还是先走，免得让人看见。

"看见了又怎么样，你是我老婆嘛。"虽然是调侃，但王小山此时是真心舍不得她走。他说他不怕，从现在起，他发现自己什么都不怕了。女人用大拇指挠着他的鼻子轻轻地说："傻样，你再睡会儿，我回家等你。我们不能随着性子来，听话……我爱你，我要你也想着我……"她狠狠地在他脸上亲了一口，然后坚决地拉开门闪了出去。

一连几天，王小山独自反反复复地体会着这一次不同寻常的

"艳遇"。冷静一想,他还是觉得在招待所里发生的事太危险,联想到她的丈夫迄今还是个在职军人,王小山就脊梁发麻。凭直觉,在皮肤与皮肤的镶嵌中,他隐隐约约感到周倩的内心里有太多不为人知的故事,可一想到她的身体,他就控制不住对她的思念。

三

一个女人竟然成了他生活中的靠山,这是具有大男人意识的王小山做梦也没想到的。"无奈"这两个字对他来说已不是一句空话,在没有任何依附的境遇里,周倩的优势更加醒目地显露出来了。

现在,他常常盼着被领导派到下面去,越边远越偏僻的地方越合他的心意,在天高皇帝远的地方他就是一只自由飞翔在天空的小鸟。她也常常赶来和他尽情地幽会,这倒不是因为他还保留着一个所谓诗人的浪漫主义情结,而是因为他身上积蓄了太多的男性荷尔蒙。从他懂事起,他就不得不经常靠自慰来解决问题,特别是到了机关之后,多少个夜深人静的晚上,他不得不沉溺在这种难以启齿的罪恶中。是啊,读大学时弗洛伊德的书他看过好几本,光看有什么用,老弗洛伊德谆谆诱导人们不要压抑自己的欲望,但只有面对活生生的女人,这一切才能办到。而在城里,他却不敢太放肆,真他妈的是太压抑啦。唯一的期待就是躲进荒无人烟的伊甸园,像远古时候的蛇和野兽,没有过去也没有未来，只有快乐！快乐！快乐！在湿漉漉的草地上，在冰凉而柔软的泥土地上，他才可以放心大胆地喘息和呻吟，用不着害怕被谁听见，也用不着害怕突然出现的手电筒。他要大声地把这一切都释放出来，大声地对阳光下赤裸裸的她说："我要！我要！我要！"

在与女人你死我活的交合中，他体会到所谓男女之间情感的升华并不像小说里描绘的那么高尚和温情。成熟女人的热情和大方使用起来虽然很尽兴，但偶尔也不免有一种"来得太容易"的失落。大概人世间的一切事物都这样，"太便宜"了反而缺少一种由征服所带给男人的快感。

尽管不是十全十美，可自打有了爱，有了周倩上上下下的暗中协调，王小山和州长、副州长的关系日渐亲密。尤其是主管这一口的何副州长，他也是怒族，所以他们之间便自然而然地发展出了一种老乡的情分，但他还是很聪明地把握住了这一分寸。与何副州长的关系更多的是在私下进行的，而在大面上，他和另外几位州一级的领导，包括其他部门里不起眼的小科长也小心地保持着彼此间的良好的平衡关系。他深知官场上的很多事情都是变化莫测、盘根错节的，作为一个小小的科员过早地投靠哪一方并不明智。难啊，周旋于其中的王小山像是从后方注视着战争，一方面他时刻不忘自己的目标，另一方面他觉得每走一步都必须像在战场上那样做到稳抓稳打。最奇妙的感觉是能够将这两种思维运用于同一时空：王小山开始时是很不习惯机关开会的，没进会议室之前，人的脸还比较自然，只要一正经发言,那人便立即板起了面孔正襟危坐,更有趣的是,每个人说话的腔调里都明显地流露出不同级别的身份特征。既然都是做样子,王小山没用多久就给自己找了一个合适的表达方式——让自己的内心独自匍匐在沟沟坎坎的肺腑里,但在嘴上响起的却是一片光明灿烂的画外音,这效果赢得了众人对他的称赞。他惊异地发现,这种功夫不仅能恰当地表达自己的智慧,而且还能与众人保持一致。他希望自己能"进步"得更快一些,当务之急就是尽快入党。

在机关里,一个人取得"进步"的第一级阶梯就是入党,只有入了党将来才能以更快的速度去"进步"。

政府机关有一个奇怪的现象:进来的年轻人要求入党是最基本的,但一年下来,组织上发展的党员通常也就是一两个人,刚来的人要想进去就很困难。据小罗自己说,在没到组织部之前,他写过三次申请都没过。小金说得就更形象了,他说这种事能让人褪一层皮。具体怎么个褪法,小金没说。不过,王小山下了决心,他可不能走他们的老路。是啊,表面上看,好像是老党员对新来的人要求很严格,其实不尽然,谁都清楚,入党是步入官场的第一步。你要是表现得看不出什么"狼子野心",那入党可能还容易些,但如果表现得太过火,反而会引起众人的戒心,特别是那些上了年纪而没有得到提拔,或是提拔得不尽如人意的老同志,他们往往会千方百计地给你设置障碍,让你一不留神就永远排在被"考验"的队伍中。

一切考虑周全之后,王小山找了一个稳妥的办法:让何副州长和自己的顶头上司老宋做自己的入党介绍人。这两人是一条线上的蚂蚱。他心里很清楚，老宋是不会真心帮他的。明摆着，孙淦就是他一手调教出来的一个活化石，为了稳固自己的地位，他可以忍受孙淦的无能无为，但他绝不让寄生在自己身上的虱子长大。老史就更不用说了，王小山也一度试图和他搞好关系，甚至还替他搞过治肺结核病的偏方，可这种人软硬不吃，王小山从他看自己的眼神中就明白了，老史是从骨子里鄙视自己。他想，他之所以如此凶狠，大概是因为在官场上受苦太深，而要想让他对自己和善则需要忍耐。至于老宋嘛，他和周倩一块儿分析过，他很会看风使舵，他不能也不敢与何副州长过不去，况且，此人表面上一直以王小山的恩人自居，想必他也会跟着使一把顺风船，这把握王小山还是有的。

　　事情差不多就是顺着他的设想发展的。在老宋的指点下，每隔半个月，他就向党组织汇报一次思想。有很多思想都是汲取了很多人的经验直接从党章中摘抄下来的，他们告诉他，党章里提供的思想是最保险的，一个人要想入党入得快就不能随便说错话。有时，王小山一边抄一边觉得好笑，难道上级领导不知道这东西是抄来的？

　　是真是假并不重要，重要的是第二年的夏天，王小山终于入了党。这一天，他首先郑重其事地给父亲写了封信，晚上，又和周倩在偏僻的小饭馆里美美地喝了一顿酒，真是前所未有的畅快啊，从今天起他就是组织成员了。拿破仑说过，不想当将军的士兵不是一个好士兵，不出意外的话，说不定他在三十岁以前就能升为科长，三十五岁最好能干到副处级。老史虽然比自己"进步"得快，但他已是秋后的蚂蚱。谁知道呢，风水轮流转，古书上说，一个人三分是命，七分是运，命和运是相辅相成的，其中，一个人对运势的把握尤为重要。

这天两人是越喝越兴奋。周倩还送了他一件礼物，是一张她在文工团时拍的舞台照片，还是上了粉红颜色的那种。王小山就是喜欢她站在舞台上的这种模样。他禁不住趁她不备，猛地搂过她并在她腮上吻了一下。"疯子。"周倩说着急忙推开了他。王小山不理会，他俯在她的耳旁悄声地说："给我也来一个，你敢不敢？""有什么不敢。"她噘着嘴，在他脸上快速地点了一下。"不算，你这是应付，再来一个。"喔唷，王小山真有点儿得意忘形啦。

两人走出饭馆时，街面上的铺子和商店已经关张。从一家铺子的门板缝里流泻出来的是邓丽君唱的《小城故事》。此刻，他第一次发现云水这座小城就像歌里唱的那样凄婉低迷，它没有太多的斗志与豪情，看上去是那样纯净。抬头看去，只见深邃的天空像是矮了一大截，沿江两岸的群山仿佛变得像纸一样朝后退去，星星大颗大颗地贴在峰峦之间，犹如是舞台上装置出来的布景。是啊，微醺的他潇洒地把领口打开，让夏夜里的小风迎面吹过，身旁紧挨着自己心仪的女人，人生还有什么是比这一刻更惬意的呢？

四

　　三年的时间过得很快，人一旦把梦做大了，就免不了时常掂量自己在现实中的位置：一个普通的科员，什么人都能对你呼来唤去，如果这也能称之为仕途的话，那真是有说不出的伤心。人与人的争斗，既有趣又可怕。在老宋身上，他看到了一个过去式或未来式的自己，这是一种很奇特的感觉。

　　但三年了，他并没有像他当初想象的那样成为平步青云的火箭干部，他至今还只是一名普通的科员。

　　事实确实容易使人产生幻觉。他入党后的第二年春天，领导就让他做了一年的下派干部。当时他还真拿它当回事呢，因为机关里的人都清楚，这里边通常包含着两层意思：第一，他有可能被领导发现和重视了；第二，倘若领导真有这层意思，那么下派回来的人一般都会得到程度不一的提升。

　　老实说，他表现得还是十分卖力的，他下派的地方离家不远，可他一次都没回去过。家里人轮流来看过他几次，每一次他都很自觉地拒绝了县领导的好意，他没带他们去公家的食堂吃过饭,一次也没有。这地方太穷了,县里的财政支出靠的就是仅有的几座砖窑,所以岂能为了吃他们几顿饭而兴师动众。一次,他大哥和大嫂来看他时想要让他顺便搞一点化肥,他考虑过,但最终没答应。一气之下,两人连招呼都没打就赶夜路回去了。他心里也觉得这样做是不近人情,因为他老家的习俗是一般不能拒绝别人的开口求助,除非是做不到。显然,在他哥嫂的眼里,他已经是大干部了,连县长都敬他几分,几袋国家支援的化肥算得了什么?唉,一想到大哥那过早佝偻的身子,他心里虽然不好受,但还是觉得不能因为一个小小的疏忽而被人抓住把柄。

遗憾的是,他下派回来都快两年了,提升的事连影子都没见着。这期间,他们把周倩提成了副主任,小罗、小金也升了科长,除了经常请病假的孙淦,另外的几个也都有科长或副科长的头衔。总之,在这个部门,任何人都可以支派他,在"水深火热"中"打底"的依旧是自己。仕途漫漫,王小山隐忍着。不过,他从不当众抱怨,从一些报纸和杂志上他读到了很多新的东西,比如,深圳特区的发展速度不仅是从经济上,最明显的是从观念上给所有的中国人带来了不小的冲击;在外省,私营企业和乡镇企业的迅猛发展也引起党内"姓资还是姓社"的辩论,尽管在理论上还存在着许多是是非非,但不可否认的是,很多国营的中小企业已经开始实行程度不一的"政体改革",类似破除旧观念、批判封建主义的文章在各个媒体上被炒得沸沸扬扬,中国人好像要在最短的时间内洗脑。总之,中国社会的基础结构已经发生了根本的变化,它与过去有过的政治运动不同，以前的运动基本上是围绕着人的上半身来进行的，可现在它踏踏实实地回到人们的脚下，那就是土地。让土地属于自己是过去农民们想都不敢想的事，可现在，梦想已经变成了现实。出身于农民的王小山本能地从这一例子中感受到眼前进行着的社会变革将涉及方方面面。令他十分兴奋的是，有关体制改革和一系列人事制度上的改革已成为时下的热点。在权威性的《人民日报》上也明确提出了当前政治体制改革的重要性和急迫性。"建设高度民主的现代化国家，是政治体制改革的长远目标"等提法虽然还没有具体的操作条款，但从风暴中心传递出的内涵王小山是一遍遍地品味过了。照他的理解，现阶段的革命事业已不再是简单地给穷人吃饱饭，而是要解放自己的身心。很多例子都在说明一个事实：人只要有胆量解放自己就不愁没机会。

　　激动归激动。在云水，机关工作仍然是按部就班的。客观地说，王小山在平凡的岗位上确实花了不少心血，他已经熟悉了这里面的很多道道，掌握好什么时候该事事请示，什么时候该装聋作哑，在一些所谓的微妙问题上，他学会了既谨慎又能灵活变通。这样一来，领导和同志们都觉得他用起来越来越顺手了，所以他的人缘和口碑也不错。没有人比他干得更多，他们这一部门的许多文案工作，包括令人头痛的大小材料汇编和上上下下的跑腿工作几乎都是他独自吭哧吭哧去做的。时间长了，人们对他的"贡献"已习以为常，于是，凡是这类事都推给他去干。没说的，他的能力和勤快是有目共睹的。有时，他觉得自己就像是契诃夫笔下的小公务员，终日忙忙碌碌，既卑微又可怜，其地位与成天光动动嘴皮子的人相比，实在是有天壤之别。也倒是，憋不住的人就总爱在办公室里发牢骚，毕竟，这个时代人们可以在公开场合自由地表达自己的思想，骂领导、骂官僚、骂种种不尽如人意的事已算不上犯忌了。不过，王小山看得很明白，牢骚最多的往往是那些干了一辈子就快退休的老家伙，别看他们脸都骂青了，可在他们的内心依然有着对拥有权力的神往和即将失去的无奈。图嘴上的一时痛快顶个屁用。

尽管王小山心里也并不好受，可他已经不是从前那个好冲动、好表现的毛头小伙子了。离下次换届还有半年，有关下任领导班子谁上谁下的传闻在私下里已传得沸沸扬扬。虽然这只是涉及州一级和部一级领导的事，但中国自古就有"一朝天子一朝臣"之说，所以他想这里面也不乏自己的机会。

轮流去各位要人的家里坐坐，并且利用过年过节的机会给他们送点土特产，反正土特产也不是自己掏钱买的，下面的乡镇干部一碰到像他这样从州里下来的人总是很热情，他呢，只需要摸清这些领导的口味就成。如今，王小山做起这类事来已是驾轻就熟。值得庆幸的是，他听老宋说，拉木州长这次可能要下了，而何副州长将扭正为一把手，并且有可能会独揽整个州的大权。不管是真是假，王小山是听进去了，于是，他去何副州长家的次数多了起来。一开始，这大人物似乎也并不十分情愿过多地见到他，但随着换届日子的临近，他也变得有些欢迎他去了。毕竟，王小山是联系人民群众的纽带，几年来他经常被派到基层工作，自然和各县乡的干部都混得很熟，在这种时候何副州长当然愿意更多地从王小山的嘴里了解到更多的情况。就这样，王小山隔三岔五地总免不了要到何副州长家去汇报汇报，不是吗，这个人曾经在关键时候改变过他的命运，他只要有朝一日能独揽大权，那自己的"进步"还愁没有保证？另外，在与何副州长保持密切关系的过程中，周倩也起到了至关重要的作用。他早就看出，不管哪种场合，只要有周倩在场，何副州长的小眼睛就特别亮，精神和情绪也与往日大不一样。哦，王小山怎么会不明白呢，何副州长的老婆是个土哩巴叽的黄脸婆，好像是他从家乡带出来的，听说是在州里的红旗小学搞总务，总之，一看就是那种没有多少文化的女人，况且她已经是三个孩子的母亲，整个看上去要比她红光满面的丈夫至少大上好几岁。明摆着，正当壮年又精力充沛的何副州长怎么能对靓丽时髦的周倩不倾心呢？在那个年代，云水城里还没有公开的娱乐场所，"情人"这个词在人们的生活中还没有大规模地兴起，男女间的调情往往是通过跳交际舞来搞感觉的。不用说，何副州长非常喜欢学跳交际舞，最好的老师当然是周倩啦。于是，王小山总是不厌其烦地陪他们一块儿上各单位举办的舞会，有他在，周倩也高兴，而何副州长呢也有了一个给自己扛大刀的，不必藏着掖着，只管尽兴好了，反正遮丑的事彼此都心照不宣就成。

何副州长欠他的情，这一点，他心里应该清楚。周倩呢，女人嘛，假装不知道才显得有味道。其中出牌做庄的王小山内心最明白，这女人和这帮老家伙的关系多半是保持在暧昧这一层面上。最真实的情况是，在这几年里，他和周倩的恋情是神不知鬼不觉的。他们之间的了解仿佛已跨越了彼此年龄的限制，随着热恋的升温，对自己经历一贯守口如瓶的她对王小山几乎是没有保留的。她说她早就是一个死过一次的女人了，十几年前她父母在"文革"期间被打成"保皇派"之后，她也被下放到了农村，她当时只有十五岁，一夜之间，她从一个在学校里响当当的文艺骨干突然变成了被改造对象，其惨状可想而知。不过，她在农村干粗活的时间不长，公社里的宣传队缺人，没多久，她在那里就成了顶梁柱。后来，宣传队里的女知青有的招工回去了，有的还上了工农兵大学，她呢，凭着天生的聪明劲也明白这其中是怎么回事，她只好去找公社书记帮忙，书记说他白天很忙，如果她要汇报思想，那就等他晚上值班的时候再去汇报。就这样，她去了，而且还是主动去的。应该说，在太阳落山之前，她似乎是有准备的，可一到了黑灯瞎火的紧急关头她又歇斯底里地推开他跌跌撞撞地跑了。这一来，书记对她恼羞成怒，第二天就让人给她派了一个活，叫她晚上一个人去守公社的粮仓。这个仓库孤零零地盖在半山坡上，其实里面根本没有粮食，不过是堆了些稻草和农活用具……

记得那天周倩对他说这段故事的时候，是她三十五岁的生日。当时，两个人都喝了不少酒，晕乎乎地躺在床上说话。熄了灯，欲火中烧的他和一个女人肌肤相挨，而这个女人却在讲任何一个男人都不想听的故事，再没有比这更扫兴的了。

"想听我说下去吗？"她拉了一条毯子盖在两人赤裸的身上。

"我听着呢。"

她说那天晚上书记就在仓库里强奸了她，并且许诺下次一有招工名额就让她走，但在这期间她必须随叫随到、随时向他汇报思想。

"给我一支烟。"她捅了捅躺在身旁的他。

黑暗中，暗红的火光一闪一闪。她接着道："……后来我怀孕了。我想了很多办法都没有把这身上的东西弄掉，也想过去找我的父母，可一想到他们我就觉得还不如死了干净。也怪，一旦下了去死的心，人也就什么都不怕了，于是我去了县上，找到了县委里的人把一切都说了，我还说了其他女知青的事，在公社里谁不知道他对宣传队里的女知青是一个都不放过呵。后来，县革委会的人叫我写了份材料，说是他们会调查解决的……"

"后来怎么样了？"王小山问。

"嘿嘿，能怎么样，戏文里常说的'颠倒黑白'你没领教过吧？现在就让我来告诉你——在公社的调查材料里我成了勾引公社干部的小骚货，我为了一个招工指标三番五次地主动送上门去，领导也不过是一时糊涂才上了我的当。至于说到仓库里的强奸，嘿，他们说，要真是强奸为什么不早去告？现在肚子都大了才跑来说，保不定是张冠李戴呢。再说了，仓库里有大门呵，你不开门谁进得去……嘿嘿，我挖坑埋自己也就只能埋一回吧，这次仇没报成，反落得个诬告领导、思想品德败坏、不安心务农、生活作风有问题的骂名，被立刻调离了公社宣传队……"

"那你……"他实在听不下去，借着微光他看见她脸上没有眼泪，只是眼珠子直愣愣的。他想伸出手去把她拥过来，可她却仰着脸一动不动。

"想知道我为什么不会生孩子吗……一个当地的老巫医可怜

我，她给我吃了一种很厉害的草药，我在她家里整整折腾了两天，那肚子里的东西才掉出来。后来又昏睡了好几天，差点连命都搭上了。不过，说真的，在受过这些不是人受的罪之后我就再也不犯傻了，想要我死，没那么容易。"

"他知道你的这些事吗？"王小山指的是那个在她称之为老实人的丈夫。

"他？也许知道，也许不知道。我不清楚，不过，我从不跟他讲我自己的事。"

"那你们谈了多长时间的恋爱？"

"算了吧，恋爱这个词就免了，我和他从认识到结婚也就只见过几次面——"

"怎么会，又没人强迫你嫁给他？"

"是呀，没人强迫我，是我愿意的。我那时已到了文工团，整天围着我转的男人很多，可我不想让任何一个人去翻我过去的历史，所以就想把自己打发了，好省去不必要的麻烦——"

"所以，你就找了他？"

"哈哈，不是我找了他，是我父亲帮我找了他，他当时摔伤了，正好住进军区医院。说实话，像他这种老实人对我是比较合适的，我想至少他不会嫌弃我吧……"

"哦，我原来以为你这个人骄傲得很呢——"

"那现在呢，你是不是觉得我是一截臭狗屎呀——"

"何必再侮辱自己。其实，我的意思是生活中每个人的痛苦都是以另一种形式来表现的，比如，我很害怕过深地陷入另一种东西里去……"

后半句话王小山没有说出来。他确实不忍心说出来，要是平时，他会以开玩笑的方式告诉她，你很特别，但我不想整个地陷进去。哦，他不想把话说得那么白。他抚弄着女人硬硬的奶头，仿佛感觉到奶晕的颜色变深了，这颜色就像一道伤疤，弄得他连欲望都没有了。

而周倩也不回避。她仰面躺着，睁着一双大眼，她说她的身体从来不是她自己的，活到现在，她有的只是见不得人的耻辱和寂寞。

时间长了，王小山已经学会在需要共同分担痛苦的时候把自己从中悄悄地抽离出来，反正两人共同拥有的东西就是如何排遣寂寞，除此之外，他什么也不想知道。已经二十八岁的王小山现在对性事已如同嚼口香糖，爱情却是铁树开花。所谓原始的本能的爱他已经领略过，可奇怪的是，他的孤独感并没有消失，在有的时候，他甚至为自己如此沉溺于肉欲而瞧不起自己。真正的爱是什么样子他想不出，在人家给他介绍或是他自己接触过的女人中，他还是觉得那些胸脯扁扁的女孩都不及周倩对自己有吸引力，仅仅是胸脯嘛，他也说不清楚。是的，有比她年轻的，也有比她长得漂亮的，可他偏偏还是迷恋这个比自己大八岁的女人。有一句话说得好："男人是通过征服世界来征服女人的，而女人则是通过征服男人来征服世界的。"确实，周倩没动一个手指头，就把他的整个身心控制住了。

情欲和性欲，这两种东西很难分清。做朋友当然比做情人和爱人安全得多，这一点王小山何尝不是这样去做的呢？也许

第四章　寻找自己的角色

正是两人都知道他们之间根本不可能，而正是这种明明白白的"不可能"才使两人隐秘的通奸变得疯狂和没有节制。尽管他对自己如此贪恋她的身体感到后怕，可冒险的感觉毕竟比四平八稳的做爱更让人感到刺激。

她的小屋就在靠机关大院围墙的一角，左边有一扇后门，院内的平房里也住着四五户人家，他们一般都睡得很早。他每次去通常都是在夜里十一点以后，这时，院里四下漆黑，几棵老白果树和路边的金银花美人蕉把通往她房间的小径遮得严严实实。一踏上那条小径，他便习惯性地吸一口树丛里的清香，顿时，舒张开的肺腑即刻变得恬静和自信了。每次都一样，一听到他敲门的暗号，早已等候在里面的女人便悄悄挪动门杠，他一侧身，人就闪了进去。

屋里布置得很温馨。虽然厨房和厕所都在外面，可席梦思床是柔软的，印着大花图案的窗帘一直垂到地面上，王小山心想，在云水这座城里，恐怕没几户人家舍得像她这么浪费。另外，这房间的最大特点是有点儿像他刚到云水时只住过一夜的"云水宾馆"，只见床头柜上也照样摆着一盏罩上了橘黄灯罩的花瓶式高座台灯，紫红色的沙发也像宾馆里的那样放在床的一侧，稍稍不同的是，茶几上方挂着一个小镜框，里面是她和她丈夫的结婚照。照片里的男人有一副地平线一样的宽肩膀和两道很浓的眉毛，他目不斜视，一副标准的老实人模样。而站在一旁的周倩神情怯怯的，她细长的脖子和低垂的眼睛有一种阴郁的气质，两条小辫一丝不乱地垂在胸前，身上还挎了一个军用书包。真不敢相信十年前的她是这般模样，王小山不禁有些感慨，一个女人倘若与权势搅混不清，其先前民间的本色也就丧失殆尽了。

每次看到王小山盯着这张照片，周倩都不好意思地解释道，她把照片挂在这里是有用意的。"用它来对付某些人很方便。"她说。

谁不知道呢，打周倩主意的男人很多，因为她给人的错觉是容易上手。听她这么一说，王小山心里自然不是滋味，可他转念一想，这样也好，反正到这屋里来的男人不只他一个，这女人是机关里众所周知的骚货。她胆大，敢玩火，但破坏别人家庭的罪名足以使和她玩火的人一块儿下地狱。所以，他何苦太在乎这女人是否对自己忠诚，总不至于壮志未酬身先损吧？当然，避免不快的办法就是尽量换不同的地方做爱，也许是因为这一原因，王小山似乎不喜欢和她躺在那张大床上做事，他惊异地感觉到身体的触角其实也是很挑剔的，它也有自己相应的对应物，比如，在水泥地上和垂着厚窗帘的那个角落里，王小山才由衷地感到没有顾虑和尽可任性地放肆。

"我是不是很贱，我觉得自己就像是一个送上门的贱货。"放肆过后，这女人经常这么说。她还说，正是他唤起了她心里的许多东西，不只是性。要是她还没有被别人操过，那这一切该有多好，她至少可以大大方方地把他请到家里来。

"你为什么老要贬低自己，用不着老惦记着过去。"

她幽幽地叹了口气说："你是男人，你不懂得一个女人的感觉。"她靠在他怀里贴着他的耳朵说："要是当初强暴我的那个人是你就好啦，真的……"

"你疯了，我可从来没有强迫过你——"他哆嗦了一下。

"是啊,是我疯了。我原来以为这辈子不会再爱上什么人了,可你让我重新又活回来……"她的声音顿时像是裹了一层绒。

王小山想不出自己该说什么。每次都一样,只要一谈这类话题他有的就是一片茫然。"我,我是爱你的——"他已经习惯了总说这句话。

"别,别跟我说这个,每个男人做爱的时候都会这么说。"

每个?多少个?据说现代社会的性关系是以金钱和权力来定位的,这二者的流动性也造成了性的流动性。想到这儿,他皱着眉不想说话。

"难道不是吗——"她看着他,那坦诚而不知羞耻的眼神真让他心烦。

为了尽快从沮丧中摆脱出来,他只好重复道:"……是……是真的,我心里只有你……"他的手滑过她的肩膀。

她笑着把他的手从她的乳房上挪开。"其实你不说我也知道,用不了多久,你还会有别的女人,也像现在你我这样。你这么年轻怎么能只守住一个老太婆呢……"

逼着对方表态,想必这是女人一贯的通病,她总要刨根问底深入他人的内心。这已经不是第一次了。她在编织一个罗网,一个让自己和他人都跑不出去的罗网。

"别这样糟践自己,我们和其他人没什么两样,你用不着老是跟自己过不去。"

"那你说给我听听,其他人是什么样?"

"呃……是……说白了人和动物都一样,你我也是动物,只不过人比动物更会欺骗自己。哈哈,还有人随时都可以交配。"

"还行，我就喜欢听你说真话，还有呢？"

由女人来审问气氛总是很沉闷。他只想把握住轻松的东西。

"得了，我困极了，我总得留一点给自己嘛……"

女人双手捧着他的脸柔声地问："告诉我，你想为自己留什么？"

"现在，就是现在这样，只有你和我——"他闭着眼睛拉着她一块倒下，让身体去覆盖身体，与层出不穷的废话相比，身体的感知和从被窝里嗅到的烈性气味相对更靠得住一些。

"哎呀，别动，我就喜欢这样躺着说话……"

没必要给自己编织很多理由把自己困住，让她去想入非非好啦，这种时候，他只能以静制动。他感觉到自己光秃秃的后背不断有穿堂风经过，仿佛这密封的爱情已经布满了裂缝。

女人要的东西从开始到结束无非是爱，女人的哲学就是爱的哲学，她们活着的唯一理想就是想得到爱。这话是谁说的，他不记得了。通常都是这样，周倩一次次的试探使他感到茫然——她要的是爱，并且还是天长地久的爱，这种要求对他来说真是太苛刻了。可自己也确实是舍不得、离不开她，以后会怎么样？他不敢想，也不想去想。不过，在暖烘烘的被窝里最急切的需要就是好好睡上一觉，闭上眼睛，死死地睡过去，踏踏实实地在女人怀里睡上一觉比任何做人的玄学都管用。

第五章
在斗争中成长

俗话说，在男人的世界里，权力和身份是重要的象征，得到它的人会贵如王储，而失去它的人则是一副失魂落魄的倒霉相。

一

　　就像长大的孩子渴望离家出走一样，自二十世纪八十年代中期以后的大多数中国人已经有了挣脱一切旧的束缚、渴望得到全身心解放的冲动，这种心情在青年人身上体现得非常明显。这一时期，很多有新思想、新知识的人成了锐意改革的先驱。在电影《都市里的村庄》《逆光》《新星》里的男主人公基本上都是自学成材的青年，他们对技术、对管理、对生活都有着不同于传统的见解，而女主人公都是有知识、有理想并且是长得很漂亮的高干子女，这种角色的设定本身就折射出当时的价值标准已经开始从重视出身到重视价值的转变。电影尚且如此，在现实生活中，当人们在评价一个男人是否是改革大潮中的弄潮儿时，更多的是强调他个人在社会变迁中依靠自己的努力为自己争取到了什么。于是，对很多有想法的年轻人来说，一成不变的生活简直是到了不改变就不能生存的地步，最重要的是，在围绕着"变"与"不变"的核心问题上，理想主义式的空谈已经没有说服力了，取而代之的是与生存息息相关的物质需求。

这股潮流以迅猛之势在全国各地蔓延开来，就连小小的云水城也不例外。

　　每一年的年底往往是新旧交替的关口，机关里一到这个时候各个部门都会显得比平时紧张，况且从现在起，换届的筹备工作已提到议事日程上来了。

　　人事处的人已经来打过招呼，孙淦要是再不来上班就按"自动退职"处理。事情的原委是这样的：机关里的很多人早就在议论，说孙淦请病假是假，这段时间他根本不在云水，而是经常回他在大理的老家。据说他们一家人在最热闹的大理古城开了一间蜡染作坊，没想到这土得掉渣的玩意很招外国人喜爱，于是，老家的人打算让孙淦回去帮着打理。这一阵子，他就是忙活这些事去了。

　　几天以后，从人事处又传出了爆炸性的新闻——孙淦本人已经申请停薪留职，他要卷铺盖回去赚美金了。一时间，各个办公室的人都在谈论自己对此事的看法。有人认为当个体户虽然能赚到钱，可在社会地位上毕竟没什么身份，个体老板手上戴着金戒指一副人模狗样的派头，可戒指再大、再光芒万丈，见了什么人还不是要点头哈腰。还有人说，成天和老外打交道也危险，现在虽说是国门大开了，美金有那么好赚的？难说一不小心被外国人把情报套了去，稀里糊涂进了大牢还不知道是怎么回事呢。况且，他孙淦懂什么蜡染，做生意这碗饭也不是人人都能吃下的，何苦呢，放着人上人不做，偏要去小心伺候老外，这没什么可羡慕的。

是啊,说什么的都有,只是往好处说的人不多。表面上大家都做出一副惋惜的样子,但事实上孙淦要去赚美金的消息比起换届这种大事来更能刺激起众人的想象力。包括王小山在内,他认为孙淦之所以选择回老家肯定是出于无奈,毫无疑问,下次的整个州政府班子调整,各路人马的晋升提拔自然也轮不到他头上,他不走,留在这里当陪衬怎么能受得了?想到孙淦之所以有今天,也全怪他自己平时太懒惰,一个在学校就入了党的大学生本来是很有前途的,弄到这一步恐怕也不能全是命的错,关键是他自己没把握好。即便如此,也用不着非走这一步棋嘛,机关里混饭吃的人多的是,何况他也不是彻底没希望,走极端是掩饰自己无能的另一种形式,自己非要去蹚这浑水也就怪不得谁了。

这天下午,孙淦办完了手续到办公室来收拾东西,没几分钟,他就把抽屉腾空了。"走啰,你们以后到了大理就来找我,我一定请客。"他把塑料袋里的东西往墙角的垃圾桶里一放,一副一去不复返的架势。

穿了一身新西装的孙淦,看上去气色很好,往常阴郁的苦瓜脸仿佛变得开朗了。看到他满不在乎嘻嘻哈哈地和其他人说笑,王小山心想,他的无所谓是强装出来的吧,自己先走人,好歹也能捞回一点体面。

"喂,你真的不回来了,一点不留恋?"小金捧着个茶杯走过来问。

"怎么,你以为我是没事闹着玩哇?难道我还有退路吗,我现在就是想回来也晚了。本人宣布,从此时此刻起,劳动人民失去的是枷锁,得到的将是前所未有的自由——"孙淦夸张的语气真是一改往日说话的风格。

小罗拍着孙淦的肩膀说:"自由?没那么潇洒吧,钱这东西一旦上了人的手就由不得人了,不过,你老兄呢这一次可是孤注一掷呀,别不好意思承认。"

"嘿嘿,你这鬼机灵,还是你了解我哇。人生嘛,整个晃过去就是一个赌场,有的人喜欢慢慢下注,我呢就是想豁出去赌一把,赌赢了是自己的运气,输了也没什么了不起,还不是照样能吃能喝——"

"喂,你这阵子不在单位,我可给你透过风,单位马上要调整房子,要是错过就太可惜了——"

孙淦笑了笑,说:"调来调去还不是破房子,算迷,古人说无官一身轻,况且我连芝麻大的官都不是,有什么可在乎的。"

"你老婆和孩子怎么办,他们也跟你一起回去?"周倩说。

"这倒不一定,她和儿子暂时留在这儿,我怎么混都无所谓。"

孙淦的模式与当时报纸上的很多宣传相似,男人下到"海"里,女人留在"岸"上,这不失为冒险与稳定的双重选择。另外,社会上对一个男人的衡量也有了新的标准,出身和学历不再重要,有本事的男人须用财富来证明自己的成功,会挣钱的男人开始受到舆论的吹捧。

"小孙,你还是悠着点。昨天晚上姜老四十万火急地找我,你可能还不知道,他现在日子难过得很,信用社的人这几天正追着他的屁股让他还贷款,他拿什么还啊,去年新开的一个矿眨眼间就被泥石流给埋了,贷来的五万块钱泡都没冒就没影啦,嘿,他硬拉着我陪他去找冯金贵说情,去啦,可冯金贵这小子整个是一个黄世仁。你没看见姜老四那样子,跟电影里的杨白劳也不颠上下,惨噢……"

老宋刚说完,孙淦就冷冷地道:"还是宋部长想得周到,不过我呢跟姜老四有本质的区别,我是想个明白,死个痛快。说句您不爱听的话,这年头一天到晚坐着喝茶看报纸,人就像玻璃瓶里的苍蝇,是看得见光明,找不着出路,我反正是坐不住了,跑出去试试总比在玻璃瓶里闷死强。我也跟您说句实话,我堂叔一家两年前在山沟里搞大理石开发,一年下来就净赚了将近三十万,他不就是一个地地道道的乡巴佬嘛,斗大的字都不认一个,可如今大理州政府把他树为致富的典型,还他妈整天用小轿车拉着他到处去做报告……"

孙淦的这番话显然是冲着老宋去的。还是周倩聪明,她马上扭转了话题:"是够风光的,干脆我也跟你一起去挣美金得了,我还没见过帝国主义的美金长什么样呢。"

"哈哈,这可使不得,你们各位都是国家的栋梁,人民的脊梁啊。我呢,是不求上进,自甘堕落……得,还是少发牢骚,待会儿下了班,我请诸位到外面去吃一顿。想吃什么,随便点,想上哪儿,随便说,千万别客气。"

"好,咱们今天也尝尝用美金做出来的菜,来它个翻身农奴把歌唱……"

"要不得,应该是宋部长请客才对,你要走,大伙也该表示个心意嘛。各位是否赞成?"周倩话一出口,大家都随即响应。

还是这女人精明，她在为人处事上滴水不漏，在任何事情上都为自己留有一手。与此同时，王小山注意到，就在众人说说笑笑地走出办公室时，只有老史始终坐在椅子里一动不动地盯着手中的报纸。

没人注意到老史的离开。失意者的虚荣只有失意者自己去玩味，这年头变化太快。

按孙淦的主意，一行人跟着他来到了一家新开张的饭店。这地方不设在市中心，它选在一个郁郁葱葱依山傍水的河湾里。只见整座建筑几乎是圆形的，粉色的拱顶被落日的余晖涂上了一层黄金般的色彩，两旁的树枝上缠着星星点点的灯饰。据说它是由一个身份不明的外地人投资修建的，高大宽敞的饭厅比起云水宾馆的大堂来要气派得多。王小山早听说过这里的收费很高，并且内设不公开的小型赌场，服务员多数是从内地招来，他们穿着打着黑领结的服装，仅从站立的姿势上就能给人一种训练有素的利索感。因为这是一块是非之地，所以一般吃公饭的人往往只能是偷偷摸摸地在这里请客。

忽然从昏暗的街道上一下子转入到强光之下，会给人一种古怪的感觉，想必人家向他们一行人倾泻那么亮的光线是有用意的。眼瞅着孙淦和饭店老板搂肩搭背的那股亲热劲儿，再加上他十分娴熟的点菜和应酬技巧，王小山恍然悟出孙淦这些天来并不像他想象的那样是沉溺在"痛苦"中。他的张狂固然有点粗俗，但在某种程度上也说明他已经推开了通往另一扇华贵世界的大门。"下海"对一个人的影响也许绝不只是财富数量的变迁，冒险成功的人无论对自己还是对其他人都有着对人生重新定位的深远意义。

突然发现原先自己看不起的人与变化中的环境是这样的融洽，王小山在饭桌上对孙淦的态度也变得活络多了。平日里在暗中较劲的他这天主动给孙淦敬了好几杯酒，孙淦喝得脸红红的，不知是不是受了感染还是喝多了，他很诚恳地对王小山说："……你我之间过去好像有点误会，现在回头一看觉得很无聊，本来嘛，咱俩都是从农村杀出来的苦命人，骡子和驴不管打什么滚都不过是给人拉车的种。来，为这咱俩干上一杯。"

王小山心头一热，举起大半杯白酒说："打我来到云水还真没有什么人对我说过像你这样掏心的话，唉，其他的我就不说了，我只觉得你不必急着马上就走，可以再等等……"

"等什么呀，我在州政府整整干了七个年头，得到的经验就是这三句话：在领导面前要做狗、在同事面前要做鬼、在下级面前呢要做狼。倘若想在场面上混出个人样来就必须演好这几个角色，我这人不是不明白，而是太清楚、太明白……"

老宋脸色阴沉地盯着孙淦，但孙淦没理会。他接着对王小山道："我也是随便说说而已，在你面前我是班门弄斧了。不过我早就看出，整个州政府里，数你的能力和脑子好使，别看你来的时间不长，可大家对你的印象都不错，你好就好在比我能忍气吞声，吃得了这份苦，照你的发展势头，说不定用不了几年就能混成处一级……"

王小山不好意思地一笑："得了，我可没你下得了狠，说放下就放下，下这样的决心不是一般人做得到的。"孙淦笑了笑并用筷子在桌子上写了两个字道："看见这两字了吗？你奔的是'前途'，我呢，奔的虽然也是'钱途'，可这两字在众人的心里掂量起来还是有着天壤之别啊。"

当着大家的面，孙淦的恭维有点过火，王小山岂敢犯了众怒。他淡淡地道："唉，别拿我打趣了，我一无资历，二无后台，有什么前途可奔，谈何容易啊。"

"别假装你很悲观，谁不知道你在省里有一个当大官的亲戚，经常上他家走动走动不就成了。老实说，我要是有你这层关系，那不一定会守在这里，屁股大的云水城撑死了也就是混个厅局级，而盯住这位子的人眼睛都熬出血来了。宋部长，你说是不是？"

王小山这才明白，孙淦这天当着众人对他所说的肺腑之言原来不过是唱给老宋听的隔壁戏。联想到半年前他上昆明去看望马军的情形，他心里一阵堵塞。当时马军已经升为副处，接到他从车站打的电话他倒也挺高兴的，可等王小山提着土特产一身臭汗赶到他办公室的时候却发现这家伙和几个人正在聊天，听来听去也不是什么要紧的事，讨论的内容无非是刚刚搞到了一个什么出国人员的指标正准备上外汇商店买一套所谓正宗的美国音响；接着他们又聊到了某某走了什么捷径不必经过托福考试就顺利出国的过程；继而是国家与国家之间的比较，美国、日本、新西兰、加拿大、澳大利亚，话题涉及不同种族的政治、文化以及出了国的人在国外闹出的笑话，等等。一帮人为美国或是什么狗屁的澳大利亚争得面红耳赤，根本没人注意到他的

第五章 在斗争中成长

存在。他坐在那儿,走也不是,留也不是,真不是滋味啊,跟原先刚上大学时一样,他当时只能拘谨地端着茶杯坐在一旁当听众,这一切都怪不得别人,只怨自己对人家所谈的话题一句都插不上,回想起来够伤心的。虽说他的身份如今也算是个国家干部了,但人家说话的层次和从话语中透露出来的对生活目标的追求与他小心翼翼想要得到的东西差距是如此之大,放在桌子上的是他装土特产的布口袋,它与整个办公室的装修是如此不协调,与之相比,好像他这些年的奋斗突然间就给抹白了,他觉得自己在面对这些人的时候不过仍是一个没见过世面的乡巴佬。更让他难过的是,马军悄悄告诉他,马老爷子年底就要正式退出历史舞台了,这段时间,他老人家大部分时间是窝在家里,他的心情很郁闷,要是王小山愿意的话,可以去看看他。马军说他晚上还要参加部里给一个香港代表团举办的宴会,他抽不出身来,不过没关系,老爷子对他印象一直不错,见了他会很高兴的。是的,他当然会去,不管怎么说,当初是借了老人家的光才有今天的,何况就算是他将来人退了,其影响力同样是存在的,这条线无论如何得长久地保持下去,他怎么能舍弃这一生唯一的依靠呢?当天晚上,他咬咬牙,花了近半年的薪水特意买了半斤天麻和一些虫草敲开了马家的大门,进了客厅,老爷子不在,一个保养得极好的中年女人和一个打扮得花枝招展、年龄看上去有二十来岁的女孩正在看电视。中年女人可能就是马军的继母了,她的客气里透着一股拒人于千里之外的冷漠,她对王小山说,马老临时有事出去了,有什么事可以跟她说。就这样,他这次还是没能见到马老爷子,待了不到五分钟,这年轻女孩就站起来冲外面的保姆喊道:"喂,你在干吗呀,我的洗澡水放好了吗?"进来的是一个年轻的小保姆,想必是后来新换的,只见她蹲下身去用手里拎着的塑料拖鞋换下了年轻女孩脚上的绣花拖鞋,不用说,这是主人在下逐客令。他暗自猜测,她可能就是马军说过的继母的女儿,不就是一个带过来沾光的主嘛,有什么可神气的。总之,他每次上省城的感觉都会让他生出一种既失落又激奋的心情。更让他感到压抑的是,原先学校里的那帮熟人见了他都说,他身上的诗人气质如今是一点都看不出了。哈哈,所谓的气质不就是曾经有过的一点狂放嘛,这玩意要是放在大城市里可能还会被人当作思想解放的象征,而在云水,人们会把这当成缺点,说你胡思乱想不务正业。

这时,一个男人嘶哑的嚎叫打断了他的思绪,把他拽回到饭桌上。

"我曾经问个不休/你何时跟我走/可你总是笑我/一无所有……"

就是这天,王小山才第一次听说崔健的名字。如果用他先前所学到的美学标准来衡量的话,那崔健唱的不是作品,而是一堆原材料。从某种意义上说,歌词中的这个男人正在试图挽留住属于男人生命本色的东西,他苍凉的嚎叫固然让人震撼,但从另一面也说明如今男人的尊严已面临世俗的挑战,乌托邦式的爱情正受到了每个男人来自内心深处的质疑。总之,《一无所有》给这天在场的每个人都留下了深刻的印象,它仿佛是男人们最后一次不肯认输的挣扎,那份"即使我一无所有,你还是要跟我走"的男儿气概尽管豪迈逼人，却也掩饰不住对自己的嘲弄。王小山默默地听着，从破碎的吉他声中蹦出来的每一个字都像炸药，他的脑子被震得懵懵的。多年后，当崔健的身影已在流行歌坛逐渐消失时，王小山仍然无法忘怀那一天受到冲击的情景。也许"一无所有"这四个字在那个年头已率先向他预示了另一场危机的到来，只是那时候的他还沉溺在自己的仕途梦中。他清晰地记得那天临走时，除了老宋，每个人都醉醺醺地一路重复着《一无所有》的曲调。当然，对歌词最熟悉的莫过于孙淦，这顿饭的饭钱也是孙淦出的，他坚持一定要付，说是他就是在《一无所有》的鼓励下才决定辞职下海的。

二

　　一九八八年的春夏之交格外邪乎。

　　按习惯，每年的这个时候，云水地区通常是雨水不断，可奇怪的是，近一个半月以来，许多地方出现了历史上罕见的连续高温天气，风高物燥，森林火灾的消息不断传来，最让人担心的是这百年不遇的干旱气候直接威胁着一些靠天吃饭的山区农民。想想看，在云水地域内有很多被称为"大字报"的雷响田，它本来就是农民从石头缝里刨出来的，产量虽然很低，可在当地却是家家户户一年到头的指望啊，于是，在户与户之间，甚至是寨子与寨子之间常常因为抢水的问题发生多年不见的民族争端，到与组织部相邻的农业部来反映情况的、告状的人络绎不绝。这种时候，王小山也经常被他们拉着去主持公正，但他发现这里边的矛盾很复杂，要想在这个问题上一碗水端平是很难的，每个人都有理由为自家的生存而据理力争。

　　就是天塌下来也不会受影响的州人代会在一个星期后召开，准备工作已经就绪。王小山和周倩都被抽调到大会筹备组，王小山的工作是专门负责收集代表们的意见以及配合州党委搞好改选方面的工作。

旱情紧急,一部分人已随主管农业的赵刚副州长下去协助各区县的抗灾工作,小罗和小金也随之被派往边四县。两人走的时候自然是心存不满,因为这差使按规矩的话要轮也该是先轮到王小山,可突然间王小山似乎被委以重任,两人的心里自然酸甜苦辣不是滋味。另外,主管文教的副州长老米叫米天佑,他是彝族,五十开外,戴一副近视眼镜,早年家里是赫赫有名的大土司,在省城里上学的时候曾参加过党的外围组织,"文革"期间也经受过不小的冲击,因为有了这个经历他常以老资格自居。据传几年前省里曾想把他调到政协去,但后来一阵风过去了,也就没有了动静。他本人的解释是他不愿意离开云水,况且到了政协不就是一个喝茶的闲差嘛。这一阵,他也在到处开会,他搞了一个所谓"全州教育规划细则与发展纲要"的可行性论证方案,名义上是征求各部门各乡县头头的意见,实际上是趁此机会在铺垫一些东西。他偶尔到筹备组来走走,见了王小山也总是说:"小王,最近忙得够呛吧,还是要多注意休息啊。我们当领导的平时对你关心太少,你的个人问题解决得怎么样啦,有对象了没有?可别为了工作耽误了,你们年轻人求上进是好,但也不能什么都不顾哇……"对他的关心王小山并不感激,相反,他觉得这表面上平易近人的家伙是不是已经发现了自己的隐情,不过王小山还是面带微笑地说了一些感激的客套话,他并没有把一丝的不快放在脸上。相对于这两个副州长所做的事,周倩悄悄地告诉王小山,她说这会儿何副州长正带着财政局长一行人到省城里汇报去了。他们此行的目的是趁这次千载难逢的大旱年尽快拿到第一笔中央拨下来的扶贫款，他们还打算为从根本上解决云水州的脱贫问题必须尽快找一个实力强大的婆家来做后盾，一年前，国家交通部就有意投资云水州的公路建设，这可是云南省最大的一宗扶贫项目，因为涉及上百亿的资金量，此事一直还没有实质性的进展。周倩说，这次何副州长是下了决心，一定要争取到省里头头们的支持，至少能争取定下性来，给全云水州的父老乡亲吃下一颗定心丸。可见，何副州长才是真正有魄力、有胆识呀。

不奇怪，根据老同志们以往的经验，一般在改选之前，每位带"副"字头的州一级领导都有自己出招的路数。特别值得注意的是，这一次换届与过去有所不同，根据全国"体制改革"的一系列做法，这次的人代会将真正履行它的功能，"民主选举"将赋予代表们更多的权利。其基本措施有两条：第一，候选人必须在大会上陈述自己的观点；第二，实施投票表决制，并根据投票的结果来确定下一任的当权者。显然，新方法的推出让不少人展开了丰富的想象，很多人开始议论，估计这次是玩真的了，但能"真"到什么程度，大多数人自然是先抱着观望的态度看看再说。

尽管选举与自己连边都不沾，可王小山的那颗心却怎么也不安宁，与周倩的幽会暂时终止，性欲这种东西也是可以转移的。把他调到筹备组是一个信号，他下了狠心，一定要让州党委对自己满意。

第五章　在斗争中成长

表面上一切都在轰轰烈烈地进行着。

然而，就在一天凌晨，一个身影从组织部六楼的窗口急坠而下，建在楼下的花坛都被碰掉了一大块。是一早起来扫院子的老张最先看见了这匍匐在地上的人，他提着扫帚走近一看，发现躺在地上的人早已断了气。

是老史。他怎么会从楼上摔下来呢？

每个前来围观的人都被眼前的惨状吓了一跳：躺在地上的人半个脑袋和一只眼睛都凹了下去，半张脸几乎全碎了，血流了一地，白乎乎的脑浆黏在头发上，在距他不到一米的墙根角下，溅出的血颜色很新鲜，想必他死的时间不长。

据公安机关现场勘察，发现靠窗户的地方有一把椅子，椅子上有死者的鞋印，窗户口上搭着一件崭新的毛衣，看样子是故意留在那里的。引人注意的是，老史的办公桌第一次也是最后一次清理得干干净净。烟灰缸里有许多烟头，从堆积的数量上看，他可能在这里抽了很长时间的烟；收拾得很整齐的文件好像是按日期的顺序堆放的；在桌子的正中放着一支钢笔和写着他名字的一本银行存折，上面写明此钱请州党委转交给他当年下乡时所在的寨子，并注明："钱不多，请按人数均分。"另外在一张空白纸的边角上，他写道："共产主义必胜。"字迹像是随手写的，又像不是，写字的日期也很难判定。

后来的尸检也证明："无搏斗痕迹。""无暴力侵害。""死者生前未发现有精神病患史，无遗言，但对个人财产做了安排。"尽管公安机关还未做出明确的结论，可事实上，老史的坠楼而死很简单——是自杀。

上午九点左右,一个三十多岁的妇女拉着一个小男孩出现在老史的尸体旁。她就是老史的妻子和儿子,这女人好像被吓傻了,她除了哭,简直什么也说不清。

"……昨天吃晚饭的时候还好好的呀,他还叫我多炒了一点菜,说是要喝酒,我也没敢拦他,平时,我不让他喝,他的肺有毛病,一喝了酒一夜到亮就咳个不停,可我昨晚还是让他喝啦,没难为他呀……看他高兴,我还跟他商量过几天搬家的事,家里的事他是什么都不管,从结婚到现在我也没怨过呀,呜……"

"他最近跟你说过什么没有?"公安局负责记录的人问道。

"没有哇,他的事从来都不跟我说,说了,我也听不懂,在家里他除了听广播就是写呀看呀,写什么我也不知道——"

"你能不能把他写的那些东西给我们送来?"

女人止住哭摇了摇头说:"没啦,前几天他跟我说要搬家,这些东西留着没用,就烧了,全烧了,连过去发的奖状和他留着的报纸都烧了……"

一个州委组织部的副部长跳楼自杀的消息立刻传遍了整座小城。应该说,在云水,"史国柱"的名字曾为很多人所熟悉。

对于这意想不到的突发事件州政府的高层保持着谨慎的态度,但与老史平日里有往来的那一部分人却说出了他们的看法:

"老史最近几年过得不开心。想想看,七十年代他可是云水响当当的红人,全州的老百姓谁不认识他,可后来呢,时代变化太快，他的脑瓜子好像一直扭不过弯来，他爱认死理，总喜欢把国家大事都琢磨明白，可惜改革开放都快十年了，他还愣是没琢磨清楚……"

"我看不见得，这年头谁会像你说的这么傻。我想老史也许是对这次换届有想法，前一阵子他像疯了一样总喜欢和人辩论，辩又辩不出什么名堂，除了自己生闷气还得罪了不少人。明摆着，他脑子里的玩意已经过时了，太'左'，'左'得不可思议，现在的人就冲着这一点，谁会选他？"

"可不是，他当初给省里写材料的时候我就劝过他，没意思，一个芝麻绿豆大的官觉悟总是有限的，国家叫干什么干好就行，对得起自己的良心，别像有的人成天跑官说大话就不错了……"

"不奇怪，像他这样的'老左'在中国不止他一个，在咱们这里可能不明显，我在报上看到有的'老左'说：'辛辛苦苦几十年，一夜回到解放前。'说这些话的人可能跟老史都差不多是一路的……"

"算啦，留点口德吧，人都死了，死者为大嘛。客观地看，老史对咱们云水还是有功劳的。人家从十七岁就到了这里，不说别的，一个大城市来的人能安心待这儿二十年也不容易……"

所有的说法似乎都不可信。老史究竟是为什么去跳楼，还真没人能说清楚。据公安局最后调查的结果，没有发现与他有利害冲突的人，况且他的家庭关系构成很简单，在本地除他老婆和儿子之外，他与女方的其他亲属基本没有来往，也没有过往密切的朋友。总之，一切证据都排除是他杀的可能，最后结论就是这样。

可是,既然是为"真理"抗争,照理总要有个明确的交代,倘若真是怀着某种价值目标去追寻业已幻灭的期望时,他的理由也应该是明确的,而不是沉默。也有少数人认为老史选择这样一种结局也未必不是一种"正果",中国古代臣子中类似的人和事屡见不鲜,总之,这样的人毕竟还是有其自身的人格力量的。

为了坚持真理?坚持一堆空洞的口号而去跳楼?这理由在王小山看来还是太牵强。如果从理性的角度看,他宁可把这一切解释为一个人对自己仕途的失望。古往今来,这样的人不在少数,当王小山和周倩谈及这件事时,周倩还总结出一个有趣的现象。她说,吃安眠药自杀的人往往是死于殉情或是情杀,而为仕途去死的人相对要决绝惨烈得多,她还看过很多"文革"时期的回忆录,其中一些名人或是老革命在遭到迫害时基本都是跳楼,这也许是因为他们性格太过于刚烈,所以,刚易折而水无形啊。

也许周倩说得有理,可这件事用他老家人的说法来解释也未尝不可。在王小山的家乡,克伦大婶会摇着铃铛说,此人是被"卜郎"(即鬼)缠住了,他的魂游荡在外收不回来。是啊,受过高等教育的王小山之所以愿意这样去想是因为他觉得老史死得正是时候,冥冥中老天爷也在助他一臂之力,因为平日里老史跟他总不对劲,而且这种不对劲是刻在骨子里的,老史看他的眼神从来都带着蔑视,反正这几年王小山一见他就不自在。

几天后,老史的父亲和他的两个姐姐从上海赶来。老史的父亲已是年过七旬的老人,两个姐姐好像都是工厂的工人,他们自然不愿相信自己的亲人是自杀,但又没有任何证据来否定这一点。一家人暂时被安排住在招待所里,唯一向组织提出的要求是希望能体面地给老史开一个追悼会,这对他们来说很重要。

这追悼会能不能开?要开的话,就意味着州政府对老史的死所持的某种态度,至少是对他生平的肯定。州长拉木没有做出明确的表态。几个副州长的看法是人代会召开在即,老史一案基本上已定性为自杀,这本身就不光彩,只能说明现阶段的思想解放还需要一个漫长的适应过程,而其中盘根错节势必会在大会期间造成不良影响。一句话,追悼会不能开,善后的事情能冷处理就不错了。

老史是组织部的人,州党委将安抚家属的工作交到了部里,最后又摊到了王小山头上。老宋说,小王,你是学中文的大学生,能说会道,你只要顺利地把他们一家人打发走就成。这件事一定不能出岔子,别让他们在这儿把大会搅得乱哄哄的,现在已经有一部分人为不给老史开追悼会的事想小题大做,无论如何,要保证这次大会的主基调。听老宋这么说,王小山不寒而栗,他开始体味到了一点人们常说的世态炎凉、人情冷暖,他想,老史这是何苦呢。

然而,就在人代会开幕的当天早晨,拉木州长正在做这一届的州政府工作报告,一张白纸黑字的告示贴在了州政府大会会场的入口处。其内容是这家人在招待所设置了老史的灵堂,追悼会的日期就在当天举行。明摆着,这家人是对州政府的冷漠表示出某种愤怒。

　　面对这突如其来的袭击，王小山懵了，此时，撕掉告示已无济于事。消息不胫而走，一时间，州政府的领导被搞得十分被动。

　　尽管王小山在代表中尽可能地在口头上传达了州党委的意思，但还是有一些人根本不理会他说的这一套。"他算什么东西，也配在这里指手画脚，人家老史当年可不是拍马屁拍上去的，像人家那样吃苦耐劳的干部在云水也没几个，没有功劳还有苦劳嘛，家属要求开个追悼会不过是想留个安慰。说是自杀，谁说得清究竟这里边是怎么回事，我们地方上的人也不能太没有天良。"

　　王小山被众人说得脸红红的不知如何是好，更让他难受的是，这些人看他的眼神怎么跟老史一模一样，那种鄙视和不屑真让他脊梁发麻。这下，他才悟出老宋为什么要把这差使派到他头上。

　　果然，一等开幕式结束，原先与老史熟悉的一波人就已经提前离开会场到招待所去了，后面跟上了一大波看热闹的市民。王小山一在招待所露脸，史家的两个姐姐就把他当成了单位的代表，硬是要逼着他表态，王小山一看这阵势赶紧溜了。毕竟，从来没经历过这样的围攻，他想先请示老宋，看他能有什么办法。

　　还没等王小山把话说完，老宋就破口大骂，他把王小山训得头都抬不起来："你连这屁大的事都办不好，叫你好好安抚，你是怎么安抚的，要是这帮人趁机闹起来，我看你怎么收场？"

　　"我……"王小山现在是有口难辩，他想我他妈一个小小办事员能有多大能耐，我能封住别人的嘴吗？要是照我的想法，人都死了，人家讨一个说法也不过分。也许是还有一丝恻隐之心，他一冲动就不顾一切地把话说白了。这倒好，老宋眯着眼睛看了看他道："原来如此啊，没想到你这么聪明的人居然也站在错误路线一边。既然你已经搞成这样，那你自己去收拾吧，我看到时你怎么跟州里交代。"

老宋说完夹着文件扬长而去。王小山呆呆地站了一会儿，一开始，他想先去找何副州长，但转念一琢磨又觉得这个办法太笨，这不明摆着给上级领导出难题嘛，他们要是能解决还犯得着用他这个小毛虫来顶数，于是他决定先去找周倩商量一下，看她有什么主意。

他满头大汗地跑到云水宾馆的饭厅，只见周倩正陪着领导们在吃饭，此时，她正忙着给周围的人夹菜，没说的，她已喝得一脸的灿烂。一瞟眼，老宋也坐在邻边的另一桌，其他几桌坐的都是各乡县的头头脑脑。一种本能告诉他，这时候他不能提这件事，在现任领导的心目中，这件事牵扯着太多的是非。有的人认为像老史这种极"左"派是自取灭亡；而也有一些人趁机说老史的死是因为他给省里写的那份报告，就算他观念极"左"，但他反映的情况也是有据可查的，所以，现任领导的官僚作风也有压制民主、打击言论自由的是非之说。无怪乎那些希望得到选票的人谁也不愿去踩这潭浑水。总而言之，这件事是给他们出了个难题，而他王小山千万不能在公开场合再去触犯这一敏感的话题。

要想撤退已经太晚了，何副州长隔着众多的桌子大声地招呼他："小王，没吃饭吧，来来，前一阵你们筹备组的同志是最辛苦的啦，喂，服务员，加一份碗筷。"

这桌子岂能是他坐的地方？不过，何副州长显然是要在人前表现出他对下属的理解和关怀，王小山赶紧说自己吃过了。一想到老宋刚才对他的痛斥，他一阵感动："何副州长，说句真心话，有您的理解，我们下边的人就是再苦干起来也有劲了。"

喜欢猜测种种意图的基层干部听王小山这么说也点头称是。

周围是热烈的回应，何副州长笑哈哈地招招手让王小山坐在他的身边。他拍了拍他的肩膀道："不说这个。我这个人呢也是从基层一步步干起来的，我喜欢你们这些年轻人，你们身上有四大优势：一是知识水平高，眼界开阔思想解放，这一点是我要学习的；二是敢于尝试新鲜事物，不怕犯错误，这一点是上了年纪的人最缺少的；三是年轻人的社交广泛，有难得的渠道优势，这对我们云水这么偏僻的山区要发展经济是非常有利的；第四嘛，他们本身就是群众中的一员，毛主席他老人家说过，群众的眼睛是雪亮的，对什么事都明察秋毫，年轻人就更是如此喽……"

"看看，老何几句话就把什么都总结完了，这就叫高水平。"说话的是屏边县的县委副书记戴涛，他是省委办公厅下来的镀金干部，这一次去省里汇报，他也跟着去了。

何副州长这番话，表面是由王小山而发，其实是讲给戴涛听的，能争取到戴涛这类人的支持，这才是他的目的。因为这次人代会的主基调是解放思想发扬民主，最麻烦的就是被人指责为思想保守，观念跟不上形势，于是，他刚才对年轻人的赞扬其醉翁之意就是想证明这一点。不过，在这样特殊的场合，何副州长毕竟给了他王小山一种自己人的姿态，他心里一热，觉得自己再委屈也值了。

看到领导们都放开了喝酒，王小山推辞不过，也一杯接一杯地纵情喝起来。几个乡镇的头头已换掉了八钱的小杯，改用足有三两容量的大玻璃杯，这才方显民族干部的本色。在他们眼里，喝小杯只是做做样子，而像现在这样畅快淋漓地豪饮才是兄弟加同志的友情。

"小王，给何副州长换个大杯，今天你就算是下基层了，如何，来个龙抬头？"

"什么是龙抬头？"王小山好奇地问。

这个叫尹恩江的大汉是灵川镇来的代表。王小山知道，傈僳族人喝酒一般都很厉害，但常见的是喝交杯酒，这种喝法还是头一次听说。只见他端起满满的一玻璃杯酒，稳稳地举到嘴边，一抬头一张口，杯中的酒一点不洒地倒进了喉咙里。"看见了吧，这就叫龙抬头。"他接着道，"何州长，现在看你的啦。"不知是有意还是无意，他已经省略了"副"字。

何副州长看了王小山一眼。看得出，尽管他对"州长"这个称呼很受用，但因为有高血压还是面露难色。

王小山明白这意思，于是他站起来笑着说："诸位，是这样，何副州长下午还要和其他领导一块到各小组去看望代表们，我看就留着下次喝吧。"

"别跟我玩这一套，不喝就是看不起我们灵川镇——"尹恩江把手一挥，打了个酒嗝。

没说的,王小山只能替何副州长喝了。果然,这"龙抬头"是直接从喉管到胃囊,他的舌头后面仿佛是蹿起了一条火龙,也许是因为没吃东西的缘故,这酒一下去,一堵火墙就横在胸口那了,他喘不出气,只觉得眼前一阵发黑。

耳边的喧嚣突然听不见了,他全神贯注想保持住内心的镇定:为了何副州长的面子,他千万要挺住。

"痛快,再满上。"桌上爆发出的人声似乎很远,从他朦胧的视线看出去,桌子边的人脸和大厅里射进来的阳光都异常妩媚。

一连干了三杯。第四杯是他家乡所在县的县长递过来的,这县长对王小山道:"兄弟,下次回家可一定要上我那儿去坐坐,不要出来了就把家乡人都忘了……"听到这话,王小山真是感慨万千。想当初他联系工作那会儿是多么想在他手下的县委机关谋个差事啊,可当时比登天还难,一转眼的工夫,这乾坤就颠倒过来啦。没说的,他抬起酒杯一饮而尽。

"不行,我……"没等王小山缓过劲来,尹恩江端着杯子道:"刚才那杯你是替州长喝,这次是专门敬你的。来,我看你还不太像那些读过几年书就自以为了不起的人,行,够义气,咱们交个朋友。在这里,我当着在座各位的面拍胸脯,以后在我的地盘上你有什么事尽管吭个气,一切我包了——"

没有讨价还价的余地,王小山只好端起杯子又来了个"龙抬头"。

"老何,就冲你这小兄弟的爽快,我投你这个州长的票。"尹恩江大笑着说。

何副州长摆摆手道:"别,别,我现在还不是州长,咱们都一样,都还要经过人民代表来选举。当不当这个州长,我个人无所谓,无所谓的,都一样要干好工作,让咱们云水尽快赶上其他地区。小戴,你们城里人说话斯文,你看,我们下面的干部说话随便惯了,你可不要在意喔。"

戴涛表情复杂地嗫嚅道:"看您说的,我现在也是您手下的干部呀,这么说就太生分啦。"

"好,君子无戏言,还是小戴爽快,怎么说就怎么做,这就叫'透明'。喂,投票是定在哪一天哇?"

"嗳,不谈这些,大家下午还要开会,别光喝酒,吃菜吃菜——"在众人面前,何副州长保持着应有的理性,他当然不会公开违反组织原则,以免被别有用心的人抓住小辫子。

酒气、人气、喜气,彼此达成的默契已写在每个人的脸上。可是在酒精的作用下,王小山觉得自己的内脏仿佛是被放在火盆上烤着,桌上的盘子和人脸都完全变了形,那拼贴出来的带毛边的图案晃得他一阵头晕。

突然,总务处的韩丽英急匆匆地朝饭厅里跑来,她一进门就大声地嚷嚷道:"喂,你们快出去看呀,他们来了,那一家人抬着相片来了,有很多人,现在已经找这里来啦。""谁来啦?""是老史——""嘿,大白天闹鬼呀?""不是,是他们开追悼会的家属……"

"什么乱七八糟。"何副州长一拍桌子站了起来。他朝刚走到他身边来的老宋吼道,"这事不是由你负责处理吗?你是怎么搞的,现在居然闹到这里来了。"

"是……"老宋一看王小山就坐在何副州长身边,他把要说的话咽了回去。

王小山一看这阵势，心一急便头重脚轻地栽倒在地上。

后来上演的一幕，王小山没有看到，听说是半个云水城的老百姓都来看热闹了。等他醒来，已是吃晚饭的时间，他发现自己这会儿已躺在医院的白床上，猛然回忆起刚才的事，他一下就从床上跳了下来，这才发现他手上还扎着输液管呢。

"嗳，你怎么下来了，快躺下，还没输完液呢。"朝他说话的护士是个眼睛很大，长着一张娃娃脸的姑娘。

"几点啦？我怎么会躺在这里？"王小山看了看这间写着"急诊室"字样的房间，心想自己在饭桌上的洋相真是出大了，要是按平时的酒量不应该啊，而且还当着那么多的人，这下是一失足成千古恨了。

姑娘"扑哧"一笑说："放心吧，已经早过了下班时间了。快躺回去，让我看看你手上的针头松了没有？"

"不行，我得马上走，你替我把输液管拔了，我还有事。"

她没发火，而是抬头看了看输液瓶细声细气地说道："最多还有一个半小时，再忍一忍好吗？"

"你看这样行不行，我先去看一看，如果没事了回来接着打，这可以了吧。你几点钟下班？"

"哦……可是，这针水就报废了。"

"你可以从新帮我配呀——"

"好吧，今天是我值夜班，不过，你最好还是早点来。知道吗？你进来时的血压低得吓人，你要是出了什么问题，我的责任就担大啦。"

"好,听你的,我去看看,没事的话我马上回来,我保证不食言。对了,你叫什么名?"

"我姓白,叫白帆。"

"真好听呵,是白帆船的意思吗?听起来像是莱蒙托夫的诗。他有一首诗的名字就叫《白帆》。"

姑娘腼腆地笑了笑说:"我父母都是云水一中的老师,我妈是教语文的。"

"喔,难怪啊。我走了,你在这里等我一会儿,我马上回来。"

他食言了,因为当天晚上他去向周倩了解情况,根本就没有回来。

事实上,老史一家人当天下午就被州里用车送走了。他还得知这天的追悼会不仅惊动了全城,而且最后是公安局出面向死者家属做了工作,这件事才很快得以平息。

然而王小山没想到,就在他躺在医院里的时候,州党委为了尽快解决老史一家在当地造成的影响便马上召开了紧急会议。从会上传出的消息说可能要处分负责处理这件事的直接当事人。更要命的是,老宋把自己推得干干净净,并指责他王小山对工作不负责任,居然在这个时候喝酒都喝醉了,可见作为这件事的直接负责人,他是有失其职的。另一个落井下石的人就是表面上十分关心他个人问题的老米,他的反应让在场的人吃了一惊,他提出应该马上停了王小山的工作,并且把他发配到抗旱第一线去。幸好拉木和何副州长都不同意,理由是在机关里他的笔头来得最快,人代会上需要他这样有才干的人。就这样,他才又留了下来。其实,老米不是冲王小山而来,他是想借此机会杀一杀何副州长这几天"蒸蒸日上"的人气,老宋后来也恍然大悟,米天佑肯定无意于搞王小山,他是冲着何树清来的。不奇怪,逢着这样的契机,老米是盼都盼不来,他是想杀鸡给猴看。况且,他不能把矛头指向老宋,老宋毕竟是组织部部长,所以只有王小山最合适不过了,反正一个小小的科员能怎么样,况且他在工作时间喝醉酒的事是众所周知的,这算不上是冤枉吧。

当周倩把以上情况告诉王小山时,他真是越想越害怕,这不就等于是当着全州来的各套班子的领导干部把自己送上看不见的"绞架"嘛,大到县里,小到一个村的村主任通常是看上面人的脸色行事,如此传出去的话,他还有何脸面对下面的人指手画脚。还有更可怕的,如果在这个时候往他的档案里加上一个处分,那在仕途上他还有什么希望,想想看,人代会后一系列的机关人事调整就近在眼前……

他和周倩一直聊到深夜。躺在她的床上,王小山发现自己的欲望一点都提不起来。黑暗中他抚摸着身边的女人,却丝毫没有了往日的激情。周倩自然是很想做爱的,她忙得满身冒汗,几乎使尽了浑身解数,但今天却怎么也不能把王小山刺激起来。"你是不是太累了?"她问。王小山叹了口气翻身坐了起来:"你先睡吧,我抽支烟。"

看着一闪一闪的烟头,王小山心想,性欲这东西也是有社会属性的,倘若一个男人真到了"一无所有"的境地,这身上的器官也就不听使唤了。

从昨晚一直到第二天中午，王小山都处在一种迷糊的状态中。会上的人都走光了，王小山根本没胃口去吃饭，窗外的阳光是这样的猛烈，可他的心却如同结了冰一样，一度有过的那种灰溜溜的失败感又在他身上蔓延开来。哦，他头痛得厉害，此刻的他只想做一只受伤的狗赶紧溜回自己的窝里好好睡上一觉。这些年，他就是靠这个办法来假装忘掉生活中不愉快的一切。

"砰、砰砰"，有人敲门。

是谁，会是周倩吗？不可能，为了避嫌，周倩从来不到这里来找他。会是谁呢？

"来啦——"拉开门的一刹那，他的模样阴沉得吓人。

"是你……白……白帆？"站在门外的她真像一艘从天而降的白色小帆船。一条白色的短裙紧紧包裹着她小小的臀部，一件坎肩式的白色真丝短袖衫，一双细长的腿非常漂亮，它被一双透明的丝袜包裹着，一双高跟的系带式皮凉鞋也是白色的，从她的透明丝袜里可以隐约看到她的脚趾上涂了蔻红。

她见了王小山脸一红，说道："我还以为你出了什么事呢，所以我就找来啦，是门口的老头儿告诉我你住这里。"

王小山看呆了。在云水，不，在他有过的对异性的记忆里，他还没见过这么美，这么纯净的少女。

她似乎也有点紧张，"好啦，看见你没事我就不打扰你……"

正当对方转身欲走时，王小山才回过神来急忙叫住她："嗨，嗨，不要急着走，我还没向你道歉呢。"

姑娘调皮地一笑:"是哇,你是该向我道歉,说话不算数,让人家都快害怕死啦。"

屋子里很乱,床上、凳子上到处都堆着一摞摞散乱的书籍。他手忙脚乱地收拾了一会儿,又拿了自己的一件衬衫擦了擦凳子才对姑娘说道:"请坐,干净的,保证不会把你的衣服弄脏。"

她客气地说了声"谢谢",便很拘谨地并拢着两腿坐在他对面。她的目光都不好意思长久地投向对方,于是,她偏着头四周看了看说:"你的书可真多呀,这些书你全都读过?"她的声音很轻很细,有股儿"最是那一低头的温柔……"的韵味。

"嘿嘿,这可是我唯一的财产呀,我不光读过,而是像半夜鸡叫的那个守财奴一样,只要一有时间就不让它们躺下睡懒觉。古人曰:饭可一日不吃,书不可一日不读……"眼前的这个姑娘给了他一种时光倒流的感觉,他仿佛又回到了大学校园,又开始了他那夸夸其谈的卖弄。

"你是大学生?"

"你怎么知道——"

"像嘛,出口成章,而且还有点油……"

"你看我油哇?还从来没人给过我这样的评价呢。"

她一甩头晃了晃肩膀上的两条小辫道:"对不起,我只是随便说说。说来听听,你读的是什么专业?"

"中文系,你呢?"

"我……我也在省城读过书,只不过我上的是省卫校。我高考的分数就差了四分,只好读中专了。"

"其实也挺好的,女人干这个职业很合适。"他的确是在尽力讨好她，想给她留下一个好印象——什么理由，暂时还说不清。

"好什么呀，跟你比起来，我就是三等公民了。"

"也不能这么说，都一样。嗨，不说这些，你是什么时候毕的业？"

"有两年了。刚回来的时候很不习惯，现在好多了。"

王小山心想她估计最多是二十一二的年龄或者还比这更小一点，她说"很不习惯"是什么意思？该不会这么早就和什么人搞上恋爱了吧？一想起省城里的那些油头粉面的公子哥儿，他的心头竟然掠过一丝不快。

"吃桃子吗？我这还有一些水蜜桃，是下面来的代表送的。你尝尝，味道特别清香，长的样子就像你一样……"他非常想让她明白他对她的意思。

她拿在手里闻了闻，"咦，真的是很香。你在机关里是不是还当了点芝麻官，不然怎么会有人送东西给你？"

王小山不想说自己其实只是一个小科员。他闭着眼睛故作玄虚地糊弄道："当什么都不重要，关键是我和它有缘呵——"

想必白帆已经听明白了他的潜台词，可她机灵地换了一种回避的语气道："好哇，我发现你这人说话没正经，现在你要给我道两次歉，听清了，是两次——"她假装生气时，肩上的小辫又晃了晃，它晃得王小山一阵心跳。

多么矜持内秀，多么清纯明丽，这正是他想象过但却从来不敢真正去碰的女人！然而她来了，并且是自己找上门来的，这一切是多么及时，简直就是命运的奇迹。奇怪，每当他处在人生低谷的时候总会有一个女人来到他面前，向他打开另一扇门，这冥冥之中的天意就是上天对他的厚爱。

王小山目不转睛地看着眼前这个叫白帆的姑娘。此刻，她正用一排不太整齐的糯米牙小口小口地咬着托在指尖上的水蜜桃，那小而饱满的嘴唇和在两颗门牙间略宽的牙缝给人一种很天真、很孩子气的感觉。与此同时，那粉红色的耳郭是那样的秀气，那样的牵魂动魄。噢，她吃东西的模样就像是一头在蓝天白云之下低头吃草的小羊羔，他真想伸出手去把这只小羊羔轻轻地捧在手心里……

将有过的女人下意识地在记忆里做一番比较或许是每个男人都有的本能。如果与之比较的话，不管是沈惠珍还是周倩，她们都属于既大胆又热烈的一类，甚至还有一点儿放荡。两个人都喜欢在身上抹很浓的香水，一旦狂热起来，便会在她们浑身上下荡漾开一股浓浓的香气，虽说有一阵他觉得浓浓的香水味能激发他的性欲，但后来在私下里他很看不起自己这种低级的嗜好，因为在西方的一些小说里他读到过有教养的绅士们对女人的审美——书上说：一般有品位的绅士都不会去喜欢爱使用浓烈香水的女人，因为大多使用浓烈香水的女人其档次基本都属于文化层次偏低的乡下女人……是的，在内心里他一直希望自己能变成一个有教养的绅士，他不应该去喜欢那种低级的浓烈的香水。也许吧，假如能和白帆这样的女孩在一起的话，那没有香水味的洁净身体又会是一种什么样的感觉呢？

"嘿，怎么啦？发什么呆哇——"她笑着伸出两个手指头在他眼前晃了晃。

"对不起，我走神了。"他本想趁势抓住这两根手指，但还是不敢轻举妄动。知识分子家庭出来的姑娘还不知道对此会有什么反应,他怕她觉得自己太轻浮。

"你的房间也该好好收拾一下了,一进来就是一股烟味,还有那么多的脏衣服……你的女朋友怎么会受得了你这样?"她说这话的时候表情很自然。

机会来了,王小山慢吞吞地回答道:"是啊,要是真有一个女朋友来帮我收拾就好啦,可惜我还没有。你帮我介绍一个?"

姑娘没接他的话茬,只看了看手上的表说:"好啦,桃子也吃了,我该走啦。"

"没关系,再坐会儿,还早呢。"

她已经站起身来。"到时间了,你不去单位上班吗?"说着她从小挎包里拿出一个纸包,"给你,是公费开的,都是些维生素,对身体有好处的。"

"谢谢你,你真是太好了,我会天天记着吃。我提个建议,作为交换,我请你看电影吧?"

她咬着嘴唇想了想道:"嗯……到时候再说。唷,我上班的时间到啦。"

"今晚怎么样?噢,不行,这几天晚上我都在开会,干脆说好下星期六,晚上八点钟我在桥头下等你,说定啦?"

她朝他笑笑,既没表示同意,也没拒绝。按当时的习惯,看电影就是男女青年恋爱约会的暗示。

这天中午,王小山竟然一反平日里的小心谨慎(怕周倩看见),他一直把这个白衣天使送到她上班的医院大门口。在返回的路上,他好像不是在走路,而是在跑、在跳。顺着原路返回

向幻影告别

来再到机关上班要绕很多路,他愿意,他就是愿意傻里傻气地绕这些冤枉路!就像是残存在视网膜上的一道幻影,他要独自一人悄悄地享受一会儿,因为这条路上还留着那姑娘的影子和脚印。啊,在他的脑海里,她就像是一架冒着白烟的喷气式飞机,当机身已经消失在天空深处的时候,那久久没有散去的白烟仍然令他心醉神迷。

一到了上班的地方,所有的诗情画意顿时烟消云散。

他去晚了。下午是让代表们讨论早上拉木州长做的上一届政府工作报告,报告上无非是些"取得伟大成就……再上一个台阶……再创辉煌……"之类的口号。尽管如此,他还得要把大家讨论的内容做一个综合,并上报给秘书长桐志方。照桐秘书长要求是,每个人综合出来的文字稿都要先交他审议,然后才能编发。

桐秘书长不在会上,王小山就直接去了他的办公室。门没有关严,里面好像有响声,王小山刚想推门进去,却猛然从门缝里瞥见屋子里正在上演的一幕:只见躬着腰的桐秘书长几乎把脸全贴在一个头发蓬松的女人身上。噢,王小山认出这坐在椅子上的人不就是宣传部的周瑞华周科长嘛,怎么可能是她?就如同是电影里放的慢镜头,这桐秘书长一把将周科长从凳子里拉起来并将她放在自己的大腿上,女人似乎是不情愿地扭动了两下,但随之发出一阵低低的浪声浪气的笑声,这尽量压抑的声音就像是怕痒似的,透出一股压抑不住的喘息声。只见她一边扭动一边耸着肩把上半个身子使劲地往桐秘书长的怀里拱,而男人则用手搂着她的腰，也把自己的脸凑了上去……王小山不敢再看，他已经被这个画面搞得面红耳赤、心跳加快，趁还没人注意，他悄悄地倒退着，生怕弄出一丁点响声。

一出了门，他真想大吼几声散散浑身的燥热。在大白天的机关里干这种事，他们的胆子也太大了。想不到年过半百的桐秘书长还有这股偷腥嗅野的开放精神，这可比他的思想还要"解放"。联想到他平时在人前，特别是在下属面前一副不苟言笑的正经样子，王小山就忍不住去想，要是他当时不留神冲进去的话，那一口官腔的桐秘书长会是什么样？往常，上上下下的人都对他毕恭毕敬，而且这人的世故在单位是出了名的，有人说他很会"来事"，对不同领导的性格、脾气可谓是掌握得一清二楚，几十年如一日，从未出过差错。想不到哇，这么周密的人也有让人抓住把柄的这一天，倘若这事被宣传出去了，还保不定会有什么样的好戏看呢。再说那个周瑞华嘛，起码也四十出头了，整个一副全国统一的居委会主任的平庸相，在她身上简直看不出异性身上妩媚可爱的性感特征。下班时王小山经常在楼道里碰到她，但很少打招呼，他对她唯一的印象就是一双胖胖的脚硬是套在鞋跟只有针尖细的高跟鞋里，每次看见她走在自己前边，王小山的脑子里都会跳出数学上用的"圆规"的模样，真是很难想象那细细的鞋跟怎么撑得起她那过于肥胖的躯体。有好几次他在大街上看见一个女人居然顶着一头红红绿绿的塑料卷发器毫无感觉地走过来，噢，老天，像这种不堪入目的风景，不是"圆规"还会是谁呢？一个如此平庸和俗气的女人竟然也被桐秘书长看上了，想起来真是男人的悲哀呵。

无奈，王小山只好把讨论纪要交到大会秘书组。刚一出门又被老宋叫住，他让王小山晚上吃过饭之后在宿舍里等他。老宋一找人谈话准没好事，尽管如此，王小山还是买了两包"红塔山"香烟在家好好恭候着。果然，他没猜错，老宋独自来访的用意很清楚，一方面，他让王小山把老史追悼会的事全部扛下来，另一方面他告诉他，老米想当州长的阴谋不会得逞。说到底，何副州长这次"扶正"是有把握的。

勾心斗角有勾心斗角的章法，白天斗不清楚的东西晚上接着再斗，这才是他身陷其中的现实生活。

"把何副州长'扶正'是不是省里内定的？"王小山问。

"这个还用得着问嘛，你也可以把这个意思透露给下面来的人。不过因为选举还没有正式进行，所以你也不要讲得太肯定，但要让他们心里清楚组织上在定人选的时候是经过充分考虑的，他们作为人大代表尊重组织决定也是一种基本的觉悟，这个意思一定要给他们讲明白，清楚了吗？"

"那……这个算不算是在拉选票？"王小山思忖着：又想给我使圈套哇，我现在悬在头顶上的处分还不知道多轻多重呢，倘若接着再来一个倒真可以卷铺盖滚出政府机关了，况且"拉选票"的罪名一旦成立，这辈子走仕途想当官的梦就只好看着别人去做了。

听王小山这么一说，老宋笑得连茶水都喷了出来："嘿嘿，你以为是我一个人的主意让你去帮着候选人拉选票？笑话，我是谁？我是组织部的部长，我有多大的胆敢这么干？怎么到现在你还听不明白，我不是代表自己，而是代表组织在跟你谈话。

告诉你吧，配合选举是我们组织部每次在人代会换届的时候都要做的工作，你小子给我弄清楚喽，这是我们部里的分内事。至于你刚才说的拉选票，那是指那些没有被列为候选人范围的人在组织不允许的情况下私自在下面搞小动作、搞阴谋，两者之间性质完全不同。你听清楚了吗……也难怪，你是第一次参加人代会，慢慢跟着学吧。当然，我们相信你的工作能力，你可千万不能再出差错了。"

老宋说的"我们"是谁？这个"我们"会不会又像上次一样拿他当替罪羊？

王小山试探地问："你估计州长候选人的名单里除了何副州长还会有谁？在形式上州长的候选人不是应该有两个名额吗？"

"这就要看各小组的代表讨论推荐的结果了，结果出来后才由上级主管部门来最后确定……"

"会不会是老米？"

"哈哈，你怎么会想到他？"老宋不屑地一笑。

王小山迟疑了一下说："也许你还不知道，老米他们那一伙人今晚在'万寿酒家'搞了一个很大的聚会，他们早就准备好一起联名举荐老米竞选州长。"

"这事你是怎么知道的？"

"我……是一个朋友，他也是这次会上的代表，是他偷偷告诉我的。"王小山说。

老宋皱着眉头道："你说的这个情况很重要。我先走了，我还得去老何家一趟，后天一早是他的大会发言，我和他还要商量点事。"

送走了老宋，王小山根本睡不着。他才没有什么心思去想他们的什么选举呢，为了何副州长的面子，他把自己的情人和胃囊都奉献出去了，到头来还要为他扛下一个不明不白的处分，真是冤枉得很啊。更让他难受的是，别人不管怎么拿捏他，他却不能为自己辩解，因为饭桌上发生的事实在是不好意思抬到桌面上去说，难道，这就是他一心奋斗的仕途之路？想起来让人伤心。联想到中国历史上的一些大人物也大多出身于农家，在他们的传记里通常写的都是他们如何叱咤风云，如何运筹帷幄最终登上权力的顶峰，他每次看完这样的书都热血沸腾，可为什么一轮到自己一切都变了味，凭什么他在这个世界上就要活得如此卑微和窝囊？仔细一想，老宋今晚的所作所为可能是与何副州长共谋的，哦，姓何的也真是狠得下心来。不用说，在他和老宋之间，他当然会护着老宋，反正牺牲一个毫无背景的小人物对大家都有好处。他不扛着这个处分，他们还能去找谁？

人在倒霉的时候很容易想起给自己带来过温暖的人和事。他想起了家里的火塘，还想起了大哥后来写给他的信。大哥在信上说，化肥的事他早就不怪他了。如今他成了州政府的干部，这已经给家里人挣足了体面。可能是因为这一原因，村干部现在对他们一家人都很照顾，今年一开春，村里家家户户都争着去承包江边最肥的那块水田，结果还是让他们家争到手啦。父亲说，如果他们家没有人在州政府做事的话，这些村干部是不会把水田承包给他们的。另外，他的二姐夫，也就是那个驼子也不敢再随意打骂王小兰了。驼子如今也今非昔比，他一天到晚四处跑,去年冬天他进山挖虫草卖到县里,一下就赚了一千多块……

哦,王小山已经很长时间没有回家了。这几年他总共只回过两次家,是的,他不是很愿意回去,因为他觉得自己已经越来越不适应家乡生活的单调节奏。大山里的农户谁家都一样,一到了晚上全家人就只能围在一个火塘边,连电视都看不到。常年的烟熏火燎让母亲得了严重的哮喘,深更半夜传来的咳嗽声仿佛能把房顶震塌。尤其不忍目睹的是家乡人看他时的那种神情,就好像他是一个多么了不起的大干部。想到这些,王小山又自我鼓励了一番。他暗暗地想,一定要在这次人代会上好好表现,要是真像老宋说的那样何副州长能顺利当选,那他就能搭上这艘顺风船出海啦。等将来有出息了,他要让整治他的人统统跪在自己的脚下。忍吧,"忍字心头一把刀"这句座右铭是每个想在仕途上有所发展的年轻人必须牢记的。

三

这次人代会上的"民主选举"真让王小山开了一回眼界。

"民主选举"在以往的人代会上还不曾真正实施过。谁也没有经历过这样的事,因为是第一次,州政府的领导们也吃不准这"民主"的范畴究竟有多大?把握在什么样的尺度才比较合适?中国的最高领导人邓小平同志关于政治体制改革的讲话,主要集中在他的《党和国家领导制度的改革》一文中,在这篇文章里他以最高领导人的身份着重批判了官僚主义现象、权力过分集中的现象,还有家长制以及干部领导职务终身制等现象,他指出这些特权的根源"是与我国历史上的封建专制有关"。为了改变这一现状,他提出了几大改革措施。在这一背景下,云水州的人代会当然与往年不同。会议召开前的头一个月,州政府就按照省委的部署开始了强化式的政治学习,主要是为了让大家对当前的形势有一定的了解。然而,因为没有经验,所以当时人们的很多想法和做法都只能是从报纸上和广播里学,这阵子,介绍这方面的文章以及政府内部的交流文件很多,于是,在学习和研究了全国很多地方的经验后,省委有关部门和州政府在经过了三个多月的准备后也制订了一套严谨的会议方案,其中让大家感到很新鲜的是让参加竞选的候选人分别进行演说。候选人出场的目的是要向到会的人民代表介绍自己的简历、政绩及施政措施。云水这次的人代会是省里的一个试点,省委组织部对这次会议十分重视。

大会一开幕,主席团就有些紧张,生怕会闹出什么乱子来,所以州领导一方面加大了会议期间的安保工作,另一方面要求参加这次大会的工作人员必须严格遵守组织纪律。总之,一切工作就是配合好这次云水州作为省里试点单位的换届选举。

"讲演"这种形式似乎就是人们心目中对"民主化"的认可。不光是在中国,在西方世界也是如此。应该说,这类形式王小山并不陌生。早在大学读书那会儿他也经常去会场听教授和学生们在台上高谈阔论,听多了,他对这种形式也有了自己的见解,其中最本质的一条真理就是不可轻信真理。当然,不管怎么说,把这种形式搬到当今的政府体制里来毕竟是件新鲜事。不过,人们对新中国成立几十年来搞过的各种运动仍然心有余悸,于是很多人对这一新玩意并不以为然。开始讲演的第一天,何副州长像电影《列宁在1918》里的列宁一样,西装革履地登上讲台,面对台下的二百一十名人民代表,他清了清嗓子开始了他的竞选演说。

据王小山所知,他的讲稿是在半个月前就准备好的。何树清一改往日政治学习时冗长的讲话风格,对过去几年的回顾他谈得十分简要,其阐述的重点是围绕着解放思想、努力搞好经济建设这一主线，这也是刚开过的全国人大和政协会上确定下来的大政方针。应该说，何树清有多年搞党务工作的经验，他对政策一贯敏感，所以他的发言既有理论也有实际。在谈到云水州的经济"大干快上"这一条时，他的一系列实用主义式的措施很有说服力：第一，在他的努力下，近两千万的第一批扶贫款将在十天后到位。第二，为了让国家交通部下决心把钱投在云水的公路建设项目上来，他建议人代会结束后便在云水州搞一个具有全国效应的宣传活动，到时将邀请全国和省里的各大媒体到云水来进行全方位的报道。他说，媒体宣传是我们前进道路上的润滑油，在这件事上不要怕多花钱，没有宣传就不能引起上上下下的注意，宣传搞好了，中央和省里都重视了，一切问题都能迎刃而解。有代表问："云水的经济现状与全国发展的速度差距太大，再加大力度宣传不是出丑吗？"何副州长笑哈哈地纠正道："同志啊，为什么不反过来想一想呢，我们要是不愿意承认自己丑、自己落后，那别人又有什么理由来帮你呢？我们的老祖宗教导儿孙们说'家丑不可外扬'，结果怎么样？大家都看见了，发展到今天我们连个日本都比不过，所以呵，在这个问题上还是不要再作茧自缚了。"他回答得很巧妙，加上与台下平等对话的开放式风格，使得他的整个发言一直保持着谈笑风生的轻松气氛，这极大地激起了代表们浓厚的兴趣。尽管向国家伸手不光彩，可是能够把钱要下来，这就是本事。这几年，有很多下面的干部已形成了这么一种看法。王小山知道，何树清是在迎合他们，特别是在云水州经济上不去的这一问题上，他充分"理解"了广大乡县干部们的苦衷，这给了他们一种放宽心的感觉。

是啊，谁愿意要一个作风霸道，奖惩严厉的领导呢？

让王小山感到不安的是，在下午的讨论会上，老米只字不提何树清的发言，他反复强调的是人代会选举制的改革本质上就是尊重民意，只有做到了这一点才谈得上是真正履行了对民主选举的承诺。王小山一听就明白老米的用意，他之所以这么说无非是在蛊惑代表们不要被所谓"内定"好的候选人所威慑，这应该是唯一的解释吧？

按照老宋的吩咐，王小山有意识地到老同志集中的小组去转了转。这当中，有的代表对这次选举似乎并不热情，让他们讨论，他们居然盘着腿围着桌子打起了扑克，见他来了也不理会。负责这个小组的人是老米的部下，王小山向他要讨论记录，他却说："我们小组已经讨论过了，也谈不出什么新鲜花样，你想怎么写就怎么写吧。"说着他把手中的牌递给他道："你替我打一会儿，我去上个厕所。"王小山本想发作，但转念一想，算了，没必要和太多的人结怨。

使很多人没想到的是，第二天一早第二候选人赵刚的演说却与何副州长针锋相对。首先他没有例行公事般地向各位问好，而是向大家解释说他是连夜从旱情最严重的勐谷镇赶回来的，请大家原谅他还来不及洗漱、来不及准备讲稿就站到这里了。这一开场白立即引起底下人的哄堂大笑。在发言中，为了节省时间，他没有回顾过去也没有大肆描述未来的远景，而是详细地列举了他本人对三百多户农民家庭进行调查所得到的数字，以此来说明这次旱灾的严重性，他用凝重的语气描述了"边四县"山区少数民族眼下的处境。他说他回来前去过的一个寨子现在已面临着断水的危险,在那里生活的景颇族每天用来往返背水的时间长达十多个小时,背一桶水上山就是他们一天中全部的产值,也就是说,作为最基本的生产力该地区已经彻底瘫痪。面对如此严重的生存危机,他希望在座的代表都能给政府部门出出主意。另外,由于森林火灾不断蔓延,大面积的原始森林已经遭到十分严重的毁灭,一些生长了上千年的珍稀物种毁于一旦,而它们才是云水州最宝贵的资源优势。改革开放说到底就是打经济起飞的翻身仗,没有资源、没有生产力的发展也就等于是陷入了无米之炊的困境。要是整个州的男女老少都干瞪眼,都等着国家发救济,那国家要我们这些干部有什么用……于是,他提出州政府目前的工作不应该是搞一些没用的花架子,倘若仅仅在嘴上喊抗旱,实际上几套班子彼此拖延推诿,这样下去弄不好是要死人的……他还针锋相对地指出,目前政府发放下来的款项必须每一分每一厘都用在刀刃上,云水州的农业百分之七十都在山区,要想尽办法恢复这些地区的活力才是州政府的当务之急……

与何副州长机智巧妙的发言相比较,赵刚不用讲稿、不唱高调的讲话方式打破了会场上习惯性的宁静,他的话一结束,人们在沉默了几秒钟后才渐渐拍起巴掌来。掌声一波高过一波,这恐怕是王小山听过的最长、最持久的掌声了,其中,年轻气盛的代表还站起来看着主席台使劲鼓掌,一时间,会场的气氛异常活跃。

王小山也忘了做记录。他想,如果自己是局外人的话,他也会站起来为赵刚鼓掌的。但他不能,他已经搭上了何副州长这条船，无论如何，这条船承载着他的身家性命。是的，农民出身的他虽然本能地被赵刚的话所感染，可这又能改变什么呢？

时间过得很快，当大会宣布结束时，走出会场的代表们似乎还意犹未尽。人群中各种各样的议论都有，有的人已在悄悄争论，赵刚虽然不是"内定"好的候选人，但凭他现在的呼声和人们对他的印象，他明天的选票很难说不会高过何树清。

人走空了，王小山正在清理上午的大会纪要，政府办公室的主任郑容匆匆走过来把他拉到主席台后面的小屋里说："今天的简报稿不编了。你赶紧去通知各小组的组长，原定于今天下午的讨论改为参观云水新建的化肥厂。下午三点让代表们准时在这里集中。"

"为什么？明天早晨就要投票选举，不是说候选人的发言都要经过讨论吗？"他吃惊地看着郑容。

"我也不太清楚，是刚刚接到的通知。"

"你说这样做会不会引起代表们的猜疑？还有赵刚本人他……"

"嗨，管他呢，领导让你怎么干你就怎么干——"郑容说。

"也是。喂，你说是不是赵刚真的有戏唱？"

"不好说喔……你我就等着看热闹吧，现在是半路杀出个程咬金——"郑容只丢下半句话就走了。

王小山想，真是风云莫测啊。无怪乎毛主席他老人家说："不是东风压倒西风，就是西风压倒东风。"不过，话又说回来了，懂得韬光养晦，适时避让也是权术斗争的一种方法，最难的是在这两者之间准确明智地做出"取"和"舍"。而赵刚显然是有点锋芒太露了，俗话说，出头的椽子先烂，像他这样"打击一大片"肯定是要吃亏的。

在过去几年里，他和赵刚的接触不多，只知道他也是怒族，年龄比何副州长小一轮，大概也就四十出头吧，但他的秃顶使他比实际年龄看上去要大上七八岁。他毕业于本地的一所农业专科学校，后在一个乡当过党委书记。该乡是一个人口众多的贫困乡，三中全会后，他在该地区大搞多种经营，因为此地盛产毛竹、木耳和附加值极高的中药材，所以他在这一地区领导建立了以家庭为主的很多小作坊，在短短的几年时间里，全乡的人均收入翻了两倍。就这样，在带领群众致富的典型中，他的工作业绩引起了传媒的关注，之后调到农科所当所长，不到一年的工夫又调到工业口当局长，几年前他来到州政府的农业部，后来经上次的换届又顺利地当选为副州长。据说，在他成为主管农业的领导的第一年，他走遍了全州的四十八个乡县，也许是性格方面的原因，他在下面蹲点时常会采取不通过组织程序的手段就当场撤换掉一些不太尽职的乡、县、局领导，这样一来，到上面来告状的人络绎不绝，他自己也常陷入一些人事矛盾的调解当中。当然，在云水，赵刚的群众基础很扎实，有很多喜欢实干精神的乡县干部对他是十分青睐的。

事实上，王小山作为组织部的工作人员，他最重要的工作就是及时掌握代表们的讨论情况。说是掌握，其实就是把省委领导"内定"的意图贯彻下去。在这一过程中，老米表面上没有反对，但作为老资格的代表人物他岂能甘心，他在副职这个位子上已经连任两届了，再不"扶正"恐怕这革命事业也就到头了。凭什么他就当不了这个州长？他也是少数民族出身的干部啊，在这个州里，他参加革命的时间最早，上次选拉木当州长是因为这里是民族自治州，拉木是傈僳族，也是沾了少数民族的光嘛，这次该轮到他们彝族了。这个州虽说一共有二十一个民族，而彝族的历史在这个州是最长的，所以他岂能服气，他当然要趁着民主选举的东风与何树清争个高下。遗憾的是，上层领导最终确定下来的两名州长候选人的名单里竟然没有他，事已至此，他也无回天之力了。况且像他这样的老党员虽然内心是一百个不情愿，但在形式上还是表示了服从。

那么，作为被群众推荐出来的候选人赵刚是不是也想借这股东风捞上一票呢？

这天中午，何副州长没有吃饭，他怎么能吃得下去！大会几天来的反映他看得清清楚楚，很多基层代表对赵刚很有好感，这是主席台上的很多人没有预料到的。

难道赵刚真的会像其他人说的那样跑出来和自己争这个位置？还用得着怀疑嘛，这差不多就要变成现实了。回想平日里，他和赵刚的关系并不坏呀，尽管有时在对农业口干部的任免问题上两人有过分歧，但事后赵刚还是尊重他的。想当初，也就是上次政府换届时，赵刚在五位副州长中是排在最后一位的，当时是他向省委提议让赵刚去分管农业，把一个刚提起来的新人放在如此重要的岗位上是很多人没有想到的，难道这一切他都忘了吗？

此刻，何树清没有回家，而是去了自己的办公室。代表们都在餐厅里吃饭呢。他想趁这个机会给省委组织部的龚部长打个电话汇报一下,顺便也试探一下省里的态度,看情况是不是有变化。

此时,正是中午吃饭时间,照理,不应该在这个时候去打扰领导,可何树清已顾不了那么多了,因为明天一早的选举结果就取决于今天下午的准备,想必领导会理解自己的。

龚部长在电话里幽默地说:"老何,什么事这么急啊,我刚进门,你的电话就追到家里来啦——"

何树清赶紧申明自己只需要五分钟的时间:"龚部长,是这样,今天早上是副州长赵刚的大会发言,没想到他说话太冲,结果引起了会场上小小的混乱,现在还看不出来事态会怎么发展,所以我觉得很有必要向您汇报一下。"

"混乱?什么混乱?你说明白,别跟我吞吞吐吐的。"

"好,是……是这样,今天早上是赵刚作大会发言,他过分夸大了我们眼下遇到的自然灾害,并且还耸人听闻地在大会上说云水州要饿死人,还有什么云水目前的生产力已经处于瘫痪,据我所知,造成的影响很坏……"

没等何树清说完,龚部长就在电话里吼了起来:"是谁让他这么讲话的?在大庭广众之下讲这样的话,你让代表们怎么想,乱弹琴!"

龚部长的火气上来了,他问道:"那你们采取什么应对措施没有?"

"是啊,我们也在努力,跟您想的一样,会一结束,我和老姚一商量就及时取消了今天下午的小组讨论,其实就是为了防止事态在讨论会上进一步扩散。"何树清回答道。

"这还不够,你了解一下整个事情的原委,不过,要注意,可不能给人乱扣帽子,要实事求是……"

"您放心,您的意思是怕我们领导班子内部不团结,这个意思我懂。"

"很好,我就是这个意思。"龚部长的语气渐渐缓和了,他说,"你们开会之前我不是在下面反复交代过吗,你们是州一级的试点单位,提出的改选方案呢可能也有不周密的地方,这不要紧,改革嘛,正像小平同志说的那样大家是摸着石头过河,但一定要掌握好一个原则,云水州是少数民族比较集中的地区,又是自治州,所以在任何时候最重要的就是保持稳定。第一是稳定。第二是稳定。第三还是稳定。这道关一定要把好,绝对不允许闹出什么乱子,如果在这个问题上出了差错,那就不是你我能负得了责的……"

何树清急忙应承道:"我记住了,我毕竟也是您一手培养起来的,假如不担心的话也就不会急着向您汇报了,再说,我本人就是舍弃身家性命也不能给您脸上抹黑呀,只是……只是我担心明天早晨的代表投票选举会不会与原先的设想有出入。您还记不记得,上次我跟您汇报过,不久前有一个村是村民要求自己选村主任,结果他们居然选了一个耶稣堂里的牧师来当村主任,弄得我们哭笑不得……"

"这件事我听说了,那是他们自己的自发行为,性质不一样……可你们现在开的是人代会,代表们都是党员,情况完全不一样——"

"是，您提醒得对，也可能是我自己多虑了。"

"你是不是发现有人在下边搞小动作？"显然，龚部长听出了他话中有话。

何树清想，不能说得太过了，太明显就显得自己是在打对手的小报告，于是他含糊其辞地回答道："还不是太明显，只是我担心有人会利用这次机会给组织上出难题……"

"哦……"龚部长审慎地说道，"我明天要去北京开会，不能亲自下去……你呢，没必要太紧张嘛，我们还是要相信大多数代表的判断能力，至于最后的选举结果组织上也会斟酌的。另外，我已经让戚涛带着小田下去了，戚涛是组织部的副部长，我让他代表省委列席你们明天早晨的投票选举……你还有别的要汇报吗？"

"没……没啦……"

龚部长所说的戚涛他认识，但从来没打过交道。人是不是已经来了，或者还在路上？何树清的脑子迅速地转了一圈，无奈，他觉得自己对副部长的印象竟十分模糊。

此刻，何树清坐在椅子里琢磨着，龚部长可能会向州委书记姚正民落实他刚才说的情况，于是，他觉得有必要来个以攻为守，干脆建议姚正民召开一个常委会。他只要把刚才龚部长在电话里重点强调的精神传达给常委们就成。因为他知道，姚正民对赵刚在抗旱这个关键问题上说的政府机关"几套班子彼此拖延推诿"的信口雌黄极为反感。他是书记，是这个州的政策的主要执行人之一，如果按赵刚所言，他这个书记不等于是吃干饭的吗？另外，还有州长拉木，他是个火暴性子，平时就是因为他动辄骂人的脾气搞得人缘很差，想必这次也饶不了赵刚……其实，对自己有利的条件还是很多的，至少几套班子里的头头脑脑们谁会愿意让赵刚这样的人上台，这不等于搬起石头砸自己的脚吗？想到这儿，何树清悬着的一颗心才终于渐渐松缓了下来。

这天中午，何树清放弃了吃饭和多年来雷打不动的午睡的习惯，他顶着正午烈日的暴晒匆匆赶往云水宾馆去找姚正民。上上下下找了好几层楼，大家都说没看见姚书记，这时，正好办公室主任郑容迎面走来，他叫住他道："小郑，你看见姚书记了吗？""噢，姚书记在301房间，他正在和组织部来的戚副部长谈话呢。""戚副部长是什么时候到的？""可能是今天或是昨天晚上到的吧，具体时间我不太清楚。好像是姚书记亲自去接的。""哦……那下午的饭局你都安排好啦？""本来是要安排的，姚书记刚才找我去就是想安排这事，可这位副部长说他千里迢迢赶来就是想见见代表们，您看人家把话都说到这份上了，所以姚书记也不好太勉强。""除了姚书记还有谁在里面？""没有，就他一个人。"郑容接着问，"要不要我替您把姚书记叫出来？"何树清想了想："不用了……你去忙吧，我还是回家去休息一下，过会儿再找他。"

他估计这会儿姚正民可能正在参赵刚的奏本呢，如果真是这样的话，他还用得着出场吗？

四

也不知是不是对这一届人代会的民主选举宣传得太过火，这使得第二天早晨进行的投票选举第一次出现了这样的情况：何树清的选票以六票之差落在了赵刚的后面。如果说这次的民主选举算数的话，这就意味着选票过半的赵刚将被选为州长，而原先由省里确定下来的候选人何树清将正式落选。这种情况在云水州的历史上是从来没有过的。以往开过的人代会，基本是在没有选举之前，代表们就已经对某某上台或是某某下台早就一清二楚了，事实上，选谁和不选谁都不是由选票来左右的，所谓的投票权就是体现在会议最后一天的大会表决时大伙举举手走走形式，然后听主席台上的人大吼一声"全体通过"，于是，在轻松的音乐中所有的选举就完成了。

而这次的人代会确实让人有一种时代变了的感觉。大会一开始首先就是举手通过监票小组的组长及其他成员，王小山是以工作人员的身份进入到监票组中去的，组长是老宋。一张张大红色的选票决定着被选人的命运，这是个庄严的时刻，站在主席台的选票箱旁,他突然有点恍惚。毕竟这是他第一次站在高贵的主席台上啊,尽管只是个唱票的,可终归是站在这个象征着权力中心的主席台上啊,这咫尺间的距离由不得让人想入非非。一晃眼,他看到了周倩那张洋溢着笑容的脸,她的位置比他靠得更近,因为她的工作就是负责给坐在主席台的代表发选票。

紧接下来的第二项程序是清点出席今天会议的正式代表人数,列席会议的人员和其他工作人员都被请到了选举区以外。当选票发到代表手中后,监票组的组长老宋便对大家讲解投票的具体方法,一切准备工作完成后他提高嗓音激昂地对在座的人说道:"大家注意了,投票完毕后,我们监票组将当场统计投票的结果,请不要离开会场,一个小时之后我们要向全体人民代表做出公开通报。"

看着台下的代表们都在低头画选票,王小山开始怀疑有关何副州长"内定"的说法是否靠得住?他有一种预感,如果真是以选票的多少来定乾坤的话,那"鹿死谁手"就很难预料了。

此时,投票开始。最先开始的是主席台,先是州长拉木打头,跟在后面的是姚正民,接着,王小山看见了何副州长。只见他微笑着朝投票箱走去,当他往票箱里投票的时候,他微笑着看了看台下,这时,照相机的闪光灯趁机闪了一下,随后,他迈着轻快的步子回到自己的座位上。当后面的人依次将选票轻轻地投进选票箱时,会场里一直播放着由三弦和竹笛以及其他民族乐器奏出的欢快音乐。

当时的情况就是这样：监票组的成员将两个人的选票反复清点了好几遍，没错，得出的数字仍是赵刚的票数比何树清的多出六票。老宋仿佛是不相信似的拿着选票看了又看，时间已经过去快一个小时了，他立刻慌了神，立马说了一句："你们都不要离开，我这就去向姚书记请示。"

看到老宋终于出来了，台上台下的人也停止了彼此间的交头接耳。但在人们的视线中，老宋没有直接朝台子的中央走来，而是脸色阴沉地把坐在主席台上的姚正民叫到了一边。一看两人紧张的神情，何树清立刻就意识到可能出事了，他突然感到有点头晕，但还是故作镇静地想，就算是在选票上出了差错，也不见得省委组织部会让赵刚去当州长，民主选举是个过程，集中才是目的，凭他多年的经验，上级部门一般安排人在什么位置都是事先经过反复考虑的，而所有的党员在这个问题上可以保留意见，但最终还是要以服从组织决定作为原则。

而接下来发生的事并没有像何树清估计的那样。

当姚书记和省委组织部的戚副部长一行人推开门走进监票室时，屋子里的人全都低着头连大气都不敢出。

姚正民皱着眉头，在屋子里走了一圈道："怎么会这样呢？老宋，你再清点一遍。"

老宋的脸色也不好看，他回答道："我已经一张一张点过了，再点也变不出什么名堂来。"

"小王，你这几天都在下面参加他们讨论吗？有没有发现拉票、贿赂等非法组织活动的迹象？"姚正民问。

王小山迷惑地看看众人结结巴巴地回答道："没……没有、

也许会有……但我真的没看见。"

"嗨,都是你们下面的工作不够细致,所以才出现了这种让大家都下不来台的局面——"他狠狠地瞪了一眼王小山。

"姚书记,我们在讨论会上确实已经把宋部长的意思都跟代表们说了——"王小山解释道。

"现在还不是做检讨的时候。"姚正民把目光转向站在他身边的戚副部长,"老戚,你是省委派来指导工作的,你看这个情况怎么办——"

没等戚涛开口,拉木就冒了一句:"要不,让代表们再重新投一次票,他们可能没弄清楚组织上的意思……"

"对呀,我赞成。我们现在还是民主集中制嘛,怎么能说选谁就选谁呢。就按州长说的办,让他们重新选,代表们也就理解上级领导的意思了——"老宋补充道。

人大常委会主任朱一光摇摇手说:"这件事我看没那么简单,万一代表们认真起来就麻烦了。"

"还是老朱说得对,同志们,我要提醒大家一个事实,我们这可是已经开了一个星期的人代会呵。据我所知,这会上还有省报来的记者,要是按你们说的那样,这玩笑就是全国一流水平了。"戚涛看看众人道,"请大家都严肃一点,从现在起,不要再提重新投票的事。"戚副部长皱着眉头把烟蒂摁在烟灰缸里。

"那你说怎么办,无论如何,得对台下的代表有个交代呀。"老宋道。

"这次市里的'两会'换届我也参加了,会上发生的情况跟这里差不多,你们不是第一家。当然,省委选定的人选与代表承认的人选发生矛盾，这在全国的很多省市都出现过，所以大家用不着害怕承担责任。改革嘛，不可能是一帆风顺的，对我们省委和地方政府来说，如果是我们选错了，我们就要总结经验，改进组织工作，而如果是选举中出现了新问题，我们就要做好下一步的工作，改进和完善我们今后的选举制度。大家知道，民主选举是个新生事物，但它是推动我们国家的政体改革朝纵深发展的重要动力，民主选举的实施让我们的组织工作、干部工作、人大、政府的换届工作都带出了新的情况和新的问题，这就是说，既然人民代表投票选了赵刚同志，我们就要承认这个代表大会的选举结果，不承认不行啊，总不能自己打自己的耳光嘛，你们说对不对……"等戚副部长把这番话讲完，在场的人才回过神来，这次的民主选举确实不是走走过场，他们发下去的选票果然是有效的。戚副部长又接着道："……无论如何，既然你们已经做出'当场公开宣布'的承诺，所以选举的结果一定要在今天大会结束前对代表们作一个通报。我看，先让代表们去吃饭，告诉大家，下午我们通报投票结果。这件事不能拖到会议结束，否则，记者们就该说我们的选举是虎头蛇尾啦。"

"您看，需不需要向龚部长请示一下？"老宋的声音都变了。

戚副部长微微一笑，"想请示也行呵，他人在北京，不过，我来之前，龚部长和我已经事先考虑过各种情况了，也包括对应采取的措施，至于刚才我谈的这些不是代表我个人的意见，我是代表省委来的……我想，趁现在还有时间，我们马上在这里召开一个紧急常委会，让大家都谈谈自己的意见和想法，姚书记，你看这样行不行？"

……

都快到吃饭时间了，会场上代表们开始议论纷纷。当姚正民告知大家先去吃饭，下午再接着开大会时，很多人都在猜测其中一定出问题了。越是神秘莫测，大家就越想知道：接下来将会公布一个什么样的选举结果呢？

下午的开会时间定到了三点，推迟了半小时。而代表们却已经早早地来到会场，每个人都想看看最后的结果，当看到监票组组长老宋匆匆走到主席台上时，会场上顿时鸦雀无声。听到监票组的组长老宋在麦克风前一字一句地念出"……赵刚同志以超过半数以上的选票当选为本届云水州州长……"的公告词时，站在台下的王小山吃惊地张大了嘴巴，他觉得眼前发生的一切真是难以置信。

这会议结束的最后晚餐还特别丰盛。很正常，是对人代会胜利闭幕和新一届领导人产生的祝贺。云水宾馆的餐厅里热闹非凡，酒席上，王小山没有看到何树清露面，而新当选的州长赵刚此时正带着几位同时当选的副州长向各桌轮流敬酒。他满脸微笑，容光焕发，似乎酒量也不错，每桌都干上一杯，看得出，他还是没有换衣服，但整个人比那天在台上讲演时的感觉要风趣和幽默多了。一圈下来，他又独自走到前任领导拉木以及老米他们的桌旁站定，只见他拿起桌上的酒亲自给桌前的每个人一一斟满，并且轮流和每个人都碰了一次杯，整个是一副谦虚和诚恳的姿态。喔，权力这东西确实能在一夜之间把人塑造得面面灵光，听得出，赵刚今天的说话声和笑声也显得特别爽朗。

  看到这里，王小山已经没心思吃饭了。他的脑子很乱，他想，何副州长的落选是否会影响到自己？如果是这样，他又该怎么办？不过仔细一想，何树清虽然落选了，可这并不意味着他已经彻底完蛋，很多人都知道这位戚副部长在当天公布选举结果后就立刻找过他谈话，但谈话的内容目前还不清楚。想到这儿，他觉得自己应该在这种时候去向这位失意者表示一点安慰，毕竟他对自己还是有恩的。

  这天，王小山在何树清家陪他喝了不少的酒，同时，他也了解到何树清有可能会调到州委那边去当副书记。在说到赵刚的当选时，何树清不以为然地对王小山说："你等着瞧吧，他这个州长当不了多久。我敢肯定，最多不会超过一年，你信不信？"

  王小山嘴上说"信"，可在心里他觉得何树清是在痴人说梦。毕竟离下次换届至少还要等五年，而到那时候，还不知州长这把交椅又将属于谁。

五

　　新一届的领导班子一旦产生，机关里的各部委就都惴惴不安了。

　　俗话说：新官上任三把火。赵刚最急于解决的问题还是政府的干部问题。政府换届以后，新政府的组成部门，各委办局的一把手都有必要作一些调整，这通常是换届以后的领导班子要做的第一件工作。但赵刚清楚地知道，州委书记姚正民是一个在云水很有底子的人，他身边聚集了一大批大大小小的干部，记得在人代会召开前，在党组的碰头会上几套班子就已经把各部门的一把手的职位在原则上作了一个基本的内定，而假如他一上台就把原来的方案彻底否定，这显然是很不明智的。况且，如果他在这个时候就马上提出换人，那肯定会让老势力结成新的同盟，这一来他不仅什么也做不了，而且在众人眼里也会给人一种独断专行、"一朝天子一朝臣"的感觉。戚涛临走的时候就语重心长地对他说过一定要搞好班子内部的团结，想必他说这个话也是有所指的。也罢，对政府委办局的一把手他可以暂时不动，但对于政府办公室主任和秘书长这样的人选而言，他必须要做出适当的调整，否则自己就寸步难行了。

赵刚想来想去，他决定首先要换掉的是桐秘书长和办公室主任郑容。这两个人身上最大的共同之处是他们都有一张强大的关系网。在政府里，他们和各部委的头头之间的关系可谓是盘根错节，有很多小道消息通常都是经过他们加工后散发出去的，不用说，传播这类东西主要是为了操纵一些不明真相的人来达到某种目的，而上一任州长拉木之所以给人一种被利用、被架空的感觉，这和郑容欺上瞒下的一系列手腕有很大关系。至于桐秘书长，赵刚最反感的就是他的圆滑和拍马屁的那股腻味劲，下面的群众反映他经常狗仗人势，并且极为自私，只知道为自己捞好处，他甚至公开向下面的县里来的人要东西。这两个人要是还留在身边的话他还怎么工作？是啊，戚涛说得对，要当好这个州长，最重要的是必须处理好和州委书记姚正民的关系。凭以往的经验，如果政府和州委这两个部门之间出现不和，那么几套班子之间将陷入一种勾心斗角的人际关系中去。再说，作为主管行政工作的州长也只有依靠州委书记姚正民的支持才能真正立得住脚。

这天下午，赵刚主动来到姚正民的办公室。让他感到意外的是，姚正民见了他十分热情，他笑哈哈地把赵刚让进了门："哎呀，我这几天忙得没去看你，怎么，刚开完会你也不休息休息？"

"姚书记，哪还顾得上休息呀，我现在是赶鸭子上架，心里没底呵。你看我现在不是向您讨教来啦。"赵刚也是一脸的真诚。

两人的话都说得很客套，姚正民表示出的友好让赵刚松弛了许多。他接着道："姚书记，说实话我也没想到人代会上大家会选我当州长，我是一点准备都没有哇，所以我今天来是特意向您表个态，您是这个州的一把手，我呢，工作经验和领导水平都有限，我希望在工作上您可要对我加强指导呵。总之，一句话，工作上的事您只管说，我保证给您当好助手。"

姚正民连忙摆摆手说："赵州长……"赵刚一听这称呼便立刻站起身来说："别，您还是按老习惯叫我小赵吧。"

"那……好吧，我还是叫你小赵……小赵呵，我还没来得及向你表示祝贺呢，你这么说就太见外啦。可能你还不太清楚，对你的当选我最初是有保留意见的，但我后来还是在省委组织部面前表了态支持你来当这个州长，跟别的同志我也反复交代过，既然赵刚是代表们选出来的，就说明他们信任这个州长，所以呢你只管放宽心好啦，我这里一点问题也没有。我们州委这边，会和你好好配合的，反正你我现在已经是同一战壕的战友了，谁支持谁还不都是为了把工作搞上去，你说是不是这个理？"姚正民说着还亲自给赵刚倒了一杯茶。

"谢谢，姚书记，那我就不客气啦，我今天来还真是有事，主要是想和您商量一下现在政府那边有关的人事安排……"赵刚的语气很委婉，他没有说出对郑容和桐秘书长有什么不好的看法，而是绕了个弯子提议把郑容安排到财政局去当副局长，理由是他协调能力强，在这个位置上更能发挥他的作用。至于桐秘书长嘛，赵刚说把他调到宣传部去当副部长，他来之前已经想过了，倘若把这两个人安排得不好，这会驳了姚正民的面子，所以，只能先走这一步。

　　姚正民一听就明白赵刚是什么用意，他没有提出反对意见，而是反问赵刚："你已经有人选了吗？"

　　"有是有，但还想再考察考察……"赵刚说。

　　"行啊，星期一我们先开个会，反正你很快就会被任命为副书记，你可以先把你的想法提出来，让大家都听听。你放心，我会支持你的。"

　　赵刚一听忙接过话茬："我觉得定位置的事先不忙，可以过一段时间再定。不过，跟您说句实话，我身边真正需要的是一个既熟悉机关工作同时办事效率又高的人，一说您就知道了，我这一当了州长反而没有时间经常往下边跑，所以我想找一个年轻一点的干部先来帮我……"

　　"你是想先找个助理？"

　　"是。"

　　"想要什么人你尽管说，这个机关里的人你随便挑。"

　　"我看你们组织部的那个王小山，他怎么样？"

　　"噢，他呀，他的情况我是最清楚啦。这小伙子是专州县人，他大学毕业后由省里介绍到我这里，想当初还是我硬把他留在组织部的呢。"姚正民看了看赵刚接着道，"怎么，是不是上头又打什么招呼了？"

　　赵刚一愣："哦，那倒不是……"

　　姚正民摆摆手笑着说："没关系，你说吧。"

　　"您觉得他这个人的工作能力如何？"

　　"喔，不错，他的工作表现一贯很好，又是我们农家子弟。

这小伙子来机关的时间虽然不长,可在工作上还是很认真的,他年轻,又是个大学生,两年前我让他作为下派干部到下边锻炼过一年,回来后一直找不到机会提升……我看可以,你这个要求不过分,估计大家也不会有什么意见。"

"还是您对他比我更了解,如果是这样,我心里就有底啦。"

姚正民想,赵刚要换掉郑容也不是坏事。郑容在政府的时间太长,知道的事太多,换掉他也正符合自己的心意。而王小山呢,原先就是自己同意把他留在组织部的,现在把他放在赵刚身边也没有什么不好,再说了,王小山不会不明白这其中是谁在起作用。

两天之后,赶在赵刚之前,姚正民就把王小山找到自己办公室。

听完姚正民的话,王小山几乎控制不住内心的激动。他做梦也没有想到自己会这么走运,天呵,给州长当助理,这是多少像他这样的年轻干部梦寐以求的机遇呀,这简直就是一道向他敞开的仕途之门,看来,老天有眼,他这些年的努力没有白费!这天,他语无伦次地对姚正民说了好些感激的话,临走,姚正民吩咐道:"小王,组织上对你是很信任的,今后如果在工作上有什么吃不准的地方,你可以直接向我汇报。总之,你要记住一条,既然党组织把你安排到这个岗位,你就要扎扎实实地干好。"

"我记住了,姚书记。"

直到走出姚正民的办公室,王小山似乎还没有从惊喜中缓过神来。

俗话说，在男人的世界里，权力和身份是重要的象征。得到它的人会贵如王储，而失去它的人则是一副失魂落魄的倒霉相。

这一点在即将退居到二线去当顾问的老米身上表现得十分明显。老米这个顾问当得非常勉强，据说当时组织上找他谈话的时候他还发了火，无非是摆了一通老资格，并且主观地认为是有人在故意整他。在他心目中，不让他当一把手也罢，至少去政协当个主席或是副主席也算是最起码的安慰，可连这个位置人家都不愿让他干，这确实是让他接受不了。总之，权力就要从手中失去，这该让他多么痛心呵。也许更让他难受的是，他是在一种不名誉的情况下被赶下宝座的，关于他在人代会期间请客吃饭拉选票的丑闻一时间在各个办公室传得沸沸扬扬。王小山知道，把整个事情从头至尾捅出来的不是别人，而是他一手提拔起来的文教局局长顾文英，不仅如此，在顾文英反映的情况里还抖出了一些别的问题，比如他经常拿一些吃饭的白条子去他们那报账，还有，他那个没有考上大学的小女儿去北京进修时其学费和两年来往返的车旅费也都是从他们那开支的……顾文英为什么这个时候才把老米的这些事抖出来，是为了保全他自己还是有别的企图？这都颇费猜测。不过，很多人都知道，他一直在活动教委主任这个位子，在人代会召开前他曾经想与何树清套近乎，但何树清对他根本就不信任，所以，何树清现在落选了，他是不是又在利用这个机会从其他门道上去呢？顾文英也是彝族人，并且还是老米的同乡，原先只是一个普通的中学校长，就是因为一度攀上了老米这条线才一步步混入官场的。如今,老米不管用了,便又迫不及待地改换门庭,真是墙倒众人推啊。也许,顾文英有顾文英的活法,这不奇怪。而让人想不到的是,常常以革命老前辈自居的老米却表现得如此不堪一击,整个人一下子就垮了,人也仿佛老了许多,头上的白发和他那竹竿一样的身材给人一种颓败的感觉。过去,他见了人总是一副和蔼可亲的模样,可最近,他那老前辈惯有的风度已荡然无存,见了人也不怎么搭理,还经常疯疯癫癫地骂娘。听郑容说他去找过机关党委和人事处,有什么用?对他的"委屈",别人所能做的就是静下心来洗耳恭听,这已经是够给他面子了。这样一来,他老人家一气之下便躺倒在医院里,原因是喝酒过量引起的中风……王小山还注意到,原先总是与老米形影不离的顾文英最近一段时间常跟老宋那帮人在一起打麻将,明摆着,老宋手中握有大权,权力比朋友之间几十年的感情来得更实惠。是啊,在这人浮于事的机关里,维持人与人之间友谊的基础不是什么老乡的感情,而是相互之间能获得的利益,一旦支撑这一利益的权力转入到他人手中,原先的朋友就会变成敌人,而原先的敌人也会变成朋友。

看到这一切,王小山的脊梁里不禁冒出了一股寒气。他深切地意识到,官场斗争有时比战场上面对面的肉搏战更可怕,被人赶下宝座失去的不仅仅是手中的权杖,它简直是象征着一个男人在你死我活的权力斗争中弹尽粮绝后的惨败。有句话说得好:没有永久的敌人,也没有永久的朋友,只有永久的利益。

第六章
一场游戏一场梦

从嘴巴到屁股眼,不管是酗酒还是做爱都如同是一场在地狱里绝望的狂欢。所有瞬间的短暂眩晕并不可能彻底消除王小山潜藏在内心的痛苦。这样的生活让王小山感到特别压抑,如果可能,他真想永远闭上眼睛,免得看见自己在众人面前强颜欢笑的丑态。而这,只有在睡梦里才做得到,一到了白天,他那颗敏感多疑的心就逼着他把眼睛睁开,以便把真相看得清清楚楚——

一

王小山上升的速度,在众人眼里简直就是一枚升天的火箭。一下子就被提升为州长的助理,其前途当然是可想而知了。对这个发生在他身上的奇迹,就连周倩也吃惊不小。

很快,王小山就搬到了政府这边的办公室。这办公室显得宽敞多了,他一个人使用一间房子,并且还独自使用一部电话,长途电话可以随便打,这就是身份和地位带来的方便。几天前,他把自己的工作变动告诉了马军。在电话里他和马军聊了一个多小时,马军说他马上就要离开省委办公厅自己去闯天下了。那天,这家伙似乎很有感慨地对他发了不少牢骚。他说,他早就不想在机关里混日子了,现在有能耐的人谁愿意在办公室里喝茶看报纸呵,原来给他家老爷子当秘书的陈小彤陈秘书现在是省经委的一把手,过几天他本人就要到陈秘书手下的公司去独当一面。"喂,给衙门里的官僚们去当老总,这感觉还算可以吧?一说你就明白了,我要干的这家公司,其资金规模目前在云南省也没几家能比得上,想想看,指挥一个上亿元的公司也就相当于指挥一个师的人马,这可比当年老同志们穿着草鞋在根据地闹革命要气派得多……"听得出,马军的口气称得上是气吞山河。

"这不扯淡嘛。"王小山想。老同志们当年闹革命要的是真正的解放,那可是天翻地覆、改朝换代的大事啊,况且,当时也没有谁给一把尚方宝剑,说你先上井冈山将来就可以坐天下,没有,这红彤彤的天下可是用血肉筑成的。他马军也敢如此张狂,也不嫌下作,他说这差事不就是去给官僚们跑银子吗,这算哪门子的革命?他真替马军可惜,放着好好的仕途不走,要去做什么投机商人,再说,此刻的马军也许没有意识到他现在说话的口气已经完全丧失了无产阶级的斗志,而这不正是他当年在学校读书时所鄙视的对象吗?说到底,马军是以他固有的方式在对自己的升迁冷嘲热讽,他这号人表面上做出一副高高在上的架势,而本质上还不是在这个欲海沉浮的社会中像别人一样追腥逐臭。其实,王小山并不在意马军对自己怎么想,他不过是忍气吞声地和这个高干子弟保持联系罢了。

这段时间,王小山都处在亢奋的状态中。自从搬到政府里,他开始注意起自己的穿戴。他学会了打领带和细心地搭配身上衣服的颜色,像省城里的机关干部那样,他也给自己配了一个随身携带的黑色公文包,哪怕是"深入基层",他也带在身上。是的,现在他已经有资格来这样装饰自己了,与在组织部里跑腿不一样,如今他不管去哪个县哪个乡,他的身份都是州政府派下来的官员。每当他坐在宽敞明亮的吉普车里,看着车窗外不时朝两旁散开的光着脚穿解放鞋的农民,他终于有了一种人们所说的成就感。特别是自他上任以来,不管到什么场合,请他吃饭喝酒的人突然多了起来。他心里明白自己为什么突然间变得讨人喜欢了,不是因为他本人有什么变化,而是他现在的位置变了,他如今已站在权力的中心。说实话,看到人们请他吃饭时的笑脸和下面村干部们对他流露出来的那种敬畏的表情,他的心底便涌出一种抑制不住的自豪。

不知不觉又到了秋天。

这一年的秋天很奇特。王小山常常梦见有一股光亮从他的脚后跟升起,这使他体内的细胞都带着一点狂乱的意味,只是那光亮怪诞而骚动,它仿佛有一股巨大的反作用力,其力量越是强大,他的内心就越是颓丧。是的,那冰冷的光线总是穿透了他的内脏,而包围着他的不过是一团纷纷扬扬的尘土。

这个梦总是重复,它让王小山感到不安。

几个月来,他已经很少再到周倩的小屋里去。一个周末,周倩打电话约他晚上去家里一趟,她告诉王小山,今天特意为他准备了一些酒菜。但王小山借口当天晚上赵刚还要找他谈工作,马上回绝了。

事实上,王小山是在有意回避周倩。对他来说,现在的周倩已经不再是他的"贵人",而是他命运中潜在的危险。他一下成了州长的助理,自然引起了不少人对他的关注,似乎也有人在传他和周倩的风言风语。他一想,这可能是原先和他在一起工作的小罗和小金说出去的,这两个人恐怕已经察觉到了他和周倩之间的眉来眼去,只是原来的他反正是科室里的老小,所以他们也没必要大肆宣传,而现在的情况不同了,他的"横空出世"让这些比他资历老的人心里不是滋味,对他们而言,找机会给他难堪是肯定的。

减少见面,甚至是断绝那种不伦不类的男女关系是必要的。一个女人一辈子只能做一次处女,但对男人而言就没有什么禁忌。他虽然一度喜欢比自己年龄大的女性,但那是过去,现在的他不一样了,他不再需要周倩那种年长女性母亲般的呵护。另外,想想都让人害怕,这种视爱如命的女人,一旦某天失去了他这根救命稻草,想必什么事都干得出来。想到这儿,王小山下了决心,他必须尽快让周倩走出自己的生活。

高尔基说过:"语言不是蜜,却能粘住一切。"可不,最简单的处理办法就是面对面地和周倩说清楚,然后两个人做一个彻底的了结,假如还能得到她的理解和宽容这当然是最理想的——在这一点上他是有理由的,毕竟她是已婚女人,她没有理由反对他去交别的女朋友,总不能让他一辈子就这样偷偷摸摸地做她的地下情人吧……最终,王小山还是觉得不妥,因为他了解周倩对自己的感情,他是她爱情生活中的一根救命稻草,弄不好反而会带来很多麻烦。还是过一段时间再说吧,最好是让她自己慢慢冷下来……她会吗?她会放过自己吗?王小山心里真的没底。

该解决自己的婚姻大事了,免得机关里的人说长道短。他决

第六章　一场游戏一场梦

定尽早结束自己的单身生活,给自己的过去画上一个句号。

他心目中的对象是白帆。这姑娘比他小六岁,今年正好二十二,刚好到法定的结婚年龄。据她自己说,家里的亲戚朋友曾给她介绍过不少对象,但她一个都看不上。王小山试图弄清楚她对自己是不是有意思,但她却不冷不热地和他保持着距离。她不像沈惠珍那样充满活力,也没有周倩身上火一般的热情,她甚至不愿意让他拉自己的手或是允许他的身体靠得更近一些。王小山意识到白帆和他有过的女人完全不一样,她在某种程度上还是很看重自己的清白的,对一个汉族姑娘来说,清白比一个人的出身还要高贵。这也是一种架子,她不愿意在短时间内轻易放下。

她的姿态让王小山紧张:也可能,像她这么漂亮的姑娘追求她的人一定不少,其中肯定有比自己条件好的。比如她说过的她们医院里的外科医生,这家伙他见过,是医学院毕业的,长得一表人才,家境也不错,他上面的两个哥哥都在省城工作,父母都是当干部的,两家人平时就常有往来。

王小山不相信自己比不过那个外科医生,自从当了州长的助理,他变得自信了。他想,自己虽然没有当干部的父母,可他是靠自己的本事一点一点拼搏出来的,靠父母算什么本事?想必作为人民教师的白帆的父母也不会在这个问题上太俗气。于是他加紧了对她的攻势,这一阵,他只要一有时间就和她约会。他骗周倩说自己是在政府加班,实际上这个周末他是约了白帆一块去看电影。

白帆身上那种年轻姑娘特有的味道和魅力是周倩所不能比

的。她的脸光滑圆润，笑起来的声音又轻又脆，和她在一起，他就像是一个大哥哥哄小孩一样，那么轻松，那么开心。每次看到她又红又湿润的嘴唇，还有她那像玉贝一样又小又白的牙齿，王小山身上都会涌起一股痴迷而温情的感觉，它们看上去是那样的洁净和娇嫩，让人不忍心去碰碎她。王小山猜测，她肯定是处女。

也可能是处女特有的羞怯，刚开始的几次，白帆很不愿意单独和他一起看电影。她有一个表姐叫曹美华，大概比她大两岁，据白帆介绍她只上过初中，但人很能干，自己还开了一个小服装店。她这位表姐和白帆长得模样差不多，只是她的脸和体形整个被放大了一号，并且这姑娘比白帆活泼多了，她很爱笑，笑起来还真有一点小家碧玉的娇媚，但显然还是缺少白帆身上那种清纯高雅的气质。每次看电影她都跟着白帆一块儿来，这让王小山很扫兴。显然，白帆没有他想象的那么容易到手，这反而刺激了他的征服欲，他甚至感觉自己从她特有的矜持中获得了一种从未有过的审美的享受。这种体验与他现在偷偷摸摸的情感生活完全不同，他早就厌恶见不得阳光的自己了，是的，他谁也不欠！他是一个自由人，那个女人没有权利把他的生活搅得一团糟。他决心在短时间内和白帆确定关系，并且一定要把她娶回家。

经过几个来回，那个叫曹美华的姑娘终于从白帆身边消失了，但白帆还是不愿意让王小山去路上接她或是站在电影院门口等她，她说被人看见了不好。对此，王小山虽然觉得好笑，但也不好勉强。渐渐地，他习惯了提前坐在电影院里等她。在电影放映前的几分钟里,可以看到前后左右走动着许多年轻漂亮的姑娘,尤其是在周末,她们一个个打扮得花枝招展,走在她们身旁的小伙子一看就是她们的对象,不过,这些姑娘与白帆比起来还是显得太过于随便了,有的姑娘一坐下来就像病人一样把半个身子靠在自己对象的身上,难怪在白帆的意识里,电影院是一个青年男女偷情的场所。也倒是,她是家里的独生女,父母对她的一举一动都看得很严,通常,在她不上夜班的时候,他们一般不允许她晚上出来的时间太长。看来,在好人家长大的女孩真不一样啊。

这天他们看的是一部罗马尼亚的电影,影片讲的是一个有才华的青年音乐家爱上了一个贵族小姐的故事。王小山觉得,影片里的男女主人公很像他们,于是,他告诉白帆,这是一个根据真人真事改编的电影,影片里的男主人公是罗马尼亚历史上著名的音乐家,而那女的,纯洁得就像她。

影片在继续煽情,银幕上年轻的音乐家因为爱情给了他灵感,使他写出了许多歌颂爱情的不朽之作。但最终因为两人门户的悬殊,他们的恋爱遭到了贵族小姐父亲的阻挠,于是,才华横溢的音乐家在绝望中抑郁而死,不久,深爱着他的贵族小姐也撒手人寰寻他而去……当一阵柔肠寸断的音乐声像子弹一样呼啸而出时,王小山感觉到白帆好像在哭。借着银幕上的反光,王小山看见她的鼻子红红的,眼眶里也噙满了一汪闪闪发光的泪水,显然,她已经进入了爱情的屠宰场。他决定大胆地试一试,于是,在黑暗中,他摸索着找到了她的手,并把它紧紧地抓在手心里。起初,她本能地身子一抖想从他手心里挣脱出来，但她后来不再用力，几秒钟后，她乖乖地松下来让他握着。就这样，直到电影结束，王小山都一动不动地握着那只手。

　　白帆在看电影时想些什么，王小山不知道。而在他的记忆里，电影总是和女人以及一个少年对性的渴望有很大的关系。第一次看电影是在县城读中学的时候，想当初，县里一放电影比过春节还要热闹，在一块不大的空地上挤满了人，有的是从十几里外的村子赶来的，在放映时人声嘈杂，几乎听不清电影对白，更绝的是，很多人在看电影时尿急了也不走远，他们闪到人群边上，一边哗啦哗啦地小便，一边还扭头看着银幕。记得当时放的好像是一部叫《多瑙河之波》的片子，这个故事他已经记不清了，唯一记得的是当电影放过一阵之后，乱哄哄的人群突然安静了下来，黑洞洞的人头齐刷刷地注视着前方，只见银幕上出现了一个披头散发的女人，她好像是一个贵夫人，只见她躺在一个白色的大盆里一丝不挂，两只肥硕的奶子就像南瓜一样沉在水底，高高跷起的大腿是那样的白、那样的浑圆……那么白，白得像牛奶一样的女人他还是头一次见。以至多年后，当他第一次来到省城，第一次站在陈列着奶油蛋糕的橱窗前时，他曾下意识地伸出手去摸了摸那些被隔在玻璃里的奶油。是啊，打那以后，他脑子里总是充满了对"奶"这个字的所有想象。他不会忘记，当他拿到学校发的第一笔助学金时就去买了一块上面涂了奶油的圆锥体蛋糕；他还记得，当他用嘴小心万分地触碰着那个圆锥体时，那种牙齿磕进香脆外壳又深深融化在雪白奶油里的快感，既激发了他内心里的原始欲望，又让他陷入了深夜里难以启齿的自慰……

第六章　一场游戏一场梦

　　从电影院出来，白帆似乎还被困在影片的诗意和幻想之中。王小山不想再错过机会，他提出到江边走走，白帆点点头默许了。于是当他们来到江边的树丛中时，王小山再次坚决地捉住了她的手，他打算今天晚上就向她挑明自己的心迹，必须尽快把两人的关系确定下来。

　　一边谈对电影的感想，一边窥视着姑娘脸上表情的变化。真有意思，看着河边的烂泥和水面上昏暗的灯光，王小山一步一步把她的身体挤得贴在了树干上，姑娘的头向后倾斜着，离他的胸口只有几寸。此刻，江水的汩汩声混合着夜晚的风声不绝于耳，这一幕就像是现实与电影画面的混合。于是，男人在求爱时所能说的话他王小山都说了，面对这样一个既温柔又热烈的绅士，白帆用手抵挡的防线正在节节败退。她的反应也吻合他对好姑娘的想象，只见低垂着眼睛的她已娇喘吁吁，尽管她似乎是在躲着他凑上去的嘴，可她的脚却没有挪动。他趁势把这小羊一般颤抖的躯体拥在自己的胸前。

二

　　云水毕竟是个小城镇，王小山和州医院的一个小护士谈恋爱的消息在机关里传得很快。

　　一天，传达室的老张特意给他送来了一封信。老张说，这信是从州委那边直接拿过来的，但又不是正儿八经的交换文件，因为上面落款是组织部，并且还写着王小山的名字，所以就给他亲自送来了。

　　看到信封上张牙舞爪的字体，王小山明白这是周倩写给他的信。里面只有一张纸，抬头也没称呼，其所有的内容不见一个字，倒是一连串的问号和省略号占满了整张纸，只见她自己名字的落款是写在背面。周倩的意思他大概能猜出，第一是怕这信被别人拆开来看，第二是让他对自己的"背叛"作一个解释。哼，周倩的恼怒不问也清楚，白帆最近经常到他的宿舍里来，就像这小城镇里年轻人搞对象一样，她只要不上班就和他待在一起。毕竟是从知书达理的家庭里出来的姑娘，她人很温柔也很勤快，帮着他收拾屋子，还帮他洗衣服，有时她还从市场上

第六章　一场游戏一场梦

买些东西回来放在小电炉上做给他吃……当他看着屋子的窗玻璃上弥漫开来的水蒸气,他第一次觉得这屋子才真有点家的模样了。这种温情是他从未有过的,他觉得既陌生又充满了甜蜜。总之,他已经习惯了这个女人在身边晃悠,她的陪伴是宁静的,相互间不需要挖空心思的较劲。可不,对疯疯癫癫的爱情他早就厌倦了,他现在想要的只是一个贤惠踏实的老婆,不是动物本能的发泄,更不是那些令他恶心的奉承话!偶尔,他也觉得有点累,因为白帆太"守旧"。她可以让他亲她、搂她,甚至愿意让他抱着坐在他的膝盖上,但她不是沈惠珍和周倩,不管王小山怎么软磨硬泡她就是不让他越过最后一道防线。不过,她的固执更让王小山认定了自己的选择,在短时间内他要尽快把她娶进门。

此刻,周倩已成了他的麻烦。当初的狂热此刻审视下来,已成了一堆他急于清理出去的垃圾,那是一堆混合着耻辱、冷酷、灿烂、邪恶的回忆。奇怪的是,他好像得了强迫症,那视网膜上周倩的身躯似乎一直在放大,他快要被这堆肉压得喘不过气来了。哦,躲是躲不过去了,王小山坐在桌前,琢磨着自己该如何摆脱这一困境。

到了摊牌的时候了,再拖下去只会让自己更被动。周倩的反应会怎么样,也许会哭一场?还是会不依不饶地闹起来?哭一场并不可怕,女娲造人的时候就造就了女人的眼泪。但如果是她要闹起来,那他也要告诉她,无论如何,他是一个独立的男人,他们之间没有可能,他已经二十八了,他有权力结束自己的单身生活,像一个正常人一样过一种正常的日子。

约好晚上在她的小屋里见面，这是不得已的选择。

还是那间房子，坐在沙发上，王小山的内心却突然感到了一种无法承受的重负。窗子是开着的，窗外的小雨打在窗台上，发出噼噼啪啪的响声。

两人都有些拘谨，还是周倩打破了沉默："你怎么不说话？"

"我在听下雨的声音，可惜这雨下得太晚了。"他把视线转向窗外，这可以避免面对面的尴尬。

茶几上放着酒和卤菜，玻璃杯在灯光下反射着刺眼的光。

周倩今天是特意打扮过的，脸上的脂粉擦得很厚，好像还抹了一点胭脂，眉毛和眼睛这一部分涂着黑影。遗憾的是，她的眼袋鼓鼓囊囊无法遮掩，样子显得很憔悴。

这一次，他不打算求她原谅，他没什么可乞求的，作为一个男人，在过去的四年里，他已经失去了太多的尊严。想到这儿，王小山很平静地对她说了自己和白帆的事。她听了微微一笑道："为什么不早告诉我？"王小山吞吞吐吐地说："也就是刚开始，我最近工作太忙，没来得及细说……"周倩似乎并不想听他解释，她朝他晃了晃手中的酒杯说："你不来一点？"

王小山抬起杯子抿了一口，酒的味道很冲。他想，真有意思，爱一旦失去，酒也跟着变了味道。

"她漂亮吗？"周倩冷冷地看着他。

"只能说还过得去，人倒是挺单纯，其实也就凑合，没什么太特别的地方。"王小山明白，千万不能在一个女人面前说另一个女人漂亮，这是前人留下的经验。

"噢，是吗？我记得你好像说过你不喜欢平庸的女人，看来

第六章　一场游戏一场梦

男人的话不可信。"

　　他不想和她抬杠。他"嘿嘿"一笑道："我这辈子也就这样了。我现在已经比不得大学刚毕业的时候了，可能是因为人老啦，有时我觉得自己的棱角都已经被磨得差不多了。没办法，'现实'这种东西只能去适应，不可能去改造。况且，我家里又不断来信催我的婚事，我也是迫不得已呵。"

　　"你说了半天都是废话，我根本不信你说的这些。我只想知道，你究竟是不是真的爱她？"

　　动不动就谈爱情，这恐怕是她这类女人的通病。他故作轻松地回答道："你就别问什么爱不爱了，我只想尽快解决自己的个人问题，免得让单位里的人整天说三道四的。"

　　"嘿嘿，我一直以为你是个男人，看来到底还是怕了——"周倩轻轻地笑了笑，眉宇间充满了蔑视。她端起酒杯，一口气连干了满满三杯。接着，她站起来慢慢走到书桌前拿起桌上的镜子，她说她每天早晨对着镜子梳洗的时候，这镜子就清清楚楚地告诉她，她一生最美好的岁月都浪费掉了，直到现在她还没有发现一个真正倾心爱她的人，这种绝望他是无法明白的。

　　看到她这样破罐子破摔，王小山想，老回避也不是办法。

　　"倩……倩姐，你说我能不怕吗，现在机关里已经有议论了，再这样下去我还怎么工作呵。你清楚我能走到今天这一步也不容易，我不愿意因为一点小事就把自己的前途给毁了。倩姐，你是最理解我的呀——"

　　周倩猛地站起身来打断了他的话："前途？你干到头撑死了最多也不过是个帮人拉车的，你以为你还能当总统啊？"她接着道:"我要你告诉我,你到底有没有真正爱过我?"

王小山烦透了。他说,现在说这些毫无意义——

"是,你当然觉得没意思了,"周倩大笑着道,"我知道,你对我已经没兴趣了,我现在就像一碗无味的剩菜,泼了也就泼了,你想扔就扔吧,不要再跟我讲什么冠冕堂皇的好听话!也别再打着当今所谓'理解万岁'的幌子来给自己行方便,你其实并不需要我的'理解',你只不过是在以更高明的方式在一个女人的伤口上再撒上一把盐。够了,你没必要装得像受了委屈一样……"她说她受到的伤害已经够多了,等有一天堕落到底就乖乖地去死。她还说自己是自作多情,自以为在茫茫人海之中找到了知音,是她错了,天底下的男人其实都一样,需要女人的时候甜言蜜语,等满足了、厌倦了又去找更年轻、更漂亮的女人,而她却还傻乎乎地对爱情抱着希望。"痴情女子负心汉",这才是女人的命运……

此时的周倩就像是着了魔,她把手中的那面镜子也摔在了地上。但一种超乎愤怒的力量仍在她身上起着作用。

"你想要我说什么?我对你并没有承诺什么呵,况且你有丈夫——"王小山理直气壮地朝她吼了起来。

听到他的吼叫,周倩浑身一怔。"你为什么就不能把我骗到底呢?我对你已经没有奢望了,我最大的满足就是只要能经常见到你,能和你说说话。你知道我一个人待在这屋子里的时候那种寂寞吗?你想结婚就去结婚好啦,但我不能忍受没有你——"周倩转过身来猛地抱住他,她笨拙地跌倒在他身上,那张画过的脸已经被泪水冲得一塌糊涂。她呜咽着把头埋在王小

第六章　一场游戏一场梦

山的胸前说，他可以不爱她，但她却无法控制自己，这半年来她一直想让自己变得恶毒、变得冷漠、变得憎恨一切，可是她做不到，她甚至有过去死的念头，可她不甘心……

后来发生的一幕让王小山始料不及——

周倩哭着，紧紧地抱着他，就像他会突然离去一样。"抱着我，再紧一点，哪怕今天是最后一次。"她解开他衬衫上的扣子，那松软的舌头已经舔遍了他的前胸。哦，如果说两人平时做爱时王小山基本还处于主动，那么这"最后一次"却真真有了一种被疯狂颠倒了的歇斯底里。此时的周倩完全没有了女人的自尊，她又是舔又是咬，她身上的每一寸皮肤都紧紧地贴着他，整个一副不管不顾的样子，仿佛不轰轰烈烈地最后爱上一回，这恋情就不算走到了尽头——

女人对自己所爱男人的痴情真是不可思议，她不仅是性的牺牲品，其中还掺和着一个女人伤感的诗意和模糊的愿望。是啊，哪怕是经历过无数情感创伤的女人，明知脚下是万丈深渊，可还是心甘情愿地往下跳。有道是，情爱所具有的某些特性可以被置于仇恨之上？

毫无疑问，王小山也兴奋起来了，他被她的笨拙和下贱的姿态所吸引。只见周倩的脖子上凸起了一道蓝色的静脉血管，她把头扭向一边，用嘴唇吻着他的半个脸。猛然，王小山想起几年前自己曾一度下贱地跪在这个女人的脚下，唔，多年来压抑的欲念、隐藏的折磨、克制的愤怒、囫囵吞下的羞辱、被出卖的秘密，一切的一切都让他憎恨。于是，他推开她的身体粗鲁地命令道："跪下，我要你给我跪下！"

被推倒在地的女人就像是中了邪一样，她先是一愣，后来居然乖乖地服从了。此刻，她心里想什么，或仅仅只是被情欲冲昏了头，王小山不得而知。但看着她一丝不挂跪在自己脚下，他是多么想放开喉咙大声地吼叫啊！从奴隶到将军，现在，他是她的将军。这天的经历是疯狂和奇特的，他第一次体验到了一生中可称之为"下流"的某种快感。他一边疯狂地干她，一边闭着眼睛在她耳边说了很多脏话，连他自己都觉得不可思议，这些源源不断的脏话就像是从他身上喷出来的污渍，它们平时总是小心翼翼不敢露头，而现在却毫无阻碍、淋漓尽致地从自己的身体中迸发出来……

想必，她再也拿不出什么东西来抵御他的强大了——既然她不要求自己承担责任，那他还有什么可自责的呢？此刻，女人的眼神散了，微光中，就像是两个空洞。他看着这具被搓揉得不成样的躯体，一种没有厚度、没有实感的虚空慢慢地从心底涌了出来……

当窗外泛白的时候，王小山起身穿好了衣服。"我走了。"他说。

"这么早？"周倩摸索着想把灯打开。"别，别开灯，我马上就走——"他不想再看见她。

"你还会来吗？"黑暗中她已经坐了起来。

"我……我这一阵很忙，快到年底了，我得给新领导准备总结报告，这你也清楚。"

"嗳，"女人长长地叹了口气并起身走过来靠在他肩膀上说，"有时我觉得自己真好笑，你知道吗，我曾经乞求老天让我跟你有一个孩子，你的孩子，我要他长得跟你一模一样，但那是不可能的……我这辈子什么也没有剩下，这是报应……你要走就走吧，什么时候想来我都等着你……"

听到女人这么说，王小山的喉头也硬硬的，他意识到自己眼眶里的两行热流已滚到了嘴角边，但他不敢再说什么安慰的话。有那么一秒钟，他似乎觉得自己在心里对她依然还是很依恋的，并且很想在她面前承认自己的自私和无情，但最后他还是什么也没说并坚决地拉开门——分手是必然的，包括有过的爱也只是生命过程中留下的一个片段，他不必把这一点说明白，否则对她就更残酷。

摆平了周倩，王小山心里终于放下了一块大石头。他和白帆进展的速度也在加快。有时他加班，他就故意让白帆帮他把晚饭送到办公室里来，他要让所有人都知道，这个全城最漂亮的姑娘才是他的对象，而那些流言蜚语只能自生自灭。他的心情真是好极了，机关里的很多人见了他都拿他打趣："小王，什么时候请我们吃糖呵？"王小山也大大方方地回答道："快了，等忙过年底就差不多了。"

就在中秋节的这一天，王小山第一次去拜见了他的准岳父母。新女婿上门是不能空手而入的，如果是在他的家乡，只需提上一桶苞谷酒和一袋子茶叶和红糖就行了，而白帆的双亲多少也算是知识分子，他不能太小气。面对琳琅满目的副食品，王小山最后还是咬咬牙踏踏实实地买了两瓶茅台酒和一件送给岳母大人的高级羊毛衫。

没想到这家人的亲戚还真不少，光姨妈、姑妈就有好几个。她们都已经发福，但手上戴着金戒指，皮肤也十分白皙，看样子这家人没有一个是农民。王小山不由得有些忐忑，对自己的家庭他们会接受吗？而且自己的家乡是被现代文明人称之为半原始社会的民族地区，显然，他老家的生活水平与这家人之间存在着巨大的差距。他想，他只要把自己的出生地说出来，那就意味着把自己毫无根基的老底摆在了众人面前。

一大家子围着桌子坐在外面的院子里，一台十四寸的黑白电视也搬到饭桌前，这家人还真会享受，赏月和看电视两不误。另外，这院子的四周几乎都种满了各种花草，有的还是比较名贵的兰草，坐在其间可以闻到空气中不时飘来的阵阵幽香。他想，这是一个典型的不富贵却很温馨的小户人家。白帆的表兄搬了一个小凳子让他坐下一块吃饭。他脸红红地把礼物放在了桌子的一角。一桌子人的眼睛从他进门时就一直在看着他。他真后悔，不该选在这个过节的时间来。在吃饭过程中，白帆的一个姨妈很详细地问了他家里的一些情况，王小山都老老实实地回答了。"小王，你考虑过没有，如果找了汉族姑娘，你们在生活习惯方面会不会不适应呀？"这老女人的话是有所指的，王小山不是傻子，什么"生活习惯不适应？"那口气不就是嫌他穷吗？看得出，这些亲戚们一个个都装作在看电视，而白帆的母亲也只是轻轻地"哦"了几声，那失望的表情已明明白白地写在她脸上。相对于他的这位准岳母，准岳父倒还没那么俗气。他不停地让王小山吃菜，并且笑着对他说："你现在给州长当助理不容易呵，云水州加起来也有好几十个乡县呢，要管理好那么多的事，还是要点水平的。依我看哇，你这么年轻就走到这一步也确实证明你有才干。现在虽然只是个助理，但说不定过上几年就能当上州长啦。你们说我说得对不对呵？来，咱爷俩喝一杯。"

听到这话，王小山才找到了感觉。他不再拘束，甚至还和老头子谈起了单位上的事，在他谈笑风生的时候，他眼睛的余光却不时瞟向周围在座的人。很明显，岳母大人的脸上依然没有任何松弛的表情，而其他的一些亲戚对他充其量也只是客客气气，但从白帆父亲的态度上看，他知道他已经过关了。男人看男人毕竟有所不同，不过，这位为人师表的先生最后还是话中有话地提醒他。他虽然赞成女儿跟他谈对象，但女儿目前的年龄还不着急，春节结婚太仓促，可以先放一放。"男子汉大丈夫应该先立业后成家。"准岳父意味深长地说。

那天晚上，他没有在这个家待得太久。与家乡的风土人情相比，这家人给他的感觉很不是滋味，他们对他既客气又冷漠，并且说话还喜欢拐弯抹角，也许汉族人大多都这样势利吧。他想，如果自己家境不是这样寒酸的话，他们也许就不会这样对待自己了。在回去的路上，王小山抬头看着夜空中那轮过于明亮的月亮，心里突然有了一种空虚和惆怅的烦躁。他想，白帆的家庭也不过是个普通的教书人家，他们凭什么看不起自己呢？

三

白帆的父亲是如此看重"州长助理"这个位置。是啊,好像是当了"助理"自己才有了一点做准女婿的资本。对于吃斋念佛的人来说,佛能教人脱胎换骨,而对于在红尘中打滚的人来说,权力和身份才能让人改头换面。王小山明白,白家的人对他本人所谓的"才能"并不感兴趣,对他的家庭出身更是嗤之以鼻,他们一个个都是地道的实用主义者,他知道这类人衡量人的标准是权力和财富。这两者虽然目前都不属于他,不过,总有一天,如果自己真像他准岳父说的那样当了州长的话,那他一定要让这些曾经看不起他的人把自己的那张脸重新换一换。

他比任何时候都渴望得到重用。当然,一个人的真实想法是不会向外人透露的,只要别人不清楚你真实的内心世界,你就是一个积极上进的年轻人。这没有什么不好,像所有的人一样,他既不比其他人更高尚,也不比其他人更无耻。有可能,用不了几年,他就能升到处级。处级是一个台阶,到了处级再到副厅又是一个台阶,在云水,一个人要是把官做到了厅级也就差

第六章　一场游戏一场梦

不多走到头了,至少可以在这块地盘上享受一下在众人之上的荣耀。是的,他对自己充满了前所未有的自信,照现有的基础,只要在工作上保证不出任何问题,上台阶只是迟早的事。

然而,正当王小山踌躇满志地准备大干一场时,脚下的地雷却总会莫名其妙地爆炸。

元旦刚过,在州政府对上一年的工作总结会上,大家都流露出了一种焦虑的情绪。这过去的一年里,国家的整个宏观政策进一步放开,对乡镇企业以及农村经济的发展,中央政府在财政和一些出台的政策上都加大了支持的力度。全国上下,乡镇企业的发展已呈现出如火如荼的势头,这个根本性的变化就是以市场经济为起点所激发出来的遍及中国穷乡僻壤的一次大规模的工业革命。喜欢研究政策脉络的王小山知道,新中国成立以来的工业建设在过去的几十年里都只是在孤岛般的城市里进行,而这一次则大规模地深入农村。八亿农民是这个国家的脊梁,中央政府的施政方针就是要通过改变农民的观念来改变整个社会的基础和结构。毫无疑问,农业的发展不再是单调地追求"亩产千斤"这一条标准了,追求经济致富、追求小康已成为衡量在任领导"政绩"的一种方法。尤其是在专州县,就连一般的普通干部都对此非常敏感,所以就不难理解云水州的领导们在总结会上表现出的焦虑和急迫了。

赵刚是州长,他上任的时机也确实不好,偏偏碰上了百年不遇的大旱,尽管后来州政府采取了一系列的补救措施,但在年底结算时，财政收入上仍是入不敷出。一连三天的工作总结会开得很尖锐，主管工商贸易这一块的副州长栗贵才指责在任领导观念保守。他说："为什么明明知道农业这一块是投入多，产值少，却偏要吊死在种田这一棵树上？我们这地方的矿产资源和林业资源都很丰富，难道搞别的经营活动就不能弥补旱灾的损失吗？云水州的经济发展滞后就是因为我们不愿意向外拓展……"还有的干部说："人家沿海地区的农民如今早就不种田了，也并不见得人人都饿死，相反每家每户都奔了小康……说到底还是一个决策者的水平问题。"面对大家的指责，赵刚的心情显得很沉重。确实，在他上任后的大半年里，他一门心思扑在救灾上，但事与愿违，天灾人祸，要想挽回损失谈何容易？话又说回来了，办任何一个企业都需要投入，而对于财政状况十分紧张的州政府来说，大规模地去对某个项目进行投资显然是不现实的。

作为州长助理的王小山，心情自然也和赵刚一样焦虑。在这个节骨眼上，他立刻想到了马军说过的投资公司。是啊，云水州有的是资源和劳力，要是马军肯把他的"千军万马"放一小部分在云水的话，一切不就解决了吗？一方面，马军的投资公司也有收益，另一方面自己也就理所当然地成了首屈一指的功臣。

在征得赵刚的同意后，王小山立即打电话给马军。与此同时，马军要他就云水州基本的资源情况给他发一份详细的电传资料。

事情果然进行得很顺利。四天之后，马军来电话说有一家台商对他们那里生长在高海拔地区的名叫"红豆杉"的木材很有

第六章　一场游戏一场梦

兴趣。如果双方有意愿的话，他公司将作为中介马上派人带着合同下来洽谈。

　　几乎没费太多的周折，生意就做成了。从根本上说，马军的公司只是一个中间商，但他有自己的优势，他有省经委为他撑腰，办起一些涉及审批之类的事来真是得心应手。另外，云水州有大片的原始森林，其最高的山脉与河谷之间的落差均在二千五百米以上，在这个被称之为"四季立体气候"的天然植物王国里，红豆杉是生长在高海拔地区的寒带植物，据说从红豆杉的树皮里能提炼出一种十分珍贵的抗癌物质，它的价值在国际市场上是黄金价格的十倍。（当时，王小山对此一无所知）对马军一方而言，他所要做的是拿到上级主管部门的各种指标和批文，总之，但凡是一层层向上盖章之类的事都由他的公司去办。另外，由于云水州是全省有名的贫困山区，在税率方面马军也有办法搞得让甲乙双方都皆大欢喜。至于政府这边所要做的无非是当地的组织工作和与各部门的协调。整整有近半年的时间，王小山几乎没日没夜全身心地泡在各个高寒林区。他作为经济开发部的负责人之一，一时间果然成了个人物，这上上下下谁不知道哇，这条不花钱就能发财的门道是由他引进来的。

　　正当开发已渐成规模的时候，在省报上赫然登出了一篇名为《呼吁保护国家濒危珍稀植物红豆杉》的文章。文章说红豆杉是我国乃至全世界都少有的物种之一，它的生长周期极为缓慢，而云水州政府这种不负责任的大规模滥砍滥伐是杀鸡取卵……另外，本报的评论员同时指出："地方经济的发展不应该以毁灭不能再生的资源作为代价。在我们的经济改革中，一些地区确实存在着不少泥沙俱下的现象，像云水州这样典型毁害国家林业资源的例子必须引起上层主管部门的高度重视。"

还真是被这篇文章说中了。没多久，省里的林业部就下达了"禁止开发国家原始森林资源"的通知。紧接着，上面派来了调查组，这个调查组的规格很高，组长是省委的一位副书记，随行的不仅有政府部门的行政官员，同时还有从北京林科院请来的几位专家学者……当调查组一行结束了一周的调查返回省城后，云水州政府存在的问题也就随之明朗化了。在省里主持召开的州一级领导的紧急会上，围绕着"滥砍红豆杉事件"的问题，与会人员随即展开了一场有关合理发展地方经济的专题讨论。总之，这件事的主要负责人赵刚在向省委做了检讨后被立刻送往党校去学习，三个月后，他作为交换干部被调出了云水州。

赵刚走了，王小山自然也随之失去了"州长助理"这个位置。哦，从开始到结束，他仕途"得意"的时间算起来也就是一年零三个月，所谓飞黄腾达的梦对他而言实在是来得太艰辛，去得太快，真像一场游戏一场梦。不仅如此，在很多人的议论中，他王小山对这件事当然有"不可推卸的责任"。果然，组织部他是回不去了，要不是姚正民与何树清等人对他网开一面，说不定他会就此被逐出机关，因为"考虑到他本人的动机是好的"，所以他才得以被发派到行政科并又重新做了一名普通科员。

俗话说落水的凤凰不如鸡，这滋味，王小山是实实在在地感受到了。机关里的势利眼他可以咬咬牙不在乎，可最让他受不了的是来自感情方面的打击。白帆的父母已下令不准他们的宝贝女儿和王小山来往,尽管这个纯洁无瑕的天使常常瞒着家人偷偷摸摸地来和他见面,但天使越是表现得善解人意,王小山心里就越难受。因为他曾经在白帆面前许下的豪言壮语如今已成了玩笑,更要命的是,这姑娘还经常拿他说过的那些话来鼓励他。然而,事过境迁,此刻,这些话在王小山听来简直就像是自己在打自己的耳光,这种自个儿嘲弄自个儿的滋味白帆当然是体味不到的。倒是周倩三番五次约他去她的小屋,王小山在百无聊赖的晚上也常去过夜,肉体上的发泄多少也能让自己保持住白天上班时麻木的状态。在他眼里,这女人想利用他的"不幸"让自己重新回到她身边。对周倩表现出来的柔情蜜意,王小山谈不上什么"感激",相反,他觉得她只不过是在扮演一个圣母。

是的,一九九〇年的春节是王小山情绪最低落的日子。白帆曾是他真正爱上并决心娶到手的姑娘,但像她这样有教养的女孩毕竟不敢违背她父母的意愿,分手是迟早的事,他对此已经不再抱奢望了。一想到这些,王小山怎么还有心情回老家过年。大年除夕的夜里,听着街面上一声高过一声的爆竹声,王小山一边自斟自酌,一边在日记里写道:

……在机关工作的这几年,我是尽了我全部精力的。为了在仕途上走下去,我比所有的人都拼命。在很多时候我觉得自己就像是一棵在石头缝里拼命挣扎长大的小树,我以为我已经长大了,成功了,想不到命运却一次又一次地跟我开玩笑,不管我自认为自己走了多远,回头一看,我的路不过是从起点又走回到起点。艾略特曾在《荒原》里写道：开始的地方就是结束的地方……我不知道下一步命运还会以怎样的方式来捉弄我。就我所得到的全部经验是，一个人在石头缝里待久了，就会了解世情的丑陋……

这天晚上，一种来自内心深处的悲凉使他独自趴在桌子上失声痛哭。这是一次剧烈的变形，旧的忧愁、新的烦恼、对未来不可知的恐惧，并且还充斥着一股无名的怨恨——这一切虽然不是赤裸裸的毁灭，但来势却十分凶猛。

四

　　他很明白，以自己犯下的错误，要想再次得到重用、提拔，要想再有一番作为谈何容易？绝望中他再一次想起了马军，要不是因为这个人，自己能落到这个地步吗？

　　人对现实一旦不抱有幻想，就没有什么需要遮丑的了。他在无奈之中突然想起为什么不离开云水这潭污泥浊水去另谋生路呢？春节过后，他再也憋不住了，进了一次省城，再次找到马军，并把自己这大半年来所受的窝囊气统统都跟马军说了。与大学时代的他有所不同，王小山不再为自己如此不顾脸面"下矮桩"的姿态感到难堪了，在人世磨炼久了脸皮也厚了不少，自然不必借助什么动听的语言来掩饰自己的目的，倒还不如直截了当地让马军这样有背景的人来为自己分忧解愁。

　　跟着马军，王小山走进了一家名为"天天乐"的酒店。大堂金碧辉煌，气派得很，使王小山踩在厚厚的大红地毯上的脚放下去极不自然，一低头，猛然发现自己的鞋面蒙着一层厚厚的灰，王小山的背不由得往下缩了一截。

现在的马军从外表上看完全变了一个人。他长胖了不少，被垫肩衬宽了的肩膀仿佛是一条移动的地平线，一身银灰色细格子西装很挺括，脖子上还系了一条墨绿色起小黑点的高级领带，头发可能是打了发蜡，在灯光下反射出一道道黑得发蓝的冷光。这小子一边喝啤酒一边爽快地问王小山："要不，你干脆就到我这里来吧。我们公司是经委的挂靠单位，现在我正想方设法在全国招兵买马呢。实话跟你说，我这次要大干一场，只要是有本事的爷我都请……"

"得，你这公司究竟是干什么的，说得那么玄乎？"王小山问。

马军笑了笑道："你看过茅盾写的《子夜》和周而复早年的《上海的早晨》吧？那小说写的是旧上海的资本家如何贪婪成性，如何利用交易所的股票交易翻手为云、覆手为雨的人吃人的故事。记得在大学时，现代文学史里的课本讲得最多的就是鲁迅如何批判中国人的国民性，但却没有去讲资本市场里的人性——"

"行啦，会咬人的狗不叫，你还是给我道点实在的。"王小山知道，马军一旦犯了讲演这毛病，一时半会儿停不下来。

马军不理王小山这个茬。他先是说了一通历史上的是是非非，后来又谈到了政治："当今世界，中国人民站起来已好几十年了，可光站着不走也不行呵。我去年跟我父亲回了一趟白洋淀老家，一看还是老样子，老乡们的汗珠子掉在地上摔八瓣一年到头连温饱都顾不上，你说这算什么问题……我问我们家老爷子，这算不算革命成功？老爷子倒很滑头，他想了想说，要全成功了还要你们干吗？仔细一想觉得是这么个理，我们总不能守着祖业，老是落在万恶的资本主义后面吧。革命的目的是为了什么？嗨，你我过去学到的无非是一句再简单不过的话：彻底砸烂旧世界。可问题是砸烂了旧社会还得弄出一个比从前更好的新社会，总不能守着一片废墟过日子吧。前些天我在一篇文章中读到过这样一种说法，文章说，'革命的最终目的是要化腐朽为神奇'。你看，现如今的个体户、私营企业不就是化腐朽为神奇的老蚌新珠吗……你听说了没有，现在上海和深圳的人早就在倒腾股票这玩意。你问我们公司究竟是干什么的？投资公司嘛，目标和宗旨就是尽快赚钱。而股票是全世界来钱最快的东西。你知道吗，我他妈现在一有时间看的和学的都是这方面的玩意。过去读马克思的《资本论》读得很肤浅，什么商品呀、剩余价值呀、剥削呀，其实，那只是里面的一点毛皮。不瞒你说，有一次我在北大听一个从马克思的故乡回来的博士讲《资本论》，老天，那跟我以前读过的感觉大不一样，至少人家讲清楚了'资本市场'究竟是什么……"

王小山一头雾水。显然，如今的马军已把诗意栖居在先富起来的巢穴里。从他闪闪发光的眼睛里可以看出哪怕是有只苍蝇飞过，他都能琢磨出它的性别、情绪、产地和所谓的商业价值。他点染勾勒的世相和国情是王小山连想都没有想过的。他眨了眨眼睛问："你能不能不谈政治而说点让人能听明白的东西，我怎么越听越不得要领——"

"嗳，我一时半会儿跟你也说不清，反正我们捣鼓的生意目的就是要钱生钱，用最少的钱生出最大的利润。你要是不想错过机会的话就来跟我一块干。你不用怕，不就是摸着石头过河嘛，大不了先呛几口水也没什么了不起……"

"嘿嘿，"王小山开玩笑道，"也太玄了点吧。我们乡下人只知道人生人、狗生狗是天理，钱生钱的好事真有你说的那么简单？"

马军笑得连啤酒都喷出来了："你可真逗，我去年大半年的时间都待在深圳，那地方如今流行一句话，'女人要是做过小姐，以后就什么都不怕了；男人呢，要是碰过股票，一辈子就可能出不来了'。现在我跟你说不清。你来了，我带你出去开开眼，到了那里你就会发现不论是哪路神仙都挤在了这场资本变革的汪洋大海之中……"

反正是背水一战，能先调到省城里来是再好不过的退路了。况且从马军的言谈中他得知，这公司有实力、有背景，里边的男女老少大多是官宦人家的子弟，有这些人，他怕什么呢？可是，当想到自己在仕途上遭遇过的挫折，王小山便幽幽地道："喂，你说的这些不会太玄乎吧？"

"甭给我光说废话，亏你还在官场上混过呢。老一辈的无产阶级革命家当年扛着红旗上井冈山时也没有谁能保证将来准能成气候，他们就是靠着'指点江山，激扬文字'的精神一直打到了天安门，这'血染的风采'可不是虚的，你我都要好好学习革命老传统，别受了点屁大的打击就装熊样……事实上，上次搞红豆杉的点子还是由你而起，你的脑子可见还是很好用的嘛。透露点秘密给你，和你们做的这笔生意为我们公司赚了一大把钞票。想知道那台湾佬能赚多少吗？我粗略给他们算了一下，足足是我们公司的五倍！他妈的，五倍呵！哈哈，别把眼睛瞪得那么大，如今的世界就是这样，大鱼吃小鱼，小鱼吃虾米，不服气就只能自认倒霉，商品社会这东西对哪个阶级也不招呼、也不照顾……现在是个机会。我要你来是想让你给我把好门，咱兄弟俩也来个'而今迈步从头越'，一块尝尝'百万雄师过大江'的滋味……"

不就是几年的时间嘛，马军似乎已经变成了他当年在学校里深恶痛绝的对象。

"我怎么觉得你现在说起话来有点像暴发户？"王小山揶揄道。

"好，说得好。哈哈，鸟枪换炮了嘛，你有这感觉就对了。现在党中央号召我们要在短时间内超过美帝国主义，来，为改变我们'一穷二白'的历史干杯……喂，服务员，拿两瓶二锅头来——"

一顿饭吃下来，王小山终于弄清了马军的心思。这家伙对现在身边的人总是疑神疑鬼不放心，他需要一个心腹，一个同盟军，这就是马军要他来的目的。

一切在马军的手里就那么简单。什么变革啊，投资啊，不就是在现实面前朝三暮四、改弦易辙嘛。在返回云水的路上，王小山脑子里反复回味着马军讲的那些事。他觉得这人与人之间真是活得没有道理可讲，凭什么像马军这样的公子哥在任何时候都能平地生波、黄土变金呢？想到这儿，他再次意识到人生在世必须时时刻刻做一个强者，否则，剩下来的日子就会暗无天日。

马军让他回去耐心等调令。生活中还是有奇迹值得等待的。无论将来的命运如何，在经历了多年的磨难之后，王小山似乎终于圆了青年时代的梦,这省城的大门竟在最绝望的时候朝自己敞开了。

办好了调动手续的王小山已经和机关里的人告别了好几回了。在周倩面前,该哭、该笑、该作秀的全部法子他都想过了,他惧怕这个曾经有恩于他的女人,所要做的就是尽量去安抚她,没必要给自己留下什么后患。

两人的最后见面竟然十分平静,这让王小山感到很意外。周倩说,男人与女人的缘分一旦尽了,彼此之间就成路人了。她指了指那枚挂在胸前的十字架说,她最近常去附近的一家基督教堂看人们做弥撒,虽然现在她还搞不清这人世间到底有没有他们说的"上帝"这个人,但那紧挨着天堂的地方真好,它能让人暂时忘掉人世间所有的烦恼。

"上帝"这个词从周倩嘴里说出来有一股怪怪的味道。这股味道就像是她屋子里那股既淫荡又绝望的气息,为这,她已经穷途末路了,仿佛就只剩下去和上帝谈心这一条路。当然,她也可能是在他面前做戏,因为她这样的女人归根到底总想在最后收场时保持住她身上的那种天生的优越感——照她的说法,似乎每个人都坐在通往天堂的会客室里等待召唤,而她总是比众人先行一步,仅此一点,难道还不足以让她骄傲吗?是的,她的目的就是以这样的方式来羞辱他!不过,他转念一想,也好,她这样精力充沛的女人要是不把自己高高地挂在十字架上,那她还会和自己纠缠不休。何必呢,能够不露痕迹地结束他们之间长达几年的不可告人的关系,总是一件值得庆幸的事。

第六章　一场游戏一场梦

不过，要离开云水，王小山还想了却一桩心事。

是白帆，他觉得这姑娘是自己第一个真正爱上的女人，但白帆却始终不愿意把自己的身心交给他，这让他感到压抑。同时还怀着莫名的怨恨，因为她家人的势利眼和在他处于人生低潮时对他所采取的绝情态度总萦绕在他的脑际，这是他永远抹不掉的伤痛。

白帆本人时冷时热让人捉摸不透。她彷徨无主，外表也清瘦多了，对他的即将离去，这姑娘已经哭过好几回了。但一谈到实质问题还是老样子，不难猜测她是瞒着家里人跑出来和他约会的。

就在他要启程去省城的头天晚上，两人说好了在他的宿舍里见面。他准备了她爱吃的一些小零食和水果，当然，酒是必备的，用一块土布床单铺在写字桌上就成了一张体面的餐桌，再在上面点上红色的蜡烛，玻璃瓶里插上一束水红色的月季花，关了灯，一切就像是一个临时布置起来的舞台装置。

推门进来的白帆突然愣住了，在瞬间的迟疑与停顿后，她张了张嘴，想说什么却没有开口。也许，在过去和她交往的一年里，王小山因为太忙，还从来没有在她面前表现过自己在制造气氛上的才华，而像这天晚上做得这么温情和优雅还是第一次。事实上，任何一个少女都不会对这种浪漫温馨的情调无动于衷。

她坐在他的单人床上，脸在灯光下显得更白。

两人说了很多废话，直到差不多十一点了才终于聊到了正题。

"我明天就要走了，你会来看我吗？"他看着她，用手搂住她的腰。

"会……可能会，也可能不会，省城离这里太远啦。"

"答应我，你一定要来，我等着你。"他紧紧地挨着她的身体，并用手指摆弄着她的长发。王小山心里不是滋味，和一个异性交往了这么长的时间，至今还没有真正实质性的进展。以往和女人有过的艳情都是快节奏的，他已经习惯用身体的语言来解决悬而未决的问题，而这种拖泥带水的感觉让他感到很烦躁。况且明天他就要走了，说不定用不了几天，这姑娘就会把他忘得干干净净……弄清楚这姑娘是不是真的爱他是有必要的，以后的变化他确实无法把握，这剩下不多的时间是他们彼此最后摊牌的机会。

谈到两人以后的关系，白帆黯淡地说："我不知道……我不想让家里人伤心，但又觉得还是你好……"她的鼻尖红红的，眉眼之间一副楚楚动人的模样。

"那我们不可能永远这样啊，你总是要嫁人的，是不是又有新的男朋友啦？"

"胡说，你走了以后，我不嫁人，我一辈子就怎么过，我谁都不要嫁。"

"我不信，只要我一走，你身边马上就有新的男人了——"那一刹，王小山一激动，他的胳膊肘碰到了她的前胸，容不得他感觉上的停留，姑娘本能地缩了回去，但这反而让王小山生出了一种冲动。"嫁给我，今晚就嫁给我。我保证，我一安顿下来就把你接到省城里去，那才是你和我真正的家。我要你天天晚上和我在一起……"

蜡烛的火光呈现出跳动着的橘红色的柔情，他觉得自己的心

第六章 一场游戏一场梦

也跳得厉害,就像是悬空站在这火光的边沿。王小山是多么想把这人生的全部热能都拥在自己的怀里。

就这样抱着,任凭对方如何挣扎。白帆虽然没有沈惠珍那种无知的浪漫,但她显然不是不明白他刚才说的话。

"不要……那我妈会伤心死的……"她想用力掰开他的手,但这样做的结果是让王小山下了狠心,就让那两个老家伙伤心好啦,他不能松手,一旦松手,自己失去的就是仅存的一点自信。

僵持了好一阵,她的身体软了下来,如同一根软软的柳枝,捏在手里,她是那样的轻,那样的让人陶醉。凭以往有过的经验,王小山知道,女人在爱的迷幻中,理智是不管用的。为了进一步激发她的热情,他贴着她的耳朵说:"别怕,明天我们就见不着了,让我今天晚上好好抱抱你……"

"不要,你再这样,我就叫了——"她闭着眼睛不敢看他。噢,这孩子气十足的叫唤,不是动情又是什么呢?

"我不怕,你想叫就叫,我要让全世界的人都知道我爱你都爱疯了……"这个时候说一些煽情的话是非常起作用的。在他的狂吻中,白帆语无伦次地小声嘀咕着什么。不管是少女还是女人,被男人死死抱住大多都如此,只要你坚持解开她衣服上的第一颗纽扣,剩下的防线就不堪一击了。

王小山只有一个念头,要在走之前,让她成为自己的女人。他不能再受挫折了,白家的人不是一直看不起自己吗,这一次他绝不退缩。他要证明自己虽然在仕途上失败了,但这并不意味着他在爱情上也全盘皆输。是的,每当想到自己在云水的经历,他就觉得那种强烈的失败感就像是一道难以愈合的伤口,而伤口下面的血液仿佛时时刻刻都在往外冒。

当然,这种内心的感受他是永远不会对任何人说的,哪怕是白帆也不例外。眼下,在剩下不多的时间里他要尽力为自己作为男人的尊严画上一个圆满的句号。

尽管他不知道怀中的她对性了解到什么程度,但对任何一个学过医的人而言,白帆不可能对此一无所知。要是她真的不爱他,那她肯定会夺门而逃。事实上,此时她的上衣已被扯到了腰间,在烛光下,她的皮肤如同镀了一层金箔,尖尖的小乳房抓在手里是那样的结实,这会儿,她虽然在嘴里发出一阵阵求饶的声音,但已经被他搓揉得不成样子了,两条细长的腿始终死死地并拢在一起。哦,这一举动正符合王小山对处女的想象,一种从未有过的狂喜几乎令他无法自持——是的,有人说男人对处女身份的看重是一种低俗的农民习气,农民也好,粗俗也罢,一个女人是不是处女给他的感觉完全不同,就好比是一朵包得紧紧的花蕾,那种慢慢开放的过程使得每一片花瓣的伸展都充满了神奇的魔力……

在这一过程中,王小山觉得弗洛伊德是对的。他说过:女性的意识深处都渴望有一个男人去奴役她和征服她,这才是所有绅士征服淑女的真相。是的,他自己的那个地方已经撑得像一顶小帐篷,他要让她感觉到自己异常的力量是多么强大。或许,在她的父母以及在社会面前,他是个被他们看不起的农村后生,而现在,他要用自己的身体和力量来证明,他比其他人都更有力,他有力量得到自己想要的东西!

古往今来,男女之间永远是被一种不可知的神秘的力量所支

第六章　一场游戏一场梦

配。后来发生的一切对白帆来说只是一瞬间的穿刺，可她已经没有回头路可走了。

毕竟，懂得医学常识的她在拼命抵抗的过程中咬着嘴唇断断续续地说出了她对怀孕的恐惧。可这时的王小山哪还顾得上去理会这些，他觉得自己浑身都要炸开了——享受快乐，享受一个女人在自己强大力量之下的压抑的呻吟，享受这无拘无束的原始欲望。在过去的几年里，他的生命是为别的东西和别的人而活着，明天自己就要永远离开这伤心之地了，他没有什么东西可以再失去的了。

……

一个生活在边陲小城的少女，保护贞洁就是保护自己的未来，而当她把自己的身体向他敞开时，也就意味着她把自己的一生托付给了他。

看到床单上印出的一团团血迹，王小山的内心震惊了。虽然他早就猜测过她肯定是处女，但在那一刻，他才觉得眼前的惨烈远远超过了自己先前对处女有过的想象。哦，可怜的白帆为了成全对一个男人的爱一定疼得不轻吧？该死，自己刚才的动作确实过于粗暴了，可奇怪的是，姑娘并没有埋怨他，只见她一动不动地扭着身子坐在枕头边发呆。王小山小心翼翼地碰了碰她，白帆也不说话，转过脸来，却见她的眼泪正一滴一滴往下掉，这让他感到内疚和紧张："对不起，我……我是太爱你啦……用不了多久，我就来接你。别担心你以后的生活，如果找不到合适的工作，我会挣钱给你，还要给你买很多漂亮的衣服……你一定要乖乖地等着我……"

一阵山盟海誓伴随着长时间的亲吻，此刻的王小山说的也是真心话。一个男人失去了自己的事业已经是人生的一大不幸，但得到了一个自己真正喜欢的女人也算是有了新的寄托。在王小山的表白中，他让她相信自己除了她谁都不娶，而这天晚上，她为爱所奉献出的一切也是值得的。白帆不哭了，她的黑眼珠是那样的纯净，那目光是深情和信任的，最后，她把头靠在他的胸前轻声地说:"听你的，我现在只有你了……"

桌子上的蜡烛烧完了，两个人都不想马上开灯。

拉开窗帘的一角，外面就像是一幅静止不动的水墨画，只见一弯浅月低低地悬在深蓝色的夜空中，四周的山宛如皮影戏里的纸片，几丝云彩几乎是用肉眼难以察觉的速度在移动，这姿态虽然比白天多了几分温柔与妩媚，但这时候的王小山想的却是另一个世界。云水的夜晚毕竟比不得省城的夜晚，在那里，大街上一夜到亮都被五颜六色的街灯点缀着，而在这里，除了这一轮月亮还值得留恋，其余的就是死一般的寂静。对此，白帆也有同感，她说，当初她毕业时要是能留在省城的话，她当然是不想回来的。

不知不觉已经过了十二点半，白帆说，她必须回去值夜班了。王小山一直把她送到医院门口，两个人都不想立刻转身走开，这依依不舍的拉锯持续了好一阵。多年后，当王小山想起这一幕时仍觉得这是他情感生涯中有过的最真挚的一个记忆！

然而，这不过是那天晚上留下的一瞬间，事实上，他轻手轻脚地回到宿舍后连灯都没开就躺到床上睡死过去了。他睡得很沉，这是他几个月来，不，是几年来睡得最轻松、最空白的一个晚上。脑子里没有了州政府、没有了你死我活的明争暗斗，甚至也没有了过去和将来，精神和肉体在黑暗中都获得了空前的解放和自由。是啊，爱情的成功虽然不能完全填补自己在云水仕途上的失意，但这踏踏实实的睡眠也是一个男人重新找回自信的开始。

第七章
潇洒走一回

在炎炎烈日之下,王小山漫无目的地在大街上瞎逛,也许是喝多了,肺腑里的"马蒂尼"散发出来的恶热和从他身旁闪过去的人群、车流带出的一股股灰尘就像是地面上滚动着的巨大红潮,只可惜这如潮似浪的红尘仿佛从不超越人们一波一波往前赶的臀部。在这幅超现实主义的画面上,王小山看到的东西似乎都变了形,他在心里冷笑了一声,这才是真实。想必这人世间的真实根本就没什么道理可讲,没必要去弄清家乡人的汗珠子掉下来比铜钱还大却一文不值的道理,什么资本市场呵、股票呵,社会学家和理论家们发明出来的头头是道的东西不过是把普通老百姓哄得目眩神迷,大嘴不就是稀里糊涂发的财吗?

一

省城是一个完全不同的天地。

单单统计一下每个男人衔在嘴上的香烟、女人穿在脚上的高跟鞋，还有那些窝在小巷街角里数不清的公共厕所，你就可以想象出这是一个多么壮观的数字。马路上人头攒动，想想看，有多少行尸走肉、酒囊饭袋在灯红酒绿中呼风唤雨，但同时，又有多少赤手空拳的良才俊杰正一波波地继往开来、大显身手。此时，提着行李刚下车的王小山，嘴角上掠过一个深不可测的微笑，这微笑使他看上去就像一个参透人生、悟破红尘的智者。

与六年前不同，王小山现在已不再是一个战战兢兢的农家后生了，如今，失去仕途的他已没什么可再失去的。既然无所谓失去，那得到一切就是唯一的信仰。一股豪气在王小山胸中拱动——人生到了瓶颈，或者是突破，或者是苟且。

马军派车把他接到了公司，不管怎么说，这也算是个"份"。

晚饭是和马军一家人在一起吃的。记忆中的马家大院仿佛比从前缩小了许多，门前也没有了站岗的士兵，而院子里零零星星的草地也换成了菜地和玉米地。马军说，这都是老爷子没事开垦出来的"自留地"，他退休以后就开始发扬"延安精神"，不过，这"自给自足"的体力活对他的身体有好处。在饭桌上，王小山这才第一次见到了马军的老婆和他两岁的儿子。马军的老婆长得一般，脸上还戴了副眼镜，说是在银行上班，她话不多，但看得出，她对马军一家和他带来的客人都照顾得十分周到，典型的贤妻良母。哈哈，有意思，马军竟然找了一个和自己性格完全相反的女人。

饭毕，马军带他去了书房，两人悠然自得地喝着啤酒。

看样子，马军的日子过得并不轻松。他说，前不久公司损失了一笔不大不小的款子。那是他听信了一个高干子弟的逸言，说什么可以帮他把放射性元素走私到欧洲。其实，这事不是不能做，只是操作下来牵扯的面太大，所以他只好收手。

王小山吃了一惊："老天，这种生意你也敢做？"

"有什么不敢的，香港的大富豪利用黄、赌、毒起家的不在少数。商人嘛，赚钱是发展的硬道理。"马军说着狠狠地摁灭了手中的烟蒂。接着，他东拉西扯地说了一大堆，无非是说他讨厌人从一生下来就一直四平八稳的，那种一眼就能看见自己墓碑的生活他早就厌倦了。

马军的目光无来由地在他脸上扫来扫去。末了，他带着阴鸷的笑意问："这次杀回老家有什么打算？"

"我？"王小山不知该怎么说。

马军见状，很孩子气地抓起桌上的圆珠笔在手心里写了字，随后又递给他道："你也写，看看我们俩是不是一个心思——"

第七章　潇洒走一回

顿时，王小山汗毛乍立，如当头棒喝。不过，看马军的气势，他唯一的选择只能是推波助澜。

"不用写，我早看明白了，这年月，胆小没得将军做。"说罢，他把杯中的啤酒一饮而尽，其壮勇之气，颇似行刺秦王的荆轲。"那你写了什么？"他不放心地问。

马军大笑着张开手心，那上面画的是一杆插在制高点上的小旗子。

哼，王小山心想，权贵就是权贵，任何时候他们这些人总是想抢占制高点。

在两人会意地交换了一个眼色后，马军站起来道："我没看错人，好好干——"说着，他使劲搂了搂王小山的肩膀。

与公司从外地招聘来的几个年轻人一起，王小山被安排住进了经委的招待所。据说这里的服务和酒店差不多，他甚至可以使用签单权，吃喝拉撒不用自己亲自动手操办。

二十世纪九十年代的第一个春天，一切都显得既熟悉又陌生。宽阔的街道两旁是他最喜欢的法国梧桐树，只见翠绿的枝条比记忆中的长大了许多，它们一直延伸到马路中央并形成一个漂亮的拱顶。在这条翡翠般的拱顶之下，一眼望去，这条横贯东西的南屏大道上，在正午半明半暗的光影中熙熙攘攘的，随处可见衣着整洁而时髦的男女，人们走路时目不斜视，仿佛每个人都有自己的目标要去达到。啊，街道上声浪鼎沸，烈日下，女人们的脸和眼眉都用化妆笔精心描过，远看还可以，近看问题就出来了，只见很多被汗水浸过的脸上脂粉已经龟裂，眼眉周围竟然流出了一道道黑色的小溪流，那情形实在是惨不忍睹。当然，最赏心悦目的还是站在商店门口的那些塑料模特，她们都有一对高耸的大胸脯，不仅肤色各异，而且身手不凡，那灿烂的半裸体和光溜溜的大腿都被制成永不褪色的广告牌高高地耸立在十字路口，与此匹配的是林立的高楼和镶在天幕上那刀片似的玻璃反光。而地面上前进着的队伍就更为波澜壮阔了，穿梭不息的车流如同水银般流动，每流到一个路口就自动少掉一块，但很快，新的车流又补充了进来，这用五光十色的钢铁组成的速度的确能让人头晕目眩。

"兴业大厦"就坐落在南屏大道的中段，王小山后来才知道，人们都管这地方叫"黄金区"。在"黄金区"有一条不成文的规矩，凡是要进到里面去的人就如同教徒们上教堂一样，不仅在穿着上必须显示出与财富相当的等级，就连行为举止都必须要有一种对人民币所怀有的虔诚态度。当然，守护着这一切的年轻保安虽然薪水不见得很高，甚至还来不及改掉童年时代就培养起来的随地吐痰的老习惯，但这些说着一口蹩脚普通话的保安却被训练得像猎狗一样，他们对不同身份的人通常都有着相当好的嗅觉。这一点，王小山从第一天上班就体验到了。

马军的投资公司就设在二十一楼的左边，左边就左边嘛，还硬是洋腔洋调地把它称之为 A 座呵、B 座呵。马军说，你这就不懂啦，现如今，凡是豪华的写字楼都要用英文字母来给自己做"保姆"，否则，就像一个贵夫人缺了封号，必然会在楼市上哄不起价。

第七章　潇洒走一回

　　为了与"贵夫人"的封号匹配，马军让王小山去商店里给自己买点像样的行头。王小山还记得，第一天上班时，当他一身新衣新鞋出现在公司里时，他发现正在向众人介绍自己的马军一直没有正眼看过他。而散会后从他身边走过的几个年轻人更是一边上下打量他，一边捂着嘴窃窃私语。王小山心里"咯噔"了一下，不知自己身上什么东西不对头。

　　跟着马军进了一间宽敞洁净的办公室，马军在大班台后又眯着眼睛看了他一会儿说："我怎么觉得你这衣服不像是你自己的……不会是从出租行里借来的吧？邪乎，怎么哪看哪不顺眼……"他说完歪着头朝外面喊了一声，"喂，冷琳，你进来一下。"

　　"老板，什么事？"

　　"过来过来，你说他这身衣服有什么毛病？我看着不对劲，可又说不上是哪里有毛病……"马军朝坐在他对面的王小山抬了抬手道，"嘿嘿，副经理同志，站起来让我们这位行家帮你鉴定鉴定。"

　　"什么德行。"王小山在心里骂了一句。他恨恨地看着马军。

　　而这个叫冷琳的姑娘更狡猾，她笑而不语。但脸上的表情很明白地写着他的穿戴"确实有问题"。

　　"这么着，今天下午我和他要去省里见人，你一会儿带他出去买几套合适的衣服。另外，别以为我不知道你们在背后瞎嘀咕什么，我可把话说在前头，对你们的这位顶头上司可不能在背后耍心眼做手脚，业务上的事你要多协助他。好啦，买衣服的账就先挂在我头上。"

　　其实，马军这样做是"别有用心"的。在这个有官方背景的公司，几乎每个人的身后都有一连串勾勾扯扯的裙带关系，而王小山显然是刚来的"土八路"，马军之所以这么小题大做，无非是在众人面前表明他对老同学所持的一种态度。

"还有别的事吗？"冷琳问。

"没啦，你先在外面等一会儿。"

冷琳出去后，王小山本想问明白自己身上的穿戴有什么问题？可他不好意思开口，自己现在是寄人篱下，何必争这一时的高低呢？况且马军也没有食言，他已经给了自己不错的位置。直到过了很长时间，冷琳才在一次不经意的闲聊中告诉王小山，他那天穿的西装不仅面料和做工太差，最主要的问题是衣服前襟太短，男人的西装倘若是前襟往上提着，那样子给人的感觉就很滑稽。"有点像好莱坞电影《城市之光》里的卓别林。"冷琳说。

那天下午，马军带着王小山去了一趟省经委。至此，王小山才觉得自己算是终于正式找到了组织。现在已经是经委主任的陈秘书看起来与几年前大不相同了，他长胖了不少，脑门也秃得差不多是一片敞亮的"天安门广场"，一双又白又肥的小手与他庞大的身躯很不相称。借这个机会，王小山对他当年给云水州委组织部打电话的事表示了感激。听他这一说，这位陈主任才转过身来打量着他道："喔，这事你要不提我都忘了，听小军说你在云水的这几年干得还是很不错的嘛，怎么，你也不想坐机关啦？好，你们年轻人都想干点实事，我赞成。我过去刚从学校里出来的时候也曾琢磨过脑后梳着一条辫子的张之洞。他一生本宗孔儒却念念不忘'读书期于明理，明理归于致用'。中国历史上的第一个钢铁联合企业就是他创办的,比日本的钢铁联合企业八幡制铁所要早七年,可见他这样的读书人在我看来远胜过当时的李鸿章。可惜,那年头琢磨这类人连自己都怀疑这是不是觉悟不高的表现,现在你们倒好,也不用一天到晚去提高觉悟了,反正只管下山摘桃子就是,嘿嘿,可真让我羡慕得很哇。小王,好好干,小军在我面前可是说了不少你的好话哟。"

王小山不知道他说的张之洞是何方人士,但他还是装作听懂了。老习惯,新到一个地方重要的是跟对人,他想,但愿自己这次是跟上趟了。寒暄过后,王小山就坐到一边听两个人聊公司的事。马军的想法很庞大,他计划在深圳、北京、上海都搞一个办事处并招募人才。陈主任对具体怎么操作不作任何表态,他只是提醒马军,摸着石头过河不是不可以试,但要胆大心细、审时度势,不要被别有用心的人轻易抓住"资产阶级自由化"的小尾巴,历史上有很多这样的例子,比如,曹操当年与刘备演过一出"青梅煮酒论英雄"的好戏,这戏里的一招一式都是值得后人回味的。陈主任不愧是当秘书出身,这两人一边喝着"龙井",一边对历史评头论足,这就难怪马军能和他凑到一块了。王小山想,在他早年读过的教科书上总写着人民创造历史,可"真理"也是需要检验的,事实证明,不管在历史还是在现实实践中,人民群众的创造力要是缺了大人物的支持也是不行的。

公司目前还看不出什么规模,总共也就十几个人吧,被简单地分为办公室、财务、贸易部、研究发展和资金部五个部门。

与在机关里最大的不同是，人们的身份不是靠行政级别的高低来划分的。毫无疑问，马军是总经理，是圆桌上说一不二的人物，下面的人都习惯叫他"老板"。而排在王小山前面的还有两个副经理，至于他这个刚刚被委任的副经理其工作范畴很含糊，好像没什么定性，一句话，他的屁股必须跟着马军的脑袋转，至于其他的人，他们的荣辱则取决于各人掌握的项目和表格中的一连串数字。

没有了读报纸和读文件的政治学习，也没有了装模作样说大话和空话的氛围，王小山开始时感到很不习惯。从大学开始，加上六年的机关工作，整整十年，他的生存方式和思维路数基本上是属于"接受"型的——按上级的指令办事，看领导的脸色做人已成了他的第二本能。可以说，他的整个青春期所扮演过的角色最多只能算得上是一个靠勤奋钻营和摆弄文字功底来吃饭的小公务员。而在这个新环境中，一个人的"进步"却有着另一种新的表现形式，在这里，人们讲求的是个人的创造性和吹糠见米的实效性，激情不再是某个人天马行空的大而不当，它必须是主客观的有效结合，一句话，是利润的体现。面对这一变化，王小山一时有些无所适从。

每星期一早晨是碰头会，通常也就是各部门的负责人花上半小时向马军做工作汇报。可这天会一结束，马军就要求公司里所有的人放下手中的工作去省政府礼堂听讲座。王小山得知，做报告的人叫刘飞，是省里专门请过来给金融界的高管人士"开小灶"的。其讲座的内容是把现阶段的中国证券市场的起步与当今世界资本市场的发展做横向比较。果然，他从深圳讲到了上海，又从上海讲到了美国的华尔街，其中混杂着很多专业术语，王小山根本听不懂，他像是一头栽进了澡堂子，脑子里一片雾水。而说话不喘气的刘飞似乎不知道他的听众中竟然坐着像王小山这样连股票都不知为何物的人，当他说到在纽约交易所实习的那段经历时，他把华尔街形象地比喻为当今全球最大的驯兽场，什么牛市啊、熊市啊，王小山听得一愣一愣的。看得出，内行的人对他谈论的东西反响很强烈，他们不时提出一些尖锐的问题，而类似的讨论在云水是没有人去关心的。

有记者问："当初你出国的目的是什么？现在高校里的大学生都想出去洋插队，你对这个问题怎么看？"

刘飞的回答很大气，他笑了笑说："……如果我没有记错的话，二十世纪初，我们民族的先驱就曾远渡重洋到欧洲学习，然后他们把马克思主义带回了中国，后来，他们推翻了封建制度改写了中国历史，成了我们今天熟知的一代革命家。而今天的'革命者'同样也是远渡重洋，但他们带回来的东西更实际，这就是各种高科技的知识和技术，当然也包括我今天谈到的资本市场的发展。可以这么说，学习时代最前沿的东西，是保证每个人，乃至一个国家不会落伍的前提……"

有听众问："你说的资本市场是资本主义制度的产物，而我们的体制与它们完全不同，你认为在中国搞这一套行得通吗？"

王小山觉得这个问题提得好，在政府机关干了几年，别的本事没有，但在观察国家政策走势的大方向上他还是有一套的。会场上鸦雀无声，人们脸上的表情都很严肃。对这个本质性提问，刘飞会怎么回答呢？

向幻影告别

"诸位,大家现在想的事也是我直到现在都在问自己的事。先在这里说点题外话,就先说说我父亲这一辈人吧,比如一个普通的教书匠,他毕生的事业不过就是翻译了几本外国人写的小说,但几十年来他却没少被折腾,先是莫名其妙地被打成了'右派',后来又成了不同政治运动中一次不漏网的老'运动员',我小的时候得空就瞎愤怒,他'犯下的滔天罪行'是不是比地主黄世仁和刘文彩还要严重?不就是几个稿费嘛,'文革'时期,我母亲的那架破钢琴也成了资产阶级生活方式的罪证,这些事真是不堪回首啊。就在我考上大学的那一年,他们终于被'解放'回家了,在我父亲的行囊里除了几件换洗衣服,就是扛回家来的整整七麻袋的上访材料。去年我休假回家,我发现这些东西他至今还舍不得扔掉,我不明白,一个人为此受了一辈子的罪,为什么还舍不得扔掉?后来我隐隐觉得这其中隐藏着一个深刻的道理,不管是历史的记忆还是个人的记忆都无法一下子就做到彻底地与过去一刀两断……我讲这个故事的目的就是为了说明我对你们今天提的问题并不陌生,但我更想在这里和大家一起回顾一个事实。那就是在几年前,我记得是一九八六年的十一月中旬吧,中美两国曾在人民大会堂举行过一次'中美金融市场研讨会'。到会的有美国前国务卿罗杰斯,还有前商务部部长以及纽约证券交易所董事长和其他华尔街的头面人物,而出席此次会议的有两百多个身着毛式服装的中国银行业和金融界的官员。很明显,身着细格子西服的华尔街的老板被请到了中国最高规格的人民大会堂开会,这本身就向我们透露了一个重大的信息:中国目前的改革开放是全方位的,

第七章　潇洒走一回

这个世界上最大的社会主义国家正进行着一场静悄悄的金融革命，我们这个古老的民族也正在寻求巨大的资本来支持和发展国内的建设。这正如中国人民银行行长在那次会上说的那样：'我们要学习和吸收其他国家有用的经验。'与此同时，马克思在他的《资本论》的序言中也客观地说过：虽然我们发现了资本主义的运行规律，但我们不能人为地去取消这些规律，我们可以认识和利用这些规律，以减轻分娩的痛苦……不瞒诸位说，那时的我就在纽约的证券交易所里实习，当我们几个留学生在美国的《时代周刊》上看到这一报道时，我们甚至有点怀疑这不是真的，毕竟，有过'文革'记忆的我们很难想象当今中国的决策人有这么大的气魄来尝试由计划经济向市场经济的转变，可这是事实。因为嗅觉灵敏的美国的金融巨子们已经对这次会议发表了他们的看法……有一个小插曲我觉得很有意思：在会议期间，中国的最高领导人邓小平会见了美国纽约证券交易所董事长约翰·凡尔霖，这位先生向邓小平赠送了美国证券交易所的证章，而中国方面也在考虑，回送人家什么呢？伟大领袖毛主席早就说过，外国人能够办到的，中国人也一定能够办到。美国人有股票，我们当然也有。于是，北京的官员在已经发行的全国十几种股票中先是选了一张'北京天桥商场'的股票，可一研究，它本身又有红利，又有利息，它算不上股票，最多只能算是债券。后来找到了上海，最后选定了一张面额为五十元人民币的小飞乐股票作回赠品，当这位美国交易所的头面人物接过这张股票时他乐坏了。但他发现，这股票上写着的名字不是他本人的，于是，他提出要拿着这张股票去上海过户。

后来，代表团到上海时他还真是不嫌麻烦，亲自跑了一趟……我记得当时的美国报纸都不约而同地讲了这个小插曲，他们大肆宣传这个故事的用意明摆着，中国人把股票送给他们不仅仅是一种礼遇，更是一种象征，因为股票是他们自家经营了几百年的东西，他们当然清楚它的出现将给中国的金融市场带来什么……"

接下来，刘飞介绍了华尔街的市场基础和投资的不同形式。他的话不时被记者和听众打断，他有一个观点深深地震撼了王小山。意思是，美国之所以拥有世界霸主地位，它的军事力量和商业力量一直是制造这个神话的强大基础，而支撑这一基础的轴心则是靠着两个最富于攻击性的系统，即高技术系统和金融系统来驱动前进的，而这一切则直接依赖于华尔街资本市场为此提供的大量融资能力……

看着台上一脸书生相的刘飞大概比自己也大不了几岁，估计也就是三十出头吧，但人家这谈吐、这气势已经显现出了"中西杂交"的优势，被洋风熏过的人看问题的方法和视角果然不一样。怪不得马军还在来的路上就悄悄地对王小山说，他曾在北京见过刘飞两次并和他聊过天，要是有可能，他会考虑请他来做公司的顾问。而此人的出处他已经打听过：据说是生在知识分子家庭，父亲是我国有名的翻译家，母亲在大学里当过英文教授，在"文革"时期，两人双双被下放到了农场改造，也正是这一得天独厚的苦难资源造就了他与众不同的知识结构。当年他随父母在农场干完活后，一边坐在田间地头歇息一边悄悄地在父母的指导下阅读英文版的《共产党宣言》和藏在怀里的《莎士比亚全集》。就这样,凭着深厚的英文功底,一九七七年恢复高考后,他考上了北京第二外国语学院。随着时代的变迁,大学毕业后的他放弃了沙翁,选择了去美国的哥伦比亚大学主修国际金融,并获得了该校的硕士学位。

这时候,喜欢出风头的马军站起来提了一个问题:"给我们讲讲你在华尔街上班时,是否受到过资本家的残酷剥削?"

"轰"的一声,很多人听到马军的话都笑了。而刘飞则回答得更机智,他说美国的资本家在剥削人的时候是很狡猾的,比如他有一个朋友也是留学生,他学的是法律,博士毕业后想在美帝国主义的地盘上先练练手脚,可找了好几家律师事务所,人家的条件都要求签约在五年以上。这其中的道理很简单,一般刚毕业的新手头两年都只能跟着老手们好好学习,天天向上,也就是说,这两年是新手在剥削老东家,而在这之后的几年里,老东家才有机会正式剥削成长起来的新人。而我这个精明的同学脑子里想的就是干一两年就回国发展,他可能也有你刚才提到的那个问题,就是想让老东家剥削不着自己。于是,事情的结果显而易见,谈得好就上,谈不拢嘛就各走各的路,彼此也没什么损失,因为美国人为了维护自由女神的面子,一般都养成了本着共同的实用主义合作精神去做事,而不愿意勉强不同种族不同信仰的人都要一窝蜂地去服从某个统一的价值观念……

会场上此起彼伏的笑声和掌声表明了刘飞受欢迎的程度。讨论的范畴似乎已经从资本市场这一主题扩大到不同国家的政治、人性和生活趣事,它超越了过去人们对不同体制的认识和传统偏见,这在当时也是够前卫的。对王小山而言,第一次听这样的讲座，确实很难用几句话来概括对他本人的冲击。是的，刘飞展示出的是一块看不见、摸不着的新大陆，但凭着自己的直觉，他觉得这块新大陆已经近在眼前了。

讲座过后，马军一连失踪了好几天。公司里的人谁都不知道他去了哪里。直到星期五下午，才见他一脸烟色地走进他的办公室。王小山这几天真急了，他一见了马军就嚷嚷："这几天云发贸易集团那边打电话找了你不下十次，说是有关资金方面的协议要你去最后拍板，你赶快跟他们联系一下。喂，这几天你去哪啦？"

马军气呼呼地拍了一下桌子："去哪儿，还能去哪儿？去洗脑呗。"马军接着道："妈的，我都跟刘飞谈得差不多了，可一请示汇报，老陈却慢吞吞地说先不忙，等研究研究再决定。嘿，什么狗屁的研究研究，他不就是有看谁谁都起疑的老毛病嘛。这个老狐狸，又想摘桃子又怕一个大动静把自己的后路给折腾断了。他这种人整个是古书里说的'秀才造反三年不成'，真窝囊透了……"

"这也不能全怪他，人家陈主任端的是政府的'金饭碗'，总不能让你一下就给他换一个瓷的吧？"王小山本意是提醒马军做事要考虑后果，但想不到他却完全陶醉在自己的思路里。

"哦，好，说得好，就照你说的办，瓷饭碗是不行，就连国有企业看大门的老头都不想要。那我们就要想办法去搞一个钻石的来。你听说过好莱坞最漂亮的女人伊丽莎白·泰勒说的格言吗？这女人遵循一条古训，谁的钻石大就嫁给谁。敢明儿我

第七章　潇洒走一回

也先把瓷饭碗砸碎,去搞一个钻石的来,这不就结了。"马军笑嘻嘻地拍了拍自己的脑门,"噢,你现在就通知云发那边,说我马上过去和他们签字,饭局就免了,我晚上还有事要办。另外,你再给我联络一下信用社的万主任,让他们把我要的钱准备好,我后天和刘飞一块儿去深圳会几个高人。你在家里给我守好,如果事情进行得顺利,我马上打电话让你和冷琳一起过去。记住了,要是陈主任找我就说我生病住院,反正这几天没什么大事就别找我。"

　　对马军的安排,王小山自然不敢多问。他隐隐觉得马军不听招呼擅自脱离组织的关怀是危险的,这家伙胆子也太大了点。

二

然而，王小山这次错了，不是所有的领导都能领导时代的潮流，"大人物"也有失手的时候。要不是先斩后奏把老陈蒙在"股"里，马军与刘飞的合作将失之交臂。这也相当于当年的解放战争进行到最后时刻，如果我军当时要是听了斯大林"以长江为界"的建议，那么蒋家王朝就不会被消灭在"人民战争的汪洋大海之中"，其痛失"良机"的后果必然会推迟共产党人解放全中国的历史进程，"打过长江去，解放全中国"的决定是我军把老蒋赶到台湾的关键。事后，王小山觉得用这个比喻来概括这次他们的"南下"经历也是恰如其分的。不过，有一个细节颇值得玩味。在接到马军的指令后，他和冷琳乘坐的是一架由美国公司制造的737客机，王小山生平头一次坐飞机，那种飞在空中既迷茫又一日千里的感受他立刻就领略到了。

马军这次究竟带了多少资金进深圳？王小山事先不得而知。冷琳说，至少也带了上千万吧。

第七章　潇洒走一回

"上千万？这可是我们云水州半年的财政收入呵，他就不怕万一弄砸了那可是要去坐牢的呀。"王小山说。

冷琳笑了笑："嘿嘿，你紧张什么，你又不是法人，就别拿你那个小县城来忧国忧民了，你要这么去劝他就叫自讨没趣。你没注意到老板这一阵正在兴头上呢，当心被马脚踢了还说你冤枉。老实说，我觉得他像个赌徒，不过，你可别把我的话告诉他。"

"不会，你把我当什么了，我这辈子最讨厌打小报告的人。"王小山信誓旦旦地说。

冷琳诡谲地看着他道："我相信你也不敢，你给人的印象还是蛮老实的嘛，要不我才懒得管你的闲事呢。"

"可我喜欢被人管，尤其是被漂亮年轻的小姐管……"冷琳既算不上年轻，（估计已经二十七八）也不漂亮，如此轻浮肉麻的话之所以说得脸不变色心不跳，是因为王小山知道冷琳的父亲是省计委某个部门的一个什么主任。对于从权贵家族里出来的男女老少，漂不漂亮并不重要，关键是他已经养成了对他们都保持住恭敬三分的好习惯。从马军开始，以此类推，对冷琳也不例外。但这句玩笑话也许说得太过了点，坐在他身边的冷琳并没有像一般的年轻女性那样陶醉在恭维中。她突然冷不丁地问了一句："听说你还没结婚，是不是很挑剔呀？"

用语言表达思想，总会有说漏的时候，他胡乱应付了几句便低下头去看书。

"看什么那么入迷？"冷琳捅了捅他并递给他一块口香糖。

"是诗集，你不会感兴趣的。"

"我听马军说，你曾经是个小有名气的校园诗人，现在还写不写？"

还没等王小山发挥他的才华，冷琳就打断了他："你写诗是不是为了讨女孩子们的喜欢？"

冷琳的话含有鄙视的意味，这让王小山不悦。于是，他不卑不亢地回敬了她，大意是你属于一个较好的阶层，所以很难理解一个农村穷学生仅有的一点乐趣。

冷琳也不生气，她好像对农村并没有恶感。她说现在的农村很富裕，出了很多万元户，在一些搞得好的地方，人们的日子比城里人还好过。后来，她还告诉王小山，她没上小学之前就跟外婆住在农村，直到现在，这童年的记忆还常常出现在她的梦里……一句话，她好像对农村有亲切感。王小山想，要不，是故意装的，要不，就是为了不想伤害他。不过，这么一来，王小山觉得他们之间似乎亲近了不少。

和马军跑了一天，王小山才弄清楚，包括马军在内，他们公司的人实际上在此并无用武之地。因为在他们到来之前，所有的条件马军已经和对方谈妥，即在三个月内公司的资金运作都由刘飞和由他组建的班子成员打理，而三个月结账后视情况再谈下一步的合作。王小山了解的"内幕"就那么一点。他问马军："那你让我们来干什么？"马军冲天打了个喷嚏（他一到深圳，就老是感冒）："要想吃到螃蟹就得下海来练练，不弄清资本市场是什么玩意，日后咱自家的'根据地'怎么发扬光大？"马军的用意是让他们来这里免费"进修"，既然他们没有机会被洋风熏熏，到这里来吹吹前沿阵地的海风也算是一种熏陶。

第七章　潇洒走一回

为了不落后，老办法，王小山第二天一早就直奔新华书店。他在卖大学教材的柜台里找到了两本书：一本是《证券基础知识》，一本就是茅盾老先生写的《子夜》。在前一本书里反反复复讲的都是国外的证券市场如何如何，偶尔提了一下中国的股票发展史，但那只是匆匆几笔。谁敢说股票这东西是可以改造好的？也许吧，几年前写书的教授们恐怕都没来得及见识一下这刚刚蹦出来的新生事物，所以这本过时了的《证券基础知识》连纸上谈兵都算不上，也就更不具有实际的指导意义了。而茅盾的《子夜》王小山原来就有印象，在重新读过之后，他倒是从小说里描写坑蒙拐骗的诸多细节中品出了一点带腥味的道道……

到底什么是股票？对于这疑问王小山与当时的很多人一样，云里雾里不着边际。一个哲人说过：最简单的问题里往往包含着最复杂的答案。别说是在当时，就是过了十年，不同学派的经济学专家对今天中国的股票市场也都各执牛耳。不过，这已经是后话了。

还是言归正传。当时的王小山似乎对眼前"资本市场"里看到的一切感到十分疑惑。他暗自揣摩，拿着公司里大把汇票的刘飞和他的同伙竟然整天窝在一个不足三十平方米的房间里，这就是他们说的资本市场的核心？无论怎么看，这与讲座上鼓吹的"华尔街"完全对不上号，名为交易所，其实就是用原来的出租房改造出来的交易柜。白天，股民们挤在一起看行情，一收市这里就成了一间乱糟糟的办公室，而到了晚上，它又成了房主出租给外地人睡觉的地方。王小山想，这不跟做道场的小商贩差不多吗？

然而，没等他把事情琢磨透，王小山就真正见识了一回战斗在改革前沿的深圳人对股票的狂热。有位著名的社会学家说过，六十年代深圳人排队一定是在买油买肉，而九十年代如果在深圳的大街上有人排队，则肯定是为了抢购股票。面对汹涌的股票狂潮，他总结道：这是自改革开放以来，国民在社会价值观上遭遇的第三次冲击。第一次冲击是"下海"；第二次则是出国潮；而第三次的股票冲击则比前两次都更具普及性和社会性。值得注意的是，它不再是少数精英涉及的区域，它在人民群众中所产生的共振作用可以在一夜之间彻底改变中国人对财富的想象力。在过去，中国人对财富的想象力已经变得萎缩了，而这次冲击，将会使人们从内心里感觉到资本的发展空间怎么想象都不过分……

此话一点不假。一九九〇年三月的一个傍晚，这天，王小山他们一行人在一个与住地相邻的小馆子里吃晚饭。平日里，这家馆子的生意很清淡，可这天傍晚却一下涌来了很多人。只听见他们在饭桌上议论明天一早要发新股的消息，好像发行的是一只叫"原野"的股票。他们当中有人问，这发行股票的公司是一个什么企业？只听一个操着浓重的东北口音的人回答说："你管他个鸟，谁有闲工夫去管这个公司做什么，赶快吃，吃好了就去排队，明天一早把股票抓到手才是硬道理。喂，老板，给我们上三打啤酒——"

"为什么要排队？股票不都是在交易柜台上交易的吗？"王小山问。

第七章　潇洒走一回

马军白了他一眼："你不懂就别瞎嚷嚷，这些人要买的是原始股，这原始股与交易柜台上的股票之间至少都有几百倍的利润差额。"

"那不简直就是天上掉金子吗？要真像你说的那样，谁还傻哩吧唧地去相信劳动致富？"

"哈哈，不信？那你就等着瞧吧。现在的深圳人不是屁股指挥脑袋，我可先告诉你，如今的普罗大众为了股票，什么人间奇迹都会给你造出来，到时，你可别被吓着……"

果然，在他们所住酒店的对面有一家指定的发行点，据观察，第二天凌晨一两点，这发行点门前就排起了巨龙般的长队。而天亮之前，王小山被窗外一波高过一波的喧闹声吵醒。只见许多从远处赶来的人已把发行点围得水泄不通，而在路上的人为了争分夺秒不惜花钱雇出租车，就这样，出租车后面跟着的是横冲直撞的摩托车，而在冒着一团团黑烟的摩托车背后则跟着一批见缝就钻的自行车，这只浩浩荡荡的队伍中，最令人感动的一幕就是跑得气喘吁吁的男女老少了。早上九点，一股涌动的人潮铁箍般地围住了小小的营业窗口，这才真正是一片人民战争的汪洋大海呵。在早晨的阳光下，那一双双直勾勾的眼珠子死死地盯着营业窗口的动静，男女老少的脸上也只有一个统一型号的表情，仿佛只等一念咒语，那阿里巴巴的财富之门就会随之洞开……突然，就在营业窗口有动静的一刹那，那大地似乎已被疯狂的人流挤得颤抖起来，接着，无数血肉之躯竟将窗口前的铁栏掀翻在地，混乱中，有人被踩得呼天喊地，喊叫声此起彼伏，倒下的人很快又爬起来，前仆后继……接着，警车来了，遗憾的是，全副武装的警察叔叔也无可奈何，远远看去，他们的绿色制服就像是一片片在波涛中颠簸的树叶……

一直在楼上观战的王小山亲眼看见了这一盛况。据说，这样的场景在每个发行点都一样，如此波澜壮阔的人民战争是王小山这辈子从未见过的。一夜之间，这天地间仿佛只剩一种声音：股票股票！发财发财！它是深圳人嘴巴里重复得最多的时代之音。

不到一个小时，股票就被抢光了。可退潮之后的人群并没有很快散去，有很多光着一只脚或是衣冠不整的人在弯着腰找自己刚才被挤掉的鞋子或别的东西。是啊，这股票就像是潘多拉的盒子，在它面前，斯文扫地又算得了什么呢？在散落的人群中，有个穿衬衫打领带的大个子特别滑稽，可能是因为高度近视，他几乎要把脸贴到地上去找东西，就在他抬起身来把一副金丝边眼镜戴到鼻梁上的时候，王小山吃了一惊，这不正是当年出了校门雄心勃勃来闯深圳的大嘴吗？是他，就是他！

生活里的戏剧性比小说里的还要有趣，大嘴见了王小山先是一愣，接着一阵大笑："哈哈，是你呀，怎么，你也赶过来啦？想不到咱们云南老乡也跑得不比其他地方的人慢嘛，运气怎么样，买到了没有？"王小山想，他问的是股票吧，这世界变化太快，以这样的方式与几年不见的老同学寒暄倒也很别致。得知马军也在这里，大嘴说，别管他，我晚上再请他也不迟，还是咱俩先乐和乐和。

别看大嘴刚才低着脑袋在地上找眼镜的窘相，一站直了身子他就抬手打了个的士把王小山请到了位于中心区域五星级的"协和酒店"。这家崭新的建筑是美国一家大财团在中国大陆开的第一家连锁店。站在门外的服务生穿着大红色的制服,头上戴着美式船形帽,而出入其中的人看得出都是些富贾贵人。王小山没想到大嘴会请他到这么贵的地方来吃饭,他劝他找一家便宜的小餐馆:"走吧,咱们用不着在这里'点石成金',你我都是老同学啦,何必让美帝国主义把咱们剥削得血淋淋的……"

王小山说得很诚恳,但大嘴一摆手道:"行了,费那个劲干嘛,你没见我都累得快趴下了,我现在不让美帝国主义来替咱们服务一下怎么受得了?"他说完就偏着脑袋问站在身边的服务小姐:"今天的澳洲龙虾是不是刚到的?"

"是,昨天晚上到的。"小姐微笑着回答。

"我跟你说,给我来个最大个的,不过,要是你端上来眼睛和腿不会动我就要退货啰。"

小姐点点头,随后弯着身子问:"您想怎么做?"

"就照老规矩,一虾三吃,先吃生的,后椒盐,最后烧汤。还有,给我们来两碗稀饭和一碟咸菜。"

"先生,您和您的朋友要不要尝尝我们酒店刚刚推出的大鲍翅?"

"稀奇,没听说过,是什么东西哇?"

小姐殷勤地又弯了一次腰道:"也是一种海鲜,它是南太平洋海鱼身上最有营养价值的东西,由香港来的厨师掌勺,口味很独特。上次我们接待过一位阿拉伯国家的王子,王子吃过之后赞不绝口。其实,也不是很贵,就三百元一盅……"

王小山一听马上叫了起来:"大嘴,这不是宰人吗,咱们还是不要了吧……"

大嘴没理他:"好,我估计阿拉伯王子的胃也是镀过金的,就给我们来上两盅尝尝,看吃了之后,这胃能不能也跟着变成金子。"

"先生,您说话真逗。嘻嘻,我一看您就是一个有气质的人……是不是还是喝您喜欢的'马蒂尼'?"

大嘴问王小山:"喂,你想喝点什么,随便点,这里什么酒都有。"

"有没有大理啤酒?"吃海鲜一般是不喝啤酒的,可当时王小山不懂。

听到王小山的话,小姐说:"对不起,先生,我们这里一般没有国产啤酒。"

"你不是说这里什么酒都有吗?"王小山揶揄地看着大嘴。

"去吧去吧,就给我拿一瓶'马蒂尼',快点噢。"

这顿出自澳洲和南太平洋的海鲜真让王小山开了一次洋荤。那盘子里白森森的虾肉和虾头上两只鼓出来正转动着的眼睛给人一种茹毛饮血的感觉。大嘴提示王小山要蘸点芥末,王小山试了一筷,但一吃进嘴里很快就噎住了,只觉得一股燥辣直冲脑门,他赶紧背过身去,一连打了两个喷嚏。

"哈哈,不习惯吃生食?也没什么不好意思,我刚来的时候比你出的洋相还大……"在说到过去的经历时,大嘴真有一种痛说"革命家史"的感慨。他一边剥着龙虾头上的眼珠子一边说:"你还记不记得那天晚上你喝醉了,我第二天赶火车的时候从你那里顺了一本杰克·伦敦写的《马丁·伊登》。过去，我是很少读小说的，可在火车上，我也需要一个大师级的人物给自己未来的新生活提点虚劲吧。好，下车后找了一阵工作也没找着，心想，要不就学一回马丁·伊登上船去当一回海员，他不就是当海员起家的嘛。一打听，海员都是国家正式招聘的干部，像我这样没出处的人是不可能当干部的。后来在蛇口的码头蹭了几天，身上没钱了，心一横，终于找了个机会藏在人家货舱里，学马丁·伊登的样，只要船一开自己就出去'自首'，反正我们社会主义的船长是有觉悟的，总不能眼睁睁地看着阶级兄弟没饭吃吧……喂，小姐，去给我拿点冰块来。"

王小山一乐："我猜得出，你后来被他们发现了——"大嘴竟然还有过这样的浪漫史，这可跟他平日里故作的老谋深算不符哇。

"你说得对，这十九世纪搞出来的浪漫主义是要不得的。你没看见那阵势，人家把我从货舱里提溜出来的时候我那个狼狈相——一天一夜水米没沾牙，再加上吓得浑身打战，噢，眼镜也掉了，视网膜上全是金光灿烂的五角星。嗳，什么阶级兄弟，人家根本就不听你解释，好家伙，一上来就五花大绑，我个子本来就大，而这些广东人天生就长得小，好啦，他们以为我是在跟他们较劲呢，这一来，那捆起来就不分轻重，一下就卡到我的骨头里去了……好不容易熬到派出所，一个上了点年纪的老警察指着从我身上搜出的毕业证和仅有的几块零钱问我，你一个好端端的大学生怎么干起小偷小摸的行当来啦？他们要我填一个表，意思是要我承认自己是小偷，你想，我怎么能承认这种事呢，也想过跟他们谈谈我上船的理想，但我马上意识到这必定有害无益。于是，灵机一动，眼泪就下来了，看我哭得连话都说不清，老警察便给我讲了一通年轻人要走正道的大道理，这下，我哭得更凶了，可原先送我来的一帮人却敲了敲我的脑袋说：别装可怜相，这家伙肯定是想藏在货舱里偷渡。我一听，糟了，要是罪名成立，我不就得去坐牢吗？还来得及，我赶紧承认自己确实是小偷，因为钱花光了，所以想上船去找点吃的，我知道，小偷小摸算不上犯法，最多也就是弄个劳动教养。好在老警察忙着下班，他说先拘留一个星期，给他一个悔过自新的机会……喝呀，我可跟你说，这'马蒂尼'可是法国的佳酿，你看你的运气是比我好吧——"

王小山抿了一口："好酒，不过，还是比我们云南的苞谷酒劲要小得多。嗨，快接着讲，你在拘留所的日子不好过吧……"

大嘴一挺胸，道："嘿，看把你乐的，其实，那帮广东人一走，老警察就替我松了绑，他问我为什么到深圳，在学校的学习成绩怎么样。我看他没恶意，便一股脑儿地全倒给他了。你猜他怎么说？他说他现在正给儿子找家教呢，如果我说的是真话就给我一个上他家去当家教的机会，只要能把他儿子教好啰，在深圳待下去就没问题。"

"你答应啦？"

"我能不答应吗，人的命运就这么怪，想当初，人家让你去当光荣的人民教师你还觉得委屈，可千里迢迢地转了一圈，反而当上了不拿薪水的私塾先生……我本来打算在老警察家好好地吃上一顿饱饭，然后美美地睡上一觉就彻底走人。可第二天

第七章　潇洒走一回

一早醒来我改主意啦,去哪儿?当然想过回去,可我不甘心哪,再说,身上连路费都没有。根据唯物主义的原则,环境改变观念嘛,我想,反正已经是下到地狱了,再坏还能坏到哪儿去呢?还是先在老警察家安顿几天养养精神,就这样,他们让我白天出去找事干,晚上回来帮他家儿子补功课,顺便管一顿饭和提供免费住宿,这在当时确实算撞了大运。你不知道哇,深圳住的地方比吃的还贵……还别说,我为这个权宜之计也付出了'惨重的代价'。那老警察家里的大女儿不知怎的看上我啦,她可能是有大学情结吧。因为她告诉我说她连考了两年大学都没被录取,后来一不小心就移情到我身上来了……嗳,说出来真不好意思,我那时候正患着孤独症呢,她呢,既健康又喜欢和我进行心灵交流,古今中外的人心我读得多了,一听就自然明白她什么都不缺,就只缺爱情的滋润。而我呢,既然已经是百孔千疮,那当务之急就是解除每天半夜里难熬的孤独了,我也知道自己卑鄙,可那时候除了死心塌地地去满足自己的欲望之外,我还能有什么念想。就这样,有一天趁着她们家没人,她稀里糊涂地和我上了床。这下玩完啦,一觉醒来,老警察就让我成了一个拖家带口的中年男人了。"

不知怎的,大嘴的叙述让王小山想起了很早以前看过的《三毛流浪记》。在这部人人皆知的电影里,"三毛"也是在灯红酒绿的大上海混饭吃,但人家比他有骨气,一个小孩子家根本不愿意去受用"养父养母"的软饭,最后毅然从"家"里逃出来,尽管浑身被脱了个精光,可失去的是"锁链",得到的是无产阶级一无所有的自由。王小山就此话调侃了大嘴一番。

大嘴听了一拍桌子:"别光说漂亮话,你那是旧社会的老皇历。如果'三毛'还活着,你让他到现在的深圳来试试,现在的社会,亲爹亲娘都不如钱亲,钱不仅能让小鬼推磨,甚至能替'三毛'去改变他的血型。"为了证明他的观点,他接着讲:为了在岳父岳母面前保持点自尊,他这几年什么都干过了,就只差去拉皮条啦。先后干过的公司不下十几家,得到的经验也不少,但归根结底就一条,"赚钱才是硬道理,有了钱,什么人间奇迹都能造出来"。明白了这个道理,他后来开窍了,利用他能说会道的才气,他为香港人推销汽车轮胎、给台湾美容院做假发的老板满世界地去收购大姑娘的辫子、从海南倒香蕉到内地、上火车站排队和人抢车皮,最后还跟着温州人玩了几回空手道。学文科的嘛,嘴皮上的功夫加上一点现代西方文化的心理学还是管用的,但这种小打小闹的把戏也就只能糊口和给自己添置几身像样的衣服,真正来钱的玩意还是倒红头批文。批文就是钱,在深圳发大财的还是数那些从北京来的公子哥,随便一出手就是几百万的进账……

"得,你千万别跟我说你请的这顿饭也是玩空手道——"

大嘴不高兴了,他白了一眼王小山说:"有你这么贬人的吗?难道你觉得我天生就是受穷的命?哼,你忘啦,我们上小学的时候老师就教导我们:是金子总会发光!别以为从历史系出来的人都是书呆子。你知道像我这种有才气的人只要能联系实际、融会贯通,就不可能老老实实地待在无产阶级的队伍里。告诉你一点感性的东西,就在咱俩吃吃喝喝的这两个半小时里,没准我的户头上又比早晨开盘时多出了两位数。怎么样,受刺

第七章　潇洒走一回

激了吧，这两位数是你一辈子的工资……一顿饭算得了什么，充其量只是我账上零头的零头……"大嘴说着笑哈哈地喝了一口"马蒂尼"并伸了伸懒腰道："今天早晨的运气不错！"这会儿他手里正攥着早上刚买到的原始股。

至于王小山对他刚才在地上找眼镜的嘲弄，大嘴并不以为然。他说："那算什么难看，包括你在内，以后随着年纪的增长，人的相貌会变得越来越难看，这是已经注定了的。"于是，他又绕了回来，还是要说他的股票，一说起股票，他就止不住了，简直是滔滔不绝、满面生辉。昔日的才子似乎已经从学富五车的历史典故转移到了"前卫"的数字魔术领域，不过，不得不承认，他道出的发迹史确实让王小山听得目瞪口呆：

"……第一次买股票是在三年前，我记得发展银行要发股票的那会儿，不管政府的报纸和电视怎么号召和宣传，但深圳老百姓很直观地认为，我们为什么要用真金白银去换一张花里胡哨的纸片呢？股票是什么东西，它在将来能换成钱吗？由于看的人多，买的人少，结果花了几个月的时间，深发展的股票也没卖出几张。这一来，官员们急了，只好采取行政手段来了个分配与摊派——老办法，当局以党性要求，花大力气动员深圳的共产党员'要积极支持社会主义的新生事物'。在改革开放的紧急关头，觉悟高的先锋们要接受考验，党考验你们的时候到了，为了党的利益，个人的困难又算得了什么呢？我记得那时的香港报纸宣称，深圳政府这种发股票的方式是当今世界股票史上的特大奇闻……嘿嘿，也该是我的财运，本来嘛，我一个云南来的南蛮子跟这事也八不挨边。可我的岳父大人既是派出所里的老党员又是所长呀,上面摊派下来的股票不管他怎么给人做工作,到后来还剩下一大摞,我岳父急得睡不着觉。他找到我说,看在当年救我出来的份上你就拿钱出来买了吧,好歹你上大学这四年,我们国家也没少给你补助呀。我说,你总共剩下多少?他说,不多,就八万的数额,反正你这几年也挣了些钱,要是你帮了我这个忙,以后你批发店里的工商税务由我们派出所来帮你对付,毕竟你做了好人好事,我们派出所的人都会给你记着的。你想,老警察都把话说到这份上了,我还能有退路吗?我一咬牙,认了,条件是这只能是悄悄参加'地下工作',千万不能让我老婆知道。因为我老婆自从和我结婚以后,她的心灵就日渐衰竭,再也摆不起什么花架子啦。我岳父一听我这条件不属于原则问题,当然满口答应。喔唷,我当时觉得自己悲壮得都快成'革命先烈'了。晚上躺在床上仔细一想,觉得也不吃亏,我揣摩中国政府做事也总不会让隔岸观火的香港殖民地看我们的笑话吧?大不了就是投进去没利息,再说,如果派出所里的警察都愿意帮我搞定工商税务这一块的话,这里面的油水也不比利息少呵……"

"别卖关子啦,你究竟在这股票上赚了多少钱?"

"别急嘛——"大嘴絮絮叨叨地讲了一通什么送红股啦,拆细啦,每半年的分红啦。王小山听得云里雾里的,他不耐烦地打断他:"我听不懂,你就直接说赚了多少?"

"按昨天的收盘价大约市值算,估计接近三百万吧,说不定今天又涨上去了呢。我半个月前抛掉了一小部分,真气死我,到昨天为止就少赚了五万,我去年一年的批发经营纯利润也就是这个数，那可是起早贪黑才挣到的……你来得太晚了点，这几天的股价就像是在印钞机上印钞票，涨得太离谱啦——"

三百万！王小山无法想象大嘴的口袋里怎么装得下这么多的钱，不就是三年的光景吗，他果然是脱胎换骨了。一种愤愤不平的情绪油然而起，他想起自己老家里的乡亲们，一年到头汗珠子掉下来比铜钱还大，到头来年底一结账，还倒欠了生产队的钱。这人与人不都是长着一个脑袋两只手吗，为什么差别就这么大？像天上掉金子这样的好事为什么就偏偏只落在深圳人的头上？他张着嘴说不出话，原先内心里的那个死结似乎又复活了。他愤怒得五脏六腑都拧在一起了。为了压制住自己的丑相，他只好去瞅着还剩下半瓶的"马蒂尼"，也不招呼大嘴，王小山一杯接一杯，独自一口气喝了个精光。

中午两点半，大嘴说要去交易所看看行情，这已经是他现在每天必做的功课了。晚上说好了由他做东，请马军和所有他们这帮人在这里吃晚饭。"吃完了，我带你们去香港人搞的'海上皇宫'开心开心，让你们见识见识有钱人的活法，不过，你可别乱说话哟，那里边的花活多得很。"

大嘴一抬手打了个车走了。

在炎炎烈日之下，王小山漫无目的地在大街上瞎逛，也许是喝多了，肺腑里的"马蒂尼"散发出来的恶热和从他身旁闪过去的人群、车流带出的一股股灰尘就像是地面上滚动着的巨大红潮，只可惜这如潮似浪的红尘仿佛从不超越人们一波一波往前赶的臀部。在这幅超现实主义的画面上，王小山看到的东西似乎都变了形,他在心里冷笑了一声,这才是真实。想必这人世间的真实根本就没有什么道理可讲,没必要去弄清家乡人的汗珠子掉下来比铜钱还大却一文不值的道理,什么资本市场呵、股票呵,社会学家和理论家们发明出来的头头是道的东西不过是把普通老百姓哄得目眩神迷,大嘴不就是稀里糊涂发的财吗?

不知为什么,这天晚上的王小山面对桌上的山珍海味怎么也高兴不起来。倒是马军和大嘴为两人在"前沿阵地"上的重逢高兴得忘乎所以。他们过去在学校里彼此诋毁,而如今却因为志同道合而交杯换盏。周围的人在听了一遍大嘴讲的"资本的故事"后也顿感耳目一新,看得出,每个人的脑子里都充斥着幻象,包括冷琳在内,也把大杯大杯的洋酒往肚子里灌。直到晚上十点以后,一帮人才踏上了"海上皇宫"这艘豪华游轮,噢,蜂房一样的小包房果然香气袭人,小舞台上尽情展示着不同肤色的美女的大腿。看着在甲板上喝着世界各国进口的洋酒的有钱人,王小山闷闷不乐地听周围的人在高谈阔论,他自豪不起来,这种地方给他的感觉是:一个男人要是两手空空,其身体里的荷尔蒙也将随之萎缩。

三

与其在通往财富之路的大门前自暴自弃，不如干脆上各个交易所去观摩观摩，这恐怕才算得上是这次"南下"真正的朝圣。

渴望一夜暴富，人们两眼猩红地追逐着交易柜台上价格的攀升。是啊，在一九九〇年的春夏之交，深圳市场的股票价格以"万夫不当之勇"的气势一路攀升，这是一场不无荒诞色彩的交易战。在这里，一眼就能看到挤在其中的外地人。他们之中，有的还穿着北方人的黑布鞋，显然是刚下火车或是飞机，最显眼的是几个东北大汉，他们把成捆的人民币像炸药包一样顶在脑门上，浑身臭汗地"杀"开一条人路，因为找不到交款的地方，只好顶着"炸药包"让交易所里的小姐指挥得乱转。古罗马的竞技场算得了什么，不管是斗牛士死了还是公牛死了，太阳照样升起。此刻，买方和卖方都像被激得发狂的公牛，彼此都无法预测价格最终会在哪里止步。价格每爬升一个台阶，双方的心里就多一层恐惧的阴影，但一捆捆投进来的人民币又很快将恐惧的阴影击碎，卖出的再买进，买进的再卖出，巨大的差价带给人们的是比战场上生死存亡都更强烈的刺激。当地的媒体把这称之为"生命的癫狂状态"。

在交易所攒动的人头中，王小山似乎看到了一张熟悉的面孔，好像是冷琳，是她，就是她。平日里矜持漠然的她，现在汗流浃背地被那几个东北人挤得前仰后倒，但她就像一棵风暴中的小草，尽管被吹得摇头晃脑但并不打算退缩，她依然顽强地抓着手中的单据拼命地往柜台跟前挤，无奈，几个东北大汉就是不动窝，冷琳一个小女子左冲又突地在汉子们的腋下来回钻了好几次也没能突围过去。此刻，只见她一只手抓着自己的前襟，（估计是衣服上的扣子掉了）另一只拿着单据的手高高地举过头顶。突然一转眼，那只手不见了，与此同时，听见有人在尖叫："哎哟，挤个鬼哟，都挤出人命啦，这有人晕倒啦！"接着人群中开始嚷嚷："是个女的呢，衣服都被扯掉啦，好像还是外地来的……"

王小山拼命地朝围拢的人挤了过去，是她，正是冷琳，倒在地上的她手上还死死地攥着那张填好的单据呢。

冷琳已经毫无知觉。她头发散乱，嘴唇灰白，胸前的扣子果然被扯掉了两颗。让人尴尬的是，因为天气太热，她只穿了一件空心衬衣，里面的粉红色的乳罩在众人的注视下几乎暴露无遗。

王小山本能地替她拉好衣裳，然后镇静地请大家帮忙先把她挪到门口，接下来打了辆出租车把她送到了附近的医院。

医生问明了情况笑着对王小山说，不要紧，自这个月以来，每天都有从交易所送来的人，交易所里面空气太差，容易中暑。

第七章　潇洒走一回

"我在哪里？我怎么会在这里——"醒过来的冷琳脸上渐渐有了血色。

"别动,你在证券交易所晕倒了,恰好我也在那里,你还好吧？"

"是你把我送到这里来的——"

王小山嘿嘿一笑,意思是不值一提。可冷琳显然不领情,她把头一扭:"不会是老板派你跟踪我吧？"

王小山一愣:"什么意思？他干吗要派我跟踪你？我又不是'克格勃',犯得着嘛——"

冷琳盯着王小山看了几秒钟后突然笑了:"没对我撒谎？"

"你这不是在审犯人吗,我原以为自己是在学雷锋呢。"王小山说完不高兴地站起身来道,"那我先走啦,你好好休息。对了,这是你刚才落下的东西——"王小山把她的皮包和那张单据放在她的枕头边。

"你是不是已经偷看过了？老实交代——"

虽然冷琳此刻的语气有些发嗲,但她那种咄咄逼人的目光还是让王小山心烦。他气呼呼地冒了一句:"我还有事,先走了。"

"嗨,站住,你回来,你就忍心把我一个人扔在医院里？"

"我……我不明白,在你眼里,我怎么觉得自己就像甫志高呢？"以攻为守,这是对付她这号人的经验。

冷琳又笑了,她笑起来的声音很沙哑:"对不起,你是男人嘛,何必跟女人斤斤计较呢？"

"可不,你这种女人真让人害怕——"王小山说。

"怎么会,说来听听,什么样的女人让你喜欢？"

……

与刚从死神那儿回来的女人调情,其场面虚伪、造作,但也充满了斗智的乐趣。如同在戏台上,就连王小山本人都忘记了自己是在扮演什么角色,而冷琳却把这称之为"绅士风度"。王小山也不推诿,他想都来不及想就接受了这一新角色的召唤。

没有过去,也没有将来,这就是接受。来自资本市场的小小尝试,一下就把他过去有过的人生观给颠覆了。

在充满竞争、忧虑以及各种买卖关系的深圳,在为事业冒险、为欲望苦恼、为日新月异的变化而疯狂角逐的深圳,每个人都注定要去适应和接受新的角色。

后来发生的事也就顺理成章了:照冷琳后来的说法是,当她从死神怀抱中挣脱出来的时候,她第一眼看见的就是他,于是,丘比特的箭一下就飞了过来。

就像一枚硬币的两面,冷琳只说了一面。不错,她对王小山是有好感,至少在视网膜的审美上,王小山一点也不弱于米开朗琪罗雕塑的"大卫"。而硬币的背面却是二十世纪末的"爱情神话",毕竟这"神话"缺少一点必要的浪漫色彩,所以冷琳一时不好意思马上说出口。

还是听听王小山自己的见解吧:他和冷琳关系的"突飞猛进"与丘比特的箭无关。那古希腊人使用的箭早就生锈了。他们俩是生活在现代,完全是怀着"共同的革命目标"才走到交易所里去的,至于那至高无上的丘比特嘛,他已经太老了,他那颗衰弱的心脏根本理解不了现代"神话"里所应该包含着的各种动机。

别的先不说,事实是明摆着的:冷琳那张单据上购买的股票价值五十多万,谁都不会相信她自己拿得出那么多的钱,只有一种可能,她肯定是把马军交给她保管的公款用来为自己倒卖股票,而王小山不经意的闯入使她措手不及……

好在现代"神话"有自己的一套语言系统,交流方式也五花八门。一般而言,普罗大众喜欢直白的交流方式,而他们毕竟是受过高等教育的人,所以说起话也就含蓄多了。

"你相信缘分吗?"这是冷琳在拔掉输液管的针头后问的第一个问题。

"我……相信,也不是很相信……"王小山说。

"不,你得回答到底是相信,还是根本不信?"

"嘿嘿,如果你是指今天的这件事,我觉得这可能是一种偶然的巧遇——"白帆的影子在王小山眼前晃了一下,与眼前的冷琳比较,她是那么的美和温柔。就在昨天晚上,他刚给她写了一封信,在信中他希望能尽快在昆明见到她。是的,这时的王小山已经有点撤出阵地的意思了。

但冷琳并不知情,她一厢情愿地接着道:"你这不是废话嘛,偶然就是'缘',巧遇就是'分',和在一起就是'缘分'。这有什么不好意思承认的呢,亏你还写过诗……我上大学的时候也迷恋过诗,现在偶尔也还翻一翻。喂,我喜欢读舒婷和阿赫玛托娃的作品,你呢?"

像大多数女人一样,说喜欢爱情诗是她们对男人发出的一种信号。

"我……我不是很喜欢女诗人的作品……不过，我应该告诉你，我谈过恋爱……"王小山终于鼓起了勇气，但显然用的是一种"过去式"的语气。

冷琳似乎并不因此感到意外。她一边低头穿鞋子一边把话题一转，问王小山："你也是去交易所里买股票的吗？"

"我，我哪来的钱呵，我是去看看。马军让我们来，不就是跟着学手艺嘛。"

"嗯，我倒有个主意，不妨咱们一块练练。瞧，你马上打个电话和你那个叫大嘴的同学联系一下，我记得他是个大户，在这一行呢，什么处长、厅长呵连屁都不是，只有大户才是爷，交易所的经理见了他们都得点头哈腰。让他帮咱们去说说，如果能在大户室里操作，那就用不着在外面跟那帮人挤拼了。你放心好啦，赚来的钱，咱们对半分，我说话算数。"

"可……可我真的没钱哇——"

"瞧把你吓得，钱是死的，人是活的。你就不想想，马军上千万的资金都敢拿来玩，我们不就是跟着学一学嘛。下个星期一他不就要打发我们回去吗，只剩下四天的时间了，再不练可就没机会了。"

又是一次送上门来的机会，与前几次不同的是，冷琳给予他的不仅仅是调情，其中还有很多值得探索的新东西。王小山动心了。可他胆子小，他问："要是万一出了问题呢？"

"嘿，你忘啦，我说了我相信缘分，我相信交易所会给咱俩带来好运的……"

不得不承认，冷琳的想法和做法几乎是完美的。在大嘴的帮

第七章 潇洒走一回

助下,他们顺利地走进了大户室。偶尔,王小山也瞥一眼散户厅的情景,只见那"草根一族"个个挤得汗流浃背,丑态百出。对于巨贾大户们的特权,光发泄愤怒也没用,资本市场嘛,谁的资金雄厚,谁就掌握住了发言权,谁让他们口袋里的钱太少呢?

四天的时间在买进卖出的过程中很快就过去了,不,真正交易的时间只是三天,马军和刘飞他们还要留下来继续作战,而他和冷琳的这次朝圣就不得不先告一个段落。说真的,和大嘴在机场告别的时候,彼此都有些伤感,这让王小山想起几年前两人在宿舍里喝酒喝醉的情景。还是老一套,大嘴一伤感就总喜欢一次又一次地做伸手、握手的告别状。真可笑,对家乡的思念在他嘴里仿佛变得抽象了,就如同他已经在"资产阶级"的温床上睡了很多年似的。

对这次"南下",王小山在多年后仍把它称之为他生命中"具有划时代意义"的转折。他不会忘记那天和冷琳一上飞机两人就忍不住对这次短、平、快的成功"偷袭"而兴奋不已。冷琳粗算了一下,扣除手续费,至少也该有百分之四十的利润吧,也就是说,这三天他们各自都赚到了十万元人民币!如此骄人的战绩对他这个刚刚入伍的新兵来说是多么值得自豪啊。看着飞机外湛蓝的天空,身旁盛开的云朵,王小山真有一种在天堂里漫游的感觉,它缥缈、虚幻,就像一个梦,不,现实里的奇迹比梦还要更像梦。因为,在他过去做过的梦里,他从来没有打过这么漂亮的仗,梦中的他总是担惊受怕、终日匍匐在硝烟弥漫的战壕里,与之相比,交易所里的经历才更像一场梦。

不过,钱还躺在冷琳的口袋里,她会不会赖账呢?

第八章
看硬币是如何轻轻落下

由权力和物质派生出来的这个家庭,就像这城市里的一块夹心蛋糕,除了中间那一小块是精华部分,其余的全是丑陋的糟粕。

一

> 把一个硬币扔起来
> 猜猜是国徽还是数字
> 国徽代表爱情（白帆）
> 数字代表缘分（冷琳）
> 亲爱的　请你们都安静地睁开眼睛
> 看硬币是如何轻轻落下

千万不要以为王小山是在信手涂鸦，或者有好事者偏要去追究这游戏玩的是真是假，考证这些鸡毛蒜皮的表象都毫无意义。唯一正当的理由是：当王小山又一次站在人生的十字路口时，他最简便的逃脱方式就是在一片虚空中去相信支配这世间万物的神秘力量。

这枚硬币扔了三次，一次是国徽在上，剩余的两次都是数字在上，白帆被冷琳压在了下面。这最终的结果，令王小山心烦意乱。

当时的情况有些棘手：他在深圳给白帆写的那些信不知为什么居然落到了她母亲的手里，于是，母女俩便歇斯底里地吵了一架。事后，全家人都在给她施加压力，要她尽快和医院里的那个外科医生结婚。白帆在给王小山的来信中说："……在云水，我是一天也待不下去了。你走了以后，我每天晚上都在想你。尽管那个人厚着脸皮经常到我们家来，但我觉得很好笑，因为我和他说话时就像是我们俩在和他说话，我知道，他是装作没听懂，真滑稽……过几天，我会去看你。等我们见面时，我要给你一个惊喜……"

王小山的内心很矛盾。一方面，他盼着白帆到来。哦，她说要给他一个惊喜，那会是什么呢？但另一方面，他却不想一下就了断他和冷琳现在的微妙关系。冷琳的精明干练以及她身上那种成熟女人的气质是一般只会谈爱情的小女孩所不具备的。她对自己的关照有点像周倩，但她比周倩的素质高出了一个档次，周倩只知道一味地用性关系来笼络住她爱的男人，以至于最后把自己的肉体和生活都搞得一团糟，而冷琳无论是学识还是见解都体现出一种都市知识女性的魅力，在一个人生地不熟的城市里生存，要是缺了冷琳这样的人是一大损失。况且，白帆在信中说她在云水待不下去，这不是明摆着嘛，要是真来了，也就意味着她肯定要和家人闹翻，一旦留下来，她的工作问题怎么解决？她住哪里？总不可能也住在旅馆吧？自己能负担得起她一辈子的生活吗？

从深圳回来的这个晚上，王小山失眠了。第二天一早，他就匆匆赶到公司去上班，眼看都快十点了，冷琳的办公桌还是空的，他不免有些紧张。她是不是去银行了？也该回来了呀，还是在提款时出事了？挪用公款要被起诉的。冷琳有她的老爹老妈在后面撑着，而自己背着马军"吃零食"不仅是对朋友的背叛，弄不好的话马军一翻起脸来，他还怎么在这个城市混下去？

当王小山如热锅上的蚂蚁坐在椅子上抽烟时，冷琳终于来了。事实上，冷琳还没进门，他就听到了她的脚步声。真不可思议，在交易所里两人也就是热乎乎地泡了三天，他竟然熟悉了她皮鞋发出的声响。

"早呵。"一进门的冷琳和王小山打了个招呼就把皮包一甩，摊着手脚坐在沙发上。喔，她气色不错嘛，上身穿了一件通肩黑绸缎的短袖衫，下身是一条黑色的短皮裙，没穿袜子的腿赤条条地露在外面，系带式的皮凉鞋上脚趾甲也涂成了紫色。王小山一看心里就有数了，冷琳今天的打扮是努力朝性感那头靠，倒有点像美国电影《风月俏佳人》里的那些个出入宾馆饭店的烟花女子，尽管有点使过头，但公平地说，哪个男人不喜欢性感的女人呢？

"你吃过早点了吗？"她问。王小山明白，她往常如果没吃早点，就会在办公室里给自己冲一杯麦片或是奶粉，然后再从抽屉里拿出切片面包和一小瓶果酱，不用说，她的意思是想让王小山去给她打一壶新鲜开水来。在公司里，女人们似乎都习惯于让男人在此类事情上体现他们高雅的绅士风度。

王小山打来了开水。冷琳已经把两个洗干净的杯子放在茶几上，她热情地招呼他："你也将就吃一点吧，人要是早晨老不吃东西，时间长了会得胆结石的。"

"谢谢，没事，我好多年都没吃早点的习惯，不像你那么娇气。"王小山想，她是怎么知道自己不吃早点的呢？

"给，蘸上点果酱，可惜没火腿片，不然我能马上给你做一个'三明治'。"

王小山接过来道："我估计你最多也就是'三明治'在行，其他的恐怕不怎么样吧？"

"噢，何以见得？"冷琳跷着腿，姿势很性感。

"还用问吗？你们城里的姑娘天性是懒。噢，别生气呀——"

"我干嘛要生气呢，你说的是普遍现象，可我是特殊材料构成的。我先稍稍透点信息给你，上学的时候班上的女生给我取了个雅号，她们都叫我'百科全书'。你以为这光荣称号是轻易得来的吗？那可是经得住检验的。我提醒你，以后别太小看女人，女人的世界也藏龙卧虎、高手如林……要不干脆这样吧，这个周末你上我家来，我随便动动手，肯定让你不看不知道，一看吓一跳。"

"在你们家？算是正式邀请吗？"

"臭美，难道你还要我给你发一张请柬？"

一大早就掉入了一个打情骂俏的陷阱，这不是王小山的本意。以前，和女人打交道都是他掌握主动权，而和冷琳的游戏却隐隐约约有一种被她牵着鼻子走的感觉。他暗自琢磨，她会不会用这把温柔之刀来赖账呢？于是，他决定不再兜圈子了。王小山直接提醒她："你去银行了没有？"冷琳瞪了他一眼，意思是别在办公室里谈这个。

"下午一下班，我们在'红房子西餐厅'门口见。你要先到了，就在里边等我。我一会儿要出去见一个人。"

"什么人这么重要，怪不得穿成这模样，是不是去会男朋友哇？"

"哈哈，你吃醋啦——"冷琳大笑。

红房子西餐厅是座老派的法式建筑，听说新中国成立前这里一直是很多高等华人和外国人喜欢光顾的地方。新中国成立后，尽管历经各种运动，但似乎完好无损。据说它之所以能逃过数次劫难，全是因为它一直担负着接待中央首长的伟大使命。显然，到了九十年代，比它更华丽更气派的建筑纷纷拔地而起，它也就随之沦为了"庶民"，当然，毕竟曾经与历史上的达官显贵"有过一腿"，就是再落魄，在普通人的眼里也依然残留着曾经显赫过的遗迹。特别是近年来，大街上的外国人又逐渐多了起来，承包这家餐厅的老板也很会来事，他不知是从哪儿搞来了一些发黄的"老照片"，挂得满墙都是，于是，"真洋鬼子"和"假洋鬼子"们又蜂拥而至，仿佛到这里来不仅是为了吃饭，而是为了显示一种与显赫有瓜葛的品位。

菜单上的价格自然也是"显赫"的。王小山很紧张，他的口袋里只有两百块钱，他原本还想给家里寄去一百，因为去深圳出差，这事才耽搁了。总不能当着冷琳的面，用刚到手的钱来付账吧？

门口的风很大，但冷琳还是没出现。

一辆黑色的小轿车停在了街对面，从车里钻出一个半秃顶但穿着比较扎眼的男人，只见他绕到车的另一侧，就像西方电影里演的那样，他躬着腰万分殷勤地打开车门。嘿，敢情里边坐的是伊丽莎白女王哇？呸，假洋鬼子学起这些玩意来比真的都像，王小山差点笑了出来——噢，老天，从车里下来的女人，不是别人，正是冷琳。趁人家还在过道上说话，王小山赶紧闪回餐厅。他愤愤地想，这也许才是和她般配的男人，她在自己面前卖弄风骚，无非只是一时的利用罢了。一股无名火蹿上了他的心头，哼，像这种相貌平平的大龄女青年，肯定是嫁不出去的那一类，大城市里别的都缺，唯独是老姑娘过剩，她算什么，他王小山还从来没被女人捉弄过，等下分清了账，他立马就把她打入"冷宫"。

走进餐厅的她，手里多了一个水桶包。

"对不起，我来晚了，路上堵车。你来多久了？"

王小山答非所问："你经常到这里吃饭？"

"是。"冷琳点了点头。

"嘿，那白马王子可真有派头哇。上这地方来吃饭，还是你们这样的人比较协调，像我，一往这坐就显得格格不入了——"王小山的话说得酸溜溜的。

冷琳先是一愣，然后莞尔一笑："你都看见啦，他叫肖建新，这人就这德行，喜欢玩虚的。其实他是我们家的常客，原先也在艺术学院教油画，后来下海开了间广告公司，说是公司，其实也就是两个人合伙。他想让我老爹帮他弄点贷款，我刚才在银行碰巧遇上他，他就顺路送我过来了。干嘛呀，你的脸怎么一下拉那么长？"

"我……没有吧，我大概是饿了……"

"傻瓜，你就不会先让他们给你弄点吃的？"

"你这不是骂我吗？你不来，我有什么胃口——"

喔唷，真是环境改变人呵，只几分钟的时间差，王小山就从一个"格格不入"的人马上改造为一个让女人高兴、舒服的标准绅士了。值得一提的是，伴随着醉人的法国葡萄酒和餐厅里播放的舒伯特的《小夜曲》，冷琳把水桶包往王小山面前一放："给，这是你的，不用数了，上面都有银行的封条。我本想给你在里边开个户把账给你转过去，后来一想觉得这办法不安全，所以临时买了个包。这包也是给你买的，省得你不方便拿。"

她想得可真周到哇，王小山一阵感动。可一提到安全问题，他不放心地问："你刚才说什么东西不安全？"

"你想呵，转账在银行里可以像连环套似的一个账户一个账户地往下查，提现金呢，谁也不知道这钱是派了什么用场。何况，马军在深圳用钱大手大脚的，他就是想查也记不清这一二十万块钱的出处。"

王小山顿时恍然大悟。原来冷琳不是在冒险，一切都在她的掌握之中，无怪乎马军总是对他周围的人不放心，而他不也是像他们一样在背叛他嘛，他对自己是那么信任。王小山内心里隐隐生出了一种对不起朋友的负罪感，他嗫嚅地看着冷琳道："我想马军要是知道了，非活活气死不可。"

"哎，太夸张了吧。他有什么可气的，我就不信，他一点'零食'都不吃，就是寺庙里的和尚都做不到那么干净，何况是红尘中人？再说了，我们又没拿公司的一分钱，这钱是合法从股票上赚来的，用现代人的话说就是'智慧的结晶'。要照你的观点,那深圳人在全国人民的眼里不就都成强盗了吗?"

"你是不会明白的。我和你不一样,我和马军认识都十年了,从我们是朋友开始,他一直对我不错,并且每次都在我最难的时候帮我。古话说,'滴水之恩当涌泉相报。'可我……"王小山说不下去了,他觉得自己的胸口有点发堵。

冷琳怔怔地看着他,那眼神似乎是被什么东西触动了一下,但很快她端起酒杯道:"嘿嘿,真稀罕,你这模样让我想起了法国作家加缪写的一本叫《堕落》的小说。小说里的主人公是个律师,他手中掌握着维护人世秩序的法律,但公平和良知是相对的,在更多的时候,他也和别人同流合污。于是,就像你现在这样,他以一种自白式的口吻来回忆他的一生。结果呢,他的忏悔足以让全世界的人听了都有一种犯罪感,倒好像听他忏悔的人都成了罪人,而他自己却因为做了忏悔反而在基督眼里成了清白无辜的好人。你说,假设全世界的人都因为自己说不出口的罪恶去死,那这位高尚的忏悔者所做的忏悔又有什么价值呢?他新犯下的罪孽是不是比先前更具有毁灭性?就像现在,你要是再忏悔下去,那我就该去跳河了……"

王小山不吱声了。加缪的这本小说他早年看过,好像是八十年代大专院校里热门的存在主义读物,但因为书写得太艰涩,他几乎没有什么印象。想不到冷琳的存在主义哲学运用得这么灵活,她果然是一个特殊材料制成的女子。

这顿饭,两个人吃了近四个小时。事实上,冷琳只谈了十分钟的"加缪"就把王小山由良知引发的烦恼都给解决了。王小山的悟性向来很高。是啊,人既然活着,就得不断地"更新观念""刷新自我"。八十年代发掘出来的萨特呀、加缪呀充其量只能算纸上谈兵,经过十年的实践,很多人早就悟出,在现实中,谈论人的精神世界对人的身体健康有害无益,很多人因此得了一种叫精神分裂的怪病。人要健康向上就得把一切欲望及时转变为行动,这也是老弗洛伊德的理论。

红房子西餐厅本身就是一个启示:在这里,轻松愉快的调情氛围也是分时间段的,这恐怕才是西餐厅生生不息的魅力所在。王小山观察到:过了夜里十一点后,来这里的男男女女其穿着打扮、举手投足仿佛都与十点以前进来的顾客有所不同,不就是一个小时的时间差嘛,新来的人调起情来似乎显得比原先的顾客更大胆、更热烈、更肆无忌惮。当王小山把这一发现说给冷琳听时,冷琳偏着身子附在他耳边嗲声嗲气地说:"告诉我,你下次打算在什么时间段请我到这里来?"嘿嘿,想必这知识女性调起情来比小家碧玉是有过之而无不及呀。

这天晚上,回到住处的王小山一进屋就迫不及待地把那个至少有七八块砖头重的水桶包打开来看了又看。对,明天一早就到邮局给家里寄上五千块,父母辛苦了一辈子,终于可以用这笔钱去买他们想买的任何东西了,其余剩下的钱就一分不动地存在账上,以便等待下次的投资机会。哦,一下子有钱了的感觉就是不同,有了钱,就可以像一个导演那样,在生活的舞台上随意编排出自己喜欢的各种细节。看着钱币上的人物肖像,王小山真是诗兴大发,当然,他没有把诗写在纸上,他实在是太兴奋了,一时无法找准吻合自己心情的词语,换句话说是任何语言都不能形容他此刻的激动。于是,他干脆把这袋钱枕在脑袋下边美美地睡了一觉,虽然睡在硬邦邦的人民币上并不舒服,但这份颇具诗人气质的划时代的史无前例的享受恐怕是连冷琳这样的人也体味不出的。

二

现实生活给王小山提供了一个现成的有着"百科全书"称号的冷琳,那他又拿白帆怎么办才好呢?

白帆到昆明已经两天了。她看上去有点憔悴,好像胃口也不好,王小山问她是不是病了,她脸一红什么也没说,而她表姐却看着王小山直笑。王小山有点内疚,他想她身上的压力可能太大了。

她暂时住在她表姐曹美华那里。她这位表姐是很能干,半年前勾上了一个做香烟生意的广东人,于是,她让人家给她盘了个铺面做服装生意,并住在一套两室一厅的商品房里,她浑身的打扮有点像个"鸡",王小山一眼就看出来了。据曹美华自己说,她老公只是偶尔回来住,其余的时间这房里只有她一个人。看着浓妆艳抹的曹美华,尽管王小山不愿意让白帆和她一起住,但为了不让公司里的人说闲话,他也只好将就了。

这天,当白帆一个人和王小山单独待在一起时,她甜甜地说,曹美华今晚不回来了。王小山一听就明白,曹美华是故意躲出去，好让他们待在一起。显然，白帆已经把他们"有关系"的事告诉曹美华了，王小山有点不快，但仔细一想，她也是好心，眼下，正在"扫黄打非"，宾馆里查得紧，他们是没地方可去呀。

站在阳台上，两个人紧紧地依偎在一起，两人都很幸福，脸上反射着城市灯火的闪光。王小山反过手去把客厅里的灯也关了，白帆不再反对。真有意思，一个少女，尤其是一个处女，只要和她心仪的男人上过一次床之后，她就会理所当然地把自己当成"他的女人"。

"你收到我给你写的信了吗？"白帆问。依偎在他怀里的白帆身体很热，她说话细声细气，看着她耳朵旁的那颗令人心跳的小红痣，内心矛盾重重的王小山也顿时把夹在两个女人之间的烦恼抛在了脑后。

"收到啦，这几天公司里的事太杂，所以我还没来得及给你写回信你就来了。你在信中说要给我一个惊喜，赶紧说，是什么？"

"我不嘛，看你拿我怎么办……人家都急了，还以为你是出了什么事呢，你好几天都不给我写信，所以我现在要惩罚惩罚你。"白帆正啃着一个苹果，她自己咬了一口，又把它送到王小山的嘴边笑着道，"臭死了，你身上的烟味太重，呛得我都喘不出气了。"王小山咬了一口苹果，然后搂着她的腰并贴着她的耳朵说："我知道你怎么会喘不出气，说，是不是想我啦？"风吹在身上有些燥热，她头发上有一股洗发精的香味，王小山闭上眼睛深深地吸了一口，手已经移到了她的后背，并摸到了胸罩

第八章 看硬币是如何轻轻落下

的搭扣,女人扭动着身子。"不想,一点都不想……"怀里的女人想使劲掰开他的手,但王小山把她勒得更紧,像是撒娇,又像被他挠了痒似的,白帆一个劲地往他胸前拱。"你要是真的不想我,我就把你吞下去。"王小山说。不知为什么,王小山一碰到她的身体就想要她,是的,他等不及,如此良辰美景,干吗不踏踏实实地去满足自己的欲望呢,况且对已经变成女人的她来说做一次和做两次不会有什么本质的区别。于是,王小山像是在模仿外国电影里那些力大无穷的情人一样,他弯下腰,一把兜着她的腿肚子朝上把她抱了起来。

"不要……你的力气可真大呀……"拖鞋掉在了地板上,羔羊在他怀里挣扎、扭动、蹬腿的喘息声进一步激发了王小山雄性力量的爆发。要是在过去,王小山会害怕白帆觉得自己粗俗,可这会儿他用不着再对她装模作样地表现自己的克制和温情啦。真滑稽,在云水那个小地方,他一直都处在一个仰视她的位置,而在这里,一切竟然倒过来了,他王小山现在已经在省城立足了,而她呢不过是一个从专州县来的漂亮妞,两个人的位置完全调了个个。现在的姿势就是这样:他正俯下身去吻他,她呢,是她向上仰视他!

曹美华的卧室里有电视有音响,天花板上还有一面长方形的镜子。这镜子对着床的位置,当王小山仰面朝上凝视的时候,他立刻明白了,这肯定是城市里的好色之徒专为做爱玩的一种花活。

在城市的喧嚣声中抚摸着对方柔软的躯体,感觉很刺激。赤身裸体地与窗外的汽车喇叭声和房间里乱糟糟的电视画面一起进入了状态,这给了王小山从未有过的刺激感。想起在云水他自己的那个房间，他是那样地担惊受怕，简直无法想象他现在是这么恣肆汪洋——在一个陌生的房间、一张陌生的床上他愿意怎么"下流"就怎么"下流"。哦，云水奉献给情侣们的夜晚在他的记忆里只有压抑和死一般的寂静。他想起他们上次做爱时的情景，当时，为了减少响动，他和她只好把身体裹在一床厚厚的棉被里，因为他的房子是用木板隔成的，如果动静太大，隔壁就听得清清楚楚。

　　终归还是城市的夜晚好啊，一切声音和画面都像是专为做爱而准备的。屋外，除了有酒吧和夜总会，还有各种各样煽情的说不出口的享受，而屋内呢，卧室的活动也不逊色。只见窗帘上反射着一片橘红色的灯海，尤其是天花板上那面镶嵌的大镜子让王小山第一次感悟到了色情的魔力，只觉得镜子里的画面似乎被放大了，那里面的人看上去比真人的动作更刺激、更邪恶、更粗俗，也更让人满足。噢，是的，城市的夜晚给了他无穷的想象力，就连视觉、听觉都幻化为一种立体感，想必这才是一个隐藏着巨大潜能的自由空间。在这里，他用不着再把自己的欲望压抑在厚厚的棉被下了，他可以赤裸裸地、全方位地去表达自己末梢神经里的任何发泄。潮湿，一次次地潮湿。他和她做了一遍又一遍，看着女人脸上一波波的红潮涨起又落下，那分不清彼此的呻吟声似乎也没有要结束的意思。是啊，和她在一起就像是着了魔，好像要把一辈子的"力比多"都在此时此刻尽情地挥霍干净。

　　……

　　然而，镜子里的幻觉是长不了的。不知是因为幸福还是因为屈辱,白帆的眼角周围全是泪。

"怎么了?你在想什么?"完事后,他们裸着身子并排躺在床上。王小山心满意足地给自己点了支烟。

白帆把头枕在他的腋下。他能感觉到,她的头发和皮肤上全是汗。他抚摸着她,觉得自己的身体已经倒空了。

"亲爱的,我们马上结婚吧。表姐说,她可以帮我们俩找一间农民的出租房,价钱不会很贵。我想过了,我平时可以帮她去守守铺面挣点钱,你好好去上班,每天我都会在家给你做好饭等你回来,晚上我们可以出去散步……"白帆勾勒着一幅紫罗兰色的家庭生活远景。

王小山实在太困了,他嘴上应付着,但却什么也没听见。

白帆推了推他:"喂,你说呀,别担心,我表姐说,她不会亏待我的——"

"什么话,你表姐算什么东西,要让你去给她当小工?"王小山叫了起来。

"她也是想帮我嘛,有什么丢人的,你不是说只要我们能在一起,一切都不重要吗——"

王小山拍了拍她的脸道:"呃……是不是你父母看我现在有出息了,所以就同意你……"

白帆摇了摇头:"他们?怎么会同意呀。我这次是偷着出来见你的,他们还不知道呢,但现在可能已经知道了……我不怕。我现在不怕他们了,要是我和你结了婚,他们也拿我没办法。"

"可你的工作怎么办?昆明这地方什么都好,就是工作不好找……还有,我现在刚到一个新单位,什么成绩都没有,一来就结婚，你想别人会怎么看我，还是再等等吧……"

"等？为什么？"

"唔，等我把一切理顺了，然后……总之，现在结婚不合适。"

白帆的存在，让王小山既惬意又忧心忡忡。毫无疑问，单从对女性的审美来说，年轻的白帆无论是从年龄还是相貌上都要比冷琳更有吸引力。白帆在他面前是一头温顺、安静、漂亮的小羔羊。冷琳呢，她年龄大点，但在人情世故和社会能力上远胜白帆一筹。何况，她的家庭背景和她本人的综合能力也不容忽视，这两个女子各有所长，比较下来，白帆全部的抵押物除了爱情还是爱情，而冷琳能抵押的东西可就比这多得太多了。

他对白帆的爱情是真的吗？

是。是。是。

当他看到她的美丽、她的躯体、她光洁的额头和她耳朵旁的那颗小红痣，他觉得他是发自内心地爱她。可一下了床，一到了白天，一走到熙熙攘攘的大街上，她还能给他什么呢？

那么，他爱冷琳吗？

不知道。不知道。不知道。

他当然也想过冷琳的肉体，但他的内心告诉他，冷琳不仅仅是为爱情而生的。

……很复杂，有一点好感、有一点受宠若惊，还有一点实用的默契，甚至还有作为他要征服这个城市的欲望。早年的他不也梦想过将来找一个有昆明户口的女子做老婆嘛，而现在他能得到的比当年想要的多得多——冷琳虽然不具备维纳斯的魅力，也不是伊甸园里最好的伴侣，但她是一个能展示生活多种可能性的橱窗。如果说爱是理性的，那这就应该是爱。并且，有一点很重要，在冷琳那里，他找到了另一种感觉，那就是他第一次发现了自己还有另一种野心，即对获得财富的渴望。这可能性也是存在的。

"哇"的一声，白帆的哭泣打断了王小山的沉思："我……我想我是等不了太久啦……"她呜咽着趴在他的肩膀上。她说她怀孕了，这就是她在信中要告诉他的那个惊喜。

惊喜？王小山懵了。这简直是一场突然降临的灾难——爱情与怀孕是完全不相干的，岂止是不相干，对现在的他来说，简直就是当头一棒。当所谓家庭远景的图画在王小山脑海里展开时，他看见的却是这么一幅画面：住在租来的农民房里，墙壁上趴满了黑乎乎的苍蝇。他将如何对冷琳介绍他的妻子呢？总不能说他的妻子是一个替"鸡婆"守铺子的小工。还有，将来他的儿子因为户口问题连幼儿园都进不去。他已经尝够了自己曾经有过的那种钻心的屈辱和自卑，难道他世世代代都跳不出这样的轮回……不，他不能，他无论如何也不能答应和接受命运这样的安排。

王小山阴沉着脸道："你看这样好不好……你先把孩子拿掉。我明天就陪你到医院去。你想，我目前的情况……总之，我们不能太自私，你想过孩子的将来吗？在昆明没有户口，连幼儿园都报不上名，难道你希望他也像我一样在众人的鄙视中成长？我可不愿意我的孩子一出世就被人看不起……"多么高尚的理由，连王小山自己都差点被自己感动了。毕竟这算是唯一一条能帮助自己摆脱困境的借口，同时，也是为了避免白帆在这个问题上过多纠缠。从周倩身上，王小山已经得到了对付女人的经验——摊牌的时候必须坚决，否则就会带出更多的麻烦。

谎言也好，真话也罢，王小山努力让白帆明白他们现在结婚是不会幸福的。白帆脸上的表情随着他话语的层次也经历了激动—惊愕—怀疑—愤怒—悲哀—绝望，最后是沉默的整个过程。

"听话，就这样说定了，过一会儿天一亮我就陪你去医院。"

没有回答，只有沉默。白帆两手捧着水杯的神情很茫然。她的眼珠子阴森森的，就像是一个黑暗的冰窟，里面冷得可怕。

"你听见我说的话了吗？"王小山赔着笑脸问。

还是沉默。她嘴唇边的杯子把牙齿磕得梆梆响。

"你说话呀——"王小山急了。

她看着他，几乎是从牙缝里挤出来几个字："你走。现在就走，永远别再让我看见你！"

王小山试图把她搂过来。白帆像疯了一样赤身裸体地跳下床来朝他吼道："别碰我。你怎么还赖着不走。你不用等到天亮，你尽可放心，我不会留下属于你的任何东西。是我自己骗了自己，我会自己去受惩罚，用不着让你来告诉我该怎么做！"

王小山心里的阴霾一点一点地漫上来。她现在就像一个泼妇，她难道失去理性了吗？这是谁？这还是他认识的那个白帆吗？她怎么转眼间就变成了一个饱经沧桑的老妇人？没想到她的心脏这么脆弱，人家城里的未婚姑娘去医院做人流早就是家常便饭，对她就这么难？终归是小地方出来的人呵，把这种事看得像天塌下来似的。王小山甚至恶毒地想，她会不会故意在自己面前表现得很痛苦，好最终达到目的？

第八章　看硬币是如何轻轻落下

他觉得自己处于无法辩解的境地，这样的对峙是不公平的。

半晌，他才低着脑袋拉开门说："那我先走了，你什么时候去医院就给我打电话。"

关上门，王小山把耳朵贴在门上听了一会儿，屋里很安静，没有任何动静。他长长地舒了一口气，顿时觉得身心极度疲乏。大街上已经有了零零落落的人影和汽车声，天快要亮了，只见整座城市呈现出一种发黄的灰蒙蒙的调子，浮在空中的云层仿佛还透着人们夜生活过后所留下的那种湿漉漉、黏乎乎的暧昧。哦，这城市的黎明真难看，它如同是包裹在头天夜里那些还来不及消解掉的污浊和肮脏里，无怪乎空气总是夹带着一股说不清的怪味。也许吧，不管是人还是其他什么东西，只要是在这个环境里呼吸，其五脏六腑就干净不了，人的相貌也将随着这空气的龌龊而变得越来越难看。

整整一天，王小山都在等电话。他咬紧牙关，下决心不再"自投罗网"，这次，他要等白帆主动"下矮桩"。此时，女人是被动的，被动的女人应该听话。

直到下午快下班了，王小山都没有接到任何电话。看来，她果然是去意已定，一般骄傲的女人都会用这种伤害自己的方式来加重惩罚对方良心的砝码。他如果没有良心，那该多好啊。

正烦着呢，却有人敲了敲他的桌子："想什么呢？那么入迷。"哦，是冷琳。这两天，他几乎没精力去注意她。

王小山苦笑了一下说："你怎么就跟个幽灵似的，老是趁人不备出其不意，冷不丁地能把人活活吓死。"

向幻影告别

冷琳今天的情绪特别好，她冲王小山一乐："就是要吓死你。你好好听着，本人在此宣布一条重要消息，一会儿下了班，我在街对面的冷饮店里等你，然后，你和我一块儿上我家吃饭。今天我们全家人都回来了，我哥平时很忙的，今天他是抽空回来的，还有我姐一家，他们明天就要回英国了，我想趁这个机会，让你去见见他们。"

"你们全家？你哥？你姐……这合适吗——"

冷琳一拍桌子，脸色顿时变了："你什么意思？是不是不想去，不想去就趁早拉倒……"

"别……我是说去你们家我一点准备都没有，至少应该给他们带上点见面礼，要不我怎么见人呀……"王小山补充道。

"嘿嘿，真看不出，你这人还有中华民族尊老爱幼的美德。行了，你到底想不想去？"

"去呀……可是……"

"别婆婆妈妈的啦，不就是见面礼嘛，我早就替你准备好啦。记住，我们家里的人是不会在乎你送什么东西的，关键是你要拿出你的看家本领。你不是诗人吗，今晚你就可以展示展示你的才华。我姐这人很有品位，就看你的了……我先走一步，六点一刻，我在下面等你。"

意识到自己完全无能之后，王小山就像是一个原先踮着脚尖躲在幕后，但突然被一只无形的手推到幕前的孩子。似乎没人教他该怎么去做，但大幕已经拉开，要想逃走就只能原形毕露。

还是没有电话。王小山此刻最想知道的是白帆会不会去医院？要是她想不开……王小山不断地警告自己不要向同情心屈服。他决定,再等五分钟,电话再不响,他就去冷琳家吃饭。

漫长的五分钟过去了,王小山觉得那枚抛向空中的硬币是对的,是白帆自己退出了这场角逐,他终于解脱了。他想,这是天意,是他人生中经过的一道坎,反正这不怪他,是白帆自己抛弃了这五分钟,是她决绝地退出了他的生活,这不能怪他,要怪只能怪她自己。

其实,话又说回来了,就是电话来了,他难道会在众目睽睽之下从舞台上突然掉头就跑?任何聪明人是不会这么做的。还有,这世界上受苦的人和幸福的人不是都归上帝统管嘛,那按照上帝的法则,让其中的一个人去受苦也总是比让两个人,或三个人一起去受苦要好,这不是很合理吗。

王小山就是带着这样的想法走进了冷琳的家门——他绝不能站在受苦人的队伍里,并且,失去的东西将来一定要加倍找回来。不,这不是迷信,而是像现在的大多数人一样,为生活得更美好,每个人都需要忘却过去,并强化自己的新意志。

想必冷琳把他拉出来,并一定要把他置于他们家客厅的强光之下是有用意的。一旦被如此精明能干的女人看上,那就是人家换着戏法想折磨你。冷琳嘱咐道:"见了我们家的人,你不要随便讲话,但也不要太紧张,我们家的人很看重个人潜质的,尤其是我哥和我姐,他们都属于那种眼睛有"毒"的人。"王小山打趣地说:"放心吧,不管是蛇还是蝎子,我一概斩尽杀绝。""屁,有你这么说话的吗——"

冷家的院子当然比不了马军家，但院子里却有着另一番景象。一个浑身长毛、只穿了一条短裤的老外正在和两个长得像洋娃娃一样的小孩在草地上玩耍。冷琳介绍道，这是汤普森，是她姐夫，会一点中国话，但基本是文盲。而她姐姐这次回来是为一家英国的大公司和中国人做医疗器械方面的生意，因为做得顺利，所以几个月之后她还要回来。

王小山把一摞包装精美的礼品放在进门的一角，一副很随意的架势。踩在厚厚的羊毛地毯上，王小山真不知该把脚放在什么地方更合适。屋里的摆设以亮色的东西居多，仿佛到处都在发光，就连茶几上放着的烟灰缸和水杯也亮得出奇，王小山是后来才知道那东西是用水晶做的。

冷琳把王小山一一介绍给了家人就到厨房炒菜去了。看来她倒是没吹牛，她确实是她们家的一级厨师。冷琳的父亲在看报纸，他和王小山点点头并示意他坐在对面的沙发上。坐在他旁边的恐怕就是她大哥了，王小山已事先知道他在省人事厅上班，一看就是那种在机关里有点资格又养尊处优的人，最多是个副处吧，凭他的年龄，他不可能这么快就爬到实权人物的位置。不过这位老兄还是问了一些王小山单位上的情况。听得出，他对经委各部门的人头很熟，可惜，王小山只去过一次经委，他除了认识马军和陈主任就根本没见过他说的其他人。如此一来，王小山的回答就显得很笨拙，让他难受的是，如今的他早已"魂断"仕途，向上爬的道路早已中断，而这位老兄却总在跟他谈老一套，什么毒蛇呵、蝎子呵，充其量还不就是被机关里的人际关系搞得昏昏沉沉的吗？于是，她大哥问一句，他就答一句，这种软绵绵的较量既不属于知识范围，也不属于生理范围，这让他感到索然无味，但还不能马上把这种情绪流露出来。好在冷琳的姐姐替他解了围。她随便和王小山聊了几句就开玩笑地说，冷琳虽然不是搞艺术的，但看人的眼光却跟古典主义大师们差不多，什么时候有机会他应该去意大利亲自看看，因为他的身材和气质跟米开朗琪罗的大卫雕像很相像。很难判断这样的评价是恭维还是含有别的贬义，不过，她似乎对王小山本人的情况很了解。她说，像他这么机灵的年轻人还是到现在的投资公司来发展好，因为中国目前的改革速度对每个人来说都意味着有很多机会，关键是看个人自己的努力，比如，一般在西方国家的投资行业里做事，人的价值回报和社会地位都是相当高的，个人的年薪至少是在二十万美元以上。王小山听明白了，在她关注的世界范围内，金钱和功利主义才是人性最高的品位。

和冷琳的姐姐天南海北地聊当今的国事人事，王小山才恢复了诗人所谓的才华，就像是相互比较"毒性发作"的效力，他对当下社会幽默的调侃似乎收到了一定的效果，就连坐在对面看报纸的准岳父也加入进来了。虽然老头儿不时透过老花镜用眼角的余光瞟着王小山，但王小山通过他的只言片语，立刻就捕捉到了这老头儿对他年底即将退休的现实满腹牢骚。其实，他听冷琳说过，老头儿的革命资历并不深厚，他也就是解放大军解放云南的前夕才参加了地下党的外围组织，算起来，作为正厅级干部的他应该算"进步"得很快了，有很多出生入死的老红军干到头不也就"进步"到正厅级为止嘛。但对于他的

"进步",他还不满足,照他自己的说法是,这与他本人的性格有关。也顾不得什么党性原则了,要退位的领导一旦骂起待在台上的领导来比年轻人还要过火,以此可见,人对权力总是那样的贪婪,而坐一起旁听的听众也不劝慰,可能是大家都有同感,反正权力失去了,终归是件痛心的事。当然,王小山按冷琳的吩咐,竭尽全力地履行着自己当小丑的职责,他偶尔帮衬上一把,为的是尽量让老头儿不压抑自己的"性格",听得出,老的也好、小的也好,人一旦对手中有过的权力"上了瘾",就像吸毒一样,一时半会儿总是难以戒除。这样一来,王小山便在未来岳父的牢骚中找到了一份松弛的感觉。毕竟,他也有过类似的经历,只是远不及准岳父"上瘾"的时间长,所以,都是受过挫折的人嘛,彼此诅咒一通与光说漂亮话相比,更能让彼此留下好印象。

未来的岳母进来叫大家一起去饭厅吃饭,嗬,这哪是什么饭厅呵,简直是一个享受奢华生活的密室。只见长长的餐桌还铺了一块雪白的台布,那上面一朵朵镂空的花瓣和全套的青花瓷餐具相得益彰。突然意识到冷琳生活在这样的环境中,王小山不由得又紧张了起来。他想象不出,要是自己的父母和这家人坐在这张桌上会是一种什么样的表情,是啊,他们家庭之间的差距实在是太大了。

事实上,饭一吃完,王小山心里就有数了:他未来的岳母和岳父,包括冷琳的大哥对自己并不热烈,但也没有表现出明显的反感,也许是冷琳事先都与他们打过招呼,所以他们对王小山的态度还比较有修养(至少他们表面上好像并不特别提醒他,他是从农村出来的)。是啊,与白帆不同,冷琳在家里是一个能主宰自己命运的人。

　　冷琳的大哥和大嫂吃完饭就走了。冷琳的姐姐和她的老外丈夫在用英语说着什么,王小山也趁机告辞。冷琳提出送送他,但王小山无论如何不让。他说:"你累了一天了,应该在家好好休息。"噢,在冷家人面前,他的表现像个体贴入微的绅士。是啊,他不能输给那个连中国话都说不了的英国绅士。他已经看出来了,冷琳在自己的亲人面前是最要面子的,尤其是在亲姐妹之间,也许,她们最擅长的游戏就是暗中比较男人对她们的殷勤程度。想必,冷琳对他今天的表现应该是无可挑剔。

三

　　白帆究竟去医院了没有？王小山不放心。蒙蒙的细雨，一场接着一场，殊不知无所适从的烦恼即便借酒浇愁也是枉然的，酒杯里不断浮现出来的真相清晰得让人害怕。

　　两天后的傍晚，王小山打着一把伞又去了曹美华家一趟。屋里好像没人，也好，再见面，他总不能说他改变主意了吧？他想起曹美华的服装店就在离这里不远的南太桥旁边，于是，他决定把东西交给曹美华，让她转交给白帆，自己也可免遭一场尴尬的冷遇。

　　曹美华的服装店很冷清。她一见王小山进来，就冷冷地问："你现在跑来干什么？"

　　王小山赔着笑脸把一条准备好的"摩尔"烟递给她说："你怎么对我也横眉竖眼的，她不理解我，你应该理解呀。我没别的意思，我不想让她把什么都丢了，跟着我在这里受罪呀。"

　　曹美华接过烟并拆开一包，从中抽了一支。王小山急忙掏出打火机，像对待一位贵妇人那样殷勤地给她点上，然后他小心翼翼地问:"她……她还好吗?"

"嘿嘿,亏你还记着,可惜,她已经走啦——"

"走啦,去哪儿?"

"回云水呀,她还能上哪儿——"

"这么快,那么她……她……"王小山最想知道的是白帆究竟去医院了没有。

曹美华撇了撇嘴角:"哼,你是不是想问她肚子里的孩子?我本来不想跟你这种人说实话的,你这样对她,真是做得太绝了,但我那个不争气的表妹料定你肯定会来把自己的屁股擦干净,所以她要我转告你,你那堆脏东西她已经弄掉扔在医院的垃圾桶里啦……哼,你不必这么瞪着我,你还有理了不成?"

"她……我让她给我打电话的,可……"

"屁,别再演戏了。你那会儿到哪儿去啦?她从妇产科出来的时候,脸绿得跟个死人似的,我让她在我这里休息几天,可她说在单位请的假已经到期了,她必须回去上班……唉,她太可怜了,这全都是你害的……你们这些男人上床的时候甜言蜜语,一提上裤子就爹娘不认,我算看透了,你跟这里的人没什么两样,一样的坏,坏透了。"

还从来没有女人这么骂过他,王小山铁青着脸道:"请你把这一万块钱交给她,我……我马上就要去出差,这一段可能没有时间去云水看她……"

曹美华当然不会把他的钱往他脸上扔,这通常是看不开的女人才有的品性。而曹美华虽然是白帆的表姐,可她已经提前进入了商品时代。一万块钱,在当时还算个大数,用它来抵消自己良心的不安,也应该算是过得去了。王小山转念一想,又从怀里掏了五百元出来对曹美华说:"这个,是我谢你的,你先拿着用……"

"你走吧,我会把钱交给她的。噢,你等等,这是她让我交给你的东西——"曹美华说。

王小山接过来打开一看,里面是他写给白帆的一摞情书,看来,她对他是彻底死心了。

随着这一年年底的临近,冷琳已经把他们的婚事提到了议事日程上。

正规的恋爱状态与非理性的恋爱真是不尽相同。对恋爱颇有阅历的王小山十分清醒地意识到在这场恋爱中,青春的激情已经一去不返。但这又有什么关系呢,虽然冷琳身边不乏一两个向她献殷勤的男人,但王小山有自己的过人之处。冷琳喜欢美食,可她又担心自己的体重,她对发胖的恐惧几乎超过一切,于是,每天帮她分担一部分美食的差使就落在了他的胃上,因为他那"大卫"式的身高和长相配得上这份重任。从此,新时期的热恋就这样展开了。

王小山就这么跟在冷琳的屁股后面接受了这个城市的平庸。上班、下班、公开地逛大街、买东西、坐在冷饮店里对路人评头论足,偶尔在街上遇到她大学时的女同学,冷琳会小鸟依人似的靠在王小山手臂上,就好像他的健壮和有棱有角的长相是一座值得供人观赏的雕塑。是不是这里的人谈恋爱都这样乏味呢?王小山对所谓的"情人约会"已经感到十分不耐烦了,他唯一恪守的原则是，尽量保持住外部世界有条不紊的秩序，绝不让任何"自我"的余波来干扰自己为美好生活而奋斗的目标。是的，为这个目标他已经失去了一切，他不能再前功尽弃了。冷琳呢，她努力的方向与王小山恰恰相反，她的"自我"已露出了一个角。刚开始谈恋爱时的装腔作势基本告一段落，在更多的时候，她只有上街才精雕细琢地在脸上涂抹，但一从大街上回来就立刻套一件宽松的睡袍，然后当着他的面把黄瓜、柠檬搅在一堆石灰似的粉末中，并把这堆东西都抹到了脸上，噢，那竣工时的丑态是那样浓重和难看。王小山还发现，她的皮肤并不细腻，鼻子周围还有许多小雀斑，而平日里一头蓬松的大波浪卷发其实是靠理发师的手艺夸张出来的，想必她的头发很稀疏，并没有看上去的那么浓密。尽管她头发的光泽很亮，可那上面全是发胶，让王小山很不习惯的是，搂搂抱抱时那气味太重，于是，他经常保持在恰当的嗅觉位置，而冷琳却自以为是地把他当成一个对风月所知甚少的好人儿。她倒说他接吻的水平不到位，接吻的技巧是在舌尖上，舌头是人的第二本能。尽管西方的文化与东方人的习惯在其他方面各有差距，但在对舌头的认识上，全世界都持同样的观点。习惯于靠感觉来激发欲望的王小山经常被冷琳的这番"博学多才"弄得索然无味。

  王小山的悲哀就是找不出悲哀的理由。在别人的眼里，他已经是撞大运了，父亲写来的信很说明问题。父亲在信上说："村里的姑娘现在也不比从前了，她们都愿意嫁到条件好的外地去。近几年，村里'失踪'的年轻姑娘多了起来，其实，失踪是假，大多都是跟外地做生意的小商贩跑了，所以你也不要太挑剔，有合适的就赶紧找一个结婚。不要惦记家里，只要你过得好，我和你母亲也就放心了。"家里的来信总是老一套，他的婚姻已经成了他们的心病。王小山也曾想过带冷琳回一趟老家，可仔细一琢磨又觉得不妥，冷琳对农村的向往不过是体现她一种高高在上的修养，而他家乡的愚昧和落后却远不是修养所能承受得起的。

  不过，这场恋爱的本质就是这样的荒谬，当王小山越来越习惯于掩饰自己的真情实感时，他距离婚姻的圣殿反而不远了。为了受人喜爱，他必须风风火火地与冷家人打成一片。每个周末王小山都随冷琳一起上她家，冷琳的大哥冷一冰有自己的小家，他们很少回来，就是回来也就是待上一两个小时就走，岳母大人呢，已经习惯了让王小山陪她一起去菜市场买菜，主要是为了让王小山干点他力所能及的体力活。冷琳说，她妈现在就只剩下她了，"洋姑爷"靠不住，所以对这个未来的"姑爷"考核也就相对严一点。王小山清楚，要是在他的老家，人们管这叫"上门"。是啊，对这种进门的方式人家就一点不小瞧自己吗？也许只是不去说透罢了。所以，王小山总是小心谨慎地在各方面都防着这位岳母一手，岳母大人平时在家里不爱说话，可一到了菜市场跟卖菜的小商贩讲起价来却一分也不含糊，在菜市场上如此，在家里她也不会放过任何显示身份的机会。一天，她们家的老保姆把堆在厨房里的饮料瓶和废报纸卖了，但却没有把钱及时交到主人手上，这下可不得了啦，岳母大人先是把老保姆叫到了客厅里，然后当着他们的面像审贼一样把这个老保姆审了一遍，平日在老头子面前连大气都不敢喘的她，此刻却声如洪钟，特别是她那副端坐在客厅正中的架势让人看了心惊肉跳。当老保姆战战兢兢地从围裙里把那六毛七分钱交到主人的手上时，不知为什么，这个五十多岁的农村妇女那双像枯叶一样抖个不停的手使王小山突然想起自己的母亲，母亲的手就是这样的一双手，手背上布满了青筋，大拇指的手指甲几乎扁得凹陷在肉里。他忍不住看了看冷琳，只见冷琳无动于衷地对老保姆训斥道："你以后最好别再惹我妈生气，否则就不会有下一次。"冷琳说话的口气简直跟她妈一模一样，看着她，王小山觉得自己心脏周围的血管仿佛正扭曲地缩成一团。

王小山在心里咒骂道，这才是他妈的他们这些人的本性。他们自以为出身高贵，实际上是过着半幽灵的生活，表面上他们把无休无止的繁文缛节当作身份的标志，可在阴暗处，他们物质上和情欲上的发迹不都是像贼一样掳来的吗？什么他妈的教养呵、美德呵，还不是吃柿子专找软的捏，对一个上了年纪的保姆犯得上这么凶吗——由权力和物质派生出来的这个家庭，就像这城市里的一块夹心蛋糕，除了中间那一小块是精华部分，其余的全是丑陋的糟粕。

然而，冷琳做梦也不会想到王小山此刻的心态，她怎么会把这桩小事和王小山的存在联系在一起呢？如今，从农村涌入城市的保姆成千上万，她们要想在城市里待下去就得忍气吞声，这有什么可愤愤不平的？就快吃晚饭了，可王小山突然说他想走，冷琳显然不知道王小山的心事。她说："你有事呀？"王小山没吱声。冷琳用胳膊拐了拐他道："发什么神经哇，外面正在下大雨。说，你为什么要走？"

向幻影告别

啊，啊，啊，他为什么要走？如果他走了，这夹心蛋糕里的精华部分不就是白扔了吗？老保姆和他的父母都被其中的糟粕给哄骗了一辈子，他还年轻，他怎么能轻易退出这场较量。

大雨，莫名的忧郁，老保姆那双永远伸不直的手，暗藏着的愤怒，饭桌上的美味佳肴，最后想到的竟然是冷琳那个布置得十分华丽的闺房。

情感的旋转的风暴就这样凝聚为一个强有力的支点，他王小山一定要占有这里的一切、一切！他现在，不，马上、马上、马上就要在她这个香喷喷的房间里睡了她！他要把她操得翻不过身来！

岳父岳母吃过晚饭就待在客厅里看电视，而冷琳的闺房是在楼上，平时这对恋人一撂下饭碗要么是出去散步，要么就直接上楼回到冷琳的房间。而今天的这种大雨天气显然是不适宜出去抒情的，所以唯一的选择当然是上楼。

像平时一样，冷琳一进屋就把门锁上，并懒懒地搂着一个用棉布做的熊猫斜靠在她的床头上。也许，凭着女性的直觉她已观察到王小山有点异样，她问："你今天怎么怪里怪气的，哪里不舒服，是不是病了？"

王小山把她怀里的熊猫扔在地板上，然后闭着眼睛靠着她，并指了指胸口说："是这儿，这里边不舒服，你想法给治治吧。"

"从来没听说你心脏有毛病呀，是不是胃不舒服，来，让我看看。"当冷琳把手放在王小山的胸口时，王小山的笑终于憋不住了。此时，他用一只手使劲勒住她的后背并用另一只手去抓她的乳房。"去，去，美的你，耍流氓……"冷琳身子一闪，王小山扑了个空。他翻身过去抓她，人没抓着，一伸手，却触到了枕头底下的东西："咦，这藏的是什么？"一翻开，枕头下是一摞线装书。真是大开眼界啦，一套原版的《金瓶梅》就藏在她的闺房里，王小山早就听说过这种书只有军一级以上的干部才有资格阅览。狗日的，看书都要讲究身份，难道有身份的人才有生殖器？确实，王小山这天是被刺激了一下，毕竟，这种与生俱来的切肤之痛是冷琳这样的高干子女体会不到的。"想看就看嘛，有什么大惊小怪的。"冷琳一边说一边也把身子凑了过来。

　　王小山顺手翻开一册，劈面就是一张木刻的春宫图。图的左边是一个古代女子一丝不挂地弓着身子趴在一条春凳上做匍匐状，而在她撅起的屁股后面竟站着一个手握巨大阳具的头上梳着发髻的古代男子……另一幅图就更直接了，只见这女子两腿朝天地被架在男子的双肩上……天啊，想不到中国古代的春宫图比赤裸裸的西洋画还要色情。王小山快速地用眼角扫过一串串文字，不得了，果然是满纸风月云雨，字字句句都乃稀世奇淫。与此同时，伏在王小山肩膀上的冷琳，其呼吸声也越来越暧昧。而王小山却边看边走神，他想，能把这种春宫图藏在枕头下的她怎么可能是清白纯洁的女子呢，她肯定在和他谈恋爱之前就被别的流氓干过了，说不定，这才是她打算下嫁给自己的原因。哦，白帆倒是个一尘不染的处女，可他又怎么能不顾一切地去选择她呢？恩格斯说过这样一句经典的话：在阶级社会里，婚姻是被打上深深的阶级烙印的。遵循这逻辑的推理，只有冷琳才能带着他进入这道华贵世界的大门,那么,她是不是处女就无关紧要了。王小山指着书上的人儿问冷琳:"想不想和我一起试试——"

回答是多余的。古今中外的掠夺者从来不事先打招呼。一切都与想象中的吻合,用不着关灯,用不着掩饰自己的贪婪,只需扮演一个巧取豪夺的强盗就行。

替冷琳脱衣服不是件困难的事,说得确切点是撕掉她身上的衣服,为了省时省力他把她干脆放倒在地板上(因为这屋子里没有条凳)。此刻,王小山的脑子里尽是邪恶的念头——她不是把春宫图压在枕头下吗?现在他就是那个撕开伪装对她施暴的男人,就这样抓住她的脚踝并看着她腹部的曲线在他的摧残下断裂为几何形的碎片……在这个做爱的场面中王小山处于绝对的优势,他可以随意观察自己想要看到的一切,而冷琳却一直紧闭着眼睛像是在忍受着巨大的痛苦。"妈呀……轻点……呀……不要……"她摇着脑袋仿佛是对他发泄出的暴力提出无力的抗议,嘿嘿,抗议管个屁用,那老保姆不是连声都不敢吭吗——这就是报复,他的手像铁钳似的几乎容不得对方有半点反抗。王小山兴奋地注视着眼前被蹂躏得不成样子的她,哦,在他的冲撞下她除了小声地哼哼就只能向他一个劲地求饶(王小山自己的幻觉),平日里说一口标准普通话的她也下意识地现出了本地腔调的原形,哈哈,她就这样失掉了她平时里扮演的不可一世趾高气扬的角色。只见她脸上的面具已经变形,脖子上也暴起了一道青筋,半张着嘴像死鱼似的在喘气,那眼神是一种请求他稍缓片刻的可怜相……看到这一幕,王小山是多么豪情万丈啊,是的,作为一个农民的儿子,他终于做到了他曾经想做的一切。十年了,从他二十岁踏进这个城市的那天起,征服一个城市女子一直是他的梦想,现在,这个梦想真正实现了。他看见自己正骑在一个城市小姐的身上为所欲为……

"妈呀……不要哇……你疯了……"女人抽搐了一下,直挺挺地不动了。

……

完事后,王小山感到非常满足。岂止是性欲的满足呵,瞭眼看着这娇贵小姐的肩膀、乳房、臀部周围隆起的红色、青色、紫色,王小山闭上眼睛,他多么想多保留一会儿,这只属于自己一个人的隐秘的狂欢啊。

冷琳还摊手摊脚地躺在地板上哼哼唧唧,这被侮辱、被损害的人有气无力地仰起头,嘴唇习惯性地半张开正等着他亲吻。但王小山没这心思,他摇摇晃晃地站起来并对着镜子整理了一下自己的衣服。此刻,他只想从这里出去,独自去品味自己的胜利。事实就是事实,只有为爱情做爱的情人才需要后来接下去的亲吻和缠绵,而他不需要,他所盼望的就是马上省掉这难堪的时刻。

临走,王小山的眼睛当然不会忘记去履行最后一道使命。(冷琳是不是处女?这是王小山心中的一个死结)他俯下身去像是在找什么东西,令他失望的是,目光所及之处什么也没有,什么也没发现。

"你在找什么?"冷琳朝他伸出的手似乎是想重新抓住他。

四

第二年的春天,王小山和冷琳如期举行了婚礼。像所有的新人一样,他们在影楼拍了大幅的结婚照。冷琳把它们全都挂在墙上,远远看去,在这两张巨大的脸上写满了全国统一型号的新婚夫妇幸福和甜蜜的表情。

冷琳已经有了两个月的身孕。大概是因为怀孕的缘故,身为新娘的她尽管脸上涂了厚厚的妆,身上穿了大红色的旗袍,但整个人看上去依旧是懒洋洋的。

新房自然是设在冷家。房子倒是换了一间大的,那是她大哥原来住过的屋子,王小山对此倒不在乎,可冷琳就不一样了,近几个月来,她把这房间里里外外折腾了一遍,反正是想着法子把王小山存折上的那点钱折腾光。(王小山就是这么看的)很快,有用和没用的东西码了满满一屋子。包括冷琳自己原来的那个房间也被改造成了婴儿房,尽管孩子在她的肚子里还没有青蛙那么大,但音响呵、钢琴呵、空调呵,还有天花板和墙壁上都挂满了奇形怪状的装饰物。岳母一有空就对着王小山唠叨:

"你娶了我们家的小琳真是你前世修来的福分,你可要对得起她呀,如果你要是敢欺负她,我们就拿你是问。"

为了符合冷氏家族的标准,冷琳开始改造王小山。穿戴就不用说了,上班是西装革履,星期天外出是休闲套装,脚上的皮鞋是让保姆拿去打过蜡的,休闲套装的料子还必须是纯棉的,社交场合一律讲普通话(因为王小山的本地话带有明显的专州县口音)。让王小山感到难受的是,冷琳总认为他身上的皮肤不洁净,除了烟味还有一股食物的气味。总而言之,她希望王小山能像她姐姐那个英国老外那样用一点男用香水,在她眼里,这才是高雅绅士必备的一种情调。就这样,冷琳极其顽强地浸沉在她那个阶层无休止的繁文缛节中,而王小山呢,因为是从大山里出来的,他对气味的感觉是踏实可信,他无论如何也受不住那股怪味。于是,更多的时候,王小山宁愿在没有任何要求的情况下去和她亲热,一旦对方要求得过分,他就干脆在一边偷懒,或者说自己累了。

不管怎样,这场婚姻还是为王小山提供了一种人生的归属感。不光是女人才有归属感,只不过男人对归属感的要求更全面、更彻底,就像他,只有把家安在这样一个高级干部的家里,城市对他这样一个农村孩子来说才算得上是踏实可信的。他想,他不应该不知足,和冷琳相处的这些日子,他也领略到了待在这一阶层的魅力:吃西餐、听不要钱的音乐会、与时髦男女一块儿上高级娱乐场去打保龄球、周末到郊外搞搞聚会,不过,最有魅力的还不光是表面上的吃吃喝喝,这个圈子里有一条不成文的规矩,那就是对别人的隐私刨根问底是不礼貌的。那么长时间以来，他和冷琳都是以文明人特有的礼貌各自看守着各自的隐私，冷琳对她的过去守口如瓶，王小山呢，就是在做爱说情话时也加倍提高警惕，从没失过口，包括白帆去医院打胎的事都是神不知鬼不觉就过去了，想想这些，也应该算是彼此扯平了吧。

人生的大事按部就班地进行着。婚礼这天，其盛大豪华的场面让王小山大学里的同学一个个都羡慕不已。李维维也来了，多年不见，他看上去有些出老，刚过三十的他就已经秃了顶，身上穿着的那套蓝色的工装，其衣服的手袖间透出洗不干净的油渍。李维维送给王小山的礼物是一块他们厂生产的老式机械手表。他问马军，能不能把他也弄到他们公司里来？他说，他在厂里推销的这种手表在新潮电子表的冲击下已经卖不出去了，工厂里现在发工资基本是靠银行贷款，也许用不了多久，这工资就发不了啦。李维维如此，别的人也混得不怎么样。当年一心把旅游作为人生目标的李小燕如今只不过是在兵工厂当了一名在车床边做车工的女工。她在参观了王小山的新房后对他拥有的华丽和富足感慨不已，她感慨地说在这帮同学中，王小山应该算是个人奋斗成功的典范。于是，她顺便提到了沈惠珍，并意味深长地问他是否见过沈惠珍，当然，没有第三个人知道他当年和沈惠珍的事，更不知道他那天去找李小燕时那种内心的痛楚，对此时的王小山来说，他已经羞于去回忆几年前大学毕业的那个夏天了。

"沈惠珍后来还是嫁给了许凯，你知道吗？"李小燕提供的

第八章 看硬币是如何轻轻落下

情况让王小山吃惊。怎么可能？许凯后来不是去北京当盲流诗人了吗？何况她当时对许凯是那么恨之入骨？"嘿，"李小燕摆摆手接着道，"这就叫恨有多深，爱也有多深，反正我知道的是许凯在北京的盲流村混得很惨，他最后的辉煌就是搞了一个所谓后现代的'行为艺术'，作品的名称嘛好像是叫什么'此人出售'，对，其实这几个字就是他的'作品'。我听沈惠珍说了半天才弄清楚这后现代艺术的玩法，也就是用不着再把诗写在纸上拿去发表，艺术家本人只需把'此人出售'这几个字用油漆写在衣服的背上，然后穿着这件衣服走遍京城的大街小巷去招揽买主。我想呵，许凯能搞出这玩意来也不是凭空的，可能是在北京遭的罪给弄出来的灵感吧……嘻嘻，我估计他是实在混不下去了才又想起来去找失落的爱。沈惠珍也傻，她自以为当年的白马王子还一直惦记着她呢，本来她和丈夫的感情就不好，所以一见了许凯立马就和丈夫离了并马上嫁给了王子……我听沈惠珍讲呵，他们两个结婚时的确是一无所有，穷到买了糖就买不起床的程度，后来两人还是买了张床。你听听，这悲壮的细节是不是挺感人的……不过呢，照我看，诗人的爱情欣赏欣赏可以，一当了真那就不好玩了，许凯那种人岂是做丈夫的料？沈惠珍给他生完孩子后，他还是老样子，一天到晚游手好闲，除了说大话和喝酒什么活都不愿干，结果惨得很呵，沈惠珍一个人的工资不仅要养孩子，而且还要想办法养着他……"有人插了一句："嗨，也不能这么说，你觉得他们过得惨，这是用俗人的眼光去衡量，换一种角度看，也许人家这爱情才是真正的浪漫——"李小燕大笑了起来："哈哈，我也这么想过，可后来你知道这爱情的浪漫是什么东西吗？许凯发展到后来一喝醉了酒就拿沈惠珍开打，酒醒以后又跪在地上向他的女神忏悔自己的过错，反反复复折腾了一段时间后，他干脆两腿一抹油潇潇洒洒两袖清风地离家出走啦。可怜沈惠珍一个人带着孩子……""喔唷，这段爱情故事果然是惊世骇俗哇，写诗的人嘛，八十年代还能混得开，如今到了九十年代，诗人们堕落起来比什么都可怕，像许凯这样的也不出奇啦。喂，王小山，你现在还写诗吗？""我？"王小山端起酒杯一饮而尽，"你们看我还像写诗的人吗？我这种出身的人生来是要为吃饭而活着的，自打出校门的那天起我就没资格写诗吹牛皮了，老实说，在九十年代去做诗人是很奢侈的，我一介凡夫俗子就是想做也做不了啊。嗨，别谈什么许凯和沈惠珍啦，大家还是赶快吃菜，喝酒。今天各位一定要尽兴而归呀——"

不知为什么，王小山在听了沈惠珍和许凯的这番经过后心里竟然酸溜溜的——沈惠珍对许凯的死心塌地仿佛又揭开他已经遗忘了很久的伤疤，想必当年沈惠珍之所以勾引他并和他拼命做爱只不过是在利用他去报复许凯？也许，沈惠珍从来就没爱过他，在这个女人眼里，他王小山不过是一个卑微的、招之即来的替身，怪不得她走的时候那么决绝，连招呼也不打。

饭后，王小山和他的老同学们一起又在卡拉OK的包房里继续喝酒，冷琳待了一会儿便陪着她那边的客人和亲戚先走了。晚上，王小山回到新房时已经醉了。第二天一早，冷琳就揶揄道："昨天晚上你是怎么搞的，就是再高兴，也犯不着在我们的新婚之夜喝得酩酊大醉呀。"对冷琳的冷嘲热讽，王小山张了张嘴，没敢吱声。

两天之后，王小山和冷琳要去杭州度蜜月，王小山的父母亲也只好打道回府。尽管王小山是多么希望老父老母能在城里多住上几天啊，尤其是他母亲，这个连汉话都讲不好的女人从一生下来就没有离开过大山，可想而知她对城里的一切是多么新奇。可冷琳已经把一切都安排好了，作为儿媳的她，礼仪周到地带着一只鼓鼓囊囊的编织袋赶到车站，她说这是她们家让她带给公公婆婆的东西。王小山问，里面装的是些什么呀？冷琳说，没什么，都是家里的东西。王小山拉开包一看就火了，里面装的是一包旧被褥和旧衣服，他气愤地瞪着冷琳，而他的老父亲一看这阵势赶紧把儿子拉到一边……

王小山忍了。他不想当着父母的面把父母心里的伤疤揭开，他希望两个老人能带着骄傲和自豪上路。在大山里辛劳了一辈子的他们何曾见过他这样风光的婚礼，当主持人宣布新郎新娘向双亲敬酒时，王小山看见穿着崭新中山装的父亲已是老泪纵横。是啊，光婚宴就摆了整整三十桌，真可谓气势磅礴，极尽浮夸之能事。那天，唯一美中不足的是，来贺喜的人一直到晚上八点都坐不满，餐厅里的桌子有的空出了一半，有的桌上竟然只坐了一两个人。这局面是冷家的人事先没预料到的，岳母大人不停地在私下嘀咕，冷琳的大哥结婚时就是三十张桌子也不够坐，后来又临时加了四桌，今非昔比，现在的人真是势利得很，可能是看她家老头子退了，所以这些人请都请不来啦。

也许，冷氏家族所谓的"性格"就是这么一种性格吧。他们家的男男女女总是对眼前拥有的一切不满足，这种"性格"

的力量是不会让外来人有任何成就感的,作为"姑爷"的王小山在进门后不久就对此深有体会。例如,他和冷琳之间的小摩擦,基本上每次都是以王小山的妥协而休战。在这个家里,王小山唯一可使用的武器就是沉默。而冷琳的大哥更不把他当回事,他偶尔跟王小山开玩笑地说,他这妹子是吃了他的迷魂汤了,否则在省级机关,各方面比他强的愣头青一抓就是一把,岂能轮得到他?王小山是宽容的,对这位大舅子,他只有咬着牙隐忍着。既然自己一无背景,二无经济实力,更没有什么海外亲戚,像他这种没有根基的人要想在这个城市里发展壮大,他不宽容大度,行吗?当然,在这个家里王小山也找到了自己的乐子,他的乐子就是看退下来的岳父大人成天把自己关在家里出洋相。喔哟,失去权力的他仿佛是在拒绝承认自己已经下岗的现实,他既不打太极拳,也不出去会朋友,就像他还在机关上班时一样,他总是习惯性地坐在那张宽大的写字台前发呆,桌子上到处堆的是各种党政时事方面的报刊,有些报纸早就发黄了,可他还是把它们堆在桌上不允许任何人去动它。据王小山观察,老头儿一般只看一版里的重要消息和社论,然后在上面用红笔画上一些道道,报刊的空白边上经常还有批注的字样,那红笔写的字一笔一画,几乎是幼儿水平,真滑稽,他这做派无非是想让家里人记住他曾经是一位掌握权力的厅级干部。偶尔,他会把他的批注和他画了红道道的文章拿给王小山看,王小山呢,尽量按捺住心里的笑,一个劲儿地鼓励老头儿好好学习,多多交流。如此一来,两个人的关系反而贴近了不少。是啊,王小山找到了一个窍门,岳母怕老头儿,如果在这个家里能和老头儿平起平坐地商讨一番国家大事,岳母大人也就不敢再拿他当小工使唤啦。

有人总结过,男人是政治和权力的化身,这不仅体现在冷家"老一代革命者"的身上,作为新一代的王小山又何尝不是如此呢?

这年的秋天,王小山做父亲了。儿子是在八月十九号那天的黎明时分出生的,当毛茸茸的朝阳斜着出现在地平线的时候,他的儿子露面了。王小山给他取名叫王晓东。冷琳因为是剖腹产,所以做了母亲的她,从一开始就拒绝给孩子喂奶。她说喂过奶的女人乳房会变得很难看,她不愿意像老派妇女一样,一生了孩子就把自己全交代了。显然,她对怀中的小家伙缺乏耐心,整天躺在病床上也让她性情暴躁,所以,给孩子弄吃弄喝以及哄他睡觉的任务就全都落在了王小山的身上。也许,王小山自己有过的童年记忆太辛酸了,所以他对这刚出生的儿子流露出来的爱让冷琳都有点"吃醋"。

稍后几天,当王小山坐在医院的病房里看报纸时,他惊讶地从《参考消息》上看到一则令人震惊的消息,上面说:就在八月十九日这天清晨,莫斯科街头上出现了许多坦克和全副武装的军人,随后,苏共的中央电台和广播也中断了一切节目,并开始播放"国家紧急状态委员会"的《告全国人民书》,这就是轰动世界的苏联"8·19"政变。也就是说,从这一时刻起,整整执政了七十多年的苏联共产党就这样不得不退出历史舞台了。这消息让王小山太意外啦,噢,那么强大的苏联布尔什维克,怎么突然间说变就变呢?就连国家的首领戈尔巴乔夫也被"紧急状态委员会"软禁在黑海的总统别墅,并被切断了与外界的所有联系。尽管最后政变以流产告终,但随之出现的结果是苏联政坛四分五裂。连着好几个星期,王小山一边给儿子洗尿布,一边继续从各种报刊上读到了有关苏联政局的演变:从八月到十月,已经有十三个加盟共和国宣布独立,这就意味着此刻的苏联已经名存实亡,随后,就在儿子满月不久,苏联宣告正式解体。

是啊,每当王小山抱着怀中的儿子,一边哄他睡觉一边看报纸时,他的感觉就是一种理不清头绪的混乱——苏联的解体虽然与他的现实生活无直接关系,但在某种意义上,它为王小山提供了一种新的思路:这世界变化太快,什么事都有可能发生——当全社会充满了无数变革机会的时候,每个人的生活也就注定会遭遇无数的变数——一种患得患失的危机感使他还来不及品尝儿子出生带给他的喜悦就陷入了一种患得患失的心态中。是啊,很多固有的东西都会在一场风潮中发生根本性的变化,既使已经攀升占据了的位置也可能会在顷刻间化为乌有——现在已经是父亲的他,面对这个渐渐长大的小肉团,多出的是一份对未来的忧虑,他怎么能笑得起来呢?作为一个曾经想出人头地的男人,他在社会上竭尽全力拼了这么些年,可仔细一看,他仿佛还是站在这个社会的边沿上,只要一不留神,就有可能从刚刚爬上来的高处摔下去,况且,这种经历他不是没有过。

是的,在儿子出生的这些天里,他即便是躺在床上也是辗转反侧,噩梦经常出现在半醒半睡之间。朦胧中,他一会儿看见

第八章 看硬币是如何轻轻落下

家乡蔚蓝的天空、轻柔的云絮,一会儿又听见火塘边那醉醺醺的低沉的挽歌。让他感到不安的是,父亲的脸总是反复不断地出现在梦中那微微扬起的尘埃里,他追着这张脸一直在跑,然而,纷纷扬扬的尘埃老是跑在他前面,直到他跑得筋疲力尽,最后什么也看不见⋯⋯事实上,近一段时间,王小山觉得自己的内心很空,空荡荡的,里面什么也装不下,但其实又是什么也没有。这种说不出的空虚感他只能一个人闷在肚子里,冷琳对他这种杞人忧天式的"软弱"是不会感兴趣的。男人的世界与女人的不同,女人的生活范畴基本是在情感的小天地里徘徊了事,而男人对自身价值的测定则需要有社会方方面面的参照,所以,他眼下的困惑和烦恼可以说与私人的情感空间无关,更多的还是源于当前国际、国内的政治气候,以及公司里随之发生的变化所至——

这一阵,王小山在公司里几乎没事可干,周围的环境沉闷、压抑,各部门的人,包括冷琳在内都在密切地注视着马军办公室的动静。马军未经上级主管部门批准,私自动用巨款去深圳炒股票的事已在整个经委系统传得沸沸扬扬。尽管他这次与刘飞的合作是大获全胜,短短的几个月就替公司赚了百分之四十五的利润,但毕竟这暴利来得不是时候。要是在几个月前,马军说不定还能在经委系统弄个先进工作者,可时过境迁,他的成绩如今几乎成为不光彩的证据,上上下下都在传言马军这次肯定栽了,因为他和刘飞这种"散布资产阶级自由化言论"的人搅在一起自然也是犯了"资产阶级自由化的错误"。好在马军根红苗正,无论如何也算个有根基的高干子弟,要不是上面有人替他说话，他也许就真玩完了。主管部门虽然没有撤销马军的领导职务，但却责令他和相关负责人统统写检查。王小山和冷琳也坐立不安，他们俩在深圳弄钱的事要是被查出来，那也许就真要去坐牢了。是的，公司里人心涣散，有的找门路调走了，有的干脆一上班就把报纸往桌上一铺，三五成群地窝在一起打扑克。王小山本想静下心来不要乱，可他能不让他们打牌吗？毕竟，不是大家觉悟不高缺乏积极性，而是谁也不清楚在这种形势下该怎样去积极？怎样去觉悟？谁都害怕一不小心就和"自由化"挂上钩，王小山在其他人的眼里本身就是马军的心腹，所以他敢吭气吗？主子的日子不好过，他的日子也一样，只要马军稍有不测，他势必就跟着一起完蛋。真不可思议，在此之前，"时间就是金钱，效率就是生命"是人们工作和生活的唯一奋斗口号，可突然间对"自由化"的批判又使很多人嗅到了一种类似于历史上"运动"来临的危险气息。尽管没有人会真的相信历史能够回到从前，但人们显然无法从这莫测不定的现实中找到问题的答案，这也就是王小山感到烦躁和无所适从的原因。

面对现实，积极应对，这是一个现代人必须具备的品质。可眼下的矛盾是，这个现实他承受不起，现实仿佛总在和他的命运开玩笑——

目前，大报小报有关姓"资"还是姓"社"的争论似乎已逐步从纯理论的领域扩大到各机关的企事业单位，十年的改革似乎又站到了历史的审判台上，"好"和"不好"都各执一词。最明显不过的是，一大批激进派人士似乎突然在各种场合销声匿迹，具体到各个单位，一些试验性的做法和原先鼓励人们大胆改革的提法也受到了相应的限制。而马军和王小山所在的投资公司就是当时机关改革的试验品，所以它的生死存亡仿佛变得微妙起来。此外，王小山还注意到一个现象，八十年代初，曾借"傻子瓜子"名闻天下的私营企业家年广久，最近因贪污挪用公款罪被公安机关收审。同时，中央的有关文件还规定，私营企业主不能入党。马军的一个朋友曾是本地的一名个体大户，他在弄清自己不能入党后竟然当着众人的面失声痛哭，他认为自己是被打入了另册，并发誓从今往后要重新革自己的命，并把挣来的资本吃光、花光。真可笑，这些"先富起来的人"不久前还在为他们得到的发财机会纵情欢呼，现在却一下蔫了，他们不得不去重新审视前面是否还有可走的路。热衷于研究时事政治的王小山现在经常和马军在一起聊当前的形势。照马军的分析：国内现在的这种风向突变其最根本的诱因还是受到"柏林墙"倒塌、东欧社会主义国家政坛哗变的影响。是这样，"老大哥"的解体让一部分喜欢怀旧的中国人又把姓"资"还是姓"社"、中国何去何从的老问题重新抬出来了。伴随着这股怀旧风潮，一批"文革"时期的红色歌曲在电声乐器的伴奏下纷纷出笼。滑稽的是，曾经被上一代人无限赤诚唱出的颂歌，现在由新一代歌手用颇为调侃、轻松的摇滚方式来诠释，这种对历史无原则的褒扬不禁使很多得到过改革开放实惠的人变得极为紧张。似乎是为了与这样的节奏相配套，国内的舆论风潮骤起，一篇长达四万字的理论长文《社会主义能够救中国》在《人民日报》上面整整连载了五天。在王小山的记忆里，这么长的理论文章他还是头一次见，果然，伴随着这场讨论，作为改革前沿阵地的深圳随之出现了股市暴跌、银根紧缩的局面。而在经济生活中，人们似乎比不得先前那么亢奋了，一度被改革开放奇迹鼓舞的人们对新生活的憧憬开始降温，不择手段的经济冒险和情感放纵也陆续收拢了口子。是啊，在短短的一年时间里，社会的政治、经济、文化的落差就如此巨大，未来的前景在瞬间变得扑朔迷离。使王小山忧心忡忡的是，别的人有门路可走，而他已经没有退路了，他曾经追求的仕途毁了，他做人的理想也跟着毁了，如果公司真的散伙，他的人生又该如何重新定位呢？

相对于王小山的焦虑，女人的应变能力比男人强。冷琳说："怕什么，公司如果散伙了，你要是一时找不到事干就干脆在家里做我的后盾（在家里带孩子、烧饭）。我早就想自己出去闯一闯啦，这几天，我已经全都计划好了。我想搞一个规模大点的服装批发点，昆明的服装市场很有潜力，我就用我们结婚时剩下的钱做老本。我就不信，比我窝囊的人都能做老板，我为什么就做不了？怎么样，你看这主意行吗？"

"你的意思是，我今后要靠你来养活？"王小山瞪大了眼睛。

"那有什么，亏你还生活在现代社会呢。你也看见了，我这个人天生不是带孩子的料。我爱东东，可我没有你那么好的耐心……也许你还不知道吧，我姐和我姐夫的家庭现在也差不多是这样。她的那个老汤普森最早是在一家跨国的石油公司上班，后来公司裁员把他给裁了，他学的石油专业在英国也不是很容易找工作，所以他乐得在家里带孩子和料理家务。英国有很多男人都是从事家政服务这一块的。而我姐呢,跟我的性格差不多,她喜欢在外面打拼,现在她在国内做医疗器械生意是越做越大。你看,人家老外还是个正儿八经的博士呢,人家第一世界的思想就是比你这个第三世界的要开化……"

王小山看了看冷琳,突然笑得喘不过气来。

第九章
现代婚姻平台

据说,在现代社会里,夫妻间要保持良好的关系,第一,要有充足的物质基础;第二,要有在枯燥乏味的家庭生活中学会制造一点浪漫情调的本事;第三,评判一对夫妻感情的好坏,"性生活是否和谐"是最根本的核心。想想看,倘若仅仅是类似的指标,那他和冷琳的家庭关系应该是名列前茅的,前两条指标是超量完成,至于第三条指标嘛,表面上也看不出什么破绽,因为王小山这几年也掌握了不少浪漫情调的玩法。所谓浪漫,说穿了就是对做爱这种事根本不必太讲究内心的感觉,反正冷琳什么时候想要就说一声,她如今磨炼得基本上不需要前奏,做丈夫的只需像一个地道的农民那样,老老实实地付出劳动和汗水就成……

一

冷琳是王小山生活的计数器，绝望的时候她总在提醒他，一个男人为了他的小家庭做出一点牺牲也是天经地义的。当然，在现代人的世界里，这观念是老了点，王小山岂能受用？

没多久，冷琳的服装批发生意果真正式开张了。嘿，居然还大张旗鼓地搞了一个剪彩仪式，工商、税务的领导来了一大堆，那场面好不热闹。王小山没去观摩，他宁愿一早坐在办公室里发呆，也不愿一下就沦为个体户的家属。是啊，男人嘛有男人的尊严，冷琳爱怎么折腾他管不着，也管不了，说到底，他在内心里还是把自己当成一个堂堂的国家干部，他现在所剩无几的也就这一点了。想当年，他好不容易才进入组织，关键时刻他岂能完全脱离组织的关怀，这不是开玩笑吗？确实，王小山用来权衡现实的还是老办法——看大势，做大事，审时度势，从灾难中逃向未来。

第二年的春天，邓小平南方视察之后，一篇名为《东方风来满眼春》的万字通讯由新华社正式向全世界播发，与此同时，全国的大小报刊都配发了消息。它的出现,为举足不前的中国改革分清了是非,一扫往日缠绕在人们心头的阴霾。有美国CNN电视台的记者问:"如果没有小平的南方谈话,中国会怎么样?"中方人士回答得理直气壮:"中国走繁荣富强之路是一定的,小平的讲话是指明了方向,加快了速度……"不久,南方谈话以中共中央文件的名义向全党传达。

这一天,经委的会议室坐得满满当当,各部门的头头脑脑在听完传达后都十分明确地意识到:社会主义也可以搞市场经济,目的就是要解放生产力,这是中国经济体制改革确定的新的目标模式。文件中领导人的一段讲话让马军和王小山为之一振:"总之,社会主义要赢得与资本主义相比较的优势,就必须大胆地吸收和借鉴人类社会创造的一切文明成果,吸收和借鉴当今世界各国包括资本主义发达国家的一切反映现代社会化生产规律的先进经营方式、管理办法……改革开放胆子要大一些,敢于试验,不能像小脚女人一样……"会议室响起了一阵"嗡嗡"的议论声。

压抑已久的马军一回到办公室就对王小山说:"你马上通知公司所有的人,让他们三天三夜不睡觉,好好给我去学习讲话中的每一个字。'文革'时期有一句话是怎么说的?好像是叫什么触及灵魂,对,就是要触及灵魂……嘿嘿,你笑什么,你以为我是在跟你开玩笑。听我说,我觉得中央这次的口径与过去讲解放思想、解放观念又有所不同,过去,我党是在理论上进行突围,就像在打游击战,而这一次党中央看来是想在全国展开大规模的'解放战争',这战争的宗旨只有一个,彻底消灭'左家王朝',一门心思搞经济。我们公司要尽快动起来,你要让大家清楚,'以经济建设为中心'的大方向将彻底取代过去'政治挂帅'的老一套……"王小山似乎没有马军那么激动,他劝马军还是先看看再说。马军不屑地瞪了他一眼道:"看?看什么,想看你就等着看吧。过不了几天,经委的这帮老头儿就会来给我们投资公司亲自颁发奖状。我们在那么短的时间就为他们赚了他们几辈子都赚不来的钱,这么好的公司上哪儿找去……"

还真是被马军说对了,没出一个月,投资公司似乎又成了香饽饽,有关投资公司的传奇故事也被人们说得神乎其神。马军来了劲,又开始招兵买马。一天,来了一个叫庄伯文的年轻人,他是来应聘证券投资这一块的,由于上次在深圳做股票抱了一个金元宝,马军做梦都想重操"旧业"。只见这家伙在大班台后眯着眼睛看了好一会儿这小伙子的简历,然后问:"你在教委待得好好的,干吗要到这里来,如果在我这里干不下去你会怎么办?"这姓庄的小伙子简明扼要地回答道:"首先,我有能力胜任我受聘的职位。我不会被动地干到被人扫地出门的地步,人的命运本来就没有绝对的定数,就像证券市场的涨跌一样,失败了,可以从头来过,就当是别人只活一次,而我的赚头是比他们所有的人都多活了几次……"这话让在场的人都听着那么不顺耳。在最后研究是否要这个人时,大家第一感觉是他太狂妄,而马军却干脆拍了板。他说:这个庄伯文的可贵之处就在于他身上还有几分赌性,就凭他敢拿自己的命运来赌,这就并非是等闲之辈所为。这个人你们不敢要,我要。当然啦,一散了会，马军便悄悄地吩咐王小山说："这人我可以用他，但你要在暗中帮我好好盯着。我心里很清楚，这小子的个性有点像我，有他这样性格的人绝不是一盏省油的灯。"听到这儿，王小山终于放心了，想必这姓庄的不可能代替自己在马军身边的位置。

公司渐渐开始恢复了生气，五月中旬，不久前还低迷不振的深圳和上海股票市场在最高当局取消了交易价格的限制后，仅三天的时间，股票价格一飞冲天，其涨幅高达百分之五百。这奇迹不仅在中国，就是在世界股票市场上也是惊人的。从每天读到的报纸上得知上海证券市场在早先深圳市场的示范作用下已开始走得异常火爆时，马军这下坐不住了，他一次次向主管部门打报告（这次马军不敢自作主张了），要求进入实战阶段。这一次公司新增加的项目还同时瞄准了海南的房地产，目前，对海南房地产的投资也是一块炙手可热的大蛋糕，马军自然不想错过。终于，到六月初，报告和所需要的资金终于有着落了，于是，各就各位，打前站的人先奔赴海南去看地皮，而马军和王小山以及庄伯文一行人则急不可待地扑向上海。噢，到了目的地，王小山一看那阵势才切切实实地体会到什么叫万众一心，在这里，发财的愿望是不受责备的，发财的想象空间也是无限的。一年前的深圳人好歹还能挤在破烂的出租房里做交易，而此时的上海更绝，交易所就设在文化广场，股民们席地而坐，这是因为几天前上海人万众一心抢购股票，其势头如猛虎下山，令所有的交易柜台都被迫关闭。于是，为了恢复交易渠道，当地政府只得选一个大一点的地方，一个露天大棚，大约有半个足球场大小，广场内每隔五分钟播报一次股票行情，哦，据统计，广场上至少有四万人……

晚上吃饭时听一个本地人说，这文化广场以前是一个大型剧场，可容纳一万人左右。它最派用场的时候是在"文革"时期，先是用来开"批斗会"，后来又用来开动员知识青年上山下乡的"誓师大会"。大约从七十年代末期起，这广场就已经没再用过了，但现在它又焕发了生机，只不过人们聚到这里来不再是为了"革命"，而是为了在这里买卖股票。噢，这样的景观，中外股票史上绝无仅有。

此时的文化广场让一贯爱冒险的马军欣喜若狂，毕竟，上次在深圳他是全胜而归（实际全是刘飞他们的操作）。于是，他马上就联系好了一家券商并准备即刻注资，但庄伯文却坚决反对盲目下注。他说，最好的投资机会已经错过了，疯狂中的市场是最危险的，随时都有可能发生暴跌，一句话，阳光最强烈的时候阴影也是最浓的时候，因为机会与成本的结合是股票的载体，一旦超出了它的正常比例，马上就有翻船的可能。有意思的是，这两位性格相似的人从吃过晚饭就一直吵到第二天凌晨，王小山呢，至多只能算个听众。最后庄伯文和马军打了个赌：要是股市在三天之内不下跌的话，那马军就可以立刻炒他的鱿鱼，而要是他赢了，那将来海南的办事处就由他来主持。因为比起目前的上海证券业来，海南的投资机会显然要更多一些。熬得一脸枯黄的马军最后在庄伯文身上下了赌注，好，三天就三天，三天之后，大家再论英雄。

三天之后，"狼"果真是一步步来了。在当地的晚报上有一段文字使庄伯文十分欣慰，报上说："人们终于品尝到了疯狂带来的后果。几天来的股市暴跌,使得一券商猝然栽倒在交易席上。目前,该券商生命垂危,医生诊断,这是大面积心肌梗死所致……"

　　庄伯文赢了,马军几乎是要向老天下跪来感谢它让他逃过一劫。在文化广场,当看到一泻千里的股票价格时,他就像当年的苏联红军在红场上那样,激动万分地拥抱了庄伯文好几次。而这位得胜者也不失幽默地对马军说:"老板,你输了,是不是该你请客了。"

二

　　这几年，王小山一直有个心愿，他很想抽出时间带着老婆和儿子回老家一趟。东东都五岁了，他长这么大至今还没见过爷爷和奶奶呢。也许是因为成天东跑西颠的缘故，尤其现在公司在海南的投资项目，几乎成了一团乱麻，王小山三天两头在外跑，几乎没有时间在家，所以这几年，他给家里写信的次数是越来越少，东东的照片夹在信里寄过几次，而父亲每次回信总是问王小山：他们的孙子怎么长得这么瘦啊？王小山和冷琳倒是为回老家的事商量过几次。但冷琳总是说，东东太小，你们那连像样的卫生条件都不具备，东东的体质本来就弱，他走不了这么远的山路，况且这孩子的毛病多着呢。别的还好解决，但上厕所是个大问题，东东只认识抽水马桶，况且他每天在马桶上解完大便后，除了要用柔软的卫生纸一遍遍把屁股擦干净，还要让老保姆用香皂和温水给他清洗一遍，最后一道程序才是用干毛巾把屁股擦干。如果不给他洗屁股，他就怪哭怪叫，"你想呵，像东东这样有洁癖的孩子，我担心他适应不了你家里的生活环境，还是等他长大点再说吧……"冷琳讲的也是事实，东东不仅怪毛病多，在个性上也让王小山焦心。据幼儿园的老师反映，东东跟别的正常孩子不太一样，他总是愿意一个人静静地待着，他可以坐在某个地方几个小时一动不动，也不爱跟其他小朋友玩。老师还说，东东很聪明，学什么会什么，但好像就是不合群，有点儿"孤僻症"的倾向，他们做家长的要多关心他的心理卫生，最好带他去看看医生。所以，冷琳的担忧也是有道理的，每次都这样，王小山对她的任何决定都无理由反驳。

　　这儿子不像他，倒有点像他和冷琳那一部分隐秘个性的杂交遗传，这想法让王小山很痛苦。是的，他努力奋斗到现在，不就是希望自己的下一代无忧无虑地在一个体面的家庭里成长嘛。想起来很荒谬，他的东东似乎什么也不缺，可他为什么会是现在这个样子呢？他和冷琳找过的心理医生几乎一致认为东东在心智上确实存在问题，是什么问题，医生也说不清。对此，王小山一直抱着怀疑的态度，因为在他的心目中，他不相信东东不幸福，东东的问题应该只是暂时的。

　　比起王小山的事业来，冷琳的公司发展得更有声有色。早先的服装批发已发展成了生产、销售、批发一条龙的大型服装企业，该厂生产的"香雪儿"女装已有了很好的品牌效应，她自己还做了公司的董事长。要说冷琳现在的派头比起当年她老爸那个有着正厅级头衔的待遇来可是要风光多了。一年前，他们一家已经搬到了一套带小花园的被称为富人区的别墅里，（需要

第九章 现代婚姻平台

说明的是,这房子是两人合伙买的,王小山这几年也挣了些钱,搬出冷家一直是他最大的愿望)每天接送冷琳上下班的是一辆奔驰560,开车的自然是她的专职司机。让王小山感到好笑的是,这司机居然还像模像样地穿上了一身白色制服,想必,这也是冷琳挖空心思在众人面前摆谱的一部分。

因为两人经常不在家,所以,东东还是放在岳父岳母家里。原以为这房子是一个两人独处的温馨世界,可实际情况却恰恰相反,在这幢被装修成欧式风格的别墅里,似乎只存在两种享受,要么太热闹,要么太冷清。这年头,赚了钱的暴发户们喜欢附庸风雅地学外国人管聚会叫作party,于是,他们家的客厅和花园便隔三岔五地成了冷琳和她朋友们开party的地方。在冷琳的这帮朋友面前,王小山总是冷冷地与他们保持着一定的距离。他心里很清楚,在冷琳朋友的眼里,他王小山充其量只不过是冷琳的"家属"罢了,另外,他也看不惯这帮人对冷琳那份肉麻的恭维和彼此间的吹毛求疵,不过,真正让他恶心的还是自己老婆在一些所谓比她有实力,或是有权力的绅士面前卖弄风骚的丑态。什么这局那局的局长啦,银行信贷部那个脸上和肚子上全是肉赘的家伙啦,甚至还有她们家的老朋友,那个叫肖建新的半秃顶男人,总是伴随在冷琳左右,反正这些苍蝇对他们这个家都情有独钟。王小山闭着眼睛也能感受到,冷琳和这类人跳舞时显得格外卖劲,不说别的,光她身上那对用硅胶垫得高耸起来的颤巍巍的乳房就让王小山看着来气——其实老天给她的乳房并不丰满,之所以有这般效果是不久前她刚在上海做完一场隆胸手术所致——是的,结婚五年了,他尽管对冷琳的肉体变化了解到了"硅胶"的程度,可他根本谈不上了解她,他从来都摸不透冷琳一天到晚在外面干了什么,更不知道她在心里想些什么……差不多每次出差回来碰到的情况都差不多一个样。当客厅里的舞曲一次次响起来时,冷琳的第一个动作是先朝脸色阴沉的丈夫这边瞄上一眼,然后就放心大胆地在昏暗的客厅里舞啊舞啊,最后干脆舞到外面的走廊上,或者是舞到花园的暗处……而当两人再回到客厅时,冷琳会匆匆忙忙地去一趟洗手间,以便把脸上的外壳重新修补好,并不失时机地给脸色难看的王小山拿过来一杯烈性酒……每逢这时候,王小山就恶毒地在心里嘀咕,想必这婊子的奶已经在花园里被舞客们摸过了,她之所以对自己献殷勤无非是想用烈性酒来趁机麻醉一下他的"醋劲"。更可笑的是,通常在这样的 party 过后,冷琳一回到床上就一下变得"性趣盎然"了。据说,在现代社会里,夫妻间要保持良好的关系,第一,要有充足的物质基础;第二,要有在枯燥乏味的家庭生活中制造一点浪漫情调的本事;第三,评判一对夫妻感情的好坏,"性生活是否和谐"是最根本的核心。想想看,倘若仅仅是类似的指标,那他和冷琳的家庭关系应该是名列前茅的。前两条指标是超量完成,至于第三条指标嘛,表面上也看不出什么破绽,因为王小山这几年也掌握了不少浪漫情调的玩法。所谓浪漫,说穿了就是对做爱这种事根本不必太讲究内心的感觉,反正冷琳什么时候想要就说一声,她如今磨炼得基本上不需要前奏,做丈夫的只需像一个地道的农民那样,老老实实地付出劳动和汗水就成……至于说到丈夫自己的需要嘛,那就更加"和谐"了,王小山习惯于依靠做爱

第九章 现代婚姻平台

来解决烦恼,而冷琳呢,哪怕是在安眠药的作用下对他的求欢也是每求必应,只要他想,她就让他大大方方地进入她的身体,很快做完,然后各自翻身到一边,整个过程,几乎没有声音……哦,王小山发现,他们之间的"和谐"就是两个人随时想干都可以干,但这中间仿佛有什么东西不对劲,是什么不对劲?他说不清,只觉得常常陷入一种类似于空白的悲哀之中。

一个著名的社会学家宣称:当女人开始放纵自己的时候,男人们就找到了纵欲的机会。这个社会之所以纵情声色,是因为女人不控制自己了,而男人从来就不控制自己。意思是,男人的见异思迁是可以理解的。那么,女人呢,对于女人当然也有相应的解释:据科学家对基因研究的结果显示,女人维持婚姻的兴趣一般不超过四年。如果这个科学依据成立的话,冷琳完全可以找到在婚姻的第五年随意出轨的理论依据。是啊,他们的婚姻正好是第五个年头,这就意味着她的所作所为是女人的第二次身心的"解放",可中国男人谁愿意接受这样的"科学"呢?

没有人能体会王小山在这样表面幸福的过程中,内心里一直深深隐藏着的痛苦,而这种痛苦是他难以对任何人启齿的。每当在歌舞厅里听到小姐们唱那首《伤心是一种说不出的痛》的歌时,王小山常常不由自主地拿冷琳和白帆来进行比较,白帆对他的爱是无私和纯洁的,像她那样单纯的女人恐怕一辈子只会为她所爱的男人而活着。可他还是为了得到"幸福"遗弃了她,那么,他得到"幸福"了吗?和冷琳结婚时存在的疑问又从心底冒了出来,冷琳究竟有没有真正爱过他?和她上床的第一个男人是谁？他不知道，他对她一无所知。

哦，爱情，王小山在一切都得到和满足了之后，竟突然怀念起爱情来了，而这两个字眼怎么一想起来就像是对他的一种嘲弄。大嘴说过一句很俗的话，他说，在深圳，男人首先要学会厚颜无耻，而小姐们呢，则要把屁股作为发财致富的小金矿……那自己经过了这么多年又变成了什么呢……对这类问题，小山不敢深想，也没必要深想。这几年他和大多数人一样，早就学会了不去思考所谓"人生的意义"了，他并不见得比别人好，也不见得比别人坏，他只不过是时尚潮流中的一分子。是啊，没必要去自寻烦恼，这就是当下流行的时尚。而八十年代青年人所热衷的"思想"呵、"自我"呵从九十年代起就已经被人们逐步遗忘了。砸烂了一切枷锁的中国人不想再用任何东西来禁锢自己的头脑，大家也要像世界人民那样去尽情地享受自由，社会价值标准的日趋多元化使人们对生活意义的选择会更自由、更宽泛。一些前卫人士喊出了这样的口号："生活的意义就是没意义。"对每个当今想活得好的中国人来说，"没意义"才能给人们带来一场随心所欲的狂欢盛宴。

当然，冷琳有冷琳的狂欢方式，她所谓的 party 在昆明这样一个边陲城市里似乎还算得上新鲜，而王小山所领略的生活情调就远不止这些玩意了。夜总会、歌舞厅、土耳其桑拿已经过时了，如今在"经理一族"的圈子里，有身份的人对婚外生活的品位也要讲究个档次。大马路上的那些"招手妹"长得就是再漂亮也白搭，因为她们站在大马路上的姿态就决定了她们的

第九章 现代婚姻平台

位置只能处于水深火热的第三世界,这类"招手族"要么是来自山区,要么出身寒门,其穿着、打扮和受教育的程度都极为有限,更谈不上所谓情调方面的修养啦。可怜呵,风吹日晒地站在路边招揽生意,除了一身好皮肉就谈不上有多高的"附加值"了,对这些人,像王小山这类有档次的人不仅自己不会去光顾,就是在正常的"业务活动"中,对方也不好意思拿这样的"货色"来打马虎眼,否则就是看不起人。例如,不久前,马军让他去深圳一家公司洽谈一个资产兼并的计划方案。什么资产兼并,明摆着对方只是一家底细不明的皮包公司,无非是想借他们这只半官方的手来共同做一把"大鱼吃小鱼"的资本游戏,毕竟,他们的公司有经委这样的官方单位做后盾,因此皮包公司自然把他当成了"爷"来伺候。

在深圳,形形色色的吃喝已经不稀罕了。傍晚吃过饭,皮包公司的"关总"给他安排的是一个五星级的套间。外间是一个大办公室,豪华的老板台,办公设施有的还是进口的呢。关总推开里间的门让王小山看了看,只见里面放着一张铺着雪白床单的双人床,漂亮的水晶吊灯,窗外是一片璀璨的灯海。关总说,放心吧,这地方虽然是身居闹市,但很安全,因为领导们也常来这里放松。关总说着便走到一个大穿衣镜旁用手按了一下旁边的开关,穿衣镜慢慢地活动开了,原来是一个暗门。关总笑了笑道:"王总,还满意吗?你看,里面就更安静啦,一切设施都是提前准备好的……你累了一天早点休息,我还有事,就不能再陪你喽。"王小山的名片上明明写的是投资公司"副经理"一职,可被别人称作"总",这感觉是很舒服的。如今社会上已经不太流行"老板"的称谓了,而"某总"是现在人们对经济界杰出人士的统称。

　　送走了关总,王小山暗想,那密室究竟是做什么用的呢?王小山刚走进去,外面的镜子门就自动关闭了。前面经过一段走廊,就看见尽头处的房门是半开着的,王小山走了进去——这是一间类似于日本装修风格的屋子,地上的"榻榻米"以及坐垫酒具之类的东西别有一番情调。与此同时,一个穿着日本和服盘腿坐着的女孩见了他便放下手中的书弯了弯身子说:"王总,您好。"她怎么知道自己的名字?王小山虽然有点吃惊,但他立马也就明白了关总的"好意"。就像是回到家一样,他朝女孩点点头,并脱下外套交给她道:"这外面的天气可真热哇,还是这地方好哇——"女孩接过王小山手中的外套,把它平整地挂在衣架上。转过身来,她闪着一对水汪汪的凤眼看着王小山说:"王总,你是想欣赏一下日本的茶道呢,还是想喝点酒?""哦,那就欣赏一下你的日本茶道吧。"王小山估计她的年龄也就在二十二三岁左右,她长得很像巩俐,恐怕五官长得比巩俐还要更精致一些,有她这么好气质的女孩居然也干这个?王小山看得入神。女孩则甜甜一笑道:"您先坐会儿,我马上就好。"女孩在一旁忙活,王小山便拿起她放在榻榻米上的书,那书竟然全是外国字,也不是英文,他翻了翻,好像是外国的原版书。嘿,有意思,他问女孩:"这是哪个国家的文字呀,你都能看得懂?"女孩告诉王小山,这是德文。她接着对王小山说,她原来在北京二外读的是英文,但办了好几次美国的签证都没成功,现在她正在办德国的签证。因为她的一个朋友在德国那边

第九章 现代婚姻平台

替她联系好了一所学校,她的朋友说了,德国的签证比美国的签证要好办些,所以她要在出国前抓紧时间突击一下自己的德语……王小山没听她说完就打断了她:"你不是在唬人吧,既然你是堂堂北二外出来的学生,又懂两门外语,干吗不做点别的而非要做这个呢?对不起,请原谅我的直率……"女孩并不生气,她双手捧着一杯泡好的茶微笑地对他说:"没关系,您想说什么就说什么,不用压抑自己,我是不会生气的。因为我知道自己在做什么,我不在乎别人怎么想。"女孩的声音虽然很柔,但其中包含的出国信仰却不含糊。看样子,她确实没生气,她柔柔地问王小山道:"王总,好喝吗?您觉得这茶是不是跟别的茶味道不一样?"

岂止是茶的味道不一样,女孩告诉他,边喝茶边泡澡,这样品茶才别有一番滋味呢。于是,女孩抬着茶具领他打开旁边的另一道门,是一个浴室,地面是专为浴室设计的进口地毯,脚踩在上面的感觉仿佛很性感,浴盆的四周有几个水孔正在喷水,它的旁边是一个立体透明的蒸气浴箱。女孩轻声地招呼他:"王总,您是喜欢一个人洗呢,还是需要我来给你擦擦背?"王小山用手试了试,水的温度正好,他不想说话了,在家里,他们家的卫生间装修得也很豪华,可他从没享受过如此的待遇。他下了池子,闭着眼睛把女孩搂了过来动情地吻着,女孩也不扭捏,她伸着脖子回吻了他,一会儿,便干净利落地脱得只剩下薄如蝉翼的三点式下水了,在水中,王小山依然能借着柔和的灯光看出女孩的两个乳头小小的,是淡粉色的。他兴奋了起来,而女孩也把他挤到浴盆的边沿上说:"王总,您怎么啦,您好像在发抖……唔,您看过法国的《广岛之恋》吗?我觉得您长得有点像那部电影里的男主角,他虽然是个日本演员,但脸型有一种国际化的感觉,就像您现在,很性感,真的……"

《广岛之恋》这部片子王小山看过,他还记得电影里的男女主角都是第二次世界大战的受害者。女主角是法国人,象征着欧洲在纳粹的统治下所遭遇的战争创伤,而男主角是日本人,他是广岛原子弹爆炸的受害者,这两位东西方男女的邂逅演绎了一场刻骨铭心的生死恋,但最终都因为无法忘怀的战争记忆而挥泪分手。《广岛之恋》里的爱情是沉重而悲情的,但女孩拿它来与此时此刻的情景相比,这真让人哭笑不得。不过,仔细一琢磨,又觉得这样的比较与眼前的情景重叠自有一种"黑色幽默"的效果。想必这女孩是深谙男人心理的,在做爱前给男人一点必要的自信,比如说他性感,这是有品位的女人才能带给他的一种新的感觉。王小山边和女孩闲聊边想,冷琳的那部"百科全书"该补充新的内容了。这一夜,王小山凭着"新感觉"的冲击和女孩有说有笑并做了好几次爱,聊天的范围很广,做爱持续的时间也一次比一次长。女孩不仅是很好的谈话对象,她的性经验也是一流的,王小山的身心真是从结婚以来都没这么好过,直到天快亮时,他才精疲力竭昏昏沉沉地睡了过去。然而,一伸手,女孩不在了。他睁眼一看,此时的她已经穿戴整齐,手中依然拿着那本德文的原版书,她抚摸了一下王小山的脸颊说:"王总,我要走了。"王小山抓住她的手放在嘴边吻着道:"今晚你还来吗?"女孩说,"可能来不了啦。我一会儿要乘早上的飞机回北京。""那你还回深圳吗?我下次去什么地方能找到你？"女孩收回了她的手道："王总，您这是何苦呢，像我这样的人在深圳多的是。这次如果顺利的话我就不会回来了……您多保重。对了，说一句多余的话，请您不要找我，其实我也看出您有点儿喜欢我，可我觉得您一定听过那首歌，'不在乎天长地久，只在乎曾经拥有'。您这样想，一切不是很好吗……"王小山急切地问："能告诉我你的名字吗？"女孩咬着嘴唇摇摇头。多么神秘的女孩啊，但转念一想，她这样的身份该付她多少钱呢？总不能拿不出手吧。于是，他对女孩说："请你替我把钱包拿过来好吗——"女孩一笑："不用了，关总已经付过了。""关总，哦，他付了多少？"王小山脱口而出。"一千。"女孩接着补充道，"是美金，我现在缺的就是美金。"

一千美金一夜，这样的档次是太高了点。这个成绩够大马路上的"招手妹"们耕耘大半年的。不过，王小山还是把自己的名片留给了女孩。他恋恋不舍地对女孩说："你要走不了的话，以后有什么需要帮忙的就给我打电话，我大部分时间都在公司，家里的那个电话一般没人接。"女孩接过名片点点头说："谢谢您了，王总。我走了，再见。"

是的，王小山后来再没见过那个女孩。偶尔想起来，他会展开想象的翅膀——这女孩真到德国去了吗？继而还会想到《广岛之恋》里有关战争创伤的描述。只不过，这女孩留给他的"创伤"是另一种东西，那就是每当他出差在外，在飞机上、在旅途中、在宾馆饭店，他都会不由自主地寻找与那个女孩相似的女孩。他似乎找到过，因为其中的一些女孩不仅身材长相与她相似,主要是给他留下的整个过程和细节都很像她,甚至连最后的结尾也像她。王小山从来不知道她们是从哪里来、到哪里去,以及她们的真实姓名是什么。到了后来,他也习惯不去问了——这样的感觉虽然很恍惚,但它却能使人行动起来,不至于空空荡荡的——当然,能使人行动起来的东西通常都只能是简单的动机,习惯了这一模式,也就谈不上有什么不好了。

三

日子一天天过去，儿子在一天天长大。这一年的秋天，东东就要上小学了。一九九七年是中国历史上值得纪念的一年，这一年，被英国强占了百年的香港回归了，洗刷了国耻。当看到大街上飘扬的五星红旗和气壮山河的红幅标语，王小山下了决心，香港都回归了，自己无论如何也要带着儿子"回归"老家一趟。

冷琳跟不跟他回去，王小山已经不再指望了。冷琳前几年曾提过让他辞职来帮她打下手，可在王小山的骨子里，他的男权思想不可能被彻底消灭掉，一个男人在老婆的裙子底下团团转，这在王小山的故乡是要被众人戳脊梁骨的。况且，冷琳这几年已经养成了专横霸气、颐指气使的毛病，他不能失掉做男人的最后底线。于是，冷琳干脆把原先搞广告的肖建新弄到她身边，并且还给他安了一个副总经理的头衔。对这个一身"假洋鬼子"装备的肖建新，王小山隐隐约约地感到他和冷琳的关系有问题，但企业是冷琳的，她想聘谁那是她的权力，他还不能表现出自己的"醋劲",否则闹来闹去会把自己的老婆推得更远。

然而,王小山和冷琳之间的冷战似乎没有一点熬到头的迹象。就在他准备带着儿子"回归"的头天晚上,王小山早早收拾完了便躺在床上看电视节目《人与自然》,稍后,冷琳也上了床,但她马上调换了频道。哦,电视里正在讨论一个热门话题,节目主持人说:近年来,婚前财产公证是一种源于西方的生活方式,此时它已悄然进入国人的生活,在没有离婚也没有财产的年代里,婚前财产公证是毫无必要的。但面对国人离婚率的不断上升、感情危机不断加重的现实,有财产的人就会担心一场婚姻是否会使自己的财产在将来有可能离婚时遭遇到不测,特别是被抛弃的一方习惯于以此作为筹码为自己的感情损失讨价还价并报复对方……接着她让大家讨论一个案例。有一个画家提出离婚,其妻要求分其画作及画作拍卖所得,但画家认为作品是他独立创作的,其妻不能分这部分财产。但画家的妻子却认为,如果没有她对画家在生活上的关心和照顾,对方就不可能一门心思地搞出这些画作。讨论的焦点有两条:第一,财产公证固然不符合中国人的传统习惯,但它是不是也承担了防患于未然的使命?第二,画家之妻究竟应不应该分得她认为的这部分财产?

冷琳用胳膊捅了一下王小山说:"你觉得怎么样?"

"什么怎么样——"王小山闭着眼睛哼了一声。

"电视里的讨论呀,我倒觉得财产公证这办法不错,与其两个人将来闹得你死我活,不如事先做好准备,你觉得呢?"

"我……你想让我说什么?"

第九章　现代婚姻平台

"说说你的想法呵——"冷琳又捅了他一下。

"很简单，没想法。"

"什么叫没想法？"

"这你都听不懂，没想法就是没想法。"王小山接着又补充了一句，"真他妈越来越邪门了，洋人有的玩意是不是咱们中国人也要跟着有？屁颠屁颠跟着人家的脚后跟爬也不嫌丢老祖宗的人，还他妈拿到电视上来讨论，这整个是意识形态的入侵，想当年，八国联军还要不远万里抬着枪炮才能占领咱中国……"

冷琳猛地掀开被子道："喂，你在骂谁呢？也不怕丢份，整个一个农民式的狭隘和粗俗……我跟你说，光这么骂天骂地不管用，无非是证明了自己的无能。中国人搞了几十年的运动，骂人和整人的本事堪称世界一流，结果如何，最后还不是老老实实地跟着洋人学管理、学经济建设。嘿嘿，你也不能否认你是其中的受益者吧，否则，说不定你这位农民兄弟现在还在哪儿修地球呢……"

"你——"头脑里那扇关闭了很久的大门仿佛被冷琳轰然拉开，随着这声震撼灵魂的巨响，王小山脸色铁青地怒视着她。这下，他什么都看清了，在冷琳的心目中，他这么多年无论怎么拼搏，怎么去努力改变自己的血清，到头来在她的眼里不过还是一个农民罢了。

也许是冷琳意识到自己说漏了嘴，她缓了缓道："行了，别不服气了，我只是想说不管生活在哪个国家的人，只要是人，只要他还活着，就谁也逃避不了现实……睡吧，明天一早你还要带儿子出门，儿子的东西我妈明天一早送过来。我们也别吵了，免得大家搞得不愉快。喔,你是不是又把我的安眠药扔了,我昨天还放在枕头下的,噢,在这里呢,对不起,请帮我倒杯水来好吗?"

冷琳就是有这个本事,任何时候她都能把自己放在一个彬彬有礼、高高在上的位置,这种修养是王小山永远也学不会的。他没理她,他早就对她的安眠药恨之入骨。照王小山的猜测,近两年来,冷琳似乎是在依靠安眠药的作用来抵制她原先十分旺盛的性要求,对她的这种伎俩,王小山早就窝着一肚子火,但还不好发作,总不能搞婚内强暴吧,况且,他对她的"性趣"也退化得差不多了。就像往常两人吵过嘴那样,王小山翻身下了床,他当然不是去给冷琳端茶倒水,而是扯了一条毯子去了隔壁的空房间。

早晨,他们走的时候,冷琳还睡得迷迷糊糊。王小山让东东去跟妈妈说再见,可东东只在冷琳的床前站了几秒钟就转身跑出来了。倒是岳父岳母早早就赶来送他们的宝贝外孙,一大堆日用品全是东东的,除了各种营养品和一大包衣服,甚至还有卫生纸,王小山阴着脸拿上了这些东西。他琢磨着,车到了县城后,还要走很长的山路,幸好家里已经安排大哥在车站接他们,否则,这么多东西他一个人怎么拿得了啊?

坐在长途车上抱着东东,看着窗外的云一点一点地聚拢又散去,王小山的心情很激动。第二天中午,就要到县城了。望着远处绵绵不绝的山脉、森林、河流,还有沿途像大字报一般大小的农田,王小山心里涌出了一股特别的亲切感——这些年,家乡还是那样,有点变化,但这变化是多么的微小。改变最大的是过去的石板房,先前房子的屋顶也是用青石板做的,现在大多改用了石棉瓦。可不知为什么,石棉瓦盖在用石头砌的围墙上,使这些房子看上去反而有一种更凄凉的感觉。还有那条像带子一样绕在县城周围的河流,过去,它在王小山的记忆里是多么宽阔和美丽呀,但现在它怎么变得如此荒凉和窄小了呢?也许是这些年来,他的视觉已经习惯了他生活的那个环境,是这样吗?他习惯了吗?不,也不完全是,事实上,他并没有真正与那个他想象中美好的世界融为一体。他甚至觉得这几年他很疲惫,在家里、在外面,什么都是空荡荡的,他对这种说不出的空虚感有点厌倦了。

　　大哥早就在县城车站候着了,身边还站了一个小伙子,冷不丁地,王小山就像是突然在镜子里照见了自己,他长得跟自己在县城读中学时是多么相像呵。大哥指着小伙子说,是他的大儿子,小名叫"三代",今年十七了,现在也在县中学上高中,因为知道东东走不了那么远的山路,所以是叫他来专门背弟弟的。"看,咱妈还给东东做了一个新背带,是麻线做的,很牢实哩。""东东,叫哥,一会儿哥就把你背到家,他还会带你去玩很多好玩的东西。咦,叫哥呀,你哑巴啦——"东东死活不吱声,他的小眼睛一直愣愣地盯着三代没穿袜子的脚,"爸爸,我们回家吧,我不要他背我,他怎么连袜子都不穿。"东东的声音似乎带着哭腔,他死死拽住了王小山的手。见东东这样,大哥在一旁"嘿嘿"地赔着笑,他看看王小山,又看看东东,仿佛是自己做错了什么。王小山叹了口气道:"算了,还是我来背吧,这孩子是被惯坏了。"大哥连忙点头,他招呼站在一旁的三代把地上堆着的东西放到一人高的箩筐里，一切妥帖之后，他们终于上了路。

　　三代远远地走在前面，这血气方刚的小伙子也许是受了东东刚才的奚落，所以一路上他一声不吭。而和王小山走在一起的大哥明显见老了，刚过四十的人头发就白了一半，他虽然穿了一身干净衣服，但王小山一看就知道，这衣服还是七年前他们结婚时冷琳送到车站的那堆旧东西，想必是两位老人回去以后又分了给大哥。王小山和大哥边走边聊，当问到二姐王小兰的情况时，大哥说，驼子这几年卖虫草赚了些钱，但他一直在外面混，他不回家还好，一回去竟然还带个四川女的，两人公开住在一起不说，他还让王小兰去帮他们洗衣做饭。话又说回来，王小兰和驼子生的两个孩子都没活过三岁，县上医院说是血液上有毛病。孩子死后，王小兰就变得比从前更痴傻了，她现在几乎不说话，整个人就像盆里的鱼，拨一拨才知道动一动，看来她的病是没法治了，所以家里人拿驼子也没办法。噢，连驼子都搞上了"婚外恋"，这是王小山在"回归"之前根本想象不到的。

　　回到了家，一切是那样的熟悉，火塘还是从前的火塘，只是这所木楞房比原先熏黑了许多。父亲呢，还像从前那样总是抱着他的烟筒坐在老地方。他的侄子三代看起来倒令人欣慰，这小伙子一有空就坐在外面的院子里读书写字。母亲忙出忙进，她指着新盖的两间砖房对王小山说，这都是用他寄回来的钱盖的，窗子也像城里人那样搞成玻璃的了，但他们自己还是习惯住在老房子里，这两间新房嘛，要在将来他们想回来住，就可

第九章 现代婚姻平台

以在这里住一阵。

屋子里总是烟熏火燎,不要说东东了,就连王小山的眼睛也有些受不住。来看热闹的村里人见了孩子都自然而然地问王小山:"你媳妇呢,她怎么没跟你一起回来?"面对众乡亲,王小山一天不知要解释多少遍。但对村里人来说,他的媳妇还一次都没有跟他回过婆家,这是件很没面子的事。

是啊,冷琳的缺席似乎是在当众羞辱他,可儿子的表现却让王小山从心底里感到绝望。一天到晚,为了能稳住东东,他不断地凑在孩子的耳边说呵笑呵,但不管王小山怎么逗乐,东东还是不爱搭腔,更多的时候,他会一动不动地用他的手在自己膝盖上画着只有他自己才看得懂的符号。"东东,告诉爸爸,你画的是这里的大山吗?"儿子不理会,脸上没有表情。猛然,他嘴里自顾自地冒出一句:"他们在打仗,我是奥特曼。砰、砰,看谁还敢动,我要把他们的屎都打出来。"最后的字眼是那么刺耳,与那张天真稚嫩的脸是那么不协调。王小山倒抽一口冷气。这孩子究竟是怎么了——这次"回归"对东东丝毫起不了任何作用。而冷琳找的那位心理医生还老建议他们要多让东东去大自然熏陶熏陶,可儿子显然根本不喜欢什么山呀、云彩呀、大树呀,他仿佛对外部世界发生的一切丝毫没有兴趣。眼下,东东唯一重复的只有一个问题:"爸爸,我们什么时候回家?"

一日长于百年,到了第三天就是这种感觉。原来王小山还估计时间不够用,可他现在是多一天也忍受不了啦。

第四天一早,还是大哥和三代来送他和东东到县城。三代问王小山:"小叔,我听爹说你在一个大公司当经理了,能不能帮我在昆明也找个工作?"王小山惊讶地问:"怎么,你不上学啦?""我不想读了,现在就算是考取大学也没用。我听说从去年起毕了业的大学生国家也不包分配了,所以我想上昆明自己找活干。"王小山告诉三代,在昆明做小工是很惨的,一个月下来,挣的钱还不够交房租,最好还是争取考上大学。因为现在城里到处都是下岗工人,要想找一个好一点的工作没有学历是行不通的。三代点点头说:"好,听你的。小叔,我如果能考上大学就给你写信,将来我也要像你一样。"王小山拍了拍三代的肩膀,他张了张嘴,想说点什么鼓励的话,但最终还是什么也没说。

　　王小兰这几天都住在家里,因为驼子又出门混去了。王小山要走的这天,王小兰也和家里人一块儿来送弟弟。出村的路上,她一直很木讷地跟在弟弟身后,王小山站住,她也站住,王小山往前走,她也跟着走,最后告别的时候是母亲死死拉住了她,否则她就要跟着王小山走。突然,王小兰开口说话了。她像儿时那样重复地叫着王小山的小名:"山子——山子——"声音苍老、凄凉,王小山急走几步,他不敢回头,眼眶一酸,眼泪就忍不住掉下来了。

　　直到下了一段陡坡,他才回转过身,抬头一看,天蓝蓝的,山红红的,云白白的,阳光火辣辣的,只有家人的脸变成了一团模糊不清的暗影。

第十章
家园,伤感的回声

简单、明确,一举击溃对方所有的防线。一场持续已久的"冷战"就以这种迅雷不及掩耳之势的战术画上了一个漂亮的句号。冷琳用不着像大多数贫贱夫妻那样半夜三更地大吵大闹,也用不着为争夺电冰箱呵、电视机呵而大动干戈、有辱斯文,对弱者的宽容是获胜一方最高尚的享受,况且人家对彼此曾经共同拥有过的"战场"都一律采取彻底打扫干净的态度。这种天生高贵的决绝姿态在人世间实属罕见。

一

王小山三十八岁生日这一天发生了很多事。

照迷信的说法，男人三十八岁的生日是个大坎，所以，在西南的一些地区，有的家庭会有意把这一天张罗得喜庆些，其目的是为男人的下半生讨个彩头。

一早起来，王小山的眼皮就跳得厉害，他用冷茶叶水擦了好一会儿，可眼皮还是照样跳。上班之前，他已经在客厅里抽了三支烟，最后下定决心推开了冷琳的房门。（他们两人不管是谁回来晚了就住隔壁的空房间）门是虚掩着的，昨夜的她大概是天快亮了才回来，现在正趴在枕头上睡得香呢。听见他的喊声，冷琳哼哼了两声又翻过身继续睡。哦，看样子，她又吃了安眠药，今天早晨是没法谈了。本想和冷琳商量一下生日这天的安排，最重要的是他要宣布在自己这一头"冷战"已经结束——特别是昨天夜里，他把自己剩下的半个人生都重新设计了一遍，最重要的结论是：为了儿子，为了好好把日子过下去，他以后会在各方面做得更好一些，他要减少出差、杜绝一般性应酬，尽量在家里陪东东。心理医生说了，儿子的"孤僻症"与他们过去对他关心不够有直接的影响。从今往后，他要承担弥补这一缺憾的重任，只要能治好儿子的病，他这个做父亲的什么都愿意豁出去。至于他们两人"和平共处"的原则他也制定好啦，反正冷琳愿意在外面怎么折腾就怎么折腾去吧，只要能在表面上维持这个家的面子就行。总之，他希望在他生日的这一天，一家三口和和美美地坐在餐桌上好好吃顿饭，并把这当成新的开始。

王小山在冷琳的床边坐了一会儿。不知为什么，他这天的心情又空又大，似乎有一种悲凉的解脱感，这大概就是佛教里讲的"涅槃"吧。凝视着妻子额头和眼角周围卫生纸一样的小皱纹，王小山独自苦笑了一下。唉，都不容易，想想也是，做她这样的女人能轻松得起来吗？以后他不会再跟她吵了。想想也是，红尘欲海人生短暂，年轻时的恩恩怨怨回头一看，有什么东西是过不去的呢——

就让她好好睡吧，中午给她打电话不就行了。

来到单位，王小山刚刚获得的"解脱感"立刻灰飞烟灭。这几天，公司里的麻烦事一桩接一桩。先是中央早就下了文件，凡是政府机关办的公司实体一律要与各机关部委脱钩，这也就意味着这把给了他们多年好处的"大红伞"马上就要被收回去了。另外，在清理公司财务的时候，审计部门已经从公司的假账上查出了很大的漏洞。这一点，王小山并不奇怪，他心里再清楚不过，近几年的马军完全是变了一个人，他仗着自己曾有

第十章　家园，伤感的回声

过的"光辉业绩"把什么人都不放在眼里，在公司他一手遮天，庄伯文呢，因为迎合了马军好赌的心理，所以渐渐成了他跟前的红人。这两人从赌股票发展到什么都敢赌，他们用起公家的钱来简直是眼都不眨，尤其是投在海南房地产上的资金，事实上早就有去无回了。可怕呀，公司从银行借的上亿元贷款如今已成了一堆只有他们才说得清的烂账，要是真查起来的话，那马军几乎该下地狱了……

整个早晨，王小山都在协助财务主管应付审计人员提出的各种各样的问题。说到底，他并不只是为了帮马军，这公司如果垮了，对他也没什么好处。他给冷琳打了好几次手机，都是关机，最后终于通过她办公室电话找到她。冷琳在电话里说，她现在正和外省来的一个客户谈合同。王小山一听，没敢啰唆自己过生日的事，只是简明扼要地表达了希望冷琳晚上能早点回家吃晚饭的意思。冷琳说，看情况吧。说完就把电话挂了。

和大家一起吃过工作餐，王小山琢磨着下午要早点下班，一是去学校接东东（平时都是岳母去接），二是他想早点回去准备生日晚餐。家里没有保姆，什么事都得他自己做。

"经理，你的电报，是门口的保安刚送上来的。"

王小山接过电报，上面写着："未考上大学。十五日中午到昆，盼接站。三代。"噢，老天，大学没考上，他一定是投奔自己来了。这孩子，怎么说来就来呢，也不事先给他写封信？照三代的情况，在昆明最多只能去干个小工，使不得呵，小工的活一开头，他这辈子就别再指望有什么出息了。也许，可以让他住在家里，找个老师好好地复习一年，明年再考一次，但冷琳会同意让他住吗？哦，趁早灭了这念头吧，想当初，家里请来的保姆就是因为她们有亲戚来找，冷琳就毫不留情地把保姆给辞了。这种事发生过不下十次，他和冷琳也曾为此发生过口角，后来王小山干脆自己承担了保姆的活，反正家里的活也不多……要不，明天给他找一个便宜的招待所，让他先住一阵再作打算……可这一来，三代会怎么想他这个小叔，唉，要是他回老家一宣传，自己作为男人的这张脸还怎么挂得住……

三代的事还没理出个头绪呢，桌上的电话又响了起来。是马军打来的，他说他在翠湖的露天茶室里，要他马上赶过去。"什么事呀？这么急。你是不是又要让我给你送钱过去，我可跟你说哇，现在人家正查账呢……"马军打断了他："啰唆什么，小声点，叫你来你就来，还有，你一个人来就行，不要让其他人知道。"

王小山一下车就看见坐在露天茶室里的马军，他的脸上居然架着副墨镜。真好笑，这么阴的天还戴什么墨镜？王小山一坐下，马军便问了一番审计部门在公司查账的情况，听完王小山的汇报后，马军叹了口气道："兄弟，我这次可能是真要栽了。昨天下午纪委的人已经找过我，我现在是四面楚歌啊。说不定我的下半辈子就要在大牢里度过啦，我是罪有应得啊。"

"有那么严重？"见马军点点头，王小山接着道，"我说，你究竟从公司账上捞走了多少钱？看在老同学的份上，我劝你赶快把能填的窟窿都填上，钱的数额只要能补齐问题就不大。据我了解，上了千万是要被枪毙的。帝王集团的张总前几天不就被判了死刑吗？就算你能一手通天，数额大了，也得搞个无期

第十章 家园，伤感的回声

什么的……"

马军摇了摇头："你说得容易，我去哪儿找那么多钱哇？我捅的窟窿是一辈子也填不上了。跟你直说了吧，早先我跟他们打麻将、锄大地、玩点拖拉机什么的也就是变相的一种行贿方法。你替我想想，别人凭什么把上千万的资金一次次贷给你，咱们公司是造飞机呢，还是走私军火？没有，我们什么都不生产，我们能攫取的价值就是在资本制度不规范的混水中想着法子钻资本流通环节的空子。还有，比如房地产行业，那百分之五至百分之八的回扣基本上是业内人士都认定的，我一趟趟上北京搞的那些个批文，也一样都有价码，这个价码我就不能对你说了……"

"别给你自己找借口了，你让我来不就是想让我帮你过关吗？你还是老实告诉我，你到底在麻将桌上输掉多少？"王小山想，不可一世的马军今天也有求自己的时候。

"唉，你是想知道整个过程吧，也好，现在跟你说也无妨——那麻将桌嘛不过是小儿科喽，原先我和他们玩一转下来，也就是进出个十万八万的，这点钱呢，庄伯文在找人做工程的时候随便一倒腾就能帮我补上去。反正他是这么跟我说的，这样一来，我也习惯了。在牌桌上，我输得最多的一次是将近一百万吧。嘿，一百万算什么，照样是脸不变色心不跳，练来练去，人的胃口也就练大啦。后来庄伯文和我干脆跑了一趟澳门，你猜怎么着，我原来准备了两百万港币，心想输完了就再也不赌啦。可老天捉弄人呵，它不让我输，它让我那天赢得连自己都不知道自己是谁。噢，你没去看过你不知道，澳门的赌场是全世界的'瑰宝',里边应有尽有,楼下的小厅是小赌,上了三楼才是豪华厅。不说你也猜得出,以我的个性怎么会屈尊在小厅里呢,当然要上三楼的豪华厅啦,这里下注是从一万到八十万,我玩的是三公的'抬杠'。一开头,手气一般,也是有胜有负,几个回合下来觉得不刺激,最后我把剩下的筹码分成两注,一把压下,嘿,赢了。想起来,那天也真是邪门,从我赢了第一注起,又连本带利滚动着连下七注,不可思议,都大获全胜。不用说我自己当时傻了,就是全赌场的人看我的眼神都邪乎,还有人把我叫作'赌圣',那种感觉就别提有多过瘾了。你还别说,人家赌场的老板在向我祝贺之后,绝对讲究赌场的规矩,他不仅叫人帮我办理了汇票,还派车子把我们送到了当地最牛 B 的饭店……"

王小山打断了他:"行呵,既然做得了'赌圣',那你把钱吐出来不就全结啦?"这下才捅到了马军的痛处。他说,他在银行户头上几乎没有存款,他老婆吴枚那也只有几万块钱的存款,而那些曾经从他手上过的"千军万马"是从哪儿来又回哪儿去啦。马军接着道:"……说去国外考察,其实是想考察一下洋鬼子的赌场。在巴黎,人家安排我们看卢浮宫的收藏,我哪有这闲情雅致呀。我悄悄跑了一趟摩纳哥的蒙特卡罗,洋鬼子的很多玩意我不行,只好去玩简单的轮盘赌啰。我那天真他妈背气,在那里整整输掉了两千万。回来后,越想越来气,还是去澳门吧,心想,还是在殖民地'闹翻身'可能会顺利些。嘿嘿,结果输得更惨,三千万一次输光……"听马军这么一说,王小山的头皮都麻了,那么多钱,这家伙是死到临头了。王小山想,

第十章 家园，伤感的回声

马军把自己找来想必是要交代后事吧？

果然是这样，马军身子往前凑了凑道："我想来想去还是你最可靠。老同学，我想求你一件事。几年前我买了将近五十万的转配股，我记得你好像也买了些。这股票目前不是上不了市嘛，我一直把它扔在办公桌的抽屉里，这是钥匙，你把它取出来放在你那里保管，等有一天上市了，你帮我兑现之后把它交给我老婆。到时候你再告诉她，就说用这笔钱送我们的儿子去上最好的学校，让他好好读书将来当个科学家什么的，别像我……"死到临头，唯一的牵挂就是老婆和孩子，人生的归宿莫不如此。但王小山知道，马军的这个请求无疑对自己不利，倘若被查出来，他也要跟着吃官司。王小山没表态，而马军此刻的眼神就像是一只即将被宰杀的羔羊，忽然，他身子一软就趴在桌上呜咽了起来。

从认识马军到现在还从没见过他这副熊样呢，王小山慌了，急忙说："喂，你哭什么呀，我答应替你办不就成了，到时我会一分不少地把钱都交给吴枚。不过，你要老实告诉我，这事还有谁知道？"马军说，只有庄伯文知道一点儿，不过，他在几个月前就拿着加拿大的护照独自一人跑啦。

过了一会儿，马军终于抬起头来平静地说："你知道我党的领导人瞿秋白先生在上刑场前都说了些什么吗？"

王小山不置可否。

"他说，还是家乡的小葱拌豆腐最好吃，可惜……兄弟，别跟我一样……"他苦笑着说。

二

第二天,他把马军送到纪委大门前。目送老同学上台阶时有点佝偻的背影,王小山突然有了一种人生荣辱"不过如此"的平淡感。随后,他在纪委旁边找了家茶室等着。是的,他不会那么绝情,不会转身就走。他甚至想看看他曾经嫉妒的这个权贵是不是还能奇迹般地死里逃生?但马军一直没有出现在他的视线中。

随着太阳西沉,痛苦与幸运感开始在心里各行其道。一面是为马军而悲伤,另一面却是对家人莫名其妙的想念。就好像马军的毁灭才使他看清了真正属于他的东西——是的,不管怎么说,他还有老婆、孩子,他比马军幸运多了,这种感恩的心情他过去从未有过,但此时此刻,却如涅槃再生!

下午五点半,当王小山赶去接东东的时候,东东已经被岳母接走了。他又去了一趟岳母家,只有保姆在。保姆是刚换的,很年轻,她说两个老人带着东东已经到冷琳的大哥家去了,冷

第十章 家园，伤感的回声

琳的大哥刚从欧洲考察回来，要他们晚上到他家去吃饭。王小山这才想起，自己为什么白天不给他们打个电话呢？后悔也没用，他只好垂头丧气地作罢。

回到家里，大门仍然是紧锁着的。家门前的草长得很旺，就像是这房子没人住似的。王小山想，等一闲下来，他就把这块草坪好好地收拾出来，也像周围的人家那样，在门前种上两棵火红的叶子花。红色，是一种吉利的颜色，这个家应该用红色来做点缀。已经六点多了，估计冷琳也快回来了吧？也许是因为中午和马军见了面的缘故，王小山今天特别伤感。无论如何，家庭对一个男人来说才是至关重要的。此时此刻，冷琳要是能带着儿子推开家门的话，他会一个箭步冲上去把他们紧紧拥在胸前。

门外，依然没有任何声响，没有，什么也听不见，客厅里空空荡荡。为了消除这令人窒息的寂静，王小山顺手打开了音响，然后系上围裙到厨房去准备晚餐。

平日里，王小山很少听流行歌，但这房子实在是太安静了，一个人在厨房里听音响，其感觉就像是客厅里的歌手在唱堂会。这男人唱得是那么伤心："你总是心太软，心太软／独自一个人流泪到天亮／你无怨无悔地爱着那个人／我知道你根本没那么坚强／相爱总是简单／相处太难／不是你的就别再勉强……"听到这儿，王小山的喉头有点发硬。他不能再听下去了，换一盘热闹的，又是《彩云追月》的舞曲，算了，舞曲就舞曲吧，总比揭伤疤的歌要好得多。他打定主意，尽管儿子今天缺席，不是还有冷琳在吗，如果冷琳没忘了他的生日，她应该会回来的。

饭菜都摆上桌了，茅台是五十年的陈酿，还有冷琳爱喝的法国红酒，凉拌黄瓜和西红柿汁。为了搞得浪漫一点，王小山最后一道程序是关上灯，把一只高高的银烛台放在桌子中间，并点好蜡烛……快八点了，还不见冷琳的踪影。他打了几次她的手机，有三次她都没接，最后一次她总算接了。她解释说下午刚签完合同，现在正陪客户在度假村吃饭娱乐，可能要晚一点才能回家。"你自己先吃吧，别再等我啦——"没等王小山说话就挂断，这是她一贯的风格。

期盼—等待—煎熬—伤心，最后剩下的是他一个人坐在餐桌前的孤独。这可是他三十八岁的生日啊，难道他的下半生就是这样一个人孤独地坐在餐桌前？不，不能这样想，他的下半生还长着呢，他不能就这样度过余生。这样的生活和马军将要在大牢里过的日子有什么两样？是的，他要耐下心来，一定要把这个生日过好。于是，他为自己打开了那瓶五十年的茅台，并且把桌上给冷琳和儿子摆好的两个空杯子都一一斟满酒，一人碰一下，玻璃杯发出叮叮当当的悦耳声。王小山的心灵努力收集着玻璃杯上发出的灿烂光芒，一口一个全干，痛快，尽管人不在，但这也终归是一种家庭团圆的象征吧?!好，就这样决定了，不管冷琳多晚回来，他一定要在今天把所有的心里话全都倒出来。

酒精中的陶醉使王小山不知不觉躺在床上睡着了。睡了多久，他搞不清楚，只觉得另半边的床好像在动。噢，是冷琳，估计她也是刚睡下。王小山想，平时她回来晚了就自顾自地睡在隔壁，她今天是不是也有同感？她比他还大一岁哩，女人比男人更怕老，徐娘半老的女人应该更怕孤独。还有，书上说了，

第十章 家园，伤感的回声

两人如果做夫妻的时间长了就会有心灵感应，或许这也是一个原因——一种久违了的温情慢慢涌了上来，黑暗中，他翻转身来把自己的脸贴在冷琳的脊背上，他摩挲着她柔软的腰部，接着是她挺挺的奶子，她的奶子缺少弹性，想起来了，里面垫了硅胶。但王小山还是闭着眼睛努力去摸索感觉最佳的地方，最初手的动作很轻柔，冷琳柔顺地任他搓捏着，而得到了鼓励的王小山很快就用起劲来了，他想把她的身子搬过来放平，至少和自己的脸平行，可冷琳似乎更愿意用脊背对着他，结果，王小山只好笨拙地吻了吻她脸的侧面，哦，脊背就脊背吧，反正正面和后面都一样可以做爱。是的，他今晚要和她做爱。在三十八岁生日的这一天，他要尽一切力量，并用自己身体上的每一寸皮肤来告诉她，他仍然是爱她的。于是，王小山用一只手肘撑着身体，另一只手却加大力度想顺势爬到她身上——"咳，你今天是不是又喝多了，改天吧，我没情绪，我累了。"冷琳嘶哑的声音就像是从地狱里传来的。"那你为什么不早说？我以为……"王小山撑着的身子僵住了。信心几乎被摧垮，但他不想就这么窝囊地结束自己给自己安排好的这场美梦。他腆着脸道："我……我没醉……我只是想爱爱你……你不动就成，让我轻轻地碰一下，就碰一下，好吗？"冷琳弯曲着的两条腿依然没有松动，全部甜美的想象此刻只剩下一动不动的僵持。王小山在心里对自己说，为了下半生，他必须跨越一切障碍继续前进。没有脸对脸的配合也罢，反正在被窝里什么也看不见，只凭经验，他也能从后面找到向前挺进的位置——老天，就在这时，冷琳放在枕头间的手机响了，冷琳像得到解放似的一把抓起了电话,因为距离很近,电话里的声音王小山听得清清楚楚。是肖建新,他抑扬顿挫的"娘娘腔"在夜半时分竟如入无人之境一般闯到了他们的床上,对方简直连丝毫的顾忌都没有,开口就是:"琳子,我睡不着,你现在在哪儿?""在他妈的地狱里。你这个杂种,去死吧!"王小山冲着听筒大骂一声,随即翻身跳下床来。

  沉默。打开窗子,让窗外冷飕飕的风吹在身上。一般正常的情况是,他们通常会像以往那样在黑暗中吵一架。但这次不同,这不要脸的贱货居然把灯也打开了——再退一步也行啊,如果她能有一点内疚的表情也说得过去,至少证明她对丈夫的背叛还存有一丝悔意——但一切指望全落空了。冷琳平静地把他落在被窝里的睡衣扔给他,(此时的王小山正一丝不挂地光着脚丫子站在地毯上)然后面无表情地开了口:"我想了很久了,我们还是好聚好散吧。明天我就从这里搬出去。我只带走我自己的日常用品,剩下的其他问题我的律师会找你谈——"

  简单、明确,一举击溃对方所有的防线。一场持续已久的"冷战"就以这种迅雷不及掩耳之势画上了一个漂亮的句号。冷琳用不着像大多数贫贱夫妻那样大吵大闹,也用不着为争夺电冰箱呵、电视机呵而大动干戈、有辱斯文,对弱者的宽容是获胜一方最高尚的享受,况且人家对彼此曾经共同拥有过的"战场"都一律采取彻底打扫干净的态度,这种天生高贵的决绝姿态在人世间实属罕见。

  王小山张着嘴,他发不出声。他没有任何话可以说。

  灯光很刺眼。猛然,王小山从穿衣镜里瞥见了自己,那是一个穿着松垮睡衣,张着嘴说不出话来的男人。

哆哆嗦嗦地走在大街上,天黑洞洞的。王小山看了看手腕上的表,才凌晨三点,离天亮还有好几个小时呢。

一辆"的士"擦身而过,司机从窗口伸出头来问:"先生,要车吗?"他木然地站住了。车停了,就停在他手的位置。他木然地拉开车门上了车。司机又问:"您上哪儿?"

"去找个能住人的地方。"他说。

司机一乐:"嘿,住的地方多了,您究竟想上哪儿呵?"

"随便,到哪儿算哪儿——"

他的家,他为之奋斗了这么多年的家说不存在就不存在了。

"家"曾经是他唯一的依托,他想不出今后该上哪儿去栖身?三十八岁,男人不尴不尬的年纪,要想重新安排生活已没了当年的拼劲,而无所事事、颐养天年又为时尚早。是啊,三十八岁,正是一个男人拉满风帆急速行驶的关键时刻,可他的船却一夜之间底仓漏水,这灭顶之灾是他不曾意料到的——

王小山闭上眼睛。他现在唯一的感觉是筋疲力尽,他只想找个地方睡上一觉,其他的,等明天再说吧。